MATAR
A MÓNICA

MATAR A MÓNICA

Autora de
Sexo en Nueva York

CANDACE
BUSHNELL

Umbriel Editores

Argentina • Chile • Colombia • España
Estados Unidos • México • Perú • Uruguay

Título original: *Killing Monica*
Editor original: Grand Central Publishing
Traducción: Victoria E. Horrillo Ledesma

Esta es una obra de ficción. Todos los acontecimientos y diálogos, y todos los personajes, son fruto de la imaginación de la autora. Por lo demás, todo parecido con cualquier persona, viva o muerta, es puramente fortuito.

1.ª edición Octubre 2018

Copyright © 2015 *by* Candace Bushnell
     All Rights Reserved
© de la traduccion 2018 *by* Victoria Horrillo Ledesma
© 2018 by Ediciones Urano, S.A.U.
     Plaza de los Reyes Magos 8, piso 1.° C y D – 28007 Madrid
     www.umbrieleditores.com

ISBN: 978-84-16517-06-0
E-ISBN: 978-84-17312-46-6
Depósito legal: B-21.138-2018

Fotocomposición: Ediciones Urano, S.A.U.
Impreso por: Rodesa, S.A. – Polígono Industrial San Miguel
Parcelas E7-E8 – 31132 Villatuerta (Navarra)

Impreso en España – *Printed in Spain*

Para Angie «Pangie» Silverstein

Prólogo

Era verano y Mónica estaba otra vez por todas partes. Estaba allí, en el supermercado, en el expositor de tabloides entre bandejas de caramelos y chicles sin azúcar, junto a la caja registradora. Y allí, en el lateral de la marquesina del autobús. Y también allí, en la portada de las revistas de moda del salón de belleza. Aparecía sin cesar en los programas matinales de la tele, aconsejando qué ponerse, qué ropa de verano había que conservar y de cuál había que deshacerse. Te acompañaba en el asiento de atrás del taxi, en la pantalla de delante de tus rodillas, y te decía dónde tenías que ir, qué debías ver y qué comprar. Vendiendo, siempre vendiendo. Aunque lo que vendía sobre todo era felicidad.

Y seguía estando estupenda en su papel. Su cutis, terso e impecable, se veía radiante. Sus mejillas parecían melocotones. Y su cabello… Una avalancha de puro color de veinticuatro quilates.

El 1 de junio, como un reloj, la imagen de Mónica empezaba a surgir en la valla publicitaria que dominaba las tiendas de diseño del Soho. Primero aparecía una franja de su pelo; después, la frente lisa y despejada, y luego los ojos, con los iris de un verde claro casi traslúcido rodeados por un cerco castaño oscuro con matices de oro. A continuación aparecía la boca, parecida a una golosina en forma de fresa, con los labios abiertos en una sonrisa. Mónica era feliz. Tan, tan feliz que la mirabas y de pronto te daban ganas de *ser* ella.

A no ser, claro, que *fueras* ella. O que hubieras sido una versión suya en el pasado y ahora estuvieras ajada, hecha polvo, y tuvieras el cutis hecho una pena, los ojos inyectados en sangre y algo pringoso en el pelo.

Pandy miró la coronilla de la cabeza de Mónica y pensó: *Solo dos días más. Tres o cuatro, a lo sumo.* Podía hacerlo. Podía salir victoriosa.

Se dijo a sí misma que no era la primera vez que vencía a Mónica.

A la cabeza loca, a la chiflada, a la encantadora Mónica, a la adorada protagonista de cuatro libros y cuatro películas.

Pandy la había inventado de niña, por divertirse y divertir a su hermana pequeña, Hellenor. Mónica tenía el pelo del color de las caléndulas amarillas y pronto se convirtió en su creación favorita, en la estrella de una serie de cuadernos titulados *Mónica: manual de una chica para ser una chica.*

Cuando Pandy se marchó de casa para instalarse en Nueva York y tratar de abrirse paso como escritora, pensó, naturalmente, que se despedía para siempre de Mónica.

Pero se equivocaba.

Porque una noche, después de que rechazaran su tercer libro, después de tener que pedir prestado dinero para pagar el alquiler y de descubrir que el hombre con el que creía estar saliendo salía en realidad con otra, de pronto se acordó de Mónica.

Mónica la rubia, la triunfadora por antonomasia. En apariencia, al menos. Porque solo Pandy sabía que, en el momento de crearla, se hallaba en el punto más bajo de su existencia.

Mónica había sido el fruto de su desesperación.

Pandy se levantó, se acercó a la ventana y frunció el ceño. El anuncio estaba a dos manzanas de distancia. El sol se movió tras la cabeza de Mónica, y Pandy se halló de nuevo a su sombra.

∞

—Henry —le dijo a su agente, inclinándose sobre su mesa—, los dos sabemos que no puedo pasarme la vida escribiendo *Mónica*. No es que tenga nada *contra* ella. La adoro. Todos la adoramos. Y le estoy muy agradecida. Sé que sería una idiotez rechazar un dinero seguro para lanzarme a lo desconocido. Pero tengo un millón de historias en la cabeza. Necesito explorar nuevos territorios. Necesito tener… miedo —concluyó tras una pausa.

Quizá no debería haberse puesto tan solemne.

—Ya —dijo Henry con una sonrisa cargada de paciencia.

Cada año, poco más o menos, Pandy pasaba por una fase en la que quería dejar de escribir sobre Mónica y volver a escribir algo «serio» y «trascendente». Escribía unas cien páginas de ese libro «distinto» y luego, irremediablemente, volvía a Mónica.

Porque, como siempre señalaba Henry, Mónica era *ella*.

Esta vez, sin embargo, era distinto. No se había rendido en la página cien.

No podía rendirse. Tenía que salir victoriosa.

Vencer a Mónica, y de paso al que pronto sería su exmarido, Jonny Balaga.

∞

El sol se alzaba ahora en lo alto, detrás de la cabeza de Mónica. Pandy se percató de que su imagen aún no estaba completa. Todavía le faltaba una pierna.

Quizá estuvieran cambiándole los zapatos.

Sonrió, poseída por un repentino ataque de ternura. Se acordaba de la primera vez que vio alzarse aquel anuncio. Estaba tan emocionada que se empeñó en que SondraBeth Schnowzer, la actriz que encarnaba a Mónica en la versión cinematográfica de los libros, fuera a ver cómo iba progresando el anuncio. Estuvieron allí sentadas varias horas, extasiadas como si el universo mismo hubiera conspirado para hacerles aquel regalo: el pase privado de una película sobre sus vidas.

Y cuando la valla estuvo por fin completa, cuando al fin se alzó la pierna de Mónica dejando al descubierto su famoso botín de tacón de aguja de color azul neón, se miraron las dos y gritaron al unísono:

—¡Eres tú! ¡Eres tú!

—¡No, eres tú! ¡Esa parte es tuya, no hay duda!

Lo que les llevó a la conclusión inevitable:

—¡Somos *las dos*!

Entonces SondraBeth se acercó al ventanal y dijo:

—Mónica, me da en la nariz que ya no estamos en Montana.

Pandy sintió una repentina punzada de melancolía, no solo por Mónica; también por SondraBeth Schnowzer. Aquel deseo de volver a ver su ex mejor amiga —de reírse como locas, como si el mundo entero fuera su patio de recreo— la confundía. SondraBeth le había asestado un golpe terrible y hacía años que no se hablaban. Desde aquel día en que, estando en el tocador de señoras, la advirtió sobre Jonny.

ZorraBeth, había pensado entonces.

Y ahora tanto Jonny como SondraBeth Schnowzer habían muerto para ella.

Ese era el problema con Mónica, el quid de la cuestión: que hacía que todo pareciera fácil cuando no lo era. Nadie les pedía nunca a las legiones de seguidores de Mónica que se pararan a pensar en los años de esfuerzo y trabajo duro que había tardado Mónica en *convertirse* en Mónica; en las dudas, el autodesprecio, el miedo y la enorme cantidad de energía que había requerido marcarse una meta e intentar conseguirla día tras día, sin recompensa inmediata a la vista y con la posibilidad siempre presente de que nunca llegara a materializarse. Claro que ¿a quién le interesaba la realidad? La realidad era deprimente. Y *gratis*, además.

∞

Casi había terminado de escribir cuando el anuncio apareció por entero y vio su nombre escrito en elegantes letras blancas. Eran cada año más pequeñas, quizá, pero allí estaban de todos modos:

BASADO EN LOS LIBROS DE P.J. WALLIS

Volvió a mirar la valla publicitaria y arrugó el ceño. A Mónica seguía faltándole una pierna. Era la primera vez que se retrasaban.

Quizá fuera una señal.

Pulsó «Enviar».

Y entonces empezó a sonar el teléfono fijo. Solo un par de personas tenían su número, entre ellas Henry y el abogado que le llevaba el divorcio, Hiram.

Con un poco de suerte sería Henry. Aunque tampoco le vendría mal hablar con Hiram.

—¿Diga? —contestó.

—¡Enhorabuena! —vociferó una voz de hombre.

—¿Qué?

¿Quién es?, estuvo a punto de preguntar.

—Es usted libre, señorita.

—¿Hiram?

—Ha accedido a todo.

—¿En serio?

—Sí.

—¿Y las cifras?

—Como queríamos.

—¡Ay, Dios mío! —chilló Pandy.

—Sabía que iba a darte una alegría —dijo Hiram con un ronroneo—. ¿Recuerdas el primer día que te vi? ¿Recuerdas lo que te dije? Te dije que a mi mujer y a mis hijas les chiflaba Mónica, y te prometí encargarme de que todo saliera bien.

—Y has cumplido tu promesa. No sabes *cuánto* te lo agradezco. —Luego, sin embargo, se le ocurrió una idea—. ¿De verdad ha firmado? ¿En la línea de puntitos?

—¿Con su nombre completo, John Hancock y todo, quieres decir? No, no. Pero ha dado su consentimiento verbal. Y cuando das tu consentimiento verbal delante de cuatro de los más afamados abogados de Nueva York, de los que cobran a razón de mil pavos la hora, no te puedes retractar. Digamos simplemente que le echamos una pequeña charla y nos ha dado la razón.

Pandy soltó una risa nerviosa.

—Me la ha dado a mí, dirás.

—A ti, a mí, es lo mismo, ¿no?

—Madre mía —dijo Pandy—. No me esperaba que esto se resolviera tan pronto.

—Lo sé. Después del infierno que te ha hecho pasar. Que *nos* ha hecho pasar. Nunca he visto nada igual, y he visto de todo. Uno de mis chicos ha renunciado a sus vacaciones para acabar el papeleo. A su hija también le *encanta* Mónica.

—Gracias a Dios que existe Mónica. —Pandy hizo una pausa y respiró hondo mientras intentaba asimilar la noticia—. En ese caso, imagino que Jonny querrá su cheque.

Hiram se rio.

—Imagino que sí. Pero no pienses en el dinero. Sal a celebrarlo. Por fin eres libre, te has librado oficialmente de ese capullo.

Hiram colgó.

Pandy se quedó un momento allí, aturdida.

Divorciada.

Libre.

La palabra se le apareció de pronto en todo su esplendor, como si la viera en Technicolor.

PRIMERA PARTE

1

—¡PJ Wallis! ¿De verdad eres tú? Pero ¿qué coño llevas puesto? —chilló Suzette al irrumpir en el *loft* seguida, en pelotón, por sus doce mejores amigas.

—¡He vuelto! —gritó Pandy y, quitándose el sombrero de cartón con lentejuelas plateadas, esbozó una reverencia.

Suzette la agarró de los hombros y se pusieron a brincar como niñas de diez años.

—Necesito una copa —anunció Meghan—. Estas fiestas de divorcio me ponen nerviosa. ¿Y si me pasa *a mí*?

—Te pasará inevitablemente y harás una fiesta. —Suzette agitó su mano izquierda bajo la nariz de Meghan para que viera de cerca la enorme gema amarilla de su anillo—. Diez quilates. Por desgracia, el tipo que lleva adjunto tiene ochenta años y manchas hepáticas, pero si quiere hacerse ilusiones de que es más joven de lo que es, ¿quién soy yo para oponerme?

—Bueno, tú tampoco eres joven —señaló Meghan—. Tienes casi…

—Shhhh —la mandó callar Suzette lanzándole una mirada fulminante mientras Pandy, justo a tiempo, se quedaba pasmada ante la visión del anillo.

—¿Estás prometida?

—No todas llevamos dos años metidas debajo de una piedra —replicó Suzette en el instante en que se abrían las puertas del ascensor y salían seis mujeres más.

—Champán en la bañera, *cupcakes* en la cocina, tabaco en el salón —dijo Pandy a modo de recibimiento.

—¿Y pollas? ¿Hay pollas en la habitación? —gritó una de las recién llegadas, y las demás rompieron a reír con carcajadas temblorosas.

—¿Crees que Jonny creía que dedicabas demasiado tiempo al trabajo? —preguntó Angie.

Pandy se rio y le pasó el brazo por los delgados hombros.

—Claro que dedicaba demasiado tiempo al trabajo —dijo alzando la voz para oírse a sí misma y que la oyeran las demás—. ¿Qué mujer no se ve obligada a dedicar «demasiado tiempo al trabajo» en los tiempos que corren? Y si a los hombres no les gusta, peor para ellos. Si quieres tener una relación conmigo, mi carrera viene conmigo. Igual que Jonny venía con la suya.

—Y con todos esos restaurantes —comentó Nancy, pasando por allí como una exhalación.

Pandy compuso una sonrisa forzada.

—En realidad, esos restaurantes no son suyos.

—¿Le odias a muerte ahora mismo? —preguntó Amanda, al borde del orgasmo cotillil.

—Digamos simplemente que no volveré a tropezar dos veces con *esa* piedra.

Volvió a abrirse la puerta del ascensor y salió otro aluvión de mujeres.

—¡Pandy! —chilló Portia—. ¡Hay que ver! ¡Qué valiente eres! ¡Ahí estás, con tu vestido plateado bien ceñido, igualita que una diosa!

—¿Es verdad lo que he oído? —preguntó Brittney con voz aguda—. ¿Que ha intentado sacarte dinero por *Mónica*? ¿Cómo es posible? Ni siquiera os conocíais cuando empezaste a escribir *Mónica*.

—Señoras, por favor —dijo Pandy dirigiéndose a su público extasiado—. Tratándose de un divorcio, la lógica y la justicia son lo primero que salta por la ventana. Jonny amenazaba con demandarme por los derechos de *Mónica*. Creía que me asustaría tanto por si podía conseguirlos que le cedería el *loft*.

—¿Y qué le has dado, entonces? —intervino Portia—. El *loft*, no. Y está claro que tampoco *Mónica*.

—Le has dado dinero, ¿a que sí? —dijo Suzette en tono de reprobación—. ¡Ah, ya sabía yo que pasaría esto! ¿No os lo decía yo? —Paseó la mirada por las mujeres que tenía más cerca, que se apresuraron a asentir—. Lo predije —añadió—. Dije: «Pandy es una blanda, ya lo veréis. Acabará dándole todo su dinero».

Pandy hizo una mueca fugaz: si sus amigas supieran hasta qué punto era verdad aquello... Pero, con un poco de suerte, su nuevo libro sería un éxito y nadie tendría que enterarse de la verdad sobre nada, incluido su matrimonio.

—¡Pero si ya está *forrado*! —exclamó Meghan.

—No tanto como crees —terció Nancy—. Esos chefs invierten todos sus ingresos en pagar los locales de sus restaurantes.

—¿Crees que tenía una aventura? —preguntó Angie con voz susurrante.

Pandy esbozó una sonrisa nerviosa. Angie era la más ingenua de sus amigas: sin duda había oído rumores acerca de las infidelidades de Jonny. Pero, como ya se había tomado un poquito de champán y tenía el ánimo juguetón, contestó:

—Digámoslo así: si no la tenía, no era por falta de ganas.

Acto seguido, soltó una estruendosa carcajada.

Y así comenzó oficialmente la fiesta.

∞

A las siete de la tarde, el *loft* estaba abarrotado. El aire estaba saturado del vapor procedente de diversos inhaladores, así como de auténtico humo de tabaco y marihuana. Esparcidas por todas partes se veían copas de plástico rotas, servilletas pringosas y botellas de champán vacías. En medio de aquel jolgorio, apareció Henry.

—¡Mirad! ¡Ha llegado Cary Grant! —oyó Pandy que gritaba Portia, a lo que Suzette contestó en tono cortante:

—Cary Grant está muerto. Ese es el agente de Pandy.

—¿Alguna novedad? —chilló Pandy precipitándose hacia él con tanto ímpetu que volcó varias copas a su paso.

—¿Sobre qué? —preguntó Henry al tiempo que contemplaba la habitación levantando las cejas con expresión desapasionada.

Luego meneó la cabeza casi imperceptiblemente.

—Sobre El Libro. Eh, hola. ¿Te acuerdas de El Libro? ¿Eso que he tardado casi dos años en escribir? —Pandy agitó las manos delante de su cara.

Henry no pestañeó.

—Si tuviera novedades, tú serías la primera en saberlo —dijo apretándole el hombro con aire tranquilizador.

Cinco minutos después tuvo que huir, alegando que no quería acabar convertido en el fiambre de un emparedado entre Nancy y Suzette.

—¿Hay libro nuevo de Mónica? —gritó Angie que, a pesar del ritmo machacón que salía a todo volumen de los altavoces, se las había ingeniado para oír la conversación.

—¡Lo sabía! —chilló Brittney—. Ahora que Pandy se ha divorciado, Mónica también tendrá que divorciarse.

—Así podrá probar a ligar por Internet.

—O recurriendo a un casamentero. Eso sería tronchante.

—Lo que sería para partirse de risa sería ver a Mónica *mensajeándose* con un ligue.

—También podría salir con algunos jovencitos macizorros. Con pelo natural y músculos de verdad.

—No sé vosotras —añadió Amanda—, pero desde que salgo con tíos más jóvenes no soporto a los hombres de mi edad. Si ya estás con uno, vale, pero si no…

—Tienes razón. ¡Si quiero ver viejos, no tengo más que mirar a mi marido!

—Sí, supongo. ¡Si le vieras alguna vez, claro!

—¿Qué quieres decir con eso?

¿Ligues por Internet? ¿Divorcios? ¿Casamenteros? No. Eso no va con Mónica, pensó Pandy.

Tenía que ponerle coto a aquello.

—¡Un momento! —gritó—. Mónica *no* va a divorciarse.

—Pero todo lo que te pasa a ti le pasa a Mónica, ¿no? —chilló Brittney.

—Ya no —declaró Pandy, acordándose de pronto de su nuevo libro, que no tenía *nada* que ver con Mónica y que iba a obligar a los críticos a tomarla por fin en serio.

Eso era algo que *jamás* le sucedería a Mónica. A Mónica nadie la tomaba en serio.

Y con razón. No había más que verla en esos momentos, a ella y a sus *amigas*: Portia sentada en la encimera de la cocina, con su cortísimo vestidito subido casi hasta la ingle mientras Nancy, derramando inadvertidamente el champán en la pechera de la camisa de Angie, cantaba las alabanzas de los baños de vapor vaginales.

Pandy levantó la mano para poner orden en la sala.

—La verdad es que voy a sacar un nuevo libro.

—¿Cuándo?

—Aún no lo sé. Lo he terminado hace poco. La semana pasada, de hecho.

—Pandemonia James Wallis —dijo Suzette con voz ronca—, qué pillina eres. ¿Por qué no lo has dicho antes? Ya podemos dejar de celebrar tu divorcio y empezar a celebrar tu nuevo libro. —Levantó una botella de champán—. ¡Por PJ!

—¡Por Mónica!

—¡Por PJ y Mónica!

Gruñendo por lo bajo, Pandy se abrió paso hasta el sofá.

—Tengo que anunciar una cosa…

—¡Tienes un nuevo novio! —exclamó Amanda.

Pandy se tapó la cara con las manos un momento. Luego se subió al sofá apoyando precariamente un pie en el cojín y otro en el brazo para no perder el equilibrio. Al enderezarse, notó que el sol estaba a punto de ponerse.

—¡Atención! ¡Escuchad! —dijo moviendo los brazos, pero la mayoría de sus invitadas ya no le hacía caso—. ¡Hola! ¡Estoy aquí! ¡Quiero decir algo!

Al oír su voz, Suzette se volvió y mandó callar a las demás.

—¡Nuestra anfitriona quiere decir algo!

—¡Eh, que Pandy está hablando!

—¡No seáis maleducadas!

Al bajar el nivel de ruido, a Pandy le pareció oír que alguien decía «necesita Botox» y «la pobre sigue sin enterarse de lo de Jonny», aunque no necesariamente en ese orden. Angie le pasó una botella de champán abierta, ella dio un trago y, tras devolvérsela, se limpió delicadamente la boca con la punta de los dedos.

—Quiero anunciar una cosa —repitió mientras recorría la habitación con la mirada. Todas sus invitadas la estaban escuchando—. No sabéis lo mucho que significa para mí que estéis aquí. ¡Ya sabéis lo mucho que os quiero!

—¡Bravo!

—¡Nosotras también te queremos, tontuela!

Pandy dio las gracias con una inclinación de cabeza y esperó a que se calmasen.

—Quiero daros a todas las gracias por haber venido. Porque esto *es* una celebración. Y no solo estamos celebrando el hecho de pasar página y de empezar un nuevo capítulo, sino la posibilidad de desprenderse del lastre del pasado.

Volvió a mirar la valla publicitaria. Se había puesto el sol y, por un instante, Mónica había desaparecido.

—Una de las cosas que he aprendido de este divorcio —continuó— es que no debería haberme casado. Pero me dejé vencer por mis inseguridades. Por estúpido que parezca, si nunca te has casado, no piensas en otra cosa. Es un tema que está siempre ahí, acechando en un rincón de tu mente. «¿Qué me pasa? ¿Cómo es que nadie me quiere?». Y es importante no dejarse atrapar por las expectativas que te impone la sociedad…

—¡Una polla en la habitación! —gritó alguien.

Pandy se rio.

—En todo caso, me he dado cuenta de que tengo que madurar. Y eso significa que no puedo seguir siendo Mónica.

—¡Venga ya! —gritó Nancy—. Tú *eres* Mónica.

Pandy sacudió la cabeza.

—No, ya no. No quiero. En parte porque, si sigo siendo Mónica, acabaré con otro Jonny.

—¡Olvídate de Jonny! ¡Tú te mereces algo mejor!

—Los hombres harán cola para conocerte, ya verás —rugió Suzette.

—No. —Pandy le señaló con el dedo con aire juguetón—. Hacen cola para conocerte *a ti*. Pero ese es el problema, en parte. Si estás con un hombre, estupendo. Pero no todo *tiene* que girar en torno a los hombres. Y nosotras *ya lo sabemos.* Pero a veces hace falta pasar por un divorcio para volver a aprender esa lección.

De pronto se le quedó la boca seca. Con un gesto, le pidió a Angie la botella. Mientras bebía oyó preguntar a Brittney:

—¿De verdad tenía Jonny catorce maletas llenas de cuchillos?

—Shhhh —dijo Nancy.

—En fin —añadió Pandy rápidamente—, resumiendo: es verdad que voy a publicar un nuevo libro, y que *no* es sobre Mónica. Es lo que yo llamo un libro «mío». O sea, que es el libro que siempre he querido escribir, y por fin he aprovechado la oportunidad para escribirlo. Espero que no os llevéis una decepción. Por lo de Mónica. —Hizo una pausa—. Y porque, efectivamente, no tengo novio…

—¡Casi se nos ha acabado el champán! —chilló Portia como si estuviera a punto de estallar una bomba nuclear.

—¡Música! —gritó Meghan—. ¿Qué ha pasado con la música?

Pandy cogió su sombrero de lentejuelas y se lo puso. Cuando se bajó del sofá, las luces que todas las noches a las ocho en punto bañaban la imagen de Mónica inundaron de pronto su cara.

Dio un paso atrás. El tacón del zapato se le enganchó en una raja del cuero agrietado.

Y se cayó.

2

Con los ojos firmemente cerrados, se volvió en la cama, decidida a no afrontar lo que sabía que vería al abrirlos: la luz.

La *mañana*. ¿Por qué, oh, por qué nunca se hacía de día cuando una quería? ¿Por qué esas cosas siempre escapaban a nuestro control?

Se palpó la cara buscando su antifaz. Tocó la espumilla acolchada cubierta de suave seda. Pero las tiras tenían algo raro. Para empezar, había demasiadas. Y además apestaba. A perfume caro…

Ahogando un grito de sorpresa, se incorporó en la cama y lanzó el odioso antifaz al suelo. Contuvo la respiración y dejó escapar un gemido. Notaba una franja de dolor entre la punta de una oreja y la otra, como si tuviera la cabeza metida en un torno de carpintero. La jaqueca era un fastidio, pero no tenía nada de extraño. Había bebido demasiado (como todas) y hacía siglos que no daba una fiesta. Sabía que iba a despertarse con una jaqueca en plan Godzilla: capaz de echar abajo todos los rascacielos de Nueva York. Pero curiosamente la esperada jaqueca iba acompañada de una sensación más inquietante: un dolor insistente y esponjoso en la parte de atrás de la cabeza.

Como si un duendecillo muy molesto la golpeara una y otra vez con un martillo diminuto.

Al palparse con los dedos descubrió que tenía un chichón del tamaño de una canica grande. Hizo una mueca. Recordaba haberse caído del sofá. ¿Y luego qué?

Se inclinó sobre el borde de la cama. Lo que creía que era su antifaz era en realidad un sujetador de color rosa chicle con copas del tamaño de un melón Galia. ¿Sería de Suzette? ¿O de Meghan? A las dos las había operado el mismo cirujano plástico. Pandy volvió a dejarlo en el suelo. Sus dichosas amigas… Se habían emborrachado y de pronto les había dado por intercambiarse la ropa.

Sonó el teléfono. El fijo, no su móvil. Lo cual era más difícil de ignorar.

Miró fijamente el aparato. Su ruido incesante le resultaba incomprensible. ¿Por qué sonaba tan alto? ¿Quién estaba llamando? Gruñó y rechinó los dientes. Solo había una persona que podía llamarla a esas horas de la mañana después de un fiestón como el de la noche anterior.

—Hola, Henry.

Dijo un «hola» de ultratumba, pero al decir «Henry» consiguió que su voz sonara más o menos como si perteneciera al reino de los vivos.

A Henry, sin embargo, no había forma de engañarle: sabía muy bien que perdía la voz cuando bebía más de la cuenta. Se lo había advertido muchas veces cuando estaban de gira:

—Si te tomas una copa de vino con cada *blogger* que quiere entrevistarte, no solo acabarás bebiéndote unas seis botellas de vino, sino que además te quedarás afónica. O sea, que no podrás hablar. Y por tanto no podrás contarles a todos esos periodistas lo fantástico que es tu nuevo libro. Y entonces ¿qué sentido tiene salir de gira, a fin de cuentas?

—Es curioso: nunca parecen seis botellas —contestaba ella pensativa, y él levantaba las manos, derrotado ante semejante idiotez.

—Buenos días —dijo ahora en un tono sorprendentemente amable, aunque también —pensó Pandy— un poquito artificial.

—¿Henry?

Se removió sobre la sábana. Unas partículas minúsculas y desconocidas se le clavaban en los muslos. Retorciéndose y palpando a su alrededor, extrajo algo que parecía una esquirla de plástico de colorines. Examinó aquella cosa mientras sujetaba con fuerza el teléfono con la otra mano.

—¿Qué planes tienes para hoy? —preguntó él con inesperada jovialidad—. ¿Estás ocupada?

—¿Por qué? —preguntó ella con recelo mientras examinaba la partícula que tenía entre los dedos. Era un trozo seco de masa de *cupcake*. Lo tiró al suelo.

—Estaba pensando que podríamos vernos. Quedar en mi despacho para variar. Hace mucho que no nos vemos en la oficina.

—¿Hoy? —Pandy se rio—. Pero si te vi anoche.

—Sí, en efecto. Lamentablemente no estaba allí para presenciar lo que ocurrió después de mi partida, pero a fin de cuentas da igual. Está todo en Instalife. La fiesta y su anfitriona.

—No me digas. —Pandy ahogó un hipido.

Fotos, recordó de pronto. Por eso se habían intercambiado la ropa.

Una idea espantosa comenzó a formarse en su cabeza mientras buscaba sus gafas a tientas por la cama. Si lo que temía era cierto, le convenía estar erguida cuando Henry le dijera lo que sin duda iba a decirle a continuación. Encontró las gafas, desenredó una pierna de la sábana y sacó un pie de la cama.

—Las fotos —murmuró—. ¿Tan horribles son?

—Depende de lo que consideres horrible.

Pandy apoyó el pie en el suelo y pisó el sujetador de Suzette.

—Maldita sea. —Dio otro paso. *Crunch*. Otro trozo de *cupcake*. ¡Sus amigas del demonio!—. No hubo… Ninguna estaba…

—¿Sobria? —Henry soltó una risilla maliciosa—. No. Eso salta a la vista.

Pandy suspiró.

—Sobria, no. *Desnuda*. Ninguna estaba desnuda, ¿verdad?

Al dar un paso hacia la ventana, vio unas bragas negras colgadas de una lámpara. ¿Por qué se habría quitado quien fuera las bragas?

—Porque, por lo que veo, se han dejado un montón de ropa por aquí.

Siguió moviéndose por la habitación, como un objeto que «una vez en movimiento, sigue en movimiento». Un aforismo aprendido en los anuncios de medicamentos contra la artritis que ponían en la tele por las mañanas. Respiró hondo.

—Además, Henry, ¿de qué va Suzette, con ese enorme pedrusco amarillo? ¿Para qué quiere un diamante de diez quilates? ¿Qué tienen de malo tres? La verdad, no entiendo qué diferencia hay entre que te regalen uno de tres y uno de siete.

Henry se quedó callado. Pandy cogió precavidamente el borde de las bragas con el índice y el pulgar.

—Y no me digas que la diferencia es una buena mamada —añadió.

—No iba a decir nada en absoluto.

—Mejor. Espero no estar *yo* en esas ridículas fotografías.

Cogiendo aire, se puso los pantalones de su pijama a cuadros. Al verse de refilón en el espejo, se le ocurrió otra idea.

—Por eso has llamado —dijo, acordándose de aquel comentario acerca del bótox—. Se me ve mayor, ¿verdad?

—No he llamado para hablar de tus arrugas.

—Me alegro. ¿Y de qué arrugas deberíamos hablar, entonces?

Llamaradas de sol lamían los bordes de los estores cerrados.

—Escúchame —gruñó Pandy—, en estos momentos soy una piltrafa humana.

—Todos los seres humanos son una piltrafa por definición —contestó Henry con condescendencia, y luego añadió—: Por cierto, quería hablarte de tu nuevo libro.

—¿Mi libro?

Apenas había cerrado la boca cuando Henry soltó la bomba:

—Está en Instalife, por todas partes.

Pandy abrió los estores de un tirón. El sol le dio en los ojos, cegándola momentáneamente.

—¡Joder! —Soltó el teléfono y se desprendió un trozo, dejando a la vista las pilas.

Pandy tapó los cables con la mano y se acercó el teléfono a la oreja.

—Está en *Page Six.* ¡Y en *People*! —vociferó Henry, que tenía tendencia a prorrumpir en gritos aleatoriamente.

Pandy se quedó pasmada.

—¿Y eso es todo? —preguntó—. Creía que llamabas porque tenías noticias.

Como si no la hubiera oído, Henry empezó a leer titulares en voz alta:

—«PJ Wallis, soltera y sin Mónica».

—¡Oye! ¡Eso está muy bien! —exclamó Pandy—. Es estupendo. Ya se está corriendo la voz.

Metió los pies en un par de polvorientos mocasines de terciopelo que hacía siglos que no veía. Procedían de los confines más remotos de su armario; o sea, que el intercambio de ropa debía de haber sido más exhaustivo de lo que imaginaba.

—En fin —continuó mientras entraba en el cuarto de estar arrastrando los pies—, ¿qué más da? De hecho —añadió—, me alegro. Puede que cuando los editores vean que se ha corrido la voz en Instalife, muevan el culo y lo lean de una vez. ¡Por Dios! Ni siquiera ha acabado el curso lectivo. No estarán ya todos de vacaciones, ¿no?

—No están de vacaciones, no —contestó Henry malhumorado.

—Estupendo. Entonces pueden leerlo. Ya hace más de una semana.

Le dieron ganas de añadir «Y no me llames hasta que lo hayan leído», pero se contuvo. Se presionó la sien derecha con el pulgar, haciendo fuerza. No podía permitir que la resaca la convirtiera en un ogro vociferante.

—Te tengo que dejar —dijo rápidamente.

Cortó la llamada y lanzó el teléfono al sofá, con las pilas colgando como vísceras.

∞

Al entrar cansinamente en la cocina, vio una caja blanca y gruesa sobre la encimera. Contenía dos porciones de pizza de *pepperoni* fría.

Ver la pizza la hizo increíblemente feliz. Sostuvo una porción en equilibrio en la palma de la mano y metió el triángulo reblandecido en la rejilla del horno para pizzas de Jonny. Lo puso a doscientos sesenta grados y se preparó una taza de té. Al descubrir un alijo de bolsas de plástico perfectamente dobladas en la despensa, intentó meter la caja de la pizza en una, pero no cabía. Finalmente se dio por vencida y se puso a limpiar el cuarto de estar.

Una tras otra, fue llenando bolsas de plástico con vasos desechables. Muchos estaban vacíos, pero otros contenían aún líquido y colillas flotantes. Encontró un par de cigarrillos sueltos detrás de un cojín del sofá. Encendió uno y se asomó a la ventana entornada, intentando echar el humo por el hueco. La primera bocanada de nicotina casi la hizo vomitar, pero logró contenerse y se lo fumó hasta el filtro. Mientras encendía otro, notó un olorcillo a quemado. Corrió a la cocina y, al abrir de golpe la puerta del horno, una nube de humo negro le dio en la cara. Tosiendo, cerró la puerta, apagó el horno y apagó la colilla bajo el grifo.

Cogió otra bolsa de plástico y se dirigió al cuarto de baño.

Varias botellas vacías de un carísimo champán rosa (su bebida preferida, y la de Mónica, cómo no) flotaban en la bañera, que esa noche había servido de hielera gigantesca, en medio de un velo de agua sucia. Cabeceando entre los desperdicios como una manzana pocha había un extraño trozo de plástico verde almohadillado. Pandy lo cogió. Era una rana verde de juguete, con enormes ojos amarillos y sendas patas flexibles a cada lado.

La rana estaba fijada a algo rígido y duro. Pandy le dio la vuelta. El dorso era una pantalla en negro. La rana era una funda de teléfono impermeable de las que usaban los niños.

Pero ¿de quién era?, se preguntó con el ceño fruncido. ¿Sería posible que alguien hubiera llevado a un niño a la fiesta y ella no se hubiera enterado?

Tocó la pantalla. Apareció una imagen: Portia en una playa tropical, llevando de la mano a dos niños rubitos y adorables.

Ah, claro. Portia tenía hijos. Pandy se la imaginó de pronto en la playa con sus niños. Le preocupaba que perdieran sus teléfonos en el agua. Por eso les había comprado aquellas fundas tan graciosas en la tienda de regalos del *resort*. Le pareció notar el olor verde y fresco de los sombreros de paja autóctonos que colgaban de un expositor cerca de la caja registradora, y se le puso la carne de gallina al imaginarse el súbito frescor del aire acondicionado después del calor sofocante del exterior.

¿Cuánto tiempo hacía que no iba de vacaciones al trópico?

Años. Concretamente, seis. Desde que estuvo en aquella isla con SondraBeth Schnowzer y apareció Doug Stone.

Agua pasada, se dijo mientras abría el desagüe de la bañera y veía desaparecer el agua turbia.

Lo que no desaparecía era su resaca. Buscó una aspirina y, al no encontrar ninguna, comprendió que iba a tener que salir.

∽

Al salir de su edificio, se paró en la acera y miró a un lado y otro de la calle. Notó un aroma a algodón de azúcar, lo que significaba que la feria de San Gerónimo estaba en su apogeo. Mientras bajaba por Mercer Street, tuvo que bordear un gran trozo de tierra, de las obras de un edificio cercano, que no se acababan nunca. Hacía tanto tiempo que aquel edificio estaba en construcción, que recordaba haberse enrollado con un tío delante de él cuando acababa de comprar el *loft* y aún no conocía a Jonny.

Belascue. Así se llamaba aquel tipo. Era un artista. Un pintor. Y además estaba buenísimo.

Ojalá me hubiera casado con Belascue y no con Jonny, se dijo. Pero su idilio duró muy poco. Cuando por fin se acostó con Belascue, a él le entró el pánico y le dijo que no quería tener pareja estable. Y todavía ahora, con cuarenta y nueve años, seguía sin tener novia, según había oído.

Menos mal que aquello no llegó a más. Acordarse de ello (y pensar que al menos había esquivado esa bala) le dio renovados bríos. Los justos para seguir avanzando por la calle desierta.

Al pasar por delante de los escaparates todavía a oscuras, se dio cuenta de que aún no eran las diez de la mañana. Si estuviera escribiendo, la hora no habría importado. Cuando escribía el tiempo era irrelevante; como mucho, tenía la sensación de que nunca había bastante.

Pero ahora que había acabado su libro, el tiempo volvía a tener importancia. Y el problema era que había que invertirlo en *hacer cosas*.

Entró en la farmacia, compró un bote grande de Anvil y dudó si pasarse por el banco para pedir que fueran preparándole el cheque a Jonny. ¿Cómo se hacía eso? ¿Podía extenderse un talón por una suma tan enorme?

Al pensar en aquel número de siete cifras se le encogió el estómago y se le vino a la boca un hilillo de bilis rancia. ¡Las cosas que podría hacer con ese dinero! El acuerdo de divorcio le había costado el doble de lo que costaba la sortija de Suzette. Daba para comprar un diamante de veinte quilates, y de color rosa, además. Podría haberse comprado el diamante rosa más grande de toda Nueva York con lo que iba a tener que pagarle a Jonny por librarse de él de una vez por todas.

Hizo una mueca. Era mejor no pensarlo.

Se acercó al kiosco de prensa, donde Kenny, el dueño, estaba contando dinero detrás de una mampara de plexiglás. Kenny sonrió dejando ver un diente de oro.

—Has vuelto —dijo.

—Eh, sí, he estado… —Pandy se interrumpió. No sabía muy bien cómo explicar los meses que había estado desaparecida mientras escribía su libro.

—Tengo las revistas recién salidas del horno. Cotilleos calentitos. Han llegado esta misma mañana.

Pandy asintió mecánicamente con la cabeza.

—Qué bien. —Y entonces, acordándose de por qué había ido al kiosco (Jonny, el cheque y una resaca bestial, todo lo cual equivalía a *estrés*), farfulló—: Dame un paquete de Marlboro Lights.

—¿Has vuelto a fumar? —preguntó Kenny sorprendido.

—Solo hoy.

—Un mal día, ¿eh?

Pandy asintió otra vez, con la cabeza dolorida por el chichón. Cuando Kenny se volvió para buscar el paquete de tabaco, echó un vistazo a las revistas. SondraBeth Schnowzer aparecía en la portada de tres tabloides, además de en *Vogue* y en *Elle*. En todas partes se proclamaba que habían vuelto a abandonarla. Esta vez, el que la había dejado plantada era su último noviete, un modelo francés muy guapo. Los defectos amorosos de SondraBeth figuraban en un listado al lado de su cabeza: *Pasa todo el tiempo trabajando*; *le obsesiona su agenda*; y lo peor de todo: *no tiene amigos*.

—Aquí tienes —dijo Kenny sonriendo de oreja a oreja al darle el tabaco.

Pandy recorrió media manzana. Después se detuvo a encender un cigarrillo y, al levantar la mirada, descubrió que se había parado justo delante de la antigua entrada de Joules. Allí estaba la cortina de bambú, reducida a unas cuantas hilachas sucias. Detrás, el largo y traicionero caminito que bajaba por el estrecho callejón y, más abajo, las húmedas escaleras del sótano que conducían al que en su momento había sido el club nocturno más fabuloso del mundo.

Por un instante notó literalmente su olor.

Aquel olor… Te asaltaba en cuanto entrabas en Joules Place. El olor a dinero. Y a drogas. El olor acre y metálico de un millón de sustancias químicas, de un millón de trapicheos y de gramos de cocaína. El tufo agridulce del humo del tabaco y la marihuana, absorbido por las paredes y la moqueta. Aquel aroma evocaba un millón de recuerdos, un millón de conversaciones, un millón de ilusiones y deseos; la esperanza de encontrar el significado de la vida al final de una pajita.

Y, *zas*, de pronto allí estaba Joules en persona para darte la bienvenida con su americana azul marino y su pañuelo en el cuello. Un pijo europeo de pura cepa, un verdadero aristócrata, heredero de un título nobiliario y un montón de deudas.

Y (*zas* otra vez) allí estaba SondraBeth, con la voz enronquecida por la bebida, las drogas y el tabaco, susurrando «Joules, soy yo» una de esas noches larguísimas, cuando todavía eran amigas. Cuando las llamaban «PandaBeth». Cuando un cantante legendario tocaba con su banda y PandaBeth hacía los coros. Cuando PandaBeth recibía a su corrillo de admiradores en el cubículo del fondo del aseo. Cuando las invitaban a beber mafiosos como Freddie el Rata, que proveía a Joules de toda clase de cosas, desde servilletas de bar a farlopa. Cuando PandaBeth podía decir o hacer cualquier cosa; cuando sus diabluras desenfrenadas tenían el filo cortante de una navaja; cuando ella, Pandy, se despertaba la tarde siguiente con una sensación pegajosa y nauseabunda, acosada por la mala conciencia, por la culpa que le producía su propia conducta, que cualquier persona sensata habría considerado ebria y trastornada.

Ella se angustiaba, abrumada por la vergüenza («No me lo puedo creer, no me lo puedo creer») y SondraBeth se reía, el pelo enmarañado y pegajoso, la ropa de la noche anterior rota y cubierta de manchas misteriosas, como si en algún momento de la noche se hubiera revolcado literalmente en una cloaca.

Y decía: «La culpa es una emoción inútil. El pasado, pasado está, aunque sea hace una hora...».

Pandy sacudió la cabeza y se rio. Comparada con aquellas noches en el Joules, la fiesta de la noche anterior no era nada. *Y menos mal que no lo es*, pensó mientras se encaminaba hacia el parque.

∞

El parque estaba en plena floración. Las hojas de los árboles eran de un brillante verde esmeralda. Los narcisos alzaban sus trompetas amarillas entre los pulcros lechos de flores. La primavera había dado paso al verano mientras ella estaba encerrada luchando a brazo partido con aquel libro, como si de un oso se tratara. Había sentido muchas veces la tentación de darse por vencida, pero había perseverado, impulsada por un deseo febril de demostrar su valía. Y el hecho de que al mismo tiempo hubiera tenido que batallar con Jonny solo había fortalecido su resolución.

Se sentó en un banco recién pintado, cerca del parque para perros, y aspiró el intenso olor de la tierra, mezclado con el vago aroma químico que impregnaba el aire polvoriento. Se frotó distraídamente el chichón de la cabeza y oyó un gruñido de fastidio.

Al levantar la vista, vio que una joven intentaba hacer pasar un carro de bebé y un perrito por la puerta de la verja. Pandy se levantó de un salto y corrió a ayudarla, sujetando la puerta para que pudieran pasar.

—Gracias —dijo la joven amablemente.

Pandy sonrió y volvió a su banco, acordándose del tópico que afirmaba que acabar un libro era como dar a luz. Y era cierto: una amiga le había descrito el dolor del parto como algo incomprensible que, mientras duraba, alteraba por completo la noción del tiempo. Lo que parecían diez minutos podían ser en realidad diez horas. Y luego, cuando al fin tenías al bebé en tus brazos, te olvidabas al instante de aquel proceso angustioso.

Escribir un libro era igual. Una vez acabado el manuscrito (cuando imprimías esa última página con la palabra *Fin*), te olvidabas del esfuerzo y solo sentías alegría. Pero, a diferencia de lo que pasaba con un bebé, tu opinión sobre tu «hijo» no era la que de verdad importaba.

Arrugó la nariz, procurando que no se le cayeran las gafas de sol. Solo cuando el editor llamaba a tu agente o, mejor aún, a ti para decirte lo mucho que les había gustado tu libro, lo bueno que era y lo genial que eras tú, te relajabas por fin. Solo entonces podías respirar, sabiendo que pronto recibirías tu cheque.

El cheque que te permitiría pagar al capullo de tu exmarido para que te dejara en paz para siempre.

Más vale no pensarlo, se recordó mientras cogía su teléfono móvil.

El teléfono empezó a vibrar y a centellear de inmediato, al tiempo que una serie de alertas y notificaciones cruzaba la pantalla como una nube de langostas.

Tocó el pajarito blanco del cuadrado azul.

Tenía quinientos seguidores nuevos en Twitter. Qué raro. Normalmente tardaba semanas en acumular tantos fans. Echó un vistazo a las notificaciones y de pronto comprendió por qué estaba Henry tan agobiado. Había decenas de tuits y retuits acerca de su nueva novela *desMónicada*, incluidas varias peticiones de entrevistas y diversos mensajes de aliento de sus fans. *Estoy deseando hincarle el diente a tu nuevo libro como a una galleta de chocolate grande y crujiente*, escribía StripeSavage.

¿Qué? Oh, no, pensó Pandy. No era ese tipo de libro. ¿Debía notificárselo a StripeSavage? ¿O no hacer caso? Esperaba que StripeSavage no se llevara una decepción.

Me pregunto qué pensará SondraBeth Schnowzer, escribía otra fan.

A lo que Pandy sintió la tentación de contestar: *Descuida, por SondraBeth Schnowzer no hay que preocuparse*. Y era verdad. Según Google, SondraBeth tenía una fortuna de ochenta millones de dólares. Pandy se lo creía aunque, según Google, la suya ascendía a la astronómica cantidad de cuarenta millones de dólares, cuando en realidad a esa cifra habría que quitarle, como mínimo, un cero. Lo que no había impedido que Jonny intentara utilizar contra ella esa información falaz al principio de su divorcio.

—¡Tiene cuarenta millones! —había chillado Jonny.

—No hay pruebas de la existencia de ese dinero. No aparece en los extractos bancarios, ni en las declaraciones de impuestos, ni en recibos de ninguna clase —contestó Hiram.

—Lo pone en Internet —había replicado Jonny.

Pandy sacudió la cabeza, asqueada.

Miró su teléfono y escribió lo que solía contestar cuando se tocaba el tema de SondraBeth: *¡La adoro!*, seguido de tres corazoncitos fluorescentes.

Pasó a sus mensajes. Varias amigas le habían mandado fotos de la fiesta. Había muchas de grupo, y una en la que ella aparecía tumbada en el suelo con las piernas levantadas. Había también un primer plano del enorme pedrusco de Suzette, que la propia Suzette había colgado en Instalife. La foto tenía más de diez mil *likes*.

Y, por último, había un mensaje de Henry: *¿Dónde estás? Llámame.*

Pandy puso los ojos en blanco. Todavía estaba enfadada con él.

De pronto empezaron a sonar las primeras notas del tema principal de las películas de Mónica, lo que indicaba que la llamaban por teléfono. Pensó que sería Henry, y se quitó un peso de encima al ver que era Suzette.

—¿Eres *tú*, corazón? —chilló su amiga.

—¿Quién va a ser si no? —Pandy se acordó de pronto del teléfono de Portia—. Tengo el teléfono de Portia —anunció.

—¡Qué bien! Puedes traérselo al Pool Club.

Pandy miró la hora: eran las diez y cuarto.

—¿Ya estáis ahí? —Se quedó callada un momento pensando en lo que significaba aquello y añadió—: Por favor, no me digas que os habéis pasado toda la noche de juerga.

—No, qué va.

—¡Yo estaba en la cama a las doce! —se oyó chillar a Portia de fondo.

—La pregunta es *con quién* estabas en la cama —dijo Suzette—. Vente a la piscina, cielo. Ahora mismo. Ya hemos pedido una botella de champán.

—No tengo bañador —protestó Pandy con poca convicción.

—Pues cómprate uno, boba —replicó Suzette, y colgó.

∽

Acababa de salir de la tienda cuando de pronto allí estaba: la pierna perdida de Mónica, fijada con cuerdas al remolque de un larguísimo camión que bloqueaba la calle.

—¡Eh! —exclamó, haciendo señas a los operarios, dos hombres de mono blanco que se habían bajado de la cabina y se estaban encaramando al remolque—. ¿Cómo es que han tardado tanto? —preguntó.

—¿Qué? —El mayor de los dos la miró con cara de pocos amigos.

—La pierna de Mónica. Llega tarde.

—¿Es una de sus fans? —preguntó el hombre con cierto tonillo de fastidio, como si ya estuviera harto de los fans de Mónica.

—Pues sí —contestó Pandy con orgullo.

Se le pasó por la cabeza decirles que ella era su creadora, pero se lo pensó mejor. Seguramente no la creerían, de todos modos.

—Sigan a lo suyo, señores —dijo airosamente, como si fuera una reina y ellos sus leales vasallos.

El nudo de dolor que notaba en el plexo solar pareció disiparse un poco. Exhaló un profundo suspiro al acordarse de que ya no necesitaba a Mónica. Tenía su nuevo libro. Todo su futuro dependía de él y confiaba en que, al igual que Mónica, fuera un éxito.

O sea que todo saldría bien, se dijo alegremente al levantar la mano para parar un taxi.

3

El Pool Club estaba situado en la azotea de un antiguo hotelucho recién remodelado, en West Side Highway. Mientras subía en el elegante ascensor, Pandy se sonrió al recordar sus primeros tiempos en Nueva York, cuando tomaba el sol en Playa Alquitrán, la azotea de su edificio de apartamentos sin ascensor. Sin saber cómo, durante los dos años que había invertido en El Libro aquellos clubes con piscina habían proliferado como champiñones por toda la parte baja de Manhattan.

El lugar estaba ya abarrotado cuando llegó, pasadas las once de la mañana. Había tanta gente que una turista mal informada podría haber pensado que estaba en otra ciudad. En Miami, quizá, o en Las Vegas.

—¡Por fin has llegado! —exclamó Portia al verla avanzar sorteando tumbonas cubiertas con toallas, prendas de ropa, lociones bronceadoras y bolsas llenas de revistas y ordenadores.

Había muchísima gente joven: chicas en bikini, de tripa plana y pechos competitivos, y chicos arrogantes que hablaban con voz estruendosa por sus teléfonos móviles, dándose muchos aires.

—Espera. —Suzette retiró un montón de revistas de la tumbona que tenía al lado y le indicó que se sentara.

Pandy se acomodó sobre la funda de tela de toalla. Se quitó las gafas de sol y miró con enfado a un individuo flacucho y peludo que estaba a un par de metros de distancia, acompañado por dos jovencitas que le miraban embelesadas.

—¿Por qué hay tanta gente? —preguntó—. Es jueves. ¿Es que aquí nadie trabaja?

—El jueves es el nuevo domingo —afirmó Suzette al tiempo que le pasaba un puñado de collares de cuentas de plástico de color amarillo, morado y verde—. De la feria de San Gerónimo —explicó con voz ronroneante—. Esta mañana, cuando me desperté, mi hijo los había esparcido por toda la casa.

—Estamos de celebración —dijo Portia incorporándose en la hamaca, y se giró para sacar una botella del cubo de hielo que tenía al lado—. ¿Quieres champán? —preguntó.

—Claro que quiere champán —dijo Suzette—. No hay más que verla.

—Tengo tu teléfono —le dijo Pandy a Portia.

Portia se abalanzó sobre el teléfono con avidez.

—¿Qué tal tu agente? —preguntó.

—¿Mi agente? —preguntó Pandy, atragantándose al tomar un sorbito de la bebida burbujeante.

Suzette puso cara de fastidio y volvió a tumbarse.

—Lleva toda la mañana hablando de Henry. Y de ti. «¿Por qué no sale Pandy con su agente? Con lo mono que es» —dijo imitando la voz de su amiga.

—¿Henry? —Pandy cogió varios collares y se los colgó del cuello.

—Es superguapo, eso tienes que admitirlo —dijo Suzette.

—Cuando te vi hablando con él en la fiesta, le dije a Suzette: «Esos dos hacen buena pareja». ¿A que sí? —añadió Portia.

—¿*Henry?* —chilló Pandy.

—Es gay —afirmó Suzette—. Tiene que serlo.

Pandy se puso colorada y se encogió de hombros.

—Y, además, no va a salir con su agente —agregó Suzette con aire desdeñoso—. Nadie sale con su agente. Eso no se hace.

—Creía que SondraBeth Schnowzer había salido con su agente. Ese tío que tenía un nombre tan raro. ¿Cómo era? ¿Pepé?

Pandy se incorporó en la hamaca.

—No era su agente —masculló—. Era el jefe del estudio. —Decidida a cambiar de tema, se volvió hacia Portia—. ¿Qué haces tú aquí en pleno día? Creía que trabajabas.

Portia se encogió de hombros.

—Me han despedido.

Pandy se quedó pasmada.

—¿Otra vez?

—Otra vez —contestó Portia con una sonrisa.

—¿Qué finiquito te han dado esta vez?

—El salario completo de un año. Empezaré a buscar trabajo dentro de nueve meses. Mientras tanto, voy a dedicarme a viajar.

—Aunque de momento solo ha llegado al Pool Club —comentó Suzette.

—Eh, chicas, que si no fuera por vosotras a estas horas estaría en Río —repuso Portia con una risita.

Suzette puso los ojos en blanco.

—Venga, por favor. Donde esté el sur de Francia…

—Saint-Tropez es un aburrimiento total en junio —dijo Portia despectivamente.

—¿Y Suiza? —preguntó Pandy.

Suzette la miró con estupor.

—¿Quién va a Suiza en verano?

—Yo —contestó Pandy mientras se daba loción bronceadora en los brazos—. O quiero ir, por lo menos. Una vez estuve allí en julio. Para una boda. Nos alojamos en uno de esos hoteles que están en un castillo. ¡Y qué camas! ¡Edredones y almohadas de plumón de triple capa! Era como dormir en una nube. ¡Y las montañas! Era como estar en *Sonrisas y lágrimas*. Había un pianista en el hotel y yo me puse a cantar canciones de Burt Bacharah. Estaba también Johnny Depp, y dicen que le horrorizó tanto mi forma de cantar que se marchó.

—¿De la sala? —preguntó Portia.

—Del hotel —contestó Pandy—. Por lo visto se fue esa misma noche.

—¿Y qué hay de tu casa de campo? ¿Por qué no vas allí? —preguntó Suzette.

—¿A *ese* sitio? —Portia puso cara de horror.

—Venga ya, Portia —dijo Suzette—. Es la casa de su familia. Creció allí.

—Sin ánimo de ofender, ese sitio da miedo. No hay cobertura ni wifi, ni siquiera televisión por cable. Y no hay nada que hacer. Y encima todos esos retratos de tus antepasados, que ponen los pelos de punta...

—Portia, *por favor* —dijo Suzette enérgicamente. Se echó hacia atrás y cerró los ojos—. Yo, por lo menos, me lo pasé estupendamente allí. Nos disfrazamos con ropa antigua y jugamos a las adivinanzas. Y al croquet. ¿Te acuerdas?

—Juegos de viejas —bufó Portia.

—¿Cómo se llamaba el pueblo? —preguntó Suzette en tono cortés, con la intención evidente de hacer callar a Portia.

—Wallis —contestó Pandy—. Aunque en realidad no es un pueblo. Es una aldea.

—¿Y además no es un lugar histórico? ¿La finca ancestral de tu familia o algo así? —insistió Suzette en tono alentador.

—Por favor... Se apellida Wallis y es de Wallis. ¿Tú qué crees? —Portia bostezó, aburrida.

—Yo también tengo una buena finca —replicó Suzette—. Estas posaderas tan estupendas.

—¿Otra botella de champán, señoras? —Un joven camarero, vestido con camisa blanca y tiesos pantalones chinos, levantó apresuradamente la botella y sirvió las últimas gotas en la copa de Pandy.

—Gracias —dijo ella con amabilidad excesiva y, tras apurar el champán, fue a ponerse su bañador nuevo.

∞

Cuando regresó, Suzette y Portia estaban revolviendo el montón de revistas.

—Ten —dijo Portia, pasándole a Pandy un ejemplar de *Connected*.

SondraBeth Schnowzer aparecía en la portada, vestida con unos pantalones blancos bien ceñidos y altísimos zapatos de plataforma. Levantaba la mano tapándose la cara como si intentara esquivar a los *paparazzi*.

—Basura. Todo basura —comentó Portia. Levantó otra revista y la sacudió para dar mayor énfasis a sus palabras—. Aunque debo reconocer que me gusta leer la basura en una revista de papel, porque así puedo tirarla cuando la he leído. Puedo tirar literalmente la basura a la basura, y eso sienta muy bien.

—A lo mejor deberías pedir trabajo en el ayuntamiento. Recogiendo basura —murmuró Pandy.

—¿Qué le pasa a esta pobre mujer? —preguntó Suzette de pronto, cogiendo el tabloide que traía a SondraBeth en portada—. ¿Por qué se empeñan en decir que es «tóxica»? Es preciosa. ¿Por qué no encuentra marido?

—Doug Stone, ¿te acuerdas? —dijo Portia—. He leído que la dejó plantada justo antes de la boda. Y cuando te rechaza una de las mayores estrellas de cine del mundo, solo puedes ir cuesta abajo. —Soltó una risilla y se volvió hacia Pandy—. ¿Tú no saliste con Doug Stone una vez?

Pandy se puso colorada.

—Bueno, no, no del todo.

Suzette hizo una seña al camarero.

—Ah, sí, es verdad, fue cuando SondraBeth y tú erais amigas.

A Pandy le tembló ligeramente la mano al servirse más champán.

—Sí, bueno, más o menos —dijo vagamente.

—Doug Stone… —suspiró Portia—. ¿Y qué tal su tercera pierna? —preguntó con aire travieso.

—¿Qué? —Pandy se rio.

Suzette suspiró.

—Quiere saber si tiene la polla grande.

—¿Sabéis?, la verdad es que no me acuerdo.

—Bien dicho. —Suzette levantó la mano del diamante amarillo y le dio unas palmaditas en el hombro—. No hay que ir por ahí contando secretillos de alcoba. Y eso vale para los caballeros y también para las damas. —Miró a Portia con intención.

—No soy yo quien va por ahí dándose aires de gran señora —replicó Portia, riendo. Mientras seguía revolviendo las revistas, meneó la cabeza—. Dios mío, SondraBeth Schnowzer está hasta en la sopa. Todo el mundo *sabe* que es Mónica. A estas alturas ya debería estar harta de tanta publicidad.

—*Pandy* es Mónica. SondraBeth es una mala imitación. Aunque tengo que reconocer que está guapísima —añadió Suzette, hojeando *Vogue*.

Se detuvo al llegar a una fotografía de SondraBeth y levantó la revista para que la vieran.

SondraBeth estaba en una postura aparentemente imposible, medio arrodillada, con la cabeza ladeada en un gesto sensual. Sus ojos, entre verdes y dorados, centelleaban al mirar a la cámara. Vestía una malla enteriza de pedrería y tenía brillos en el pelo. Parecía una hermosísima pieza de joyería.

Pandy no pudo apartar la mirada.

Portia le arrancó la revista a Suzette, miró la foto y luego miró a Pandy.

—Pues sí —dijo con aire triunfal—, tenías razón. Está claro que ya no eres Mónica. —Dejó pasar un segundo y añadió—: Necesitas unos retoques.

—¿Quieren que les traiga algo más, señoras? —preguntó el camarero.

—¿Qué tal unos retoques? —preguntó Pandy, y Suzette y Portia chillaron de risa.

∞

Eran más de las dos cuando Pandy cogió su móvil y vio que tenía tres mensajes de Henry. Levantó el teléfono, que centelleó al sol con un brillo de lo más molesto.

—¡El pelma de mi agente! —exclamó—. ¿Por qué no me deja en paz? ¿Es que no sabe que estoy *ocupada*?

Y, sin molestarse en leer los mensajes, escribió: *¿Sí?*

Henry contestó de inmediato: *¿Has leído mis mensajes?*

No, respondió Pandy. Dejó el teléfono y se tendió boca abajo apoyando la barbilla en el borde de la tumbona. Cerró los ojos y dejó vagar sus pensamientos. Los ruiditos mecánicos de los móviles de otras personas se convirtieron en el canto de los grillos, y el zumbido de la conversación en el perezoso runrún de las abejas. Mientras se adormilaba, se le vino a la cabeza la imagen de un cúmulo de pecas rojas marchando como hormigas por el puente de una nariz respingona.

Levantó la cabeza, sobresaltada. Aquellas eran las pecas de SondraBeth Schnowzer.

Intentó apartar de sí aquella imagen, pero era demasiado tarde. SondraBeth se levantaba las gafas doradas de aviador y bajaba la mirada para fijarla en ella. Y allí estaba: su sonrisa.

La sonrisa de Mónica.

Pandy se sacudió aquel recuerdo y, al incorporarse bruscamente, se mareó un poco.

Miró a su alrededor. Había menos gente en la piscina. El calor había ahuyentado a todo el mundo, excepto a los más amantes del sol. Suzette dormitaba en la tumbona. Portia estaba en el bar, charlando animadamente con alguien a quien Pandy no veía desde donde estaba.

Las gafas de leer de Suzette se habían caído por el hueco que quedaba entre las dos tumbonas. Pandy las cogió, se las puso y leyó los mensajes de Henry.

Llámame.

¿Dónde estás?

Tenemos que hablar.

Y por último: *¿Dónde y cuándo podemos quedar?*

Pandy se levantó de golpe, espabilada del todo y completamente sobria. Henry tenía *noticias*. Por eso quería verla.

Le tembló la mano cuando pulsó su número y se acercó rápidamente al toldo que había al fondo de la piscina. El teléfono sonó y sonó, hasta que saltó el buzón de voz.

—Maldita sea —dijo en voz alta al colgar.

Le mandó un mensaje enseguida: *¿Les ha ENCANTADO?*

¿Dónde estás?, contestó él.

En el Pool Club, respondió Pandy, y le dieron ganas de añadir *Coge el maldito teléfono*, pero no le apetecía marcar tantas letras.

¡Voy para allá!, contestó Henry. Con signos de admiración, lo que significaba que tenían que ser buenas noticias. Aturdida de pronto por la emoción, Pandy volvió con sus amigas agitando el teléfono en el aire.

El club estaba volviendo a llenarse, esta vez de madres con niños recién salidos del colegio. Pandy esquivó a un niño de corta edad que llevaba tantos flotadores que parecía un astronauta enano.

—¡Henry viene para acá! —le dijo a Suzette, a la que habían despertado los gritos de los niños que habían invadido el club—. Creo que trae buenas noticias.

Incapaz de contener su nerviosismo, empezó a pasearse de un lado a otro, dando vueltas alrededor de las tumbonas mientras mascullaba sin ton ni son:

—Después de todo esto… No puedo creer… Ay, Dios mío…

Hasta que por fin, agobiada, tuvo que sentarse.

—Cielo, ¿estás bien? —preguntó Suzette.

Pandy se llevó la mano al pecho. Le habría gustado explicarles a sus amigas lo importante que era aquello para ella, pero sabía que no lo entenderían.

Asintió vigorosamente y exclamó con impaciencia:

—¿Dónde se ha metido Henry?

—¿Henry va a venir? —preguntó Portia, que acababa de acercarse con una copa de plástico en la mano. Se le derramó un poco de bebida en la mano y miró a Pandy extrañada—. Tesoro, estás sudando como un pollo. ¿Por qué no te das un chapuzón en la piscina?

—No querrás que *Henry* te vea toda sudorosa —dijo Suzette en tono jocoso.

—Puede que me lo dé —contestó Pandy al darse cuenta de que, en efecto, con la emoción de su éxito inminente se había puesto a sudar a chorros.

Cogió su móvil y se acercó al borde de la piscina. Incapaz de soportar el suspense ni un segundo más, marcó el número de Henry.

Él contestó al primer timbrazo.

—Henry —dijo ella ansiosamente—, les ha encantado, ¿verdad?

—Hablaremos cuando llegue.

—¿Cuando *llegues aquí*? ¿A qué viene esa…?

De pronto, una especie de esponja gigante chocó contra sus piernas. Pandy dio un paso adelante y estiró el brazo para mantener el equilibrio. El niño del traje de astronauta pasó como una exhalación por su lado y se metió en el agua al tiempo que su móvil caía a la piscina.

En el instante en que el teléfono tocó fondo, la convicción de que Henry iba a darle una mala noticia le cayó como una piedra dentro del estómago. A trompicones, gesticulando como una loca, regresó con sus amigas.

—¡Un teléfono! ¡Necesito un teléfono! —chilló.

—¿Para qué? —preguntó Portia.

—Tengo que llamar a Henry.

—Pero ¿no iba a venir?

—Necesito saberlo. Antes de que llegue —dijo con voz estrangulada mientras agarraba el teléfono de Portia y empezaba a marcar.

En ese instante, una nube debió de tapar el sol, porque una sombra empezó a oscurecerle la vista. Sintió una náusea, se le doblaron las rodillas y al caer en la tumbona soltó el teléfono de Portia.

—Cariño, ¿estás bien? —exclamó Portia mientras Suzette cogía el teléfono y se lo acercaba a la oreja.

—¿Henry? —preguntó. Miró a Pandy y asintió con un gesto—. Entiendo. Sí, de acuerdo —dijo enérgicamente, y colgó.

—¿*Qué ha dicho?* —chilló Pandy.

—Que estará aquí dentro de un minuto. Ha alquilado un coche.

—¿Un coche? —preguntó Pandy, anonadada. Delante de sus ojos bailaban en molinete unos cuadraditos blancos y negros.

—No entiendo. ¿Qué ha pasado? —preguntó Portia, hablando con Suzette como si ella no estuviera allí.

—Creo que acaban de rechazar su libro —repuso Suzette bajando la voz teatralmente.

—¡¿Cómo?! —exclamó Portia.

—Su nuevo libro —susurró Suzette, y se pasó la mano por la garganta como si se rebanara el cuello.

—¡Ay, Dios! —chilló Portia. Luego hizo una pausa y añadió—: ¿Eso es *todo*?

—¿Cómo que si eso es todo? ¿Es que no te parece *suficiente*? —preguntó Suzette alzando la voz.

Portia se encogió de hombros.

—Creía que a lo mejor Jonny no iba a concederle el divorcio. O que quería más dinero aún.

Pandy luchó por incorporarse.

—¡Me ha concedido el divorcio! —gritó.

—Bueno, entonces no hay problema, ¿no? —dijo Portia jovialmente mientras le echaba una toalla sobre los hombros—. Si solo es por el libro… Puedes escribir otro, ¿no?

—¡Uy! ¡Aquí viene Henry! —exclamó Suzette con falsa alegría.

—¿Pandy? —preguntó Henry inclinándose sobre ella.

Pandy se había quedado paralizada, tapándose los ojos con las manos.

Henry le apartó el dedo meñique y luego fue retirando dedo a dedo, lentamente.

—¿El libro? —gimió Pandy.

—Lo siento —dijo él, y a Pandy se le cerró la garganta de puro terror.

∞

Tuvo que tomarse un chupito de vodka a palo seco para recuperar el habla.

Se mecía en el taburete del bar, alternando entre accesos de llanto y exclamaciones de aliento. «¡No importa!», «¡Por algo será!», «¡Todo va a salir *bien*!». Pero, entre una exclamación y otra hacía largas pausas que parecían signos de puntuación interminables: larguísimos paréntesis, por ejemplo.

Le daban ganas de meterse en un agujero negro y profundo; de excavar un túnel muy hondo, el más hondo que hubieran excavado hasta entonces y, al llegar al fondo, acurrucarse y morir.

Pero como la gente que la rodeaba no lo consentiría, Pandy se dejó llevar y les dio la razón en todo:

Sí, estaba de acuerdo en que era buen momento para tomarse un par de días libres.

Sí, llevaba demasiado tiempo encerrada.

Y sí, había soportado un estrés enorme. Sobre todo, por lo de Jonny. La gente no sabía por lo que le había hecho pasar.

De modo que sí, iría a su casa de Wallis a recuperarse. Le sentaría bien, después de pasar tantos meses seguidos en Nueva York. Y Henry se reuniría con ella al día siguiente por la mañana, *como muy tarde*.

Subió sin rechistar al coche con conductor que Henry había alquilado para trasladarla a Wallis. Estaba tan aturdida que no le preguntó por qué parecía haberlo planeado todo con antelación.

—¡Adiós! —saludó a sus amigas por la ventanilla.

Subió el cristal y se recostó en el asiento. La fría ráfaga del aire acondicionado chocó con el calor del día y una película de vaho empezó a formarse en la ventanilla. Pandy estiró el dedo y se lo acercó un momento a la sien. Luego lo bajó y, apuntando al cristal empañado, escribió: *SOCORRO*.

Su móvil, que Suzette había rescatado de la piscina, volvió a la vida y empezó a vibrar lanzando al aire las alegres notas del tema de Mónica como globos de carita sonriente. Pandy lo tapó con la mano para hacerlo callar. Miró más allá de la fea hilera de coches el otro lado de West Side Highway. Un hermoso yate blanco con las velas ondeando al viento surcaba la superficie centelleante del río.

Por un instante fingió que estaba en Miami.

Pero fue una ilusión efímera. Delante de ella se alzaba otro anuncio de Mónica, otro recordatorio de su estrepitoso fracaso.

Lo que nadie sabía era que, sin su nuevo libro, no podía pagar a Jonny.

O sea, que PJ Wallis estaba acabada. Al final, había vencido Mónica.

Entonces frunció el ceño. A aquel anuncio, como al primero, también le faltaba una pierna.

A pesar de las circunstancias, al verlo le dio un ataque de risa. De pronto le entraron unas ganas locas de llamar a SondraBeth Schnowzer para contarle que la pierna de Mónica seguía sin aparecer.

SondraBeth era la única persona del mundo que habría sabido apreciar lo cómico de aquella situación.

El coche dobló la esquina y Pandy echó un último vistazo a la valla publicitaria al tiempo que su risa se convertía en llanto. Y por primera vez desde hacía mucho tiempo se acordó de lo distintas que eran las cosas nueve años antes, cuando todo era nuevo, fresco y emocionante.

Y de cómo cambió todo cuando de su boca salieron aquellas cuatro palabras fatídicas:

—Quiero a esa chica.

SEGUNDA PARTE

4

—¡Quiero a esa chica! —exclamó Pandy.

Estaba en Los Ángeles, sentada en la parte de atrás de un coche, cuando vio el anuncio. Se erguía sobre Sunset Boulevard, justo al lado del Chateau Marmont, adonde se dirigía Pandy después de otra desalentadora tanda de pruebas para encontrar a la actriz que encarnaría a Mónica en la gran pantalla.

De repente el coche dobló una curva, pasado Doheny Drive, y allí estaba ella: la cabellera ondeando al viento como la bandera americana; los ojos brillantes, de un verde dorado, contemplando el llano paisaje del universo. Sostenía en brazos un cachorrito de lobo de color canela.

El eslogan rezaba: *¿Y si los perros también pudieran ver las estrellas?*

—¡Esa! —gritó Pandy, señalando la valla publicitaria cuando pasaron a su lado—. ¡Esa chica!

El conductor se rio.

—Es una modelo.

—¿Y qué?

El conductor, guapo y simpático, volvió a reírse.

—Es la historia de siempre. Todo el que viene a Hollywood se hace las mismas ilusiones. Cree que va a descubrir a un talento desconocido. A alguna modelo preciosa que resulte ser una estrella de cine disfrazada de otra cosa.

Pandy sonrió.

—¿Y tú no eres eso? ¿Una estrella de cine con el físico de un modelo espectacular?

El conductor la miró por el retrovisor y se rio de buena gana, enseñando los dientes.

—Supongo que podría decirse así.

Por un instante, Pandy vio la imagen de La Chica reflejada en sus gafas de sol.

Luego la imagen desapareció y un segundo después el conductor entró en el aparcamiento del Chateau Marmont.

La productora la había llevado a Los Ángeles para que participara en el cásting de Mónica, y la estaba tratando a cuerpo de rey: coche con conductor a su disposición, y el bungaló número uno del Chateau. El bungaló número uno podía ser, o no, la habitación en la que murió John Belushi (el personal del hotel se mostraba poco claro al respecto), pero en cualquier caso era un apartamento imponente, espacioso y oscuro. Incluía dos habitaciones, cocina y una terraza separada de la piscina por una valla de alambre colonizada por una tupida enredadera. El lugar tenía algo de inquietante, como era lógico, dado su historial. La primera noche, mientras estaba sentada en el salón, en un sofá naranja semejante a una oruga peluda, con la tele al alcance de la mano, Pandy había pensado: *Aquí podrías volverte loca.*

Y no sería la primera, pensó ahora al salir del coche y meter la llave en la cerradura de puerta privada que conducía a la piscina y el bungaló. Dejó sus cosas en el sofá oruga, subió corriendo las escaleras y abrió las ventanas de par en par. Mientras contemplaba la bruma parduzca del horizonte, intentó no pensar en la palabra «no». Una palabra tan temible en el mundo del espectáculo como el *smog* de Los Ángeles.

—No.

—¿No?

—Noooo.

Y naturalmente:

—¡NO!

Ese último «no» era suyo. Lo había pronunciado esa misma tarde, al final de otro cásting inútil, cuando la gente de la productora intentó convencerla de que diera el visto bueno a Lala Grinada para que hiciera el papel de Mónica. Lala tenía el pelo rubio más lacio que Pandy había visto nunca, y daba la impresión de ser capaz de matarse de hambre a la más mínima presión. Y encima era británica.

No, pensó Pandy. Lala Grinada no haría de Mónica. Se asomó a la ventana y descubrió que, si estiraba bien el cuello hacia la izquierda, alcanzaba a ver desde allí, aunque fuera de soslayo, el anuncio de La Chica.

Y entonces, como si fuera una señal de los mismísimos dioses de Hollywood, sonó el timbre y Pandy bajó corriendo y, al abrir la puerta casi sin aliento, vio a un camarero que sostenía una bandeja con una botella de champán. Apoyado contra el reluciente cubo de hielo plateado cubierto de gotitas de condensación había un sobre gris que llevaba su nombre, *PJ Wallis*. Escrito en mayúsculas y subrayado dos veces.

Pandy sacudió las gotas del sobre y lo rasgó. Dentro había una tarjeta gruesa, escrita con aquella misma letra mayúscula: *Espero que hayas disfrutado hasta ahora de tu estancia en Los Ángeles. ¡Estoy deseando conocerte mañana en la reunión!* La firma eran dos iniciales: *PP*.

Peter Pepper, el jefe del estudio que iba a hacer *Mónica*.

¿A quién se le ocurre llamarse PP? ¿Pepé?, se dijo Pandy al volver a meter la nota en el sobre.

Sabía que PP quería hablar del cásting.

Y eso estaba bien. Porque ella también quería hablar del cásting.

Habían ofrecido el papel de Mónica a varias actrices muy conocidas que lo habían rechazado por distintos motivos. Una aseguraba no entender al personaje. A otra le preocupaba que Mónica no cayera simpática. Y otra insistía en que no podía decir tacos, tomar drogas ni verse rechazada por un hombre en la gran pantalla.

Ninguna actriz de renombre quería hacer de Mónica. Y las que querían el papel no daban la talla.

Pandy levantó el teléfono.

—¿Podrían traerme dos vodkas con zumo de arándanos y hielo y una hamburguesa con beicon y queso no muy hecha? —preguntó—. No, para una sola persona —dijo, y añadió—: *Una* persona, *dos* copas. Tengo sed.

Colgó el teléfono.

—Quiero a esa chica —dijo en voz alta.

∞

A la mañana siguiente, antes de la reunión con PP, se jugó la vida cruzando Sunset Boulevard para llegar al kiosco de prensa que había enfrente del Chateau. La calle describía una extraña bifurcación y cualquier cosa que se pusiera en el cruce se arriesgaba a un atropello. Pandy corrió, se detuvo y volvió a correr, imaginándose que era John Belushi en *Desmadre a la americana*.

Compró un montón de revistas y dos paquetes de tabaco, por si acaso.

∞

—Tengo entendido que hasta ahora no te ha gustado nadie —comentó PP, recostándose en su sillón de la sala de reuniones.

Era un hombre cuadrangular, con la cabeza en forma de cubo y una mata de pelo liso y oscuro que recordaba a esos casquetes de plástico de las figuras de acción. Tenía unos muslos gruesos y macizos que tensaban la fina tela de sus pantalones de traje negros. Siempre se sentaba con las piernas separadas.

—Si te refieres a Lala Grinada, tienes razón —contestó Pandy con descaro.

PP (o Pepé) observó las caras reunidas en torno a la mesa de reuniones, deteniéndose un instante en cada una antes de contestar:

—Lala Grinada no es la actriz indicada para el papel. ¿De quién fue esa pésima idea? —preguntó reclinando el sillón hacia atrás sobre las patas traseras.

—De la agencia —respondió alguien.

—La verdad es que hay una chica en concreto a la que me gustaría ver —terció Pandy—. Al menos, tiene el físico adecuado para el papel.

—El físico es importante —convino uno de los ejecutivos, un segundo o tercero al mando, dedujo Pandy—. ¿Quién es?

—Esta. —Pandy desplegó sus revistas y las abrió por las páginas en las que aparecía La Chica en diversos anuncios de lencería, de joyas y de perfume.

—*¿Esa?* —preguntó alguien con incredulidad.

—¿La del…?

—¿Cómo se llama? Sí, tiene un nombre absurdo del que nadie se acuerda.

—SondraBeth Schnowzer.

—¿Qué tal quedaría en los créditos?

—Fatal.

—Y, además, ¿qué nombre es ese?

—Puede que sea austríaco. Como Schwarzenegger.

—*Schnowzer* —dijo alguien imitando la voz de Arnold Schwarzenegger.

Se oyeron risas benévolas en torno a la mesa.

—Lo siento, querida —le dijo alguien a Pandy.

—Esperad un momento. —PP levantó las manos, que tenía detrás de la cabeza, al tiempo que las ruedas delanteras de su sillón volvían a tocar el suelo. Clavó sus ojos oscuros en los de Pandy—. No es ningún disparate —afirmó dirigiéndose a la sala en general—. Da la casualidad de que sé que está estudiando interpretación. ¿Roger?

Roger echó una rápida ojeada a su BlackBerry y abrió un mensaje. Un momento después se oyeron unos golpecitos en la puerta de madera clara, que acto seguido se abrió el ancho de una rendija.

—Adelante —dijo PP.

—Solo quería darle esto a Roger —dijo una joven intentando pasar desapercibida al darle a Roger una hoja de papel.

Roger ojeó el documento y levantó sus ralas cejas, impresionado.

—Tiene experiencia —dijo—. Sobre todo en películas independientes, pero ha hecho muchas.

—Películas independientes. O sea, que es relativamente desconocida. Me encanta. —PP apartó el sillón de la mesa y se levantó—. Muy interesante. Está bien. Podéis iros —dijo, despidiéndoles a todos con un gesto de los dedos.

Pandy se quedó un momento cuando los demás salieron de la sala.

—Gracias —dijo.

—¡Eres estupenda! —exclamó de pronto él, y antes de que Pandy tuviera tiempo de reaccionar la envolvió en un abrazo con su corpachón.

∞

Roger la estaba esperando al otro lado de la puerta.

—Ya está —dijo mientras la acompañaba por el pasillo—. Te ha dado el abrazo.

—¿El abrazo? —preguntó Pandy con las revistas aferradas contra el pecho.

—Es una señal. Le caes bien.

—¿Y qué significa eso exactamente?

—Que tienes una reunión con SondraBeth Schnowzer.

Pandy se paró y se quedó mirándole cuando él le abrió la gruesa puerta de cristal que conducía a los ascensores.

—Ni siquiera sé qué significa eso.

—Que vas a conocerla, una primera toma de contacto. Si sigues pensando que es la adecuada para el papel, PP se asegurará de que haga una prueba.

—Vaya —dijo Pandy—. ¿Y ya está? ¿Así de fácil?

—Hollywood es fácil cuando conoces a la gente adecuada.

—¡Genial! —exclamó Pandy entusiasmada—. Entonces, ¿cuándo puedo verla?

—Ahora mismo —respondió Roger al pulsar el botón del ascensor—. El coche te llevará a un salón de belleza, cerca del Chateau. SondraBeth está allí. Quería arreglarse el pelo o no sé qué.

Pandy tuvo de pronto una idea inquietante.

—¿No será de las que se pasan la vida en la peluquería?

Roger se encogió de hombros y sonrió exageradamente. Y en ese momento a Pandy se le cayó el alma a los pies. De pronto comprendió que su presunta reunión con SondraBeth Schnowzer era simplemente un capricho que le concedía el estudio para que, como autora del libro, sintiera que se le dispensaba un trato especial. Como la reunión no conduciría a nada (como sin duda sospechaban), el estudio volvería a hacer lo que tenía planeado desde el principio. Lo harían con impunidad y no tendrían ningún reparo en dejarla de lado.

Pero, al montar en el ascensor, Pandy decidió que las cosas no sucederían de ese modo.

∞

El salón de belleza estaba en un pequeño centro comercial de Sunset Boulevard, a escasas manzanas del hotel. Cuando el coche paró, Pandy vio a SondraBeth en la acera, con la cabeza inclinada sobre las manos unidas formando pantalla.

Estaba encendiendo un cigarrillo.

Vestía una chaqueta de ante con flecos que parecía muy cara, seguramente de Ralph Lauren, y pantalones de hombre de color verde guisante, con la cintura muy baja para dejar al descubierto el reborde gris plateado de sus bragas y un atisbo de los huesos de sus caderas.

Cuando Pandy salió del coche, SondraBeth la miró esperanzada. Mantuvo esa expresión al fijarse en el aspecto que presentaba Pandy: su larga y ondulante cabellera, su elegante faldita amarilla y sus zapatos de charol blanquinegros. Se mordisqueó ligeramente el labio inferior, enseñando uno de los dientes delanteros, al tiempo que una expresión consternada cruzaba su rostro. Inmediatamente sustituyó aquella expresión por una sonrisa.

—Hola —dijo con aire de complicidad—. Me apuesto algo a que ni siquiera puedes conseguirme este trabajo —añadió meneando la cabeza como si no le importara.

Pandy se rio.

—Yo me apuesto algo a que sí.

SondraBeth encendió el cigarrillo y exhaló una bocanada de humo sin apartar de Pandy sus ojos de color verde topacio. Luego se encogió de hombros.

—Si no puedes, no es culpa tuya. Todos los días me toca lidiar con esta mierda.

—Oye —dijo Pandy rápidamente—, odio los salones de belleza y mi hotel está aquí mismo. —Notando cierto nerviosismo en La Chica, intentó que su invitación sonara lo más natural posible—. Tengo una botella de champán en la nevera.

No había nada que temer: nada más oír la palabra «champán», SondraBeth se relajó, tiró el cigarrillo y lo aplastó con su bota campera de piel de serpiente gris y blanca.

—Eso suena estupendo —contestó con avidez—. ¡Champán! Es lo mejor que me han ofrecido en todo el día.

—Me alojo en el Chateau.

SondraBeth sonrió, burlona.

—Ya me lo figuraba.

—En el bungaló número uno —añadió Pandy.

Volvió a subir al coche. Cuando cerró la puerta, le temblaban las manos.

∽

—¿Te importa si me lavo la cara? —preguntó SondraBeth al entrar en el bungaló unos minutos después.

—En absoluto. —Pandy entró en el pasillo que llevaba a la cocina y abrió la puerta del tocador—. Es aquí.

—Solo quiero quitarme el maquillaje —dijo SondraBeth al entrar en el cuarto de baño.

—No hay problema. —Pandy sonrió de oreja a oreja intentando tranquilizarla—. Voy a abrir el champán. PP mandó la botella anoche.

—¿Por qué será que no me sorprende? —SondraBeth asomó la cabeza por la puerta, exclamó «¡Ja!» y cerró.

Pandy entró en la cocina. Sacó la botella de PP de la nevera, la llevó junto con dos copas a la terraza y lo colocó todo sobre la mesa de hierro forjado, de la que sobresalía una sombrilla.

—¡Bueno! —dijo SondraBeth al volver a aparecer frotándose la cara con una toalla de manos. Cuando se acercó a Pandy, un rayo de sol iluminaba las pecas rojizas que cruzaban el puente de su nariz como un reguero de hormigas—. Perdona que haya usado el baño. Es que no me ha dado tiempo a quitarme el maquillaje. —Se rio al tirar descuidadamente la toalla sobre una silla vacía—. He salido antes de tiempo de un rodaje para reunirme contigo.

—Ah —dijo Pandy, sorprendida—. No hacía falta.

—Claro que sí. —SondraBeth levantó su copa de champán—. Brindo por haberte conocido. Y que le den por culo a Hollywood.

Pandy se rio y tomó asiento.

—¿Tan horrible es?

SondraBeth soltó un bufido, se dejó caer en la silla de al lado y apoyó las botas en la mesa.

—Es exactamente igual que en las películas —dijo con una sonrisa desdeñosa.

—¿Cómo es que conoces a PP? —preguntó Pandy con aparente naturalidad.

—¿Te refieres a…? —SondraBeth se recostó en su silla y de pronto se transformó en PP. Hasta bostezó ligeramente antes de apoyar los brazos detrás de la cabeza—. ¿A *ese* PP?

—¿Cómo lo haces? —preguntó Pandy, debidamente impresionada.

SondraBeth se encogió de hombros.

—Puedo imitar a cualquiera. Siempre he podido, desde que era pequeña. Cuando creces en un rancho ganadero en Montana… —Se interrumpió y se echó a reír, señalando a Pandy mientras movía juguetonamente los dedos—. Durante un tiempo soñé con ser cómica. Como Ellen. ¿Te lo puedes creer? —Levantó las cejas como si fuera una idea descabellada—. Pero luego descubrí que es muchísimo más fácil ponerse delante de una cámara y que lo único que te pidan es que seas mona. Además, lo primero que aprende una mujer cuando llega a Hollywood es que tiene que elegir entre ser guapa o ser graciosa. Porque no te dejan ser ambas cosas.

—Jopé —dijo Pandy.

—Sí, lo sé —contestó SondraBeth levantando una pierna y tirándose del tacón de la bota campera—. De hecho, cuando mi agente me ha dicho que PP en persona había propuesto esta reunión, he estado a punto de decir que no. Porque ¿para qué molestarme? Digámoslo así: en Hollywood, toda mujer que no rebase cierta edad conoce a PP.

Podríamos decir que ha «salido» con varias amigas mías. Pero cuando mi agente me ha dicho que era contigo con quien iba a reunirme… Eso lo cambia todo.

Se quitó la bota de un tirón y la lanzó con destreza por la puerta abierta, colándola en el fregadero de la cocina.

—Jugaba en el equipo de baloncesto femenino. Y en el de béisbol. Y seguramente también habría jugado en el de fútbol si me hubieran dejado.

—No me digas —contestó Pandy admirada.

No era de extrañar, se dijo, que SondraBeth lo estuviera pasando mal en Hollywood. Resultaba chocante que una mujer tan hermosa tuviera esa actitud de chicazo.

—En fin —continuó SondraBeth mientras se quitaba la otra bota—. No digo que PP sea un *perfecto* gilipollas, como la mayoría de los tíos de Los Ángeles. Por lo menos a él le interesa sacar adelante proyectos de calidad. Y no tiene que despertarse por las mañanas y decirle a alguien «Hoy vas a hacer de vampiro».

Pandy se rio.

—Entonces, ¿te has acostado con él o no? Y, si te has acostado con él, ¿qué tal se portó?

SondraBeth lanzó un alarido al lanzar la otra bota al fregadero.

—¿Crees que estaría aquí sentada si me hubiera acostado con él? Es uno de esos tíos a los que solo les interesa perseguir a las mujeres, darles caza. Por eso no iba a molestarme en venir. Pero cuando me enteré de que era por lo de Mónica… —De pronto se levantó de un salto, entró corriendo en el apartamento y volvió con un ejemplar de *Mónica* en la mano—. A mi amiga Allie casi le da un ataque cuando le he dicho que iba a conocerte. Se ha venido en coche hasta el rodaje para traerme tu libro. Dice que, si no me lo firmas, no volverá a hablarme.

—Descuida, no hay peligro. —Pandy tendió la mano para coger el libro—. Claro que te lo firmo.

—Mierda —dijo SondraBeth sacudiendo su paquete de tabaco vacío—. Me he quedado sin tabaco.

—Hay un paquete sin abrir en la cocina. —Pandy abrió el manoseado libro de bolsillo y pasó unas páginas. Notó que había varios subrayados.

Miró a SondraBeth, que estaba echando un vistazo a la nevera como si evaluara su contenido.

—¿Cómo has dicho que se llama tu amiga? —preguntó alzando la voz.

—Ah. —SondraBeth se incorporó—. No hace falta que se lo dediques. Solo fírmalo.

—Vale. —Pandy sonrió, adivinando que el libro era suyo en realidad.

SondraBeth regresó con dos cigarrillos encendidos y le pasó uno.

—A ver, ¿cómo harías de mí? —dijo Pandy apoyándose en un codo mientras se llevaba el cigarrillo a los labios. Dio una calada, imaginándose que era Spielberg.

—¿De ti? —preguntó SondraBeth—. ¿De PJ Wallis o de Mónica, quieres decir?

—No estoy segura. —Pandy expelió un suave chorro de humo.

—Eso es fácil —dijo SondraBeth levantándose de un salto.

Adelantó la cabeza, encorvó los hombros imitando la curvatura de la espalda de Pandy (fruto de las muchas horas que pasaba sentada delante del ordenador) y empezó a menear el cigarrillo.

—A ver, PP —dijo haciendo una imitación muy precisa de su voz—. Ya estoy harta de ti y de tanta gilipollez como os traéis en Hollywood. De ahora en adelante, aquí mando yo. ¡Y te digo que quiero a SondraBeth Schnowzer!

Remató su actuación dando un golpe con el pie en el suelo.

—¡Uuuuuh! —Pandy se tapó la cara con las manos y soltó un gruñido fingiéndose horrorizada—. ¿De verdad doy esa imagen?

SondraBeth se sentó, haciéndose un nudo en la silla.

—Todo es cuestión de actitud —dijo agitando el brazo derecho como un ala.

—Y, entonces, ¿cómo harías de Mónica?

SondraBeth irguió la cabeza y de pronto allí estaba aquella sonrisa. La sonrisa de disfrute que hacía que te olvidaras momentáneamente de las frustraciones de tu vida cotidiana, que te daba ganas de ser (o de estar con) aquella criatura bellísima y rebosante de felicidad.

—Tengo una idea estupenda. —SondraBeth dio una palmada en la mesa, entusiasmada—. Hagamos una fiesta.

Y entonces, al igual que un sinfín de huéspedes de aquella habitación, desparramaron un poco.

Al salir del hotel, SondraBeth estuvo a punto de estrellarse con el coche en el cruce. Cuando Pandy le indicó la licorería que había a media manzana de allí, dio la vuelta a pesar de que en aquel tramo de la calle estaba prohibido, y a las dos les dio un ataque de risa histérica. Luego, cuando volvieron al Chateau y abrieron el maletero, se pusieron más histéricas aún al ver la cantidad de alcohol que habían comprado, lo que les llevó a una conclusión inevitable: tenían que invitar a la fiesta a toda la gente que conocían en Los Ángeles.

En el caso de Pandy, eran sobre todo neoyorquinos desplazados: guionistas que trabajaban para cómicos, modelos de revista que intentaban abrir «oficina en Los Ángeles» y un par de escritores amargados decididos a demostrar, básicamente empinando el codo, que Nueva York les importaba una mierda. Acudieron todos, además de los amigos de SondraBeth: dos estrellas de cine en ciernes, un joven director de cine que por entonces estaba de moda, más modelos y actores, un músico que se empeñó en meter su moto dentro de la suite, y un travesti altísimo. Y, al igual que bravos marines, siguieron llegando en oleadas: más gente del mundillo del espectáculo que se alojaba en el hotel, un par de conocidos de Nueva York que estaban de paso en Los Ángeles y varios ejecutivos de la industria del cine que se enteraron de la fiesta y decidieron pasarse por allí.

Pandy recordaría después que en cierto momento SondraBeth se le acercó seguida por el mismísimo PP.

—Aquí está Pandy —dijo. Y echando una ojeada a PP añadió en voz baja, con expresión satisfecha—: Por un segundo casi me confunde contigo.

Pandy se despertó a la mañana siguiente con una resaca colosal y las lentillas pegadas a los globos oculares. Tuvo que buscar a tientas la solución salina y echarse medio bote en los ojos para poder ver algo. Cuando por fin lo consiguió, descubrió con alivio que la cama, incluidos el edredón y los seis almohadones de plumas, estaba casi intacta. Al principio se enfadó ligeramente: por lo visto, nadie se había interesado lo suficiente por ella como para intentar llevársela a la cama. Luego, un tren de mercancías cruzó con estruendo el túnel de su cabeza.

Cuando acabó de pasar el tren, sacudió la cabeza y oyó que una música suave subía por las escaleras desde el piso de abajo. Sonó el timbre y alguien gritó:

—¿Quién ha pedido huevos escalfados?

Pandy cogió un albornoz del baño y bajó la escalera con mucho cuidado.

—Ah, ahí estás —dijo SondraBeth saliendo de la cocina—. Han llegado tus huevos escalfados. Supongo que los pediste anoche.

Pandy la miró estupefacta, incapaz de asimilar lo que estaba viendo. SondraBeth llevaba puesto uno de sus vestidos, lo que resultaba incomprensible teniendo en cuenta que usaba al menos dos tallas más que ella. Fuera como fuese, había conseguido embutirse en su mejor vestido, un modelo único que había comprado en una venta exclusiva a la que solo invitaron a diez compradoras. Las costuras de debajo de los brazos se tensaban, tirando de la seda en su afán por contener los pechos de SondraBeth.

—Espero que no te importe —dijo SondraBeth dedicándole una sonrisa radiante—. He dormido en el otro cuarto. No quería conducir. Chica, menudo fiestón.

—Sí, desde luego —dijo Pandy con cautela, mirando fijamente su vestido.

—¿Quieres café? —SondraBeth levantó el brazo para sacar una taza del estante de arriba.

Aterrada por que se rajara la costura, Pandy se adelantó a coger la taza.

SondraBeth sirvió el café y luego, sin apenas poder refrenar su emoción, señaló el cuarto de estar.

—¿Quieres ver una locura? —preguntó, indicando el peludo sofá de oruga—. Fíjate en *eso*.

Pandy se olvidó al instante de su vestido.

Tendido boca abajo sobre el sofá había un chico joven, bronceado y sin camiseta. El pelo castaño oscuro, con las raíces rubias, le caía suavemente sobre el hombro. Pandy contuvo bruscamente la respiración.

—Doug Stone. —SondraBeth soltó una risilla—. He ahí un tío que sabe hacer honor a su fama. Aunque, por otro lado, está como un tren, así que ¿qué más da que sea un drogata?

Pandy se acercó un paso.

—Está tan bueno que casi no soporto mirarle —dijo con un suspiro anhelante.

SondraBeth ladeó la cabeza, sorprendida.

—Pues anoche bien que le mirabas, y desde muy cerca.

—¿Ah, sí?

—Estuviste enrollándote con él como una hora. ¿No te acuerdas?

Pandy rebuscó entre los brumosos fragmentos de su memoria.

—No.

—¿Cómo se te puede haber olvidado algo así? —la reprendió SondraBeth—. Pero, en fin, yo no me preocuparía demasiado. Seguramente él tampoco se acordará.

—Vaya, muchísimas gracias —gruñó Pandy. Echó otra ojeada a Doug Stone y se rascó la oreja—. ¿Crees que el servicio de habitaciones sabrá levantar un cadáver?

SondraBeth se rio.

—Yo que tú probaría con las señoras de la limpieza.

∞

Al día siguiente, SondraBeth hizo la prueba para el papel de Mónica delante de varios directivos del estudio, entre ellos PP y Roger.

Pandy no estuvo presente. Estaba nerviosa por SondraBeth, pero sobre todo se sentía abochornada. Durante las veinticuatro horas que había tardado en recuperarse, comprendió que seguramente los demás estaban en lo cierto: que SondraBeth no tenía madera de actriz. Y entonces PP se enfadaría con ella por hacerle perder el tiempo, y SondraBeth se quedaría hecha polvo. Y ella tendría que enfrentarse a la expresión de temor, de desilusión y abatimiento que veía en todas las actrices que hacían el cásting y que sabían que no iban a conseguir el papel. Tendría que acompañar a SondraBeth hasta la puerta, donde se dirían adiós para no volver a verse nunca más.

Y eso sería todo. Los estragos de la fiesta (las cuatro horas que había tardado el servicio de limpieza en recoger la habitación; Doug Stone, que se había empeñado en quedarse a desayunar y había pedido y engullido comida suficiente para tres personas; y SondraBeth, que le había pedido prestado el vestido para el cásting, a lo que ella se había negado inventándose una excusa) la habían dejado ligeramente descolocada. Como si se hubiera colado inadvertidamente en el rodaje de una peli porno en la que no pintaba nada.

Pero tal vez fuera todo simple nerviosismo.

A las tres de la tarde sonó su móvil. Era Roger, que llamaba para decirle que SondraBeth lo había bordado en la prueba y que PP iba a llamarla para comunicárselo en persona.

—Lo ha hecho genial —le informó Roger—. *Era* Mónica. O, mejor dicho, PJ Wallis. Ha sido increíble. Era exactamente igual que tú.

Pasaron dos largos minutos antes de que el teléfono volviera a sonar.

—PP para PJ Wallis, por favor —dijo una acariciadora voz de mujer un instante antes de que el propio PP se pusiera al teléfono.

—Enhorabuena —dijo en tono cortante, como si apenas tuviera tiempo para atender la llamada—. Os veo a ti y a SondraBeth mañana para comer. Jessica —dijo dirigiéndose a su asistente—, encárgate de organizarlo.

Pandy colgó y se hincó de rodillas triunfalmente.

Había ganado.

∞

SondraBeth y ella almorzaron con PP en el hotel Bel-Air, bajo los toldos a rayas rosas y blancas de la terraza. Fue una comida tensa y civilizada. Pandy tuvo ocasión de admirar los cisnes y todos se comportaron como adultos. Pandy se limitó a tomar una copa de champán y SondraBeth no probó ni un trago.

Un mes después, cuando SondraBeth se mudó a Nueva York, Pandy dio la bienvenida a la nueva Mónica, la de carne y hueso, con los brazos abiertos.

5

Aquel primer verano fueron inseparables. *Mónica* estaba en fase de preproducción y el estudio consultaba constantemente a Pandy acerca de las localizaciones, el vestuario y una infinidad de detalles sorprendentes en los que nunca había reparado. Pero, sobre todo, le encomendara que instruyera a SondraBeth para que se transformara en ella y, por tanto, en Mónica.

Y así empezó la metamorfosis: el mismo peluquero que peinaba a Pandy se encargó de teñirle el pelo de un tono idéntico al suyo; le regalaron réplicas de las joyas que usaba Pandy, y hasta le ordenaron comprarse los mismos zapatos que calzaba Pandy para que se acostumbrara a caminar con ellos.

Y como el champán rosa era la bebida favorita de Pandy, y por extensión también la de Mónica, SondraBeth adoptó la costumbre de beberlo. Igual que adoptó la vida social de Pandy. Allá donde iba la una, iba también la otra. Visitaban casi todas las noches el Joules y acudían a todos los acontecimientos sociales que cupiera imaginar, como los partidos de polo de Bridgehampton, donde SondraBeth participó en el tradicional pisoteo de los terrones del césped y se hizo con todo un séquito de guapísimos jugadores de polo.

En general, era una amiga estupenda. Le pedía a Pandy que se pasara por su habitación para consultarle qué debía ponerse y escuchaba con enorme interés los minuciosos informes de Pandy acerca de las personas que acudían a tal o cual evento y de la posición que ocupaban en la jerarquía social, como si fueran puntos de colores en un gráfico.

Pero, a diferencia de Pandy en aquella época, SondraBeth no quería pasarse el día entero haciendo el papel de Mónica.

—Yo soy una chica de campo —decía mientras se quitaba el maquillaje restregándose la cara con jabón y se ponía la ropa holgada y cómoda que prefería cuando no tenía que estar «posando»—. Me crié ayudando al veterinario a sacar terneros de la panza de las vacas. He visto de todo, colegui, y te aseguro que hay por ahí cosas bastante feas. —Luego le dedicaba una sonrisa socarrona bobalicona e, imitando la voz de Glinda, la bruja buena de *El Mago de Oz*, añadía—: No como aquí. No como en Mónica Land.

Pandy tuvo que reírse. SondraBeth no iba muy desencaminada, aunque en lugar de un camino de baldosas amarillas tuvieran ante sí kilómetros y kilómetros de aceras flanqueadas por el mayor despliegue de lujo y glamur que ofrecía la ciudad de Nueva York.

Además de su pasado humilde, Pandy descubrió unas cuantas cosas más acerca de la Mónica de carne y hueso. Y, curiosamente, eran cosas que la Mónica de los libros jamás habría conocido de primera mano.

Como, por ejemplo, que había salido con un heroinómano. Su último novio —le explicó— era un conocido actor que llevaba aparejada una adicción poco recomendable.

—Yo pensaba que era el amor de mi vida, hasta que comprendí que amaba la heroína más que a mí. Y es muy duro darse cuenta de que ni siquiera puedes competir con una bolsa de jaco.

Pandy se rio, admirada. Alentada por su reacción, SondraBeth continuó:

—Me dijo: «Te quiero, nena, pero quiero más a mi caballito». Lo llamaba así, «mi caballito». Y ni siquiera entonces quise dejarle. Fui una idiota. Pero mi agente y mi manager me dijeron que tenía que cortar de raíz.

Se encogió de hombros. Aunque aseguraba que jamás se convertiría en una esclava de aquel negocio, su agente y su manager parecían ejercer más poder sobre ella que sus padres.

—Me dijeron que me marchara de Los Ángeles una temporada. Que aceptara algún trabajo en Nueva York. Por eso tenía tantas ganas de hacer *Mónica*.

—Creía que eso era por mí —replicó Pandy, sintiéndose extrañamente dolida.

—*Pues claro* que sí —contestó SondraBeth al instante y al tiempo que le pasaba el brazo por los hombros—. Pero eso ya lo sabes, Pichón. Lo de Mónica es cosa nuestra, tuya y mía. No de ningún tío sin dos dedos de frente.

Pandy volvió a reír. Porque, por más que SondraBeth intentara hacer caso omiso de los hombres, ellos no podían quitarle la vista de encima.

Pandy conocía muy bien esa atracción sexual casi eléctrica que las mujeres de gran belleza ejercían sobre los hombres. Varias de sus mejores amigas eran mujeres despampanantes. Había presenciado muchas veces cómo hasta el hombre más inteligente y desenvuelto se quedaba paralizado de estupor al hallarse ante una mujer preciosa. Eso por no hablar de las fantasías autocomplacientes que acompañaban inevitablemente la perspectiva de un posible encuentro sexual. Pero hasta los poderes de seducción de una gran belleza quedaban eclipsados en comparación con el atractivo de SondraBeth. Su perfección física iba acompañada de un enorme carisma: sin darse cuenta, conseguía ser inmensamente seductora y al mismo tiempo mantener una actitud de campechana camaradería. Pandy estaba convencida de que se trataba de una especie de mecanismo de supervivencia. A fin de cuentas, como en el caso de Pandy, el éxito o el fracaso de su carrera descansaba en manos de hombres como PP.

—Además, ¿quién necesita un hombre? —proclamaba aun así SondraBeth—. Nos lo pasamos estupendamente sin ellos.

En eso Pandy estaba de acuerdo. Se lo pasaban estupendamente. Demasiado bien en opinión de algunos, como pronto descubriría.

∞

—¡Hola, hola!

Era un martes por la tarde, a finales de julio, y hacía un calor infernal. Al oír la voz aterciopelada de SondraBeth por el teléfono, un chisporroteo eléctrico recorrió la columna vertebral de Pandy.

—¿Qué haces, colegui?

—Aburrirme como una ostra, colegui —contestó Pandy con una risita.

—Vamos a darnos una vuelta por ahí en coche.

—¿Sí?

—Sí.

—¿Cómo? —preguntó Pandy—. ¿Le has robado la limusina a algún pobre iluso?

—Mejor aún, Pichón. —Pasaban tanto tiempo juntas que ya solo se llamaban por sus apodos cariñosos—. Tengo mi propio coche.

—Pues ven a recogerme.

—Eso está hecho, nena.

Media hora después, sonó un claxon estrepitoso frente a su edificio. Al asomarse a la ventana, Pandy vio que SondraBeth salía de un cochecito negro y reluciente y saludaba agitando los brazos como la concursante de un programa televisivo.

Cogió su bolsa de viaje y bajó.

—¿Qué diablos…? —dijo casi sin aliento, mirando maravillada el coche nuevecito.

Era solo un Volkswagen Jetta, pero para ella, que nunca había tenido coche, podía haber sido un Bentley.

—¿Se puede saber de dónde lo has sacado?

SondraBeth hizo un gesto dándose golpecitos en la palma de una mano con el dorso de la otra.

—Lo he pagado al contado. He ido al concesionario de la calle Cincuenta y siete y me he comprado esta preciosidad a tocateja. Gracias *a ti*, guapa —añadió señalándola con el dedo—. Acabo de recibir mi primer cheque.

—¡Qué bien!

—Sube. —SondraBeth le abrió la puerta del copiloto—. Disfruta del olor a coche nuevo.

Se sentó tras el volante y ajustó los espejos.

—¿Adónde vamos? —preguntó Pandy.

—Estoy harta de los Hamptons. Hay periodistas en todas partes, hasta en la playa. ¿Y si vamos a Martha's Vineyard?

—¿A Martha's Vineyard? —chilló Pandy—.¡Pero si se tardan cinco horas en llegar al ferry!

—¿Y qué?

—¿Cinco horas en un *coche*?

—Eso no es nada. En Montana hay que conducir cinco horas para ir al supermercado. —SondraBeth metió hábilmente el coche en el pequeño hueco que quedaba entre un autobús y una furgoneta—. Además, puede que sea buena idea que no nos dejemos ver juntas en público un par de días.

—¿Es que vas a cortar conmigo? —gorjeó Pandy.

—No, ni hablar.

SondraBeth estiró el brazo hacia el asiento de atrás y le puso el *New York Post* en el regazo. En la esquina superior había una fotografía borrosa de Pandy con la boca abierta de par en par, gritando delante de un micrófono. «Pandabeth Ataca De Nuevo», rezaba el pie de foto.

—¿Y qué? —preguntó, contenta de haber salido en portada.

—Tú lee el artículo —respondió SondraBeth en tono sombrío—. PP lo ha leído, no te quepa duda.

—¿PP? —dijo Pandy, horrorizada, mientras pasaba rápidamente las hojas manoseadas hasta la sección de cotilleos—. «El dúo salvaje conocido como PandaBeth desató un auténtico pandemonio en Joules en la madrugada del martes al subirse al escenario para cantar a voz en grito una versión muy particular de *I kissed a girl*» —leyó en voz alta.

Echó una ojeada al resto del artículo, dejó escapar una risita desdeñosa y lanzó el periódico al asiento de atrás.

—Bah, no es nada.

SondraBeth frunció el ceño.

—Claro que no, pero...

—¿Qué pasa? —preguntó Pandy.

SondraBeth se encogió de hombros.

—Es que me ha llamado mi agente. Dice que PP opina que sales demasiado en la prensa. Y no en el buen sentido.

—¿Yo? —Pandy se rio, indignada—. ¿Y *tú*?

—Yo no soy tan famosa como tú, Pichón. Pero en fin —añadió al tiempo que pitaba a un peatón que intentaba cruzar la calle con el semáforo en verde—, no te sulfures. Conmigo también está enfadado.

—¿Por qué? —preguntó Pandy, más indignada todavía.

—Porque tengo las manos muy largas.

—Ya —contestó Pandy, comprensiva, reclinándose en la silla y cruzando los brazos.

Conocía esa costumbre de SondraBeth de llevarse cosas que no eran suyas, con una impunidad que daba a entender que sencillamente no se daba cuenta de lo que hacía.

—Venga ya, Pichón —gimió SondraBeth—. Ya sabes lo que pasa. Cogí prestadas un par de cosillas del vestuario. Tuve que hacerlo. Todo el mundo espera que vista de una determinada manera, pero nadie parece entender que no puedo *permitirme* vestir así. Bueno, es verdad que a lo mejor no devolví la ropa intacta. Pero no es culpa mía caerme de vez en cuando. Nunca había tenido que andar por la dichosa acera con tacones altos.

Dio un brusco volantazo para esquivar a un taxi que se paró de repente para que se apeara un pasajero.

—¡Que le den a PP! ¡Que se joda! —exclamó Pandy dando una palmada en el salpicadero—. ¿Cómo se atreve un tío que se llama Pepé a decirnos *a nosotras* lo que tenemos que hacer?

No pararon de reír durante el largo viaje en coche por la costa. Pararon a tomar almejas fritas y *bloody marys*, les chillaron obscenidades a otros conductores por las ventanillas («¡Mamón!», «¡Gilipollas!») y hasta consiguieron librarse de una multa por exceso de velocidad a base de labia.

Estaban borrachas cuando llegaron al ferry, y más borrachas aún, además de colocadas, cuando se bajaron de él. En plena travesía, SondraBeth llevó a Pandy a un apestoso compartimento del aseo de señoras, se metió la mano en el sujetador y sacó una papelina de cocaína.

—Se la robé al mismísimo Joules anoche —dijo, pasándole a Pandy el sobrecito de papel y unas llaves—. ¡Qué calor hace aquí! ¡Me derrito! ¡Me derrito! —añadió imitando la voz de la Malvada Bruja del Oeste.

—Es tu dichoso calor corporal —repuso Pandy al tiempo que hundía una llave en el polvo y se la llevaba a la nariz—. ¡Estás taaaaaaaaaaan buena que lo pones todo al rojo vivo!

—Como si no lo supiera.

Muy satisfechas de sí mismas, se pasearon entre los grupos de turistas que abarrotaban el salón. Era la primera vez que se hallaban juntas lejos del eje Los Ángeles-Nueva York, y Pandy descubrió otra cosa de su amiga que no sabía: que poseía una facilidad pasmosa para trabar amistad con desconocidos, cosa que empezó a hacer en cuanto entraron en el bar de la proa del ferry.

—¡Hola! —le dijo jovialmente al barman al sentarse en un taburete—. ¿Cómo te llamas?

El barman levantó la cabeza, sorprendido.

—¿Qué?

—Yo soy SondraBeth —dijo ella inclinándose sobre la barra—. Y esta —añadió con un rebuscado ademán— es PJ Wallis.

El barman, un tipo mayor, con la cara arrugada, que parecía estar hasta las narices de aguantar a turistas borrachos, la miró con atención. Se secó las manos con un paño y sonrió de repente, lo que hizo que su cara se resquebrajara en un millón de arruguitas.

—No me digas —dijo echando un rápido vistazo a Pandy. Luego, volvió a fijar la mirada en ella.

—PJ *Wallis* —repitió SondraBeth. Y al ver que el barman se limitaba a inclinar la cabeza, desconcertado, susurró—: Es *famosa*.

Antes de que Pandy tuviera tiempo de intervenir, SondraBeth se puso a contarle al barman (además de a otros pasajeros, todos ellos varones) cómo la había «descubierto» en una peluquería de Los Ángeles y la había llevado a Nueva York para que fuera la estrella de la versión cinematográfica de *Mónica*.

∞

Consiguieron la última habitación de uno de los hoteles más grandes de la bahía de Edgardtown.

Pasaron la primera noche encerradas en su habitación, tendidas en la enorme cama, pidiendo vodka con zumo de arándanos al personal del hotel, que las observaba con una mezcla de curiosidad y aparente buen humor. Mientras la tele sonaba de fondo, esnifaron lo que les

quedaba del primer gramo y siguieron con otro que SondraBeth llevaba escondido en la maleta.

—¿Te he contado alguna vez la historia del Rancho Pollito? —preguntó SondraBeth.

—No —rio Pandy, pensando que era una broma suya.

—Hablo en serio. Y no puedes contársela a nadie. Podría arruinar
mi carrera.

—Te lo prometo —dijo Pandy.

—Vale. —SondraBeth respiró hondo, se levantó de la cama y retiró la cortina. La ventana daba a los contenedores de detrás de la cocina; por eso la habitación estaba libre—. ¿Recuerdas que te dije que me
crié en un rancho ganadero? Pues es verdad, pero me escapé de casa a
los dieciséis.

—¿Sí? —preguntó Pandy, atónita.

Nunca había conocido a nadie que de verdad se hubiera escapado
de casa.

—No me quedó más remedio —prosiguió SondraBeth asintiendo
con la cabeza mientras echaba más polvo blanco sobre el reluciente
escritorio de madera—. En cuanto me salieron las tetas... En fin, digamos que los vaqueros no podían tener las manos quietas. —Echó un
vistazo a la coca y luego decidió coger un cigarrillo—. Mi padre no
hizo nada de nada. Siempre decía que ojalá hubiera sido un chico. Y
mi madre... —Hizo una pausa para encender el cigarrillo—. Estaba
completamente anulada. —Dio una profunda calada y le pasó el cigarrillo a Pandy—. Así que me largué —dijo al tiempo que exhalaba el
humo—. Había oído hablar de un sitio donde te echaban un cable,
pero eran unos meapilas, así que me puse a trabajar en un club de
striptease que se llamaba El Rancho Pollito.

—¿Qué? ¿Huiste de casa *y* trabajaste como *stripper*?

SondraBeth volvió a mirar la raya.

—Pues claro. Es lo que suelen hacer las chicas que huyen de casa.
Hacerse *strippers*. O algo peor.

—Ay, Dios mío —exclamó Pandy mientras cogía la pajita e intentaba asimilar aquella información—. Lo siento —añadió al limpiarse el
residuo pegajoso de los orificios nasales.

SondraBeth se inclinó para preparar otra raya.

—Es la mejor forma de ganar dinero si estás apurada —explicó—. Pero también me sirvió para otra cosa. Hizo que me diera cuenta de lo increíblemente idiotas que son los hombres. Son peor que los animales. La mayoría de los animales se respetan más entre sí de lo que la mayoría de los hombres respetan a las mujeres. Pero, qué coño, yo no hice el mundo. Solo tengo que vivir en él. Y luego tuve suerte. Un tipo me vio y dijo que debería ser modelo. Pero el caso es que, si tenía que vender mi cuerpo para sobrevivir, estaba dispuesta a hacerlo —dijo en tono vehemente al pasarle a Pandy la pajita.

Y de repente Pandy lo entendió: SondraBeth también llevaba dentro mucha rabia.

—Qué asco de vida —declaró.

—Oye —dijo SondraBeth encogiéndose de hombros—, que yo sobreviví. Y así fue mi infancia. ¿Y la tuya?

—¿La mía? —Pandy se rio—. Fue horrible. Mi hermana y yo éramos las piojosas del colegio.

—¿Tú? —SondraBeth negó con la cabeza—. Qué va, no puede ser.

—Estábamos bastante aisladas. Yo no fui a ver una película al cine hasta que cumplí los dieciséis. Hasta entonces, pensaba que casi todas las películas eran como esas pelis antiguas en blanco y negro que ponían en la tele.

—Madre mía —dijo SondraBeth—. ¿Dónde diablos te criaste?

—En Connecticut. —Pandy esbozó una sonrisa feroz—. En el pueblo más pequeño del mundo. Se llamaba… —Titubeó un momento—. Wallis —concluyó.

A SondraBeth casi se le salieron los ojos de las órbitas.

—Tía, ¿tienes un *pueblo* que se llama como tú?

Pandy hizo un ademán desdeñoso.

—No es un pueblo. Es más bien una aldea. Mi tataratatarabuelo lo fundó a principios del siglo dieciocho. Y allí se quedaron.

—¿Y tus padres?

—Murieron en un accidente de coche cuando yo tenía veinte años. Así que soy huérfana.

—¿Y tu hermana? ¿Qué es de ella?

Pandy vaciló. SondraBeth acababa de revelarle uno de sus secretos más íntimos. Por primera vez en su vida, sintió la tentación de confesar el suyo. Pero no podía hacerlo: a fin de cuentas, no le correspondía a ella revelarlo.

—Vive en Ámsterdam —dijo rápidamente—. Hace tiempo que no la veo.

—¿Y por qué demonios quiere alguien vivir en Ámsterdam, como no sea por la marihuana?

—Imagino que le gusta aquello —respondió Pandy con una tristeza que no pudo evitar.

—¡Ay, Pichón! ¡Lo siento! —exclamó SondraBeth.

Se puso a gatas y cruzó la cama para acercarse a ella. Abrió los brazos, le apretó la cabeza contra su pecho y empezó a darle palmaditas en la espalda.

—No te pongas triste —dijo—. De aquí en adelante, *yo* seré tu hermana.

Y lo fue. Durante un tiempo, al menos. Pero lo que SondraBeth no sabía era que ni siquiera las hermanas lo son eternamente.

6

Cuando echaba la vista atrás, Pandy se daba cuenta de que ella también debería haber comprendido que aquello no podía durar. Debería haber intuido los peligros que entrañaba estar tan unida a SondraBeth y que el éxito de Mónica acabaría, inevitablemente, por separarlas. Pero nunca llegó a sospechar que el responsable de su ruptura, la cuña que se interpuso en su amistad hasta romperla, sería un hombre: Doug Stone.

Y, desde luego, debería haber desconfiado de Doug desde el principio.

Pero de nuevo, como suele ocurrir en las cosas del amor, la esperanza se impuso al sentido común.

Habían pasado tres años desde aquella fiesta salvaje en el Chateau Marmont en la que, según decía SondraBeth, Pandy se había enrollado con Doug en un momento de ebriedad del que seguía sin acordarse.

Durante esos tres años, Doug había alcanzado fama mundial. Nombrado «Hombre más sexy del mundo» por la revista *People* (lo que le valió, a su vez, la portada de *Vanity Fair*), se había convertido en toda una estrella de cine. Durante un frío y ventoso mes de febrero, mientras Pandy celebraba el éxito de otro libro de Mónica y la segunda película de la serie se hallaba en fase de producción, Doug llegó a Nueva York.

Pandy estaba sentada a una de las codiciadas mesas delanteras del Joules cuando entró acompañado por un séquito que incluía a un director de cine y a un conocido presentador de televisión con fama de mujeriego. Les sentaron en la mesa de al lado. Doug reconoció a Pandy y al poco rato habían unido las dos mesas y Pandy se descubrió sentada a su lado, recordando viejos tiempos.

Se rieron de aquella fiesta loca en su suite del Chateau. Pandy reconoció que no recordaba haberle besado, pero que nunca olvidaría que pidió tres desayunos completos al servicio de habitaciones y se comió hasta la última miga.

—Estaba de bajón —dijo él, aproximando la silla.

Era aún más guapo de lo que recordaba Pandy.

Gracias a su éxito, había adquirido esa capacidad que tienen las estrellas de absorber toda la luz de una habitación e irradiarla hacia fuera convertida en un magnetismo irresistible. Conservaba, sin embargo, un atisbo de lo que debía de haber sido antes de convertirse en actor: el simpático y adorado *quarterback* del equipo de fútbol americano del instituto que daba por sentado que la vida, que hasta entonces le había sonreído, seguiría sonriéndole indefinidamente. Pandy se preguntó si esa relajada seguridad en sí mismo que exudaba se debía a que nunca había tenido que esforzarse por atraer al sexo opuesto, ni preocuparse de ser aceptado o gustar, como le sucedía a la gente normal. Su físico espectacular le liberaba de preocupaciones que la mayoría de las personas juzgaban superficiales y a las que, sin embargo, tenían que enfrentarse a diario.

Se estableció entre ellos una intimidad inmediata y relajada. Pandy sospechaba, no obstante, que esa intimidad se daba de manera natural con cualquier mujer en la que Doug fijara su atención. Aun así, esa noche el destino conspiró contra la razón cuando una estruendosa tormenta eléctrica, seguida por lluvias torrenciales, les dejó atrapados en el club. Joules echó el cierre, subió la música y dejó salir la marihuana y la cocaína. En algún momento de las veinticuatro horas posteriores, Doug se fue a casa con ella. A pesar del estado en que se hallaba, le hizo el amor con una pasión y una destreza casi increíbles. Pandy sospechaba que su actuación era solo eso, una actuación, y que probablemente no podría mantenerla.

Pero la mantuvo, al menos durante los diez días siguientes. Diez días que pasaron retozando alegremente en el *loft* que Pandy acababa de comprarse en Mercer Street con las ganancias de *Mónica*. Apenas tenía muebles, pero no les importó. Bebían, hacían el amor de todas las maneras posibles, pedían comida para llevar, veían películas malas y volvían a hacer el amor.

Hablar, lo que se dice hablar, hablaron poco, eso Pandy tenía que admitirlo. Por eso se recordaba continuamente a sí misma que lo suyo solamente era un rollo pasajero. Pero, como le había sucedido muchas otras veces, sus esfuerzos por convencerse de que no debía encariñarse con él resultaron inútiles frente al poder de sus fantasías románticas. Y así, incapaz de resistirse a lo que parecía amor (un amor que se veía, se olía y se palpaba, como el de los cuentos de hadas) se permitió el lujo de enamorarse de él. Solo un poquito, se dijo, igual que la mayoría de las mujeres se prometen a sí mismas comer solo un poquitín de chocolate.

Ella, sin embargo, nunca había sido muy comedida en ese aspecto, y antes de que se diera cuenta de lo que ocurría se deslizó por esa deliciosa curva espacio-temporal en la que todo parece mejor y más bello, y todo lo que dice el ser amado es brillante, trascendental, decisivo.

Igual que el chocolate.

O peor aún, pensó acordándose del exnovio de SondraBeth, *como la heroína*.

Luego, de repente, pasaron los diez días y Doug tuvo que irse a Yugoslavia, donde iba a rodar una película de acción. Cuando por fin se acordó de echar un vistazo a su agenda, se dio cuenta de que, de hecho, llegaba con un día de retraso.

Pero, como ya no podía hacer nada al respecto, decidió que, ya que iba a llegar tarde, ¿qué más daba que en vez de un día fueran dos o tres?

Era una idea absurda, desde luego, pero como Pandy quería que se quedara otra noche ensalzó la sabiduría de su decisión.

Y puesto que su partida era inminente decidieron quedar con SondraBeth Schnowzer antes de que tomara el avión.

Desde el éxito de la primera película de Mónica, cada vez era más difícil coincidir con ella. A veces tenía que coger un avión a Los Ángeles a las siete de la mañana y, tras hacer una ronda de entrevistas, tomar el último vuelo de regreso a Nueva York, donde un coche la trasladaba al plató para otra maratoniana jornada de rodaje.

Debido a su apretadísima agenda, no había podido reunirse con ellos aún. Pero, según la información de rodaje que Pandy recibía a diario, estaba otra vez en Nueva York, filmando *Mónica*.

Decidieron darle una sorpresa presentándose en el set.

Ese día rodaban en Central Park, junto al estanque de los barquitos. Había media docena de camiones aparcados en la calle lateral, y varios más estacionados dentro del parque. Por todas partes se veían gruesos cables fijados al suelo con cinta azul. Una veintena de fans rondaban por allí en busca de autógrafos, algunos de ellos con las típicas copas de champán de plástico rosa sujetas a la cabeza con una goma, en homenaje a Mónica.

Doug cogió la mano de Pandy y se la apretó.

—Piénsalo, nena, todo esto es gracias a ti. Por lo que tú *escribiste*.

Pandy también le apretó la mano. Una de las cosas que había descubierto acerca de Doug era que le impresionaba enormemente que supiera escribir. Le impresionaba de veras que una persona pudiera inventar historias, sacárselas de la manga como por arte de magia. Era agradable estar con un hombre que al menos tenía cierta idea, aunque fuera muy vaga, de su oficio.

Pero Pandy quitó importancia al cumplido.

—La verdad es que para esto hace falta un montón de gente. Yo no podría hacer lo que hacen ellos.

—Pero no estarían aquí si no fuera por ti —insistió él.

Encontraron a SondraBeth en el set de dirección, situado debajo de un gran toldo negro que daba sombra a varias filas de sillas de tijera y monitores de televisión. Estaba sentada en el sitio menos accesible, al final de la tercera fila, mirando con expresión de perplejidad un montoncillo de hojas: sus escenas y diálogos de ese día. Pandy tuvo que pasar entre varios productores y miembros del equipo para llegar hasta ella.

—¡Hola! —exclamó.

—¡Dios mío! ¡Hola! —chilló SondraBeth.

En cuanto vio a Pandy, su actitud cambió. Se volvió alegre y parlanchina. Pandy la llamaba en broma «Mónica la charlas» por su propensión a hablar por los codos, sin parar, acerca de todo lo que hiciera

furor en ese momento, como si se pasara la vida en una fiesta. Pandy,
que tenía fama en toda la ciudad de ser una auténtica brasa, sospechaba que la había tomado a ella como modelo.

—¡Ay, Pichón, te echo de menos! —dijo SondraBeth dándole un
abrazo.

Luego vio a Doug detrás de ella y, en un arranque de atolondra-
miento propio de Mónica, corrió a lanzarse en sus brazos gritando:

—¡Doug!

—Hey, qué tal —dijo él echándose a reír.

—Dios mío, qué pareja más mona hacéis —dijo SondraBeth, apar-
tándose de él de un salto y sonriéndoles—. Espero que Pichón te esté
tratando bien.

Doug ladeó la cabeza, desconcertado.

—¿Pichón?

—Da igual —continuó SondraBeth alegremente, pasando el bra-
zo por los hombros de Pandy—. Pichón es quien manda en Nueva
York. Pichón y yo. ¿Qué decimos cuando las cosas se ponen feas?
—Miró a Pandy y, levantando al unísono los brazos, gritaron—:
¡PandaBeth!

Luego se echaron a reír a carcajadas, como hacían siempre.

La *script* las miró con cara de pocos amigos y les mandó callar.

—Uy. —SondraBeth se llevó un dedo a los labios. Bajando la voz,
añadió—: Nos hemos portado tan mal que el jefe del estudio, Peter
Pepper, me ha llamado para decirme que no demos tanto la nota.

Doug cruzó los brazos y asintió con un gesto.

—Es impresionante.

—¿Mónica? —Una mujer que empuñaba una brocha y un estuche de
maquillaje se acercó de pronto a SondraBeth—. Rodamos dentro de cinco
minutos.

SondraBeth levantó obedientemente la cabeza para que le empol-
vara la cara y, cuando la maquilladora sacó el lápiz de labios, estiró la
boca abriéndola de par en par. Después, se la llevaron como se llevaban a las vacas en el rancho donde había crecido.

Pandy y Doug se acomodaron en sendas sillas y se inclinaron hacia
delante para ver el combo.

El director gritó «¡Acción!» y, tras unos segundos en los que SondraBeth no apareció, volvió a gritar «¡Corten!».

SondraBeth regresó apresuradamente debajo del toldo, miró a Pandy y a Doug, que estaban muy acaramelados sentados el uno junto al otro, y con expresión malhumorada estiró el brazo hacia su silla y cogió su guion.

—¿Qué pasa? —preguntó Pandy saltando de su asiento.

—Es esta frase absurda. —SondraBeth le puso delante las hojas y señaló un diálogo—. Mónica no diría algo así. ¿Tú dirías eso?

Era una frase divertida, del tipo de las que solía decir ella. Pero, como era SondraBeth quien tenía que decirla, asintió.

—Tienes razón, suena raro.

SondraBeth arrugó el ceño.

—No es propio del personaje.

—¿Y qué vas a hacer? —preguntó Pandy como si fuera una cuestión de vital importancia.

—¿Qué *puedo* hacer? —SondraBeth dejó escapar un suspiro dramático, como si en vez de quejarse de una frase poco acertada en una comedia, estuviera lamentando la muerte de un hijo—. El director me odia —susurró.

—A ti nadie puede odiarte —le aseguró Pandy, pero SondraBeth meneó la cabeza y, en voz baja, le informó de que ya había trabajado otras veces con aquel director y la experiencia había sido «mala».

Pandy no le pidió detalles.

—Se niega a escucharme —añadió SondraBeth en tono quejoso—. A lo mejor tú podrías hablar con él.

—¿Yo? —dijo Pandy—. No sabría qué decir.

—Claro que sí. Eres escritora. Saber qué decir es tu oficio. Y, además, eres la autora. *Tiene* que hacerte caso.

Pandy sabía que eso no era cierto. En cuanto había comenzado la producción de la primera película de Mónica, los productores le habían dejado bien claro que ya no les interesaban sus opiniones. Pandy lo había aceptado con alivio: en un rodaje había tantos egos en conflicto y tantas rencillas de patio de instituto, que se alegraba de no formar parte del proceso. Pero, como SondraBeth la miraba con esos ojos verdes rebosantes de pena, sintió de nuevo el impulso de protegerla de cualquier incomodidad, por pequeña que fuese.

—A ver qué puedo hacer —dijo con determinación.

Encontró al director hablando sobre iluminación con el primer ayudante de dirección. Parecía un buen momento para hablarle de las quejas de SondraBeth, pero el director se echó a reír.

—¿Y te ha mandado a ti a convencerme?

—Claro que no —respondió Pandy como si aquello fuera impensable.

Pero él no se lo tragó.

—No voy a cambiar la frase y ella lo sabe. —Miró a Pandy amablemente y sonrió—. No tienes mucha experiencia con actores, ¿verdad?

—Bueno, un poco sí.

—Entonces sabrás que son como niños de seis años —afirmó el director con naturalidad—. Siempre quieren cambiar sus diálogos y hay que decirles que no. Si cedes, en cuanto te descuidas quieren cambiar *todo* el guion. Y adiós día de rodaje. Además, Pandy... —añadió—. No dejes que te manipule. En cuanto crea que tiene la sartén por el mango, te perderá todo el respeto.

Pandy asintió con un escueto cabeceo y dio media vuelta, enfadada otra vez. SondraBeth no era una *niña*, y ella tampoco.

Cuando volvió a reunirse con ellos, SondraBeth y Doug Stone parecían estar teniendo una conversación extrañamente íntima. A ella la melena le caía por un lado de la cara como una cortina que los separaba del resto del mundo. Doug asentía en silencio como si SondraBeth acabara de revelarle algo fascinante. Pandy se detuvo, tratando de deducir de qué estaban hablando. Y entonces la asaltó una idea irracional, nacida de los celos: ¡Está intentando robarme a Doug!

Un segundo después se separaron y SondraBeth la llamó con gesto ansioso.

—¿Qué te ha dicho?

Pandy puso cara de enfado.

—¿El director? Tenías razón. Es un cretino. Dice que todos los actores sois como niños de seis años.

SondraBeth palideció. Su actitud cambió de repente, volviéndose gélida.

—¿Por qué me lo has dicho?

—Perdona, no me he...

—Seguro que no lo ha hecho a propósito —terció Doug, interrumpiéndola.

SondraBeth y él se miraron a los ojos y así siguieron unos segundos. Se miraron tan fijamente que Pandy se preguntó si se habrían enzarzado en una especie de unión mental a lo *Star Trek*.

De pronto se sentía como si no existiera.

SondraBeth pestañeó y de nuevo su humor cambió inexplicablemente.

—Claro que no lo has hecho a propósito, Pichón —dijo con aire comprensivo—. ¿Cómo ibas a decirme algo así a propósito? A fin de cuentas, tú no sabes lo que es ser actriz, no sabes lo que es esto.

—No puede saberlo —añadió Doug cariñosamente, cogiendo la mano de Pandy—. Por eso es tan fantástica.

Pandy le miró agradecida mientras SondraBeth les contemplaba con una extraña media sonrisa congelada en la cara.

—¿SondraBeth? Te están esperando.

Un ayudante de dirección se acercó para llevársela de nuevo.

—Te quiero. Hablamos —dijo SondraBeth en voz baja, haciendo el gesto de acercarse el pulgar al oído.

Pandy le lanzó un beso de despedida y se recostó contra Doug.

—No quería que se disgustara. Lo juro.

—Olvídalo —dijo él—. Es actriz. Y las actrices son impredecibles.

Les interrumpió una de las productoras de la película, que se acercó a saludar.

—Estarás encantada con *Mónica*. Y con lo del alcalde —le dijo a Pandy.

Ella sacudió la cabeza y se rio. No tenía ni idea de qué le estaba hablando.

—La fiesta que va a dar el alcalde en honor de *Mónica* —añadió la mujer.

A Pandy se le heló la sonrisa.

—Ah, sí —dijo rápidamente—. *Esa* fiesta.

—¿Qué vas a ponerte?

A Pandy le daba vueltas la cabeza. ¿El alcalde iba a celebrar una fiesta en honor de *Mónica*? ¿Y no la habían invitado?

—A SondraBeth va a vestirla Chanel. También deberían vestirte a ti —añadió la mujer alegremente—. A fin de cuentas, eres la Mónica original, ¿no?

Su sonrisa se agrandó al asentir.

—¿Qué cojones…? —le dijo a Doug en voz baja cuando la productora se alejó—. Vámonos —ordenó.

—No lo pillo —contestó Doug, siguiéndola con aire remolón cuando echó a andar con paso firme hacia la calle.

Pandy miró hacia atrás y suspiró, enojada. Cogió su teléfono móvil y llamó a Henry.

—Diga —dijo Henry jovialmente.

—¿Tú sabías lo de esa fiesta que va a dar el alcalde en honor de *Mónica*?

Henry se quedó callado un momento.

—Pues no, la verdad —dijo con aire distraído.

—Pues por lo visto va a darla. ¡Y no me han invitado! —chilló Pandy.

—¿Por qué? —preguntó Henry.

—Dímelo tú —bramó ella—. Por Dios, Henry. Se supone que tú tienes que estar al tanto de esos asuntos.

—Creía que las fiestas eran cosa tuya.

Pandy se apartó el teléfono de la oreja. Estaba tan rabiosa que le daban ganas de tirarlo al suelo y pisotearlo. Respiró hondo.

—¿Puedes enterarte de qué está pasando, por favor? ¿Y llamarme?

—Oye —dijo Doug al alcanzarla—, ¿qué pasa?

Pandy se volvió hacia él, furiosa todavía.

—Nada —dijo, intentando dominarse—. Perdona. No tiene nada que ver contigo. Es que el alcalde va a dar una fiesta en honor de *Mónica* y no me han invitado.

—¿Y? —preguntó él, riéndose.

Su incomprensión avivó la ira de Pandy.

—Olvídalo —le espetó mientras se preguntaba cómo iban a hacer aquella fiesta sin ella, y lo que aquello podía suponer—. Es que yo creé a Mónica. Tú mismo lo acabas de decir: sin mí, no habría Mónica. Pero todo el mundo parece haberlo olvidado.

—¿Cómo sabes que lo han olvidado? —preguntó Doug.

Pandy se detuvo y le miró con la boca abierta. Tomó aire bruscamente al darse cuenta de una cosa.

—Están intentando dejarme al margen.

Doug levantó las cejas.

—¿De veras lo crees?

Ella se dio un puñetazo en la palma de la mano.

—Pues claro que sí. Porque creen que ya no me necesitan. Tienen a SondraBeth Schnowzer. Y es la Mónica perfecta —dijo con vehemencia.

—Vamos, venga ya —dijo Doug—. Seguro que no es eso.

—Si no es eso, ¿por qué no me lo ha dicho SondraBeth? ¡Una fiesta con el alcalde! No es algo que pueda olvidarse así como así. Y ella me lo cuenta todo.

—Eso lo dudo —puntualizó Doug.

—¿Qué quieres decir?

Él se encogió de hombros.

—Es actriz. Seguro que no se lo cuenta todo a *nadie*.

Pandy entornó los ojos.

—¿De qué habéis estado hablando mientras yo me peleaba con el director?

Doug volvió a encogerse de hombros.

—De Mónica. Y de cuánto le gusta el papel.

—Claro que le gusta —siseó Pandy.

Dio media vuelta y se detuvo delante del escaparate de una tienda de bolsos de diseño.

—Ah, ya lo pillo —dijo Doug al acercarse—. Estás celosa.

Pandy hizo una mueca y sacudió la cabeza.

—Crees que te está robando protagonismo.

Sonó el teléfono de Pandy. Era Henry. Pulsó «Aceptar» y dobló la esquina para hablar con él.

—¿Y bien? —preguntó ásperamente.

—Es una fiesta para la industria del cine —le informó su agente.

—¿Y?

—Que solo es para la industria del cine. Para celebrar que Mónica haya traído la industria del cine a Nueva York.

—¡Pero Mónica no ha traído la industria del cine a Nueva York! —gimió Pandy llena de frustración—. Y si no fuera por mí…

—Si no fuera por ti, los cerdos tendrían alas —la cortó Henry—. Tienes que dejar de comportarte así. No es nada atractivo.

Pandy colgó. Vio a Doug parado en la esquina, mirándola. Movía los ojos de un lado a otro como si intentara tomar una decisión.

Guardó el teléfono en el bolso y se acercó a él.

—Henry dice que es una fiesta para la industria del cine —dijo con un suspiro—. Para el sector.

Doug asintió en silencio.

—¿Y bien? —preguntó ella.

—Este es un negocio muy jodido, ¿vale? Un negocio muy jodido y muy gordo. La gente acaba quemada. Te roban ideas y reconocimientos. Y ni siquiera te pagan si pueden escaquearse.

—Vale, ya lo pillo —contestó ella, abatida.

—No, creo que en realidad no lo pillas. —Doug parecía consternado, como si se hubiera llevado una decepción—. Por eso no quiero estar con una actriz. No quiero tener que enfrentarme a estos malos rollos todos los días. Tú eres escritora. Creía que eras distinta.

Ella dio un paso atrás, anonadada. Notaba el pecho cargado y dolorido, como si el corazón se le estuviera ahogando de tristeza.

—Lo siento, Doug. Por favor —dijo en tono suplicante—. No sé qué me ha pasado.

Su angustia debía de ser evidente, porque Doug se aplacó de pronto.

—No pasa nada —dijo. Le tendió los brazos y la atrajo hacia así para abrazarla—. Vamos a olvidarlo, ¿vale? De todas formas, me voy dentro de poco.

—Shhhh. —Ella le puso un dedo sobre los labios.

Doug le pasó el brazo por los hombros y echaron a andar lentamente por la Quinta Avenida, arrastrando los pies como la pareja de ancianos más triste del mundo.

Al llegar al Rockefeller Center, se pararon a mirar a los patinadores.

—¿Te apetece patinar? —preguntó Doug.

—¡Claro! —contestó ella con fingido entusiasmo.

Contempló las figuras que se movían torpemente allá abajo. Con un leve suspiro, pensó en lo distintas que eran de las perfectas figurillas de hierro forjado que sus padres colocaban bajo el árbol de Navidad cuando ella era niña. Formaban parte de una tradicional escena navideña, un pueblecito en miniatura con casitas y una iglesia situada junto a un viejo trozo de cristal opaco que hacía las veces de lago helado. Recordaba cuánto les fascinaba el «estanque» a ella y a Hellenor. El cristal tenía más de cien años de antigüedad y contenía azogue, que según decía su madre podía envenenarlas si el espejo se rompía. Todos los años, Hellenor y ella contenían la respiración cuando su madre desenvolvía con todo cuidado la lámina de cristal antiguo y la colocaba suavemente en su lecho de guata blanca, debajo del árbol.

Luego exhalaban un suspiro de alivio.

Hellenor decía que, si el espejo se rompía, tendrían que usar una pizca de mercurio para atrapar las gotas sueltas. El mercurio era magnético: si conseguían juntar todas las gotas, se unirían como por arte de magia y, técnicamente, el espejo ya no estaría roto.

No como su familia.

Pandy se estremeció. No podía perder también a SondraBeth.

⚭

Doug se marchó a Yugoslavia la tarde siguiente.

Prometió llamar, pero cuando subió a la furgoneta blanca que le esperaba junto a la acera, Pandy intuyó que estaba empezando a metamorfosearse en otra persona (en Doug Stone, la estrella de cine) y que ya se había olvidado de ella.

La furgoneta arrancó. Pandy caminó a su lado un momento, deseando que Doug la mirara a los ojos, pero solo le vio de perfil. *No voy a volver a verle*, se dijo cuando la furgoneta dobló la esquina y se perdió de vista.

Volvió a su *loft*. Aquel espacio lleno de ecos le pareció gris y ceniciento, como si estuviera atrapada dentro de un bloque de cemento.

Por fin, exhausta, enfadada y atrozmente sola, se echó a llorar.

Dos días más tarde, cuando todavía estaba de bajón (se sentía «dolida», le dijo a Henry, que le pidió que se animara), salió a comprar los tabloides. En todos ellos aparecía una fotografía de ella y de Doug que un *paparazzo* furtivo había tomado mientras paseaban por la Quinta Avenida cogidos de la mano.

Sonreían, se reían y se miraban a los ojos, embelesados.

El fotógrafo debía de haber hecho la foto cuando iban *hacia* el rodaje. Cuando aún eran «felices».

«Doug Stone Encuentra El Amor con la Creadora de Mónica», rezaba un pie de foto, mientras que otro proclamaba que estaban «colados el uno por el otro».

Aquellas palabras, tan inciertas todas ellas, eran como esquirlas de cristal que se le clavaban en el corazón.

Observó atentamente las fotografías buscando una explicación, un indicio de qué había salido mal, de por qué las fotografías y las palabras que las acompañaban mostraban algo tan distinto a la realidad. Pero a pesar del empeño que puso en examinarlas, siguió sintiendo que había algo que se le escapaba.

¿Su propia vida, quizá?

Al día siguiente llamó a Henry.

—No quiero escribir otro libro sobre Mónica. Necesito cerrar ese capítulo de mi vida —dijo resueltamente.

Henry le contestó que se dejara de tonterías y le recordó que Mónica podía seguir existiendo todo el tiempo que quisiera, aun sin ella. A no ser —añadió en son de broma— que Pandy se muriera. En cuyo caso, los derechos pasarían a Hellenor. Y Hellenor, claro, estaba en Ámsterdam.

∞

Pasaron dos semanas más. Acabó el rodaje de *Mónica* y SondraBeth se marchó a Europa («por trabajo», dijo con una vaguedad rara en ella). Pasó otro mes sin que Pandy tuviera noticias de Doug o de ella. Doug había dicho que pasaría un par de días en Nueva York al acabar su película, pero como no supo nada de él, Pandy dedujo que había vuelto directamente a Los Ángeles. A fin de cuentas, lo suyo solo había sido un rollo pasajero. ¿Qué más le daba a ella?

Y entonces llamó SondraBeth.

7

¡Por fin!, pensó Pandy al ver su número en la pantalla. Era un melancólico atardecer de domingo, una de esas noches de ansiedad en las que el futuro parece inexplicablemente sombrío, como si nunca pudiera volver a ocurrir nada bueno o ilusionante.

—¿*Sirrrl?* —contestó con parsimonia, usando una de las palabras que inventaban para divertirse.

—¿Pichón? Soy *yoooooo* —chilló SondraBeth alegremente.

—¿Dónde te habías metido? —preguntó Pandy en tono de reproche, como si no pudiera vivir sin ella—. Te echaba de menos.

—Yo también a ti. Pero ya he vuelto. ¿Cómo estás? Pareces un poco tristona.

—No, solo estoy… —Se interrumpió. ¿Cómo estaba?—. Aburrida —concluyó por fin.

—Lo mismo me pasa a mí —repuso SondraBeth lánguidamente—. Me aburro de cojones.

—¿Dónde estás? —preguntó Pandy.

SondraBeth se rio como si tuviera que saberlo.

—En «la isla».

Pandy arrugó el ceño.

—¿En la isla? ¿Y eso qué es? ¿Una localización?

—¡No seas tonta! —replicó SondraBeth con voz aguda—. Estoy de vacaciones en un lugar secreto. En esa isla privada de la que te hablé. En las islas Turcas y Caicos, donde mi exnovio y yo solíamos alquilar una casa.

—¿Qué exnovio? —preguntó Pandy levantando los ojos al cielo con expresión de fastidio.

—Tienes que venir a pasar unos días conmigo —insistió SondraBeth.

Pandy oyó el fragor de las olas de fondo.

—¿En serio?

Se levantó y miró por la ventana. Era marzo y hacía un tiempo deprimente: tan pronto hacía viento como se ponía a llover. No tenía nada en la agenda que no pudiera cambiar. De pronto, la idea de sentir la deliciosa brisa cálida del Caribe se le hizo irresistible. Igual que la posibilidad de ver a SondraBeth.

—Creo que puedo ir. Pero ¿cuándo?

—¡Mañana! No tienes que quedarte mucho tiempo. Tres días o cuatro.

—¿Mañana? —Pandy miró a su alrededor, desanimada—. No puedo organizarlo todo para irme mañana.

—No lo entiendes —dijo SondraBeth como si estuviera haciendo un esfuerzo para no ponerse a gritar—. Puedo llevarte y traerte en jet privado.

—¿Me tomas el pelo? —Pandy tuvo que taparse la boca para no soltar un chillido ella también.

—No. Digo sí, hablo en serio. Tienes que venir. Mi asistente te llamará dentro de un segundo para arreglarlo todo.

Efectivamente, Molly, la nueva asistente de SondraBeth la llamó enseguida.

Con una voz tan dulce y natural como el heno en primavera, le informó de que un coche la recogería a las nueve de la mañana siguiente para llevarla a Teterboro, Nueva Jersey, donde tomaría un avión privado que la trasladaría directamente a la isla. En total, el viaje duraría menos de tres horas, incluyendo el traslado al aeropuerto.

—¡Estará allí a la hora de comer! —exclamó Molly.

Qué maravilla, pensó Pandy mientras contemplaba la lluvia.

Cuando colgó, volvía a sentirse feliz. *Menos mal que tengo a Mónica*, pensó. Mientras hacía rápidamente la maleta, se dio cuenta de que había sido una tontería enfadarse por lo de la fiesta. Y también decirle a Henry que no iba a volver a escribir ningún libro sobre Mónica. ¿Cómo podía habérsele ocurrido esa idea?

Mónica seguía teniendo un toque mágico, capaz de convertir la lluvia en sol en un abrir y cerrar de ojos.

SondraBeth fue a recibirla al aeródromo. La saludó frenéticamente con la mano desde un cochecito de golf al tiempo que le enseñaba un vaso de plástico lleno con una bebida de color brillante.

—¡Chinchín! —gritó sobreponiéndose al ruido de los motores del avión, y le pasó la copa a Pandy—. El barman de aquí hace el mejor ponche de ron de todas las islas. ¡Tienes que probarlo!

Pisó el pedal del acelerador y el cochecito arrancó con una sacudida, vertiendo la copa sobre la camisa de Pandy.

—¡Uy! —chilló SondraBeth mientras avanzaban dando brincos por un camino de tierra lleno de baches.

Pandy se rio, adivinando que aquel viaje iba a acabar igual que su fin de semana loco en Martha's Vineyard.

La villa estaba a pie de playa, en una franja de tierra aislada con vistas al océano de color turquesa, cuyas aguas se extendían hasta el horizonte. Una camarera llevó el equipaje de Pandy a su habitación: cama grande, tele gigantesca y puertas acristaladas que daban a su propio balcón. Era fantástico.

SondraBeth se quedó con ella mientras deshacía el equipaje. Hablando a mil por hora, le dijo que había estado en un balneario en Suiza y que ella también tenía que ir. Pandy entró en el cuarto de baño para ponerse el bañador. Cuando salió, SondraBeth estaba tumbada junto a una pequeña piscina construida en un incongruente rectángulo de hierba verde y frondosa. Se había quitado la camisola que llevaba puesta, dejando al descubierto un bikini minúsculo. Cuando Pandy fue a tumbarse en la tumbona de al lado, le echó un vistazo y contuvo la respiración.

—¡Has adelgazado! —exclamó.

—¿Se nota? —preguntó SondraBeth, muy orgullosa.

—Estás... flaquísima —dijo Pandy con cautela.

Le echó otro vistazo de reojo al cuerpo escuálido de su amiga y se preguntó si se había hecho algo en los muslos y la tripa. Una liposucción, quizá.

—Venga ya, Pichón —dijo SondraBeth con desenfado—. Tú pesarías exactamente lo mismo si fueras un par de centímetros más alta.

—Tú sabes que eso no es cierto.

SondraBeth le lanzó una mirada de advertencia.

—Tengo que estar delgada. Para hacer de Mónica. Forma parte del trabajo. Si engordo un solo kilo, los de vestuario ponen el grito en el cielo. Se ponen muy nerviosos si tienen que retocar toda la ropa. Dicen que tengo que pesarme todas las mañanas. Y, si he engordado unos gramos, tengo que saltarme la cena.

—¡¿Qué?! —chilló Pandy—. Eso es horrible. Estamos hablando de Mónica, no de Dickens. A lo mejor puedo llamar a alguien.

—¿A quién? —SondraBeth esbozó una sonrisa traviesa—. ¿A PP? Es un hombre. Solo le interesan las cifras. Seguramente es idea suya.

—Pero eso es terrible, Ratón.

—Así es el negocio. —SondraBeth se tumbó boca abajo y apoyó la barbilla en las manos. Volvió la cabeza y la miró con sus ojos de un verde sorprendente—. Además, no es para tanto. A mí no me molesta. Soy como un caballo de carreras. Me gusta estar en forma y me gusta ganar.

—¡Ja! —exclamó Pandy.

—En todo caso, no voy a disculparme por tener un buen cuerpo —añadió SondraBeth echándose hacia delante para inclinarse sobre el borde de la tumbona. Clavó la mirada en el césped—. A las mujeres todo el mundo nos dice continuamente que tenemos que adelgazar y, cuando adelgazamos, las otras mujeres nos atacan. No es justo.

Arrancó una brizna de hierba.

—Todo eso del peso es como una conspiración en contra de las mujeres.

—Bla, bla, bla —dijo Pandy imitando con la mano el movimiento de una boca. Después intentó morderle la nariz con aquella boca improvisada.

SondraBeth la apartó con un ademán, como si fuera una mosca pegajosa, se tumbó de espaldas y se quedó mirando las nubes.

—En serio, Pichón. Si todas hiciéramos ejercicio, aunque solo fuera un poco, y comiéramos sano, no harían falta tantos productos dietéticos. ¿Y quién crees que se forra vendiendo todos esos productos? Los *hombres*.

De pronto se incorporó.

—¡Ay, Dios! ¿Te he contado lo de Doug Stone?

—¿Qué? —Pandy estrujó su tubo de crema solar con tanta fuerza que un pegote salió despedido y cayó en su muslo—. ¿Le has visto? ¿En Europa?

—No. Pero le ha visto alguien que conozco. —SondraBeth entornó los ojos—. ¿Te acuerdas de esa chica? La *otra* chica.

Pandy negó con la cabeza.

—Ya sabes, la actriz. La que quería hacer de mí. Digo, de Mónica. Y yo conseguí el papel.

—¿Lala Grinada? —preguntó Pandy ahogando un gemido.

—Esa zorra, sí. Pues debe de odiarte un montón, porque ¿a que no adivinas quién se ha paseado por todo París del brazo de Doug el Drogas?

—¿Lala Grinada?

—Exacto, colegui.

—Ah.

Pandy se untó la crema lánguidamente mientras trataba de digerir la noticia. Se tumbó de espaldas y suspiró. A fin de cuentas, lo de Doug era demasiado maravilloso para ser verdad.

—Supongo que eso lo explica todo —dijo—. Está con Lala Grinada.

Dejó escapar un suspiro teatral y fue a servirse otra copa de ponche de ron de la jarra que había en la nevera.

—Y yo, mientras tanto, vuelvo a estar sola. Y gorda. Porque me dio tal bajón cuando me dejó Doug el Drogas, que estuve comiendo helado con nata cinco noches seguidas. ¡Después de cenar pizza con *pepperoni*! —gritó desde la cocina.

—¡La odio! —gritó SondraBeth—. La odio por lo que te ha hecho.

—¿Ella? —Pandy volvió a salir al jardín—. ¿Y él qué? Es él quien juraba que jamás volvería a estar con una actriz.

SondraBeth levantó una ceja.

—Pues evidentemente mintió. Cabrón. —Levantó su vaso vacío para que se lo llenara.

—Capullo —añadió Pandy mientras cogía el vaso y regresaba a la cocina en busca de la jarra.

Era un alivio decir tacos, despotricar como una adolescente despechada. Sentaba tan bien que sintió el impulso de hacerlo otra vez.

—¡Rata putrefacta! ¡Hijo bastardo de un chuloputas! —gritó.

—¡Ja! ¿Qué es eso? —preguntó SondraBeth.

—Es de Joseph Heller, de *Trampa 22*. Mi hermana y yo nos lo aprendimos de memoria de pequeñas. Es que... ¡venga ya! —Llenó de ponche el vaso de SondraBeth. Miró la jarra, pensó *¡A la mierda!* y se llevó el vaso y la jarra a la terraza—. ¿Lala Grinada? Por favorrrrr. Tiene literalmente tres pelos. Y ni siquiera es buena actriz. —Dejó la jarra sobre la mesa y bebió un sorbo del vaso de SondraBeth antes de devolvérselo—. Y aunque fuera buena, él no la respetaría. Me dijo claramente que no soportaba a las actrices.

—¿Eso dijo? —SondraBeth se quedó de piedra, con los ojos abiertos de par en par.

—Venga ya, Ratón. Seguro que no se refería *a ti*.

—¿Y a mí qué más me da? Aunque tú no sabes lo que es esto. De verdad, no lo sabes.

—Lo siento.

—Ni siquiera vienes a los rodajes. —SondraBeth parecía dolida—. Yo creía que, como eres la creadora de Mónica, serías como su madre. Que irías al plató, como quien va a ver el partido de béisbol de su hijo.

—Bueno, la diferencia es que ir a un partido de béisbol no suele considerarse trabajo.

—¿Y escribir sí? —preguntó SondraBeth con un bufido—. Ya sé que tienes cosas mejores que hacer, pero nunca vienes.

—Hace que me sienta incómoda, ¿vale?

—¿Por qué?

—Toda esa gente... «Gente tocando a gente. Es la cosa más odiosa del mundo» —canturreó con expresión bobalicona.

SondraBeth la señaló con el dedo.

—¡Ajá! ¡Lo sabía! ¡Por eso no vienes al rodaje! Porque en el fondo quieres ser actriz.

—¡¿Qué?! —Pandy se echó a reír. ¿De dónde demonios se había sacado esa idea?

—Eso que acabas de hacer... Es lo que hace la gente cuando cree que a lo mejor puede actuar. Hacer el ganso, improvisar.

—No —contestó Pandy con cautela—. Yo siempre he querido ser escritora. Te lo juro.

Pero ni siquiera a sí misma le sonaron convincentes sus palabras, seguramente porque SondraBeth tenía razón: de pequeña fantaseaba con ser actriz. ¿Y quién no?

—Me apuesto algo a que ensayabas monólogos con tu hermana —añadió SondraBeth con aire sagaz.

—¿Y qué? —preguntó Pandy.

—Que quiero verlo. Hazme un monólogo.

—¿Ahora?

SondraBeth contestó con el dicho típico de aquella isla:

—¿Tienes algo mejor que hacer?

Pandy se rascó el brazo.

—¿Quieres que actúe? ¿Delante de ti? Preferiría enseñarte mi vagina —bromeó.

—Venga, Pichón —insistió SondraBeth en tono lisonjero.

Pandy dejó escapar un suspiro. Su amiga la conocía demasiado bien. Al menos lo bastante bien como para saber que, si tenía oportunidad de lucirse, no hacía falta que le insistieran mucho.

—Muy bien —dijo, y apartó rápidamente algunos muebles para hacer un pequeño escenario.

SondraBeth, metiéndose en su papel, tomó asiento detrás de una mesa como si estuvieran en un casting.

—Vamos a fingir que tú eres la actriz y yo la escritora. —Se aclaró la voz con un carraspeo y, mirando una hoja imaginaria con los ojos entornados, preguntó—: ¿Pandemonia James Wallis?

—Me llaman PJ —dijo Pandy.

—¿Y qué has preparado? —SondraBeth compuso la típica sonrisa falsa que Pandy había puesto muchas veces cuando estaba viendo a actrices para el papel de Mónica.

—El monólogo de Gwendolen de *La importancia de llamarse Ernesto* —dijo Pandy.

SondraBeth soltó un aullido de risa.

—¿Esa antigualla? Es lo que eligen todas las novatas. Bueno, adelante.

Pandy le lanzó una mirada asesina. Respiró hondo y comenzó:

—¿Me admira usted? Sí, soy consciente de ello. Y a menudo he deseado que, al menos en público, fuera usted más expresivo. Para mí ha tenido siempre un encanto irresistible…

—¡Para! —vociferó SondraBeth—. ¡Es horrible! No sigas, que me parto de risa.

—Ya te he dicho que no sabía actuar —refunfuñó Pandy medio en broma.

SondraBeth sonrió.

—¡Ay, Pichón! ¡Eres la monda! Eres como un flan con codos por todas partes.

—¿Qué quieres decir con eso exactamente?

—Que no paras de retorcerte como una lombriz. Y actuar consiste precisamente en *estarse quieta*.

∽

Pandy se despertó temprano a la mañana siguiente y descubrió que SondraBeth ya había salido. Había dormido fatal por culpa de Doug Stone y Lala Grinada. No paraba de imaginárselos juntos y de preguntarse qué tenía Lala que ella no tuviera.

Maldita Ratón, se dijo.

Mientras se preguntaba vagamente a dónde habría ido Sondra-Beth, preparó té y estuvo hojeando una guía de la flora y la fauna de la isla. Había una rara garza real que podía verse en una de las calas pantanosas de la isla justo después del amanecer.

¿Por qué no?, se dijo mientras se ponía el bañador. ¿Por qué no salir en busca de aquella garza esquiva? A fin de cuentas, como le había repetido SondraBeth la noche anterior antes de cada chupito de tequila, no tenían nada mejor que hacer.

Hizo una leve mueca al calarse un salacot. Recogió una toalla del suelo, buscó su teléfono móvil y partió en el cochecito de golf.

Hacía calor, pero el ambiente era seco y agradable. El cochecito levantaba una nube de polvo blanco y centelleante por los lindos senderos artificiales hechos de conchas molidas. Vio varias iguanas —los pobladores más numerosos de la isla— y varios pollos asilvestrados que habían escapado de los trabajadores que llegaban a la isla en avioneta. La isla parecía deliciosamente desierta. Ese era el mayor lujo del siglo XXI, se dijo Pandy: poder estar solo.

Pasó tranquilamente junto al aeródromo y cruzó un espeso sotobosque de matorrales y cactus que le habían advertido que no intentara cruzar a pie. El camino seguía el contorno curvo del cabo que albergaba la ensenada poco profunda en la que, al parecer, podía verse aquella garza tan especial. Detuvo el cochecito de golf y avanzó a pie por la vereda que bajaba hasta la playa rocosa. Había poca vegetación y se situó entre dos arbustos, dispuesta a esperar.

Oyó un latigazo como de ropa tendida ondeando al viento y al levantar la vista vio aterrizar a dos garzas enormes en la marisma que se extendía ante ella. Sacó el teléfono y tomó rápidamente varias fotografías. Las aves permanecieron inmóviles en el agua, con las cabezas un poco ladeadas, esperando a los peces que les servían de alimento. Al no encontrar suficientes, empezaron a desplazarse por el cabo rocoso.

Decidida a conseguir una buena foto, Pandy avanzó encorvada por el sendero, junto a la orilla. Al asomarse entre la alta hierba, estuvo a punto de soltar un grito de asombro. Las garzas no estaban solas. En medio de la ensenada, desnuda y apoyada en una sola pierna, con los brazos estirados por encima de la cabeza y las palmas unidas en una clásica postura de yoga, estaba SondraBeth. Estaba tan flaca y tenía la piel tan blanca que al primer vistazo Pandy la tomó por un enorme pájaro exótico y estuvo a punto de caérsele el teléfono de pura emoción. Pero los pájaros no tenían pechos de mujer.

Dejando escapar un lento y largo suspiro, comenzó a acercarse. SondraBeth permaneció firme, con la mirada fija al frente, mientras las garzas se aproximaban. Estaba tan quieta que debieron de confundirla con uno de sus congéneres porque apenas repararon en ella. Moviéndose con extremo cuidado, palmo a palmo, sin hacer ruido, Pandy se arrastró entre los arbustos hasta que estuvo apenas a seis metros de distancia.

Mientras la observaba, comprendió de repente lo que había querido decir su amiga al afirmar que la interpretación era, ante todo, una cuestión de inmovilidad. Se preguntó qué se sentía al ser capaz de permanecer perfectamente quieta, como una estatua, e integrarse en el pai-

saje hasta el punto de que la naturaleza misma dejaba de prestarte atención. Pensó en hacer notar su presencia, pero se lo pensó mejor. Estaba
claro que aquel era uno de los pocos momentos en que SondraBeth
podía estar sola, y ella estaba inmiscuyéndose. Retrocedería lentamente
y SondraBeth nunca se enteraría de que había estado allí. Archivaría
aquella imagen como una de esas raras experiencias que conservan su
poder de fascinación únicamente cuando permanecen en secreto.

Estaba a punto de volver al cochecito cuando de pronto Sondra
Beth volvió la cabeza y la miró fijamente. Pandy se detuvo, avergonzada. ¿La había visto de verdad o solo había intuido su presencia?

—Pareces Margaret Mead —dijo SondraBeth.

Pandy se levantó y se echó a reír.

—¿Me ha delatado el sombrero?

Su amiga cambió de postura y sonrió.

—Puede ser.

Las garzas, sobresaltadas por el movimiento, desplegaron sus alas
plateadas y se deslizaron sobre el agua como dos pequeñas y relucientes avionetas.

—Qué preciosidad —murmuró Pandy.

—¿Verdad que sí? —SondraBeth se inclinó para mojarse la cara.
Se echó el pelo hacia atrás y la miró—. ¿No vas a meterte? El agua está
buenísima.

—Claro —dijo Pandy, sorprendida.

Se quitó los pantalones cortos y dio un paso hacia el agua. Sondra
Beth sacudió la cabeza, riendo.

—Tú también tienes que desnudarte. Si no, no vale.

—Ah.

Pandy sopesó la idea. Normalmente no se desnudaba, y menos aún
delante de otras mujeres. Ya de pequeña le incomodaban los vestuarios.
Nunca estaba segura de qué grado de desnudez podía considerarse exhibicionismo, y se sentía dividida entre el deseo de echar un vistazo a su alrededor y el impulso de hacer como si nada. Admiraba a las mujeres que habían
resuelto ese dilema y anhelaba ser como ellas, pero una vergüenza muy
arraigada por los defectos de su cuerpo se lo impedía. SondraBeth no tenía
esos reparos, aunque, claro, ella tenía un cuerpo perfecto, o lo había tenido

antes de volverse tan flaca. Y además había interpretado un sinfín de escenas eróticas, todas ellas de buen gusto, delante de la cámara. Pandy suponía que después de un tiempo te acostumbrabas y acababas por insensibilizarte, como esa multitud de bañistas que hacían toples en Francia.

Qué demonios, se dijo, y se quitó el bikini. Dobló con cuidado el sujetador y las bragas y los envolvió junto al teléfono en los pantalones cortos. Una brisa suave acarició el vello de sus brazos haciéndole cosquillas. Habiendo tomado la decisión de despojarse de la ropa, ya no había razón para que no exhibiera su desnudez con orgullo. Se adentró en el agua con paso decidido.

El fondo era ligeramente blando y pegajoso, y tuvo la sensación de que caminaba por un cuenco de gachas de avena. Se rio y levantó los brazos para mantener el equilibrio. SondraBeth sonrió, complacida.

—Mola, ¿eh?

—Sí —contestó Pandy.

—Puedes andar kilómetros y kilómetros sin que te cubra. —Empezó a alejarse, salpicando agua a su paso.

—Es increíble —murmuró Pandy mientras la seguía.

—Tú también eres increíble —dijo SondraBeth—. Piensa en lo que has creado. Un mundo entero ha salido de tu cabeza. Piensa en toda la gente a la que has beneficiado.

El sol y el aire cálido eran como una nana adormecedora.

—No quiero que pienses nunca que no te agradezco lo que has hecho por mí —añadió SondraBeth.

Estaban tan cerca que Pandy imaginó que sus pechos se rozaban. Se sonrojó al pensarlo. Dio un paso atrás y SondraBeth dio un paso adelante. Pandy notó en los labios su aliento tibio y salobre.

—Pichón —murmuró su amiga suavemente al tiempo que cerraba los ojos.

Durante un segundo, Pandy pensó, aterrada, que iba a besarla. Y si lo hacía…

Pero SondraBeth abrió los ojos de golpe. Un tenue reflejo de sol brilló en sus pupilas, volviendo sus iris de un verde incandescente.

Luego parpadeó y se echó a reír.

—¿Qué demonios vamos a hacer con Doug Stone?

8

—¿Y por qué tenemos que hacer *nada* con Doug Stone? —refunfuñó Pandy unos minutos después, mientras avanzaba detrás de SondraBeth por la arena suave, de vuelta al cochecito de golf.

SondraBeth buscó una botella de agua dentro del vehículo y bebió a largos tragos. De su cara se desprendieron escamas de sal cuando echó la cabeza hacia atrás.

Se secó la boca con el dorso de la mano.

—¿Y por qué no? —preguntó.

—He estado pensándolo —dijo Pandy al sentarse detrás del volante—. Y me he dado cuenta de que no me interesa en absoluto. Mientras tú estabas ahí, haciendo yoga, he comprendido por fin que no me importa.

SondraBeth le lanzó una mirada cargada de curiosidad.

—¿De verdad?

—Sí. —Pandy se encogió de hombros y encendió el motor.

—Pues es una lástima —repuso SondraBeth al sentarse en el asiento de al lado—. Porque estaba pensando que sería divertido invitarle a venir.

—¿Aquí? —preguntó Pandy horrorizada, y miró hacia atrás mientras hacía retroceder el coche sobre un montón de conchas rotas.

—¿Por qué no? Podría ser divertido.

—Pero yo ya me estoy divirtiendo.

—Lo que estás es asustada, PJ Wallis —contestó SondraBeth en tono provocador.

—Bueno, como tú dices, soy como un flan lleno de codos —contestó Pandy alegremente. El sol centelleó en el parabrisas—. ¡Uy!

—Giró bruscamente el volante para esquivar a una iguana del tamaño de un gato grande.

—Es que me parece una lástima, nada más. Seguro que si supiera que te interesa...

—Está con Lala Grinada, ¿recuerdas?

—Ah, eso. Eso no significa nada —respondió SondraBeth con un ademán desdeñoso—. Además, puede que ya no esté con ella.

Mientras avanzaban dando brincos por el camino lleno de surcos, Pandy se acordó de Doug tumbado sobre ella. Al agarrar sus brazos tersos y musculosos, había notado que, curiosamente, tenía la piel tan suave como la cachemira. En ese momento se había dicho que debía ser la mujer más afortunada del mundo. Y un instante después había comprendido que aquello no podía durar. Era demasiado perfecto. Como una escena de película.

—No, qué va —dijo ahora, al acercarse a la casa—. Yo paso.

Al abrir la puerta, el aire acondicionado le asestó una bofetada. SondraBeth cerró la puerta a su espalda. Pandy se sintió de pronto encerrada en un frigorífico. Cruzó el reluciente cuarto de estar para abrir las puertas de la terraza. Aspiró el aire cálido y se volvió hacia el interior de la habitación.

—El caso es que me lo pasé muy bien con Doug —dijo—. Porque, a fin de cuentas, me acosté con una estrella de cine, ¿no? Y eso no pasa todos los días. Pero, por otro lado, esa no es mi vida ni va a serlo nunca. Así que ¿para qué molestarse?

—Ah, vale. —SondraBeth bostezó teatralmente—. Olvidaba que para ti es solo eso: un *actor*. Una muesca en el cinto. Es una persona, ¿sabes? Claro que si de verdad no te interesa...

—No es eso. Claro que es una persona —dijo Pandy con un suspiro, confiando en que SondraBeth no volviera a enfadarse. Echó un vistazo a su reloj—. ¿Crees que es demasiado temprano para tomar una copa?

—Seguramente —contestó su amiga—. Yo voy a meterme en el *jacuzzi*.

Entró en su habitación y cerró la puerta.

Pandy meneó la cabeza y se fue a su cuarto.

Se sentó en la cama y cogió el mando a distancia. Por lo visto era la hora de la siesta, pero no estaba cansada. Se levantó, salió al balcón y contempló el océano.

Aburrida de pronto, cruzó el cuarto de estar y llamó a la puerta de SondraBeth.

—¿Ratón? Puede que tengas razón. A lo mejor deberíamos llamarle. Solo para reírnos un rato porque esté con Lala.

SondraBeth abrió la puerta bruscamente y la hizo entrar de un tirón.

Con el ceño fruncido como si le doliera algo, se dejó caer en la cama.

—Yo también he estado dándole vueltas a ese asunto de Doug Stone. Y me he dado cuenta de que en realidad no se trata de él, ni de ti. Ni siquiera de ti *y* de él. Se trata de ella, de Lala Grinada. Está intentando tocarme las narices. Mandarme un mensaje.

—¿Sí? —preguntó Pandy.

—Sí. ¿Es que no lo ves? Me ha mandado un mensaje a través de ti. Y de Doug.

—Espera, espera —dijo Pandy, riendo—. ¿Qué pinto yo en todo esto? No sé nada de un mensaje.

—Te odia porque te negaste a que fuera Mónica. Y ahora intenta vengarse. De las dos.

—¿Acostándose con Doug?

—Sabe que estuvisteis juntos. Sabe que tú y yo somos superamigas. Y por tanto sabe también que, haciéndote daño a ti, también me lo hace a mí.

—Dudo que sea tan lista.

SondraBeth dio una palmada en la almohada.

—Y al hacernos daño a las dos, le está haciendo daño a Mónica.

—Ay, Dios —suspiró Pandy—. ¿En eso estabas pensando mientras hacía la cigüeña? ¿En vengarte de Lala Grinada? Porque, si es así, creo que me hace falta esa copa. Vámonos al bar.

—Vale.

SondraBeth bajó los pies de la cama y se envolvió un pareo a la cintura.

—Yo lo único que digo es que no es nada personal. Es una cuestión de *negocios*.

—Negocios —dijo Pandy asintiendo dócilmente.

SondraBeth se puso sus Ray-Ban doradas y, dedicándole una sonrisa radiante, añadió:

—Cosas de Mónica.

∞

Al llegar al bar Pandy se fue derecha a la barra, preocupada porque el exceso de sol estuviera trastornando a SondraBeth. Pero cuando tomó asiento y el barman le puso delante una servilletita de cóctel, el mundo pareció enderezarse de nuevo sobre su eje.

—Hola —dijo el barman.

—Hola —contestó ella.

—¿Lo de siempre? ¿Ponche de ron?

—Claro —dijo Pandy con una sonrisa—. Brindo por ahogar tus penas en alcohol —añadió levantando su copa, a lo que el barman respondió con el mantra de la isla:

—¿Tienes algo mejor que hacer?

—No —contestó Pandy jovialmente, y miró hacia atrás buscando a SondraBeth.

Vio varias iguanas, pero de SondraBeth no había ni rastro. A lo mejor había ido al baño, pensó con alivio.

—Por el calor —dijo levantando de nuevo la copa al tiempo que se secaba el sudor de la nuca con la otra mano.

Contempló el panorama. El mar, como una acuarela lechosa, se confundía con el cielo. El barman también fijó la mirada en el océano.

—Es lo que yo llamo «el vientre del mar». Donde los tiburones y las mantas rayas depositan sus huevos. He visto cientos de tiburoncitos del tamaño de un dedo meñique. ¿Y quiere saber qué es lo más extraño?

—Claro —respondió ella antes de dar un sorbo a su cóctel afrutado.

—Que nacen con todos los dientes. Filas y filas de dientes del tamaño de cabezas de alfiler.

—Increíble —comentó Pandy.

Bostezó y, con la copa en la mano, se acercó a la piscina. Dejó sus cosas en una tumbona y se metió lentamente en el agua. Juntando las manos, se zambulló de cabeza. Fingió que era un bebé tiburón que nadaba despreocupadamente bajo el agua. Cuando se quedó sin respiración, asomó la cabeza y vio a SondraBeth de pie al borde de la piscina, cerniéndose sobre ella.

—Acabo de acordarme de por qué odio tanto a Lala Grinada.

—¿En serio? —preguntó Pandy, desanimada.

Confiaba en que ya se hubiera olvidado de Lala.

—Antes siempre me la encontraba en los castings. No me he acordado de que era ella hasta que has dicho lo de los tres pelos. En aquel entonces tenía el pelo moreno y aún no se había operado la nariz. Y se daba unos aires de superioridad… Se comportaba como si fuera mejor que las demás solo por ser inglesa.

—¿Y qué?

Pandy frunció el entrecejo, preguntándose por qué aquel detalle molestaba tanto a su amiga. Salió de la piscina y, después de secarse, siguió a SondraBeth hasta una mesa de la terraza del restaurante.

—Su familia tiene dinero —añadió SondraBeth al sentarse—. Tendrías que haber visto cómo me miraba en los castings. Como si fuera una mierdecilla.

—Ajá —dijo Pandy ambiguamente, intuyendo lo que iba a decir a continuación.

—Es como esas chicas con las que iba al instituto. Las que decían que era una golfa. —SondraBeth cogió su cuchillo y empezó a tamborilear con él sobre la mesa—. Lala necesita un escarmiento. Y eres tú quien debe dárselo.

—¿Yo? —chilló Pandy, sonrojada de vergüenza. Desplegó su servilleta y se la puso en el regazo—. Oye, corazón, que yo no pinto nada en esto, ¿recuerdas?

—Claro que pintas algo. ¿Cómo puedes decir eso?

Llegó el camarero. Pandy intentó distraer a SondraBeth enzarzándose en una discusión detallada acerca de los platos especiales del menú. Por desgracia la discusión no duró mucho, porque solo había dos platos especiales: dos tipos distintos de pescado.

Cuando el camarero se fue, SondraBeth se inclinó sobre la mesa y siguió dando golpecitos con el cuchillo.

—Maldita sea, ¿por qué no me apoyas cuando te necesito? ¡Cuando Mónica te necesita!

Pandy se rio.

—¿Qué tiene que ver Mónica en este asunto?

—Es tu hija. Y la estás abandonando.

—Pero…

—Si alguien intentara hacerle algo a *mi* hija, yo no se lo permitiría. Perseguiría a esa persona hasta el fin del mundo. Y luego la mataría.

—¿Estás sugiriendo que nos carguemos a Lala? —Pandy sonrió con sorna—. Imagino que sigues en contacto con esos mafiosos del Joules. Freddie el Rata, ¿no? A lo mejor él puede encargarse.

SondraBeth la miró con desdén. Cogió el móvil de Pandy, que estaba sobre la mesa, y se lo tendió.

—Quiero que llames a Doug Stone —dijo con firmeza.

—¿Y qué voy a decirle? —Pandy hizo una bola con un trozo de pan y se lo tiró a una iguana.

—Invítale a venir.

—No —contestó Pandy rotundamente.

De pronto se acordó de lo que había pasado con el director. Al igual que aquel incidente, aquello tenía todas las trazas de salir mal. Y entonces ella se sentiría como una idiota.

—¿Por qué no? —preguntó SondraBeth.

—Porque no quiero quedar como una imbécil.

SondraBeth suspiró.

—Yo siempre te he apoyado —dijo contemplando el mar—. ¿Por qué no me apoyas tú a mí?

—Te apoyo —insistió Pandy, y en cuanto aquellas palabras salieron de su boca comprendió que no había escapatoria: tendría que transigir—. Está bien —dijo cogiendo el teléfono—. Pero no va a funcionar. Tú misma lo has dicho: soy una pésima actriz. No se lo va a tragar.

SondraBeth levantó una ceja.

—Eres mejor actriz de lo que piensas. Si le llamas, vendrá.

Pandy puso cara de fastidio y decidió acabar con aquello de una vez por todas. Seguramente Doug no contestaría, de todos modos. Y, si contestaba, le pasaría el teléfono a SondraBeth.

El teléfono sonó y sonó. Estaba a punto de colgar cuando Doug contestó casi sin aliento, como si hubiera estado buscando el teléfono por todas partes.

—¡Vaya, pero si es PJ Wallis! —dijo con voz acariciadora, como si hubiera estado esperando que le llamara.

Impresionada, Pandy soltó una risilla y dijo tontamente:

—Llamando a Doug Stone.

—Doug Stone al aparato. ¿Dónde estás?

—Estoy con SondraBeth Schnowzer, en una isla privada, en Turcas y Caicos. —Sonrió a SondraBeth, que le hizo un gesto levantando el pulgar. Respiró hondo y puso su voz más seductora—. ¿Quieres venir? —preguntó.

—¿A la isla? ¿Contigo y con SondraBeth?

Se quedó callado un momento mientras Pandy suplicaba para sus adentros que dijera que sí, a pesar de que había insistido en que pasaba de él.

Uf. Qué *cría* era.

—¿Cuándo quieres que vaya? —preguntó Doug.

Ella abrió los ojos de par en par al darse cuenta de que tal vez aceptara la invitación. Se sentó más derecha y, guiñándole un ojo a SondraBeth, ronroneó:

—¿Qué tal ahora mismo?

SondraBeth empezó a gesticular como una loca pidiéndole que le pasara el teléfono para darle instrucciones. Y luego, como dos adolescentes que acabaran de gastarle una broma a un chico por el que las dos estaban coladas, se dejaron caer sobre la mesa tronchándose de risa.

∞

Doug llegó al día siguiente, a primera hora de la tarde. Cogió una avioneta en la isla de Providenciales y llegó acompañado por dos empleados que trabajaban en el hotel y varios cajones de mercancías. Hacía viento ese día y, al salir Doug por la portezuela, con la cabeza agachada, la avioneta comenzó a zarandearse como un juguete mecánico. Doug se sobresaltó y pareció un poco asustado.

—¡Corre, Doug, corre! —gritó Pandy desde el cochecito de golf, junto a la pista del aeródromo, donde estaban esperando para recogerle.

—¡Corre, Doug, corre! —repitió SondraBeth.

Doug vestía una vaporosa camisa blanca y pantalones de camuflaje, y llevaba una bolsa de deporte colgada del hombro. Se fue derecho a Pandy, le metió las manos debajo del pelo y, echándole la cabeza hacia atrás, le dio un beso apasionado.

—Cuánto me alegro de volver a veros juntos, tortolitos —dijo SondraBeth con una sonrisa satisfecha.

—Ya basta. —Pandy soltó una risita y apartó a Doug de un empujón.

—Hola, amigo. —SondraBeth sonrió a Doug con aire despreocupado y, asumiendo el papel de gran dama, ladeó remilgadamente la cabeza para darle un beso en la mejilla.

Pandy experimentó un hormigueo desagradable y comprendió que estaba celosa. Aquello tenía mala pinta. Solo había hecho falta un beso para remover sus sentimientos, para que su «enamoramiento» de Doug volviera a aflorar. Y aunque sabía racionalmente que esos sentimientos no eran reales, también era consciente de que podían causarle mucho dolor.

Como solía hacer cuando temía que le hicieran daño, empezó a hacer tonterías.

—¡Corre, Doug, corre! —repitió.

Aquel se convirtió de inmediato en el lema de la tarde. SondraBeth y ella lo gritaban cada vez que Doug iba a pedir una copa, cuando salía del mar y hasta cuando iba al baño.

—¡Corre, Doug, corre!

Y cada vez que lo decían les daba un ataque de risa.

La cena fue un jolgorio. Se comportaron como si fueran una especie de trío cómico. Cuando SondraBeth se levantó para ir al cuarto de baño, Doug acarició el cuello de Pandy, y ella se estremeció de pies a cabeza.

—¿Qué tal está? —preguntó Doug con repentina seriedad.

—¿Quién?

—SondraBeth —susurró él como si SondraBeth tuviera una enfermedad fatal.

—Bien, creo —dijo Pandy sardónicamente, extrañada por la pregunta.

Doug se había pasado la tarde con ellas. ¿No veía lo bien que estaba SondraBeth?

Él sonrió.

—Me alegro de que sigáis siendo amigas.

—¿Por qué íbamos a dejar de serlo?

Doug deslizó lentamente un dedo sobre su mano. Fue una caricia tan leve que la piel de Pandy pareció desvanecerse.

—En este mundillo es difícil que las mujeres sean amigas. Hay mucha competición y muchas puñaladas por la espalda.

—Eso he oído. La prueba son SondraBeth y Lala Grinada.

Pandy apuró su copa de vino tinto y Doug cogió la botella para servirle otra. Llevaban toda la tarde tomando el sol y bebiendo ponche de ron, de modo que lo último que le hacía falta era otra copa de vino y ella lo sabía, pero aun así la aceptó.

—¿Qué pasa con Lala, por cierto? —preguntó.

—¿Con Lala? —Doug se encogió de hombros—. Solo es una amiga.

—¿De veras? —preguntó ella con curiosidad exagerada—. SondraBeth no dice lo mismo. Dice que os han visto juntos por todo París.

—¿Y?

—Dice que Lala iba a por ti. Para vengarse de ella, por Mónica. —Meneó la cabeza como si fuera una teoría demasiado ridícula para tenerla en consideración.

—Eso es porque SondraBeth necesita a Mónica. —Él le dio unos golpecitos en la nariz, jugando—. Más que tú. Más que nadie, de hecho.

Pandy puso los ojos en blanco.

—Doug, eso es una locura. Mónica es un personaje. Es como un objeto geométrico. Sí, tiene lados, puede que incluso tenga seis, como un hexágono. Pero sigue siendo un objeto. Y los objetos tienen límites, contornos. No interactúan como interactúa la gente.

Doug la miró alucinado.

—Qué lista eres, Pandy. Es lo que digo siempre cuando la gente me pregunta. «¿Pandy? Pandy es muy lista».

—Doug, por favor —suspiró ella, comprendiendo de pronto que los cumplidos que le dedicaba acerca de su talento, y que tanta ilusión le habían hecho antaño, no eran más que otra faceta de su interpretación.

Cuando SondraBeth regresó a la mesa pidieron otra botella de vino tinto. Al salir del restaurante, los tres habían bebido demasiado y Doug tuvo que llevar a Pandy en brazos. Mientras SondraBeth avanzaba haciendo eses a su lado, agarrada al brazo de Doug, Pandy advirtió en su cara una expresión de desagrado que la sorprendió. A fin de cuentas, su amiga rara vez censuraba su mala conducta, sin duda porque ella salía ganando en comparación. Pero cuando aquella expresión pasó del desagrado a una ira difusa, Pandy comprendió de pronto cuál era el verdadero motivo: SondraBeth también deseaba a Doug.

Naturalmente, ¿cómo es que no se había dado cuenta? Había creído absurdamente que, puesto que hablaba sin cesar de darle un escarmiento a Lala Grinada, SondraBeth quería que Doug y ella estuvieran juntos. Y ahora se daba cuenta, asqueada, de que no se trataba de eso, ni mucho menos.

Para cuando entraron en la casa, una furia silenciosa e irracional se había apoderado de ella. SondraBeth, entre tanto, había recuperado el equilibrio. Puso música y Doug y ella empezaron a bailar agarrados. Estaban tan absortos el uno en el otro que era como si Pandy no estuviera allí.

Derrotada, se fue a su habitación y cerró de un portazo. Se metió en la cama y se tapó la cara con la almohada para acallar su furia. De nuevo, «Mónica» la había hecho sentirse desplazada.

∞

Le pareció que apenas habían pasado unos instantes cuando la despertó un movimiento de la cama. Demasiado amodorrada para ponerse a
gritar, se preguntó si lo habría soñado, hasta que sintió en el cuello el
suave cosquilleo del pelo de Doug.

—¿Pandy? —susurró él.

—¿Doug?

Él se metió bajo la sábana, a su lado, acercándose un dedo a los
labios.

—Shhh —dijo—. ¿Puedo entrar?

Ella se incorporó, y sus cabezas chocaron.

—¡Ay!

—Perdona. —Doug se rio por lo bajo, como si fueran dos críos en
una tienda de campaña.

—¿Y SondraBeth? —siseó ella con frialdad.

—Está durmiendo.

—¿Cómo lo sabes?

—Porque acabo de dejarla en la cama —respondió él ahogando la
risa.

—¿*Qué?*

—Se ha quedado dormida como un tronco. Estaba roncando.

—¿Acabas de…? —Pandy no consiguió acabar la frase.

Él empezó a acariciarle el torso.

—Ella no tiene por qué enterarse —susurró—. Si es eso lo que te
preocupa.

Deslizó las manos más abajo y le separó las piernas. Pandy gimió
de placer, traicionada por su propio cuerpo.

—Doug, por favor —gimió, tirándole del pelo—. No creo que
pueda hacer esto.

—¿Por qué no? —murmuró él.

La pregunta la pilló desprevenida. *¿Por qué no, en efecto?*, se dijo,
momentáneamente hipnotizada por su reacción física. ¿Qué más daba
que cediera y se acostara con Doug? ¿Acaso sería tan terrible?

—Olvídate de SondraBeth —susurró él mientras se deslizaba hacia arriba para besarle el cuello—. Eso ha sido pasajero. Ha durado menos de un cuarto de hora.

Pandy volvió en sí de repente. ¿Doug pretendía hacérselo con las dos? ¿Acostarse con ambas Mónicas? ¿La misma noche? ¿Y ella iba a ser la segunda?

¡Jamás!

—¡Apártate de mí! —gritó, intentando quitárselo de encima.

Él se echó a reír y, agarrándola de la pierna, tiró de ella.

—¡Lo digo en serio! —Pandy se puso a dar manotazos como una loca.

—Venga ya, Pandy —dijo él en tono acariciador—. No seas tan estrecha. Nadie lo es.

Pandy le apartó de una patada.

—Pues *yo* sí.

Se sentó en la cama y se tapó el pecho con la sábana.

Doug se echó hacia atrás, en cuclillas.

—Me llamaste tú, ¿recuerdas? Creía que era esto lo que querías.

Pandy solo acertó a mirarle, pasmada.

Él volvió a intentar tocarla.

—¿Qué pasa? —dijo—. Solo estamos jugando. Ya sabes, como en una escena.

—¿Una escena? ¿Como cuando actúas, quieres decir? —preguntó ella, horrorizada—. ¿Eso es esto para ti?

—Claro —contestó él con una sonrisa de desconcierto—. ¿Qué creías que era?

Pandy estiró el brazo hacia atrás, agarró una almohada y se la tiró a la cabeza.

La almohada cayó en el borde de la cama. Pandy la vio oscilar un momento y caer lentamente al suelo.

—¡Fuera de aquí! —ordenó en voz baja.

Doug levantó las manos en señal de rendición.

—Vale, no hay problema. Ya lo pillo. Estás loca. Todas las mujeres estáis como una puta cabra.

Ella se levantó de un salto, corrió al cuarto de baño y se encerró dentro. Sentada en el váter, se tapó la cara con las manos hasta que oyó a Doug cruzar la terraza y bajar la escalera. Volvió a la cama y se tumbó boca arriba, con la vista fija en el techo lleno de sombras. ¿Qué *demonios es esto?*, pensó. *¿Qué demonios es?*

∞

Al día siguiente se despertó a mediodía. Se sentía débil, rota y estragada como una anciana que no tuviera ya ningún control sobre su vida.

SondraBeth estaba en la terraza, leyendo un guion mientras se bebía sin prisas un *bloody mary*.

Pandy miró en derredor.

—¿Dónde está Doug?

—Se ha ido a pescar.

—¿Es otra de tus bromitas pesadas?

—¿Mis bromitas pesadas? —preguntó SondraBeth, atónita.

—Doug vino a mi cuarto anoche.

—¿Y? —La miró como si no entendiera nada—. Tienes cara de necesitar un *bloody mary*. ¿Quieres que te prepare uno?

—Doug vino a mi cuarto anoche —repitió Pandy—. Después de estar *contigo*.

Por un segundo, antes de que abriera la boca, una sombra de emoción cruzó el rostro de SondraBeth (¿ira, sorpresa, consternación?).

—Ah —dijo, y se rio.

—¿Ah? —preguntó Pandy con aspereza.

SondraBeth se encogió de hombros.

—Bueno —dijo.

—¿No te parece asqueroso?

—No sé —contestó con una sonrisa nerviosa.

—*¿No sabes?*

—Vamos, Pandy —dijo con un suspiro—. Se lo dije yo.

—*¿Qué?*

—*Se lo dije yo* —repitió SondraBeth—. Le mandé yo. Como un regalo.

—¿Un *regalo*?

—Sí, ¿por qué no? Hay que compartir. —Volvió a fijar la mirada en el guion—. No entiendo por qué estás tan enfadada. —La miró de nuevo—. ¿Qué tal estuvo?

—No lo entiendes, ¿verdad? —replicó Pandy con frialdad—. Yo no soy de esas. No necesito serlo. Tengo mis criterios. No quiero tener nada que ver con esto.

—Ya, pero es que tienes que ver, y mucho. Tú le invitaste a la isla, por Mónica, ¿recuerdas?

Pandy salió de la villa hecha una furia. Montó en el cochecito de golf y arrancó. Ignoraba adónde se dirigía, pero cuando había dado media vuelta a la isla un individuo moreno y descamisado salió de un salto de los matorrales y le cortó el paso. Pandy soltó un grito, dio un volantazo y se estrelló contra un cactus. El impacto hizo rebotar hacia atrás el cochecito y ella se golpeó la cabeza con la barra antivuelco.

Gritó de dolor y de rabia, y se le saltaron las lágrimas.

—¡Por Dios, Doug! ¿Se puede saber qué haces?

—¿Por qué ibas tan deprisa? —preguntó él.

Agarró el lateral del cochecito para que no volcara, se inclinó sobre Pandy y apagó el motor. Despedía un olor húmedo y vegetal a sudor reciente y marihuana.

Pandy salió del cochecito dándole un empujón y se frotó el chichón de la cabeza.

—No iba deprisa. ¿Qué hacías tú en mitad de la carretera?

—Te estaba buscando —dijo.

Pandy le lanzó una mirada venenosa.

—¿Por qué?

Volvió a subir al vehículo y dio marcha atrás. Doug rodeó el coche rápidamente y, agarrándose a la barra antivuelco, se sentó de un salto en el asiento del copiloto.

—¿Quieres ir a dar un paseo? —preguntó ella con sorna.

—Sí, por favor. —Doug echó un vistazo al interior del cochecito—. ¿Tienes agua?

—Ahí —contestó ella señalando una botella medio vacía.

Doug la cogió y bebió echando la cabeza hacia atrás. Pandy se descubrió de nuevo admirando su físico, a su pesar.

—¿Has hablado con SondraBeth? —preguntó él.

—Sí.

De pronto, Doug pareció incómodo.

—¿Qué te ha dicho?

—Qué *no* me ha dicho, querrás decir.

—¿Te ha contado algo de lo de… anoche? —preguntó él tras vacilar un momento.

Ella apartó los ojos del camino y le lanzó una mirada llena de desdén.

—Pues sí —dijo, y volvió a clavar la mirada en el parabrisas de plástico—. Me ha contado que fue ella quien te dijo que te acostaras conmigo. Que era una especie de regalo. Lo cual es bastante insultante, lo mires por donde lo mires.

Doug dejó escapar un largo gruñido.

—No es cierto, Pandy. Ella no me pidió que me acostara contigo. Está mintiendo.

—Vaya, qué gran alivio —replicó ella sarcásticamente—. De modo que se te ocurrió a ti solito.

—No seas mala, Pandy —dijo Doug con una seriedad impropia de él—. Me gustas. Siempre me has gustado. Fuiste tú quien me rechazó.

Pandy viró bruscamente a la izquierda para volver a la villa.

—Doug —dijo con un suspiro—, la verdad es que no sé de qué estás hablando. El presunto interés que sientes por mí no tiene nada que ver conmigo. En realidad, se trata *de ti*. Haces como que te intereso para que te preste atención. Y, francamente, excepto la cara y el cuerpo, no tienes nada de interesante. Igual que SondraBeth. De hecho, sois los dos tan horriblemente aburridos que tenéis que inventaros jueguecitos estúpidos, que a vosotros os parecen muy atrevidos pero que en realidad son patéticos, para que la gente que os rodea no se muera de puro aburrimiento.

Doug se rio como si otra vez estuviera de guasa.

Llegaron a la villa. La puerta de la habitación de SondraBeth estaba cerrada. Doug se lio un porro, lo encendió y se lo pasó a Pandy.

Pensando que la marihuana la calmaría, ella dio un par de caladas. Doug salió a la piscina y se echó en una tumbona. Un momento después estaba dormido.

Pandy entró en la cocina.

—Has vuelto —dijo SondraBeth apareciendo de pronto en la puerta.

—La isla es muy pequeña —contestó Pandy gélidamente.

—Venga, Pichón —dijo SondraBeth en tono conciliador—. No te enfades. Las dos somos Mónica, así que ¿por qué no vamos a compartir al mismo hombre?

—Estás de broma, ¿no?

—¿Por qué iba a estar de broma? —preguntó SondraBeth.

Pandy solo acertó a sacudir la cabeza.

—¿Se puede saber qué te pasa? —insistió SondraBeth.

—Que yo no soy así. No como otras, *colegui* —dijo Pandy con sarcasmo al tiempo que apretaba el botón de la cafetera, y se alegró de oír el estruendo que hizo la máquina al moler los granos de café.

SondraBeth entornó los ojos.

—Conque sí, ¿eh?

—Eso parece. —Bebió un sorbo de café y se quemó la boca—. ¡Maldita sea!

SondraBeth dio un par de pasos hacia ella con actitud amenazadora.

—Crees que estás por encima de esto, ¿eh? Que estás por encima *de mí*. Creía que eras *mi amiga* —siseó.

—Eso creía yo también —le espetó Pandy tirando el café caliente al fregadero, donde cayó con un sonoro chapoteo—. Pero las amigas no se acuestan con los ligues de sus amigas.

—Ah, ya lo entiendo —repuso SondraBeth con una mueca desdeñosa—. Es por ese secreto que te conté.

—¿Qué secreto? —preguntó Pandy en tono burlón.

—Lo del Rancho Pollito. Lo sabía. Sabía que no debería habértelo contado. Sabía que algún día lo utilizarías en mi contra.

—¿*Eso?* Eso no tiene nada que ver con esto —dijo Pandy.

Y en ese momento, sin duda debido al porro, la miró y tuvo una visión espantosa. La cabeza de SondraBeth se abrió por la mitad y de ella salió una serpiente verde y escamosa, con la boca abierta y los colmillos chorreando veneno, como en una película de terror de serie zeta. La serpiente subió y subió hasta casi tocar el techo con la punta del hocico. Luego bajó como una flecha lanzándose hacia ella y, paf, desapareció otra vez dentro de la cabeza de SondraBeth como si nunca hubiera existido.

Sucedió todo en menos de una fracción de segundo. Pandy sabía que había sido una alucinación, pero aun así la había visto. De hecho, mientras daba un paso atrás, comprendió que nunca podría olvidar esa imagen. Era como si el diablo en persona le hubiera hecho una advertencia.

Respirando hondo, logró dominarse.

—Así que ¿crees que soy ese tipo de persona? ¿Que sería capaz de utilizar un secreto para perjudicar a alguien? —Sacudió la cabeza desdeñosamente—. Tú estás enferma, tía —concluyó, y se fue a su cuarto a hacer las maletas.

SondraBeth intentó detenerla, por supuesto, pero Pandy se negó a escucharla. Cuando metió su equipaje en el cochecito de golf, SondraBeth salió detrás de ella.

—¡No te atrevas a marcharte, PJ Wallis! —gritó cuando Pandy se montó en el cochecito—. ¿Qué pasa con PandaBeth?

—¡PandaBeth está muerta! —bramó Pandy por encima del hombro al arrancar.

Aun así, seguramente habría acabado quedándose y haciendo las paces con ella de no ser porque, cuando llegó al aeródromo, una avioneta estaba a punto de despegar hacia Providenciales.

Pandy subió a ella, demasiado furiosa para dar marcha atrás. Al llegar al aeropuerto de Providenciales, descubrió que el único billete de avión disponible era de primera clase. Lo compró de todos modos, decidida a escapar.

Sentada rígidamente en su asiento, no pensó en el viaje. No pensó en Doug ni en SondraBeth. No pensó en nada. Cuando la asistente de vuelo le puso un *bloody mary* en la bandeja, estuvo a punto de vomitar, pero aun así se lo bebió entero.

Luego debió de quedarse dormida, porque cuando despertó el avión había iniciado el descenso. Fuera llovía. El agua formaba riachuelos, como lágrimas infinitas. Pandy apoyó la mano en la ventanilla. *Corre, Doug, corre*, pensó con tristeza.

Y luego: *PandaBeth*. Uf. Esperaba no tener que ver nunca más a SondraBeth Schnowzer ni a Doug Stone.

∞

Un mes después de aquel horrible incidente en la isla, los tabloides anunciaron que Doug Stone y SondraBeth Schnowzer estaban enamorados y se habían vuelto inseparables.

Como para constatarlo, tres meses más tarde SondraBeth organizó una fastuosa fiesta de cumpleaños para Doug en una carpa levantada expresamente para la ocasión en los muelles del río Hudson. La fiesta fue tan excesiva que Pandy supuso que la habría pagado la productora. Se lanzaron fuegos artificiales desde una barcaza, entre ellos uno en forma de corazón con las iniciales de la feliz pareja dentro, y se cortó el tráfico en West Side Highway durante tres horas para respetar la «intimidad» de los enamorados y sus doscientos mejores amigos. Pese a todo, una docena de helicópteros sobrevolaron la zona y un sinfín de teleobjetivos fotografiaron el acontecimiento desde todos los ángulos, incluida Nueva Jersey.

La fiesta hizo las delicias de la prensa y de los fans. Era todo tan típico de Mónica…

Nadie pareció advertir que la verdadera creadora de Mónica (PJ Wallis, la *auténtica* Mónica) no se contaba entre los invitados.

Pandy se dijo que no tenía importancia. En aquel momento estaba demasiado inmersa en su relación con Jonny Balaba para permitir que aquello le hiciera mella.

Poco tiempo después de la fiesta de cumpleaños, coincidió con Doug en una cena de recaudación de fondos a beneficio de una compañía teatral. Les habían asignado la misma mesa y él cambió de sitio las tarjetas para sentarse a su lado. Tenía el pelo largo y desaliñado, se había dejado crecer la barba y el leve olor a sudor que exhalaba hacía suponer que llevaba varios días de juerga, impresión esta que se vio confirmada por su candorosa volubilidad.

—Quería invitarte a mi fiesta de cumpleaños —le confesó—. Pero no podía.

Pandy le dedicó una sonrisa tranquilizadora. Se había prometido a sí misma no inmutarse ante nada de lo que Doug —o cualquier otra persona— pudiera decirle acerca de él y SondraBeth.

—No esperaba una invitación, de todos modos —dijo encogiéndose de hombros.

Él meneó la cabeza con vehemencia, como si se negara a creerla.

—Yo quería que fueras. Porque te considero amiga mía, ¿sabes?

—Claro —convino ella, aunque no entendía cómo podía decir aquello teniendo en cuenta que no había tenido noticias suyas desde aquel horrible viaje.

Debía de ser cosa de actores, pensó: decir cualquier cosa simplemente porque encajaba en el guion.

—Pero no podía, ¿entiendes? —insistió Doug.

—¿Que no podías qué?

—*Invitarte* —respondió él en voz baja.

—Doug —dijo Pandy—, no me importa, de verdad.

—Pero a mí sí. Por… —Hizo una pausa y miró alrededor para asegurarse de que nadie les oía—. Por SondraBeth.

—No pasa nada —repuso ella en tono paciente.

Doug meneó la cabeza.

—Claro que pasa. Porque SondraBeth se cree de verdad que *es* Mónica.

Pandy se rio.

—Bueno, interpreta ese papel.

—No me estás escuchando —dijo él—. Eso es lo malo: que no cree que la esté interpretando. Cree que *es* ella. Que es Mónica de verdad. En la vida real.

—Ah —dijo Pandy, sin saber muy bien cómo interpretar aquello.

A fin de cuentas había muchos actores que se empeñaban en seguir interpretando su papel en todo momento hasta que acababa el rodaje, para fastidio y consternación de sus compañeros de reparto.

—Es un papel muy atractivo. Puede que simplemente se esté divirtiendo.

—¡Exacto, eso es! —exclamó él—. Se está divirtiendo demasiado. No consigo hacérselo entender. Y no podía invitarte a la fiesta porque se habría puesto hecha una furia. ¿Cómo va a ser ella Mónica si la verdadera Mónica, o sea tú, está ahí?

—Puede que solo sea una fase —dijo Pandy—. A lo mejor... No sé. —Vaciló, intentando improvisar una respuesta—. A lo mejor os casáis, tenéis un hijo y ella madura.

Doug echó la silla hacia atrás y soltó una carcajada. Aquella reacción incomprensible sobresaltó a Pandy.

—SondraBeth no va a tener hijos —afirmó él, volviendo a apoyar las patas delanteras de la silla en el suelo con un golpe seco—. Por lo menos, mientras sea Mónica. Se le vendría abajo la agenda si tuviera un hijo —añadió con sorprendente amargura—. El otro día quedamos en vernos en una tienda del Soho y cuando entré la encontré haciendo otra puta sesión de fotos.

—Es parte de su trabajo —dijo Pandy entornando los ojos.

—No, qué va. Está diciendo que sí a todo porque teme quedarse sin trabajo.

—O sea, que está asustada. —Pandy se encogió de hombros—. A lo mejor tendrías que intentar tranquilizarla, hacer que se sienta más segura.

—¡Pero si no hago otra cosa! —bufó Doug—. Se pasa el día preguntando «¿Estoy guapa?», ¿Estoy delgada? «¿Qué tal tengo el pelo?». ¡Así veinticuatro horas al día!

Pandy sonrió con frialdad. De pronto se daba cuenta de que aquella conversación era solo una escena más para él.

—Es actriz, ¿recuerdas? —dijo—. Lo siento, pero vuestra relación no es asunto mío.

—¡Pero SondraBeth sí lo es!

—Ya no nos vemos nunca, menos en algún que otro evento relacionado con Mónica.

En los que —recordó ahora— SondraBeth siempre evitaba que la fotografiaran a su lado. Llevaba tiempo sospechando que lo hacía a propósito, pero había desdeñado la idea, pensando que eran paranoias suyas.

—Creo que no entiendes lo que te estoy diciendo —prosiguió Doug mirándola enfáticamente a los ojos.

Pandy se preguntó fugazmente si otra vez le estaba tirando los tejos, creyendo que podía llevársela a la cama y echar un polvo con ella sin más. Aunque no hubiera estado con Jonny, ella nunca habría caído tan bajo.

—¿Qué intentas decir? —preguntó en tono cortante.

—Solo que tengas cuidado. Mira —dijo Doug acercando la cara a la suya—, vivo con ella, ¿vale? Y te odia.

Pandy se echó hacia atrás, sorprendida. Luego, acordándose de la última vez que había hablado con SondraBeth, montó en cólera.

—No tiene motivos para odiarme. Yo no le he hecho nada. Nunca he hablado mal de ella. La pongo por las nubes en la prensa. ¿Qué puede tener contra mí?

—¿Es que no lo entiendes? —preguntó Doug—. Sin Mónica, ¿quién es? ¿Quién es SondraBeth Schnowzer? No le interesa a nadie. Quien interesa es *Mónica*. Sin ella, no tiene vida. No *existe*. Por eso te odia.

Pandy paseó la mirada por la sala y de pronto se dio cuenta de que tal vez SondraBeth tenía razón: no entendía a los actores. Y aquel no era su sitio.

—¿Sabes qué, Doug? —dijo al tiempo que recogía sus cosas—. Que SondraBeth puede quedársela. Puede quedarse con Mónica *para ella solita* si tanta falta le hace.

Y por un instante, mientras se marchaba hecha una furia, se sintió bien. Después, sin embargo, a medida que la cifra que marcaba el taxímetro iba en aumento calle tras calle, el metrónomo de su tristeza fue subiendo también.

Contempló por la ventanilla los escaparates iluminados aún y dejó escapar un suspiro. Desde que conocía a Jonny, tenía la íntima esperanza de que SondraBeth y ella pudieran superar aquella absurda rencilla y volver a ser amigas. Tal vez incluso resucitar a PandaBeth.

Doug, sin embargo, había dejado bien claro que eso era imposible.

Y lo mismo hizo SondraBeth cuando dos semanas después coincidieron por casualidad en el aseo, en una fiesta de etiqueta.

∞

Ocurrió durante una gala benéfica patrocinada por Peter Pepper (*Pepé*, pensó Pandy con desagrado al acordarse de lo que había dicho SondraBeth acerca de que el jefe del estudio no aprobaba su amistad). *No tenía de qué preocuparse*, se dijo con sorna mientras veía cómo cuatro guardaespaldas intentaban mantener a raya al gentío que sitiaba la mesa presidencial. El centro de todas las miradas era, cómo no, SondraBeth Schnowzer, que, gracias al éxito de Mónica, no podía ir a ninguna parte sin verse acosada por sus fans.

Sintiendo una punzada de dolor que casi la hizo llorar, Pandy se acordó de cuánto había querido a SondraBeth y de cómo la echaba de menos. Luego, no obstante, recordó lo que le había dicho Doug acerca del odio que le tenía SondraBeth. ¿Sería cierto? Pensó por un segundo en acercarse a ella, pero la posibilidad de que los guardaespaldas la obligaran a retroceder le pareció demasiado bochornosa, sobre todo teniendo en cuenta que iba con Jonny.

A mitad de la gala, Pandy se escabulló al aseo de señoras. Se estaba retocando el carmín cuando llamaron a la puerta. Un segundo después, un guardaespaldas abrió la puerta.

—Disculpe, ¿qué hace? —preguntó Pandy con aspereza.

—Lo lamento, señora, pero tiene que desalojar esta habitación.

—¿Por qué? ¿Ha pasado algo? ¿Hay fuego?

Y entonces oyó la voz de SondraBeth detrás del guardaespaldas.

—En serio, Julio. No es necesario.

El guardaespaldas retrocedió para dejarla pasar. Antes de que Pandy tuviera tiempo de pensar cómo debía reaccionar, allí estaba Mónica, en carne y hueso, a menos de tres metros de distancia.

Llevaba el pelo recogido hacia arriba en un precioso tupé rubio que brillaba como un donut glaseado. Los diamantes de imitación de su corpiño de gasa azul semejaban estrellas. Ver a SondraBeth (a Mónica) desde tan cerca fue para ella un impacto semejante al de un accidente de tráfico. Tardó unos segundos en darse cuenta de que aquello era real, y el subidón de adrenalina subsiguiente hizo que le temblaran las manos cuando, intentando aparentar indiferencia, cerró el lápiz de labios y lo guardó en el bolso. Por un instante le pareció que SondraBeth reaccionaba de la misma manera, hasta que su rostro se relajó y volvió a adoptar aquella máscara impenetrable de felicidad eterna.

—¿Qué tal estás? —preguntó amablemente, como si fueran simples conocidas que se cruzaban en una fiesta.

—Estoy genial —contestó Pandy enérgicamente. Pero su tono de entusiasmo sonó forzado. Sin saber qué hacer, añadió rápidamente—: Por fin estoy saliendo con un tío que me gusta de verdad.

A SondraBeth se le congeló la sonrisa.

—Ya me he enterado. Jonny Balaba, ¿no?

—Sí —contestó Pandy, azorada.

—¿Vais a...? —SondraBeth vaciló de repente—. ¿Lo vuestro va *en serio?*

Pandy levantó las cejas y procuró reír.

—Eso espero, desde luego.

—Ah.

—¿Por qué? —Pandy la miró desconcertada. Entonces le pareció comprender—. No me digas que también quieres robármelo —le espetó.

SondraBeth reaccionó como si le hubiera dado una bofetada. Sería la mala conciencia, supuso Pandy.

—¿Se puede saber a qué viene eso? —exclamó como si la hubiera ofendido gravemente.

Pandy se quedó mirándola, atónita, mientras los sentimientos contradictorios que albergaba hacia ella giraban en su cabeza como detritos arrastrados por un huracán. Le dieron ganas de ponerse a gritar «Ratón, soy yo, ¿te acuerdas? ¡Somos *superamigas*!», pero el miedo a que SondraBeth la rechazara la dejó paralizada. La cola de sirena del vestido de tul y lentejuelas de SondraBeth pasando por encima de sus zapatos al dar media vuelta, airada...

—¿Pandy? —la oyó preguntar—. ¿Estás bien?

El guardaespaldas tocó a la puerta.

—¿SondraBeth?

SondraBeth lanzó una ojeada a la puerta y luego volvió a mirarla, asustada.

—Tienes que escucharme —dijo ansiosamente—. Jonny Balaga es una mala persona. Conozco gente que iba a hacer negocios con él y...

—¡SondraBeth! —La voz del guardia se hizo más imperiosa y amenazadora. SondraBeth recogió rápidamente sus faldas—. Ódiame todo lo que quieras —susurró—, pero no digas que no te lo advertí.

Un brazo grueso enfundado en una chaqueta negra empujó la puerta. Un instante después, SondraBeth había desaparecido. Pandy se quedó perpleja, con la mirada fija en la puerta.

—ZorraBeth —masculló indignada.

Naturalmente, no le hizo caso. ¿Por qué iba a hacérselo? Y además ya era demasiado tarde. Un mes después se casó con Jonny.

9

Jonny *Beluga*, le apodaba al principio.

La primera vez que le vio fue en el kiosco, donde Jonny la miraba con aire soberbio desde la portada de la revista *New York*, por encima de un titular que rezaba «¿Es este el nuevo mesías de la comida francesa?».

Era un hombre joven y atractivo, armado con un cuchillo.

A Pandy le cayó mal al instante, pero, incapaz de apartar la mirada, compró la revista para verle mejor.

Su pelo parecía, por sí solo, toda una declaración de intenciones. Era su rasgo más llamativo: una melena morena y rizada, con la raya al medio, tan sedosa que daban ganas de acariciarla. Pandy dedujo que había elegido premeditadamente aquel peinado para que sirviera de marco a la afilada línea de su mandíbula y al mismo tiempo distrajera la atención de su nariz, que empezaba bien pero que luego se torcía a la izquierda, como si se la hubieran roto con un bate de béisbol y el médico hubiera intentado volver a colocarla en su sitio sin conseguirlo. (Pandy descubriría más tarde que así era, en efecto.) Sus labios sinuosos dibujaban una mueca desdeñosa, posiblemente involuntaria, y en sus ojos negros como la tinta centelleaba la convicción de que era un ser especial: por algo ocupaba la portada de la revista *New York* a la tierna edad de treinta y dos años.

Pandy estaba sin blanca, pero compró la revista de todos modos, por pura envidia.

Fue cuando aún estaba en la ruina, cuando pasaba estrecheces, antes de conocer a SondraBeth y a Doug Stone; antes de *Mónica*, incluso. En aquellos tiempos, no había nada que suscitara tanto su ira como una persona de su edad que hubiera «arrasado», mientras que ella salía adelante a duras penas.

Cretino, pensó mientras hojeaba la revista en busca del artículo.

Jonny *Beluga* era sin duda un tipo con mucha suerte que no se merecía ni de lejos el éxito que había alcanzado. Como mínimo, tenía que ser insoportablemente frívolo y superficial.

«Un prodigio de la gastronomía», proclamaba la revista con exasperante y desalentadora grandilocuencia. Al parecer, se había criado en la Segunda Avenida. Su madre, que solo tenía diecisiete años cuando él nació, le había criado sola, y su presunto padre murió de una sobredosis antes de que naciera él. En su juventud, Jonny había formado parte de una banda callejera. Pandy dedujo que se trataba de una fantasmada para darse bombo. ¿Quién iba a creerse que había bandas callejeras en la Segunda Avenida?

Según el artículo, después de diversas vicisitudes —incluida una breve estancia en un centro de internamiento para menores de la que hablaba con desenfado—, mintió sobre su edad, asegurando tener dieciséis años en vez de catorce, para trabajar como mozo en un exclusivo club de alterne llamado Peartrees. A los dieciocho —aseguraba la revista—, Jonny prácticamente dirigía el local.

Después, cogió todo el dinero que había ganado con las propinas y se fue a Francia a estudiar cocina.

Lo que siguió fue lo de siempre: regresó a su amada ciudad decidido a crear una nueva versión de comida francesa más emocionante y adaptada al estilo de vida neoyorquino. *Sea lo que sea lo que signifique eso*, pensó Pandy con una mueca desdeñosa. Después de trabajar un tiempo como jefe de cocina de diversos establecimientos, consiguió reunir dinero suficiente para abrir su propio local. Al parecer, fue uno de los «secretos mejor guardados» de Nueva York; quizá en exceso. Fracasó en el primer intento, y también en el segundo. Pero, poseído por el espíritu del gran emprendedor americano, asumió sus fracasos como experiencias aleccionadoras que, finalmente, le permitieron abrir Pétanque, el restaurante de sus sueños. A Pandy le sonaba el nombre: era el de un juego al que jugaban los señores mayores en el sur de Francia. Levantó los ojos al cielo poniendo cara de fastidio: Beluga, se dijo, no era ni mucho menos tan listo como él se creía.

Tiró la revista, asqueada, y se olvidó por completo de Jonny.

Durante los años siguientes, oyó hablar de él a menudo, y aunque su nombre salía con frecuencia en las columnas de cotilleos, ella prefería saltárselo. No volvió a prestarle atención hasta que su amiga Meghan se enrolló con él. Meghan le conoció en el bar del Pétanque (¿dónde si no?). Se pusieron a hablar y, casi sin darse cuenta de lo que ocurría, acabó en su casa, en el mismo edificio de apartamentos de ladrillo blanco en el que se había criado, en la Segunda Avenida. Luego, Jonny le pidió que le acompañara a Atlantic City.

El asunto causó cierto revuelo. Con el éxito de su restaurante y de un programa de cocina en televisión que Pandy nunca había visto ni quería ver, Jonny se había convertido en el chico de moda y aparecía regularmente en las listas de solteros más codiciados de la ciudad. Meghan, no obstante, estaba decidida a engancharle, a pesar de que Suzette le advirtió de que Jonny se llevaba a todos sus ligues a Atlantic City. Pandy, por su parte, la avisó de que aquella estrategia de seducción también le convertía en el perfecto asesino en serie: atraía a mujeres a su *suite*, las mataba con su enorme cuchillo de carnicero, las cortaba en pedacitos y hacía con ellas un estofado.

Meghan montó en cólera al oírla.

Pero, cuando echaba la vista atrás, Pandy se preguntaba si era simple coincidencia que, antes incluso de conocerle, ya tuviera asociado a Jonny con la muerte y la destrucción.

∽

Cuando Meghan regresó de su fin de semana, les contó con pelos y señales su maratón sexual, incluida la posición vertical que al parecer, según decía Suzette, era la marca de la casa. Les informó, además, de todos los motivos por los que Jonny Balaba no podía tener pareja estable: no había ninguna mujer —le dijo a Meghan— que soportara su ritmo de trabajo y él no quería someter a ninguna a esa prueba. Sus restaurantes —decía— no cerraban hasta medianoche y después aún quedaba mucho trabajo por hacer, razón por la cual a menudo no llegaba a casa hasta las cuatro de la madrugada.

Pandy se echó a reír a carcajadas al oír aquella excusa.

—Venga ya, Meghan, tú sabes que eso es mentira. Se va por ahí de juerga.

Como era de esperar, tras dos semanas de tórrido idilio, Jonny dejó de responder a los mensajes de Meghan. Y cuando ella se presentó en el Pétanque para pedirle cuentas, actuó como si apenas la conociera.

Lo cual hizo que Pandy le odiara aún más.

∽

Entonces empezó a encontrárselo en todas partes. Cada vez que iba al Pétanque —que parecía ser el lugar favorito de todo el mundo para una primera cita—, su acompañante hacía alarde de «conocer» a Jonny cuando salía de la cocina con su gorro de chef y su delantal bien ceñido y salpicado de sangre. El acompañante en cuestión se deshacía en halagos mientras que ella trataba de hablar lo menos posible y procuraba ignorar a Jonny.

Cosa que no era fácil.

Porque Jonny tenía presencia. Pandy tenía que reconocer que poseía ese «algo» indefinible. Era uno de esos raros hombres por los que las mujeres se sienten atraídas irremediablemente y a su pesar. Al igual que Bill Clinton y Bobby Kennedy Jr., desprendía *sex appeal*; era como esas lociones de afeitar con olor a almizcle. Podía no gustarte, podías incluso despreciar sus convicciones políticas o su falta de escrúpulos respecto a las mujeres y la fidelidad, y sin embargo cuando estabas a su lado no podías evitar imaginarte cómo sería formar parte de su larga nómina de conquistas.

Ello, unido a su arrogancia sin complejos, era razón suficiente para mantenerse alejada de él. ¿Por qué —se preguntaba Pandy— tenía que salir Beluga de la cocina después de cada comida y pararse a saludar a todos los clientes? ¿Para que le felicitaran y le dijeran lo maravilloso que era? Solo un hombre podía desplegar esa jactancia condescendiente sin que ello le pasara factura, lo que hacía que Pandy le aborreciera aún más. Era como un actor que salía a la puerta del teatro después de la función para que el público le cubriera de halagos.

Y después, como suele suceder en Nueva York, la órbita de Pandy cambió. Pasaron cinco años antes de que volviera a coincidir con Jonny Balaga. Cinco años durante los cuales ella también cambió: de ser una escritora desconocida, pasó a ser la creadora de Mónica y a estar en la cresta de la ola.

∞

Al regresar a Nueva York después de aquel desastroso viaje a la isla con SondraBeth Schnowzer y Doug Stone, Pandy se juró a sí misma no volver a dejarse arrastrar a semejante depravación moral. A pesar de haber visto prácticamente de todo, la llenó de orgullo sacar a relucir su faceta mojigata, que, según creía ella, le permitía precipitarse hasta el borde del abismo y ver cómo los demás se arrojaban al vacío mientras ella permanecía con los pies firmemente plantados en el suelo. Se fustigaba por haber traicionado momentáneamente sus valores más sólidos y por creer que podía escapar a los altibajos de la vida escondiéndose tras el velo del glamur de una estrella de cine. Hizo votos de volver a la vida real: como Odiseo, se taparía los oídos para no escuchar el canto de las sirenas y estrellarse contra los traicioneros escollos del *show business*, al que —como le habían advertido sus amigos en términos inequívocos— no pertenecía ningún novelista que tuviera una pizca de respeto por sí mismo.

Probó suerte, en cambio, con el mundillo de la política.

Entró en escena el Senador. Veinte años mayor que ella y dos veces divorciado, él al menos dedicaba su tiempo a intentar hacer del mundo un lugar mejor.

Tenía casi sesenta años: casi edad suficiente para ser su padre. Así se lo dijo a los diez minutos de conocerla en el Joules. Una hora después, le reveló con pesar que tenía cáncer de próstata. Y que seguía enamorado de su primera esposa, fallecida de cáncer. Así que no debía hacerse ilusiones.

Pandy prometió no hacérselas.

Aparte de eso —explicó—, su vida no estaba tan mal. Cenaba únicamente en los mejores restaurantes, donde a menudo le invitaban. Vivía en el edificio más exclusivo de Park Avenue y entre sus amigos más íntimos se contaban varios multimillonarios. De hecho —le dijo—, a pesar de que la mayoría de la gente asociaba al Partido Republicano con los multimillonarios, los demócratas tenían más simpatizantes entre esa franja de población. Ello se debía sin duda —repuso Pandy— a que, si una persona era lo bastante lista para ganar miles de millones de dólares, también poseía la inteligencia suficiente para ser demócrata.

El Senador se mostró de acuerdo y la invitó a pasar el fin de semana en Palm Beach, donde se alojarían en casa de un amigo y patrocinador, el millonario Steven Finiper, cuya esposa, Edith, era graduada en la Facultad de Derecho de Harvard.

—Creo que Edith te gustará —dijo el Senador—. Cuando se enteró de que te conocía, no paró de darme la lata. Mónica es su personaje favorito y tú, querida, su escritora predilecta.

—Me encantaría ir —dijo Pandy, halagada.

∞

Tomaron un vuelo comercial desde La Guardia a Palm Beach. Mientras cruzaban el aeropuerto, a Pandy le sorprendió lo popular que era el Senador. Cada pocos pasos, alguien se acercaba a saludarle y a darle las gracias por todo lo que había hecho por mejorar la vida de sus conciudadanos.

—Caray —comentó Pandy cuando ocuparon sus asientos en primera clase—, eso es algo que nunca me pasará a mí.

—¿El qué, cariño? —preguntó el Senador ladeando la cabeza. Era un poco duro de oído.

—Que la gente se me acerque para decirme lo mucho que represento en sus vidas —contestó ella levantando la voz, y se dio cuenta de lo tonta que parecía.

El Senador sonrió y le dio unas palmaditas en la rodilla.

—Oh, ya verás cómo sí, querida. Sobre todo, cuando seas abuela.

Pandy sonrió y puso los ojos en blanco.

Cuando aterrizaron en Palm Beach, empezó a sonar su teléfono. Comprobó sus mensajes: la habían llamado tres veces de *Page Six*. Durante el viaje de dos horas, se había corrido la noticia de que el Senador y ella viajaban juntos. Ahora, todo el mundo quería saber si estaban saliendo.

Pandy se rio y borró los mensajes.

∞

La casa de los Finiper en Palm Beach era una aberración de la arquitectura contemporánea: un enorme rectángulo de cristal y ladrillo, con helipuerto incluido, hecho de la tradicional amalgama de polvo de coral y cemento.

Pandy se preguntó cuánto duraría aquel armatoste. La casa desentonaba a todas luces con el paisaje, pero era imposible que fuera de otro modo teniendo en cuenta que el entorno estaba formado por breñas y manglares.

Les asignaron habitaciones separadas, una enfrente de la otra, y al enseñarle a Pandy su habitación Edith le informó de que la casa tenía diez dormitorios, cada uno con su propio baño. Pandy se fijó en la calidad exquisita de las sábanas y las toallas, con su monograma bordado, y en el surtido de productos de tocador de tamaño viaje que había en una cesta encima de la cómoda. Los muebles, algo anodinos, eran de madera oscura y tapicería de lino beis. Aquellas casonas siempre tenían un punto de impersonal, como si, a pesar de la enorme cantidad de dinero que costaban, solo fueran cómodos lugares de descanso. Quizá sus propietarios daban por sentado que, al igual que los edificios del *Monopoly*, aquellas mansiones pasarían pronto a manos de otro multimillonario.

Pandy, entre tanto, planeaba divertirse.

La primera noche transcurrió sin incidentes. El Senador y Steven tenían cosas serias de que hablar y, al parecer, Edith y ella también.

—Soy una gran admiradora tuya —dijo Edith, abrazándola cuando bajó—. Me encanta Mónica. Has cambiado la forma en que la gente ve a las mujeres.

—Vaya, gracias —respondió Pandy.

Edith poseía sólidas opiniones acerca del mundo y una saludable dosis de escepticismo, sobre todo en lo relativo a los hombres. Hablaron de por qué no había más mujeres en los puestos directivos de las empresas mientras los hombres debatían acerca de grandes comisiones políticas.

El sábado por la mañana, al bajar a desayunar, Pandy descubrió que estaban invitados a jugar al tenis y comer en casa de otra pareja de multimillonarios: Pope y Lindsay Mallachant.

—¿Tú juegas? —preguntó Edith.

—¿Al tenis? —dijo Pandy mientras se servía unos trozos de beicon del bufé. Dudó un momento y luego dio su respuesta habitual—: Aprendí a jugar cuando tenía cuatro años y no he mejorado desde entonces.

No era del todo cierto: en realidad, en casa de sus padres había una destartalada cancha de tenis, y ella era una jugadora nata.

Sabía, sin embargo, que no debía jactarse de su pericia. Para ella, el tenis era solo una forma de socializar. De adolescentes, Hellenor y ella lo consideraban una excusa excelente para invitar a sus amigos a casa, una invitación que resultaba aún más atractiva cuando iba acompañada de artículos de contrabando: o sea, tabaco y botellitas de minibar que sustraían a sus padres. Si se veía obligada a ello, jugaba en serio, pero rara vez se molestaba en mostrar el entusiasmo necesario para ganar un partido.

—Por mí no te preocupes —le dijo a Edith—. No me importa no jugar. Se me da mucho mejor quedarme en la banda, en serio.

Edith se aclaró la garganta con un carraspeo.

—A mí tampoco me encanta, pero me temo que tenemos que jugar. Lindsay y Pope son unos locos del tenis, pero el Senador no juega, así que han invitado a Jonny Balaga para que le sustituya.

A Pandy estuvo a punto de caérsele el trozo de beicon.

—Pero yo no juego muy bien —protestó—. Pope se va a enfadar conmigo.

Edith le lanzó una sonrisa tranquilizadora mientras se servía huevos revueltos.

—Cuanto peor juegues, mejor. Pope se pone furioso si no gana.

—Estupendo —dijo Pandy.

Pope Mallachant era un banquero de inversiones de fama legendaria. Tenía setenta y tantos años y se le consideraba un supermillonario. Lindsay, su tercera esposa, mucho más joven que él, gozaba de enorme admiración por haberle pescado.

A Pandy le sorprendió que fueran amigos de Jonny Balaga.

—A Jonny Balaga le conoces, imagino —dijo Edith, y al ver que Pandy negaba con la cabeza, explicó—: Ha venido buscando dinero para su nuevo restaurante. —Luego añadió bajando la voz—: Lindsay y él se han hecho «muy buenos amigos».

—Eso suena a catástrofe en potencia —bromeó Pandy.

—Yo, personalmente, no la soporto —dijo Edith—. Si pudiera, cancelaría la cita. Pero el Senador quería juntar a Pope y Steven. Así que me digo que lo estoy haciendo por el bien del Partido Demócrata.

La casa de los Mallachant era todo lo contrario a la de los Finiper: una típica mansión de Palm Beach levantada en los años treinta. Construida en estuco amarillo con recargadas molduras blancas, semejaba un gigantesco pastel de boda. *Y aquí está la novia*, pensó Pandy cuando Lindsay salió a recibirles a la puerta vestida con un blanquísimo traje de tenis.

La siguieron hasta la parte de atrás de la casa, donde había una mesa puesta con cristalería fina, cubertería de plata y abejas de esmalte amarillo y negro cuyas alas de filigrana sostenían las tarjetas con el nombre de los invitados.

La terraza daba a los espléndidos jardines, a una piscina muy azul y a una cancha de tenis muy verde, rematada con graderío y focos de estadio, de esos que emitían una luz fantasmagórica de color blanco como la sal. Pandy gimió para sus adentros.

Al menos Jonny iba a retrasarse. Así se lo dijo Lindsay en cuanto llegaron, antes de pedirles que se sentaran. El chef se reuniría con ellos a la hora de jugar al tenis.

Dos criados con guantes blancos y uniforme gris servían la mesa. El almuerzo se componía de tres platos ligeros: una ensalada de rábano y rodajas de naranja espolvoreada con cebollino; ceviche de langosta y gambas; y, por último, café *espresso* y *crème brûlée*. Pandy rechazó el café y aceptó la crema.

Pope Mallachant, un hombre alto y encorvado, de párpados caídos y cabello artificialmente negro, les explicó que, al restringir su consumo de calorías, estaba aumentando su esperanza de vida. Preguntó a Pandy si ella hacía lo mismo. Pandy contestó que no. Él la animó a probar aquella dieta y se ofreció como ejemplo de su eficacia. Tenía setenta y tres años —dijo, muy ufano— y no padecía cáncer ni enfermedades coronarias.

—Cuando me muera, será porque alguien me mate —concluyó.

Pandy se rio. Nunca conseguía tomarse en serio a aquella gente. Claro que tampoco tenía que hacerlo. Le bastaba con mostrarse educada.

—¿Qué tal juegas al tenis? —preguntó Pope.

—Fatal —contestó Pandy.

Y para demostrarles lo mala que era, pidió otra copa de champán.

Llegó el champán, seguido casi de inmediato por Jonny.

Se limitó a cruzar las puertas cristaleras, pero a Pandy le pareció que irrumpía en la terraza como un ardiente rayito de sol. El ambiente cambió de inmediato, haciéndose más vivaz. Las mujeres empezaron a reír y las voces de los hombres sonaron más graves y ponderadas. Jonny recorrió la mesa y, sujetándose el pelo todavía largo detrás de las orejas, se inclinó para saludar a las mujeres con un beso en la mejilla y a los hombres con apretones de manos y palmadas en la espalda. Estaba ligeramente bronceado y tenía un cuerpo fibroso y esbelto. Comparados con él, los demás parecían decrépitos.

Ansioso por saltar a la pista, Pope se levantó antes de que Jonny tuviera oportunidad de saludar a Pandy. Los demás le siguieron. Pandy se preguntó si Jonny habría reparado en ella.

Mientras Pope le conducía escaleras abajo, hacia la cancha, Pandy oyó que Jonny le preguntaba con quién iba a jugar. Pope la buscó con la mirada y con una seña le pidió que se acercara.

—Te presento a tu pareja —le dijo—. Jonny Balaga... —Titubeó. Evidentemente, había olvidado cómo se llamaba Pandy.

—PJ Wallis —se apresuró a decir ella tendiéndole la mano.

Jonny miró su mano, meneó la cabeza y, echándose a reír, se inclinó para darle el preceptivo beso en la mejilla.

—Ya nos conocemos, aunque quizá no te acuerdes —dijo riéndose otra vez, y se alejó.

Pandy se dirigió a toda prisa al vestuario, notando todavía en el cuello el roce cosquilleante de su cabello.

Tenía el pelo tan suave como ella imaginaba.

Todavía le latía el corazón a mil por hora cuando entró en la caseta. El vestuario estaba equipado como un *spa* de lujo, con duchas y sauna, toallas blancas perfectamente dobladas y la ubicua cestita con productos de tocador. En un cajón de plástico había trajes de tenis a estrenar, metidos aún en sus envoltorios de celofán. En otro había zapatillas de varios números, algunas nuevas y otras casi sin usar. Tras elegir un vestido corto blanco y unos pantaloncitos, Pandy inspeccionó las zapatillas doblándolas a un lado y a otro hasta que encontró las más flexibles.

Se cambió de ropa y se puso delante del espejo, recordándose a sí misma que, porque fuera a jugar con *Beluga*, no tenía por qué ponerse nerviosa. Debía jugar igual que si Jonny no estuviera presente.

Sacó una cinta para el pelo de su envoltorio de plástico y se la ajustó con cuidado detrás de las orejas. Al mirarse al espejo, lamentó no tener ningún adorno para la cinta. Una pluma, por ejemplo.

Respiró hondo.

Que empiece el juego, pensó con un suspiro. Ojalá tuviera una pluma. Algo que les demostrara a los demás lo tonta que era, para que la sacaran cuanto antes del partido. Pero no había nada. Ni siquiera una mota de polvo.

Se reunió con los demás.

Edith tenía razón: Pope se tomaba muy a pecho el tenis. De pie en la pista, sostenía la raqueta por encima de la cabeza y hacía flexiones de rodilla. Jonny se reía mientras charlaba con Lindsay y bebía un vaso de té con hielo. El Senador y el resto de los invitados se habían reunido en torno a una mesa, debajo de una sombrilla. Jonny buscó a Pandy con la mirada y gritó:

—¡Eh, compañera! ¿Lista para ganar?

Lindsay les explicó las normas. Pope y ella jugarían primero contra Steven y Edith; después, Pandy y Jonny se enfrentarían a los ganadores. Por su forma de mirar a Pope cuando dijo «ganadores», quedó claro quién había de ser el equipo vencedor.

Empezó el primer partido. Steven, pese a su corpulencia, era agresivo en el juego. Edith jugaba pasablemente al estilo club de campo: o sea, que había recibido muchas lecciones, pero carecía de intuición para el juego. Lo de Pope y Lindsay era otra historia. A pesar de su edad y de que no podía correr tanto como Steven, Pope jugaba muy bien. Era certero en el tiro y, como muchos hombres mayores que llevaban toda la vida jugando al tenis, compensaba con precisión de disparo lo que le faltaba en velocidad.

Lindsay era todo lo contrario. Pandy conocía bien esa forma de jugar: seguramente había jugado en el equipo de tenis del instituto y estaba acostumbrada a que la gente le dijera lo bien que jugaba, lo que le hacía pensar que era mejor jugadora de lo que era en realidad. Por otra parte, le encantaba ganar, y eso compensaba muchas cosas.

Steven y Edith sufrieron una rotunda derrota.

Les tocó el turno a Pandy y Jonny.

—¿Quieres pelotear un poco para calentar? —preguntó Jonny.

Ella negó con la cabeza.

—No va a servir de nada. Voy a hacerlo igual de mal.

—Si dices eso, seguro que jugarás mal —respondió Jonny.

Pandy se encogió de hombros y él le lanzó una sonrisa sagaz.

—Tú hazlo lo mejor que puedas.

Pandy sirvió primero para Lindsay. Sacó con su golpe de costumbre, con poca fuerza, y la bola cayó justo dentro de la línea. Era un golpe fácil y Lindsay lo devolvió con contundencia, lanzando la pelota a los pies de Jonny. Él dio un salto atrás, golpeó y falló. Lindsay y Pope cambiaron una mirada. Jonny recogió la bola y se la lanzó a Pandy.

—Perdón —dijo ella mientras recogía la pelota con la raqueta.

—No importa —murmuró Jonny acercándose a la red.

Se inclinó hacia delante y empezó a mecerse a un lado y a otro. Pandy le miró el trasero y llegó a la conclusión de que hacía mucho deporte.

Cogiendo aire, lanzó la pelota al aire y golpeó.

Otra bola con poca fuerza, pero más engañosa. La pelota subió hasta muy alto y luego perdió impulso rápidamente. Creyendo, como adivinaba Pandy, que era una bola fácil, Pope acabó estrellándola contra la red. Al darse la vuelta, Pandy sonrió. Jonny captó su leve expresión de triunfo y levantó la mano para que chocaran las palmas.

—Muy bien, socia —declaró.

Pandy le lanzó una mirada socarrona.

Lindsay y Pope fallaron los siguientes tres servicios de Pandy, y Jonny y ella ganaron el juego. Jonny se inclinó hacia ella y le susurró:

—Vamos a ganar.

—No —contestó Pandy en voz baja—. De eso nada.

Jonny se señaló el pecho con los pulgares.

—Tú fíjate en mí.

Pandy le miró con enfado y se acercó con paso decidido a la red para ocupar su puesto. *Joder*, pensó. Justo lo que le hacía falta. Pope jugaba todos los días y, aunque Jonny era al menos treinta años más joven, estaba empeñado en ganar. Lo que significaba que el partido podía eternizarse. Cada juego tendría veinte o treinta puntos. Luego habría un *tiebreak*. El sol iría subiendo y cada vez haría más calor. Los ánimos se encresparían.

Pope sirvió para Jonny. Una bola rápida, baja, limpia.

Jonny saltó hacia atrás y lanzó un trallazo a Lindsay.

Así que Jonny también tenía mala idea, pensó Pandy. Otra estrategia de los dobles mixtos: arremeter contra el rival más débil, normalmente una mujer.

Lindsay, sin embargo, estaba esperando el tiro y le devolvió la bola limpiamente.

Siguieron peloteando un rato. Estaba claro que no era la primera vez que se enfrentaban. Lo cual no era de extrañar si, como había insinuado Edith, Jonny y Lindsay estaban liados. Pero Jonny debió de ponerse nervioso, porque cometió un error. Al otro lado de la red, Pope recogió el tiro y le lanzó una volea a Pandy.

Era el tipo de bola que normalmente Pandy no se molestaba en devolver. Por el rabillo del ojo, vio que Jonny la miraba con curiosidad.

Al otro lado de la cancha, Lindsay ya se había dado la vuelta creyendo que habían ganado el punto.

Gilipollas, pensó Pandy. Dio un paso adelante, blandió la raqueta y antes de que los demás se dieran cuenta de lo que ocurría, lanzó un revés cortado que cayó en la línea blanca, a sesenta centímetros de la red.

Mientras la pelota rebotaba e iba a estrellarse contra la valla de alambre, se volvieron todos y la miraron atónitos.

—¡Lo sabía! —exclamó Lindsay, y añadió en tono cargado de desdén—. Pandy es una de esas mujeres que dicen que no saben jugar, y luego te das cuenta de que son campeonas nacionales.

—Creía que habías dicho que jugabas fatal —dijo Jonny alegremente, dándole un golpecito juguetón en el trasero con la raqueta, animado ante la perspectiva de ganar el partido.

—Supongo que no eres el único que tiene secretos —repuso ella.

∞

Una hora y media y tres sets después, seguían disputando el *tiebreak*. Tal y como Pandy había predicho, la cosa se había puesto fea. Pope y Lindsay no abrían la boca, y Jonny, por su parte, no paraba de hablar. Comentaba incesantemente cada punto, hasta que Pandy se vio obligada a poner las cosas claras.

—Tenemos que dejar ganar a Pope —le dijo en voz baja cuando cambiaron otra vez de campo.

—Sí, ya —contestó él entornando los ojos, divertido. Se creía que estaba de broma.

—Lo digo en serio.

Jonny se limpió el sudor de la frente.

—Yo también.

Pandy decidió tomar cartas en el asunto.

—Ventaja —anunció Lindsay mientras hacía botar la bola con la raqueta.

Sirvió para Pandy. Pandy le lanzó un globo fácil a Pope, pensando que él colocaría la bola justo en la línea de fondo, entre Jonny y ella, donde ninguno de los dos podría devolverla.

Y eso fue lo que hizo, solo que la bola cayó justo fuera de la línea.

—¡Entró! —gritó Pandy enérgicamente—. ¡Juego, set y partido! —Bajó la raqueta—. Un tiro increíble, Pope. Bien hecho.

Jonny se acercó tranquilamente a la red y dio unos golpes a la cinta con la raqueta, enfadado.

—Esa bola se ha ido fuera —dijo en tono acusador, volviéndose hacia Pandy—. Ha sido fuera, ¿verdad?

Ella se encogió de hombros.

—A mí me ha parecido que entraba.

—Se ha ido fuera, seguro —dijo Lindsay—. Lo he visto.

—Segundo intento —declaró Jonny lanzando a Pandy una mirada asesina.

—Capullo —masculló ella.

Pope había gastado sus últimas reservas de adrenalina en lanzar aquella bola, pensando que les daría el partido. Lanzó sin fuerza las dos bolas siguientes, y Pandy y Jonny ganaron.

Pope salió de la pista hecho una furia. Lindsay se encogió de hombros y miró a Jonny. Pandy se sonrió, adivinando que Lindsay y Jonny no iban a verse muchas más veces.

Luego, Jonny intentó ligar con ella en el vestuario. O hizo lo que pasaba por ser un intento de ligar en su mundo.

Ella se estaba desatando las zapatillas y, al levantar la vista, le vio desnudo de cintura para arriba en medio de la puerta. Tenía el sol detrás. Pandy notó cómo le latía el pulso en la garganta. El deseo embargó de pronto su cuerpo.

—¿Qué me dices, Wallis? Tú y yo. Ahora mismo. De pie, en la ducha —dijo él.

Pandy se acordó del cosquilleo que le había producido su cuello en la mejilla y se quedó atónita al darse cuenta de que estaba considerando seriamente su oferta. Entonces se acordó de Pope y Lindsay, y del Senador, y recuperó la sensatez.

—¿Estás loco? ¿De verdad crees que tendría sexo con un tío que no tiene modales?

Jonny se echó a reír.

—Eso espero, sí. Porque los modales y el sexo no suelen ir de la mano.

—No como el tenis y los modales —replicó ella al tiempo que se quitaba las zapatillas y las lanzaba al cubo—. Deberías haber dejado ganar a Pope.

—¿Bromeas? —Jonny dio un paso adelante y frunció el ceño como si de verdad no la entendiera—. ¿Por qué iba a dejarme ganar por Pope Mallachant?

Parecía tan perplejo que Pandy tuvo que reírse de su ignorancia.

—Porque es nuestro anfitrión. Porque estamos en su casa. En su pista de tenis. Y porque es mayor. —Como Jonny seguía teniendo cara de pasmo, añadió—: Es una cuestión de buena educación. ¿Qué más da que gane? No es más que un juego estúpido.

A Jonny se le desorbitaron los ojos.

—Permíteme que te diga algo. Si crees que voy a dejarme ganar por un tío como Pope Mallachant, es que estás loca. Si está tan forrado no es por casualidad. Es un puto depredador, ¿vale? Te aseguro que mostrar compasión por sus oponentes no es lo suyo. Y, además, no es solo un juego. Con esta gente, *nada* es un juego.

Respiró hondo antes de añadir:

—Creía que eras más lista. Lo digo porque escribes sobre esta gente, ¿no? Creía que los conocías mejor.

—¡Eh! —exclamó ella mientras él sacudía la cabeza con fastidio y se daba la vuelta para irse—. ¡Eh! —repitió Pandy.

Jonny se volvió.

—¿Qué?

Pandy suspiró.

—Nada.

∽

Se cambió a toda prisa y volvió a la casa. Los millonarios se estaban despidiendo. Pandy preguntó a Lindsay por el cuarto de baño y, cuando Lindsay le dijo que el Senador estaba usando el aseo de abajo, se escabulló al de la planta de arriba. Entró en el primer cuarto de baño que encontró, el de la habitación de Lindsay. Echó un vistazo al armario en busca de pastillas, por simple curiosidad, y vio que Lindsay tenía Vicodin y varias cajas de inyecciones hormonales. Cerró rápidamente el armario, abrió la puerta cristalera y salió a la terraza.

Enseguida vio a Jonny. Caminaba hacia la piscina con el brío de un atleta, vestido con un bañador de diseño. Al llegar al borde, se quedó mirando el fondo, embelesado.

Pandy tardó un momento en darse cuenta de que se estaba mirando a sí mismo.

Narciso, pensó.

Jonny se apartó de su reflejo y, levantando los brazos triunfalmente, bajó los escalones y se metió en el agua.

Cuando le llegó a la cintura, se detuvo. Cerrando los ojos, se zambulló y emergió un segundo después. Tomó aire mientras el agua chorreaba por su piel tersa.

Hinchó el pecho al tiempo que se llevaba las manos a la cara y ladeaba la cabeza. Su perfil se recortó contra el agua de un azul profundo de la piscina. Misterioso. Insondable. Fuera de su alcance.

Pandy se preguntó si sabía que le estaba mirando.

Como si intuyera su presencia, abrió los ojos y volvió la cabeza hacia ella.

Sus ojos se dilataron ligeramente.

Y entonces le dedicó una sonrisa cómplice, como si compartieran un secreto.

Pandy se escabulló detrás de la puerta.

∞

En el trayecto en coche de vuelta a casa, Edith no paró de hablar de lo enfadado que estaba Pope con Jonny. Pandy, que no se arrepentía de nada, se rio como una loca. Edith, convencida de que Jonny estaba interesado en ella, le preguntó si le parecía atractivo.

—Si lo quieres, tómalo —le instó el Senador, refiriéndose a Jonny como si fuera un animalito de peluche. Luego levantó la mano y cerró el puño—. Pero, si le tienes, no pares.

—¿Que no pare qué? —preguntó Pandy.

El Senador blandió el puño delante de su cara.

—De apretar —contestó. Y como ella seguía sin entender, flexionó los dedos—. De apretarle las pelotas, concretamente —dijo—. No dejes de apretarle las pelotas.

∽

El lunes por la mañana, al levantarse, Pandy descubrió que *Page Six* había publicado que el Senador y ella se habían dejado ver juntos en Palm Beach y que se rumoreaba que estaban saliendo. Meneó la cabeza. A los pocos días, nadie se acordaría de aquella historia. Entonces sonó su teléfono.

—¿De verdad estás saliendo con ese tío? —preguntó una voz de hombre.

Pandy sintió un sofoco inmediato.

—¿Quién eres? —preguntó en tono cortante, a pesar de que sabía que era Jonny.

—¿Tú qué crees?

Pandy dudó, como si intentara dar con una respuesta ingeniosa.

—¿Y bien? —insistió Jonny.

—Claro que no estoy saliendo con él. —Se recostó en la silla y puso los pies sobre el escritorio. Luego bostezó—. Aunque, por otro lado, puede que sí esté saliendo con él.

—Pues déjale. A no ser que quieras que digan por ahí que le estás poniendo los cuernos.

Pandy bajó los pies bruscamente.

—¿Cómo dices?

—Te estoy invitando a la fiesta de inauguración de mi nuevo restaurante.

—¿Ah, sí? —Pandy notó que se ponía colorada y se alegró de que Jonny no pudiera verla en ese momento—. ¿Cómo has conseguido mi número? —preguntó mientras buscaba una respuesta.

—Venga ya, Wallis. ¿Tan pocos recursos crees que tengo? El jueves, a las ocho. El restaurante se llama…

—Déjame adivinar —le cortó ella—. Chou Chou.

Jonny resopló, sorprendido.

—¿Cómo lo sabes?

—Porque todos tus restaurantes llevan nombres de juegos franceses, y Bilboquet ya está cogido.

—Muy lista —contestó él con voz aterciopelada—. La mayoría de las mujeres con las que salgo no sabrían pronunciar esa palabra.

—Eso es porque la mayoría de las mujeres con las que sales tienen la boca tan llena de tu foie gras que no pueden hablar.

Jonny soltó una carcajada.

—Tienes razón. Mi destreza es legendaria. ¿Y sabes qué es lo mejor? —añadió.

—¿Qué? —preguntó Pandy.

—Que aún no he tenido una clienta que quedara insatisfecha.

Pandy no pudo evitarlo: se echó a reír. Y un instante después, casi sin darse cuenta de lo que hacía, aceptó su invitación.

Al colgar el teléfono, se acordó de todos los rumores que había oído acerca de Jonny.

Pero entonces la llamó Henry. Tenía buenas noticias.

10

Aquella resultó ser una de esas raras semanas en las que el universo parecía conspirar en su beneficio. Dos asociaciones de mujeres querían entregarle un premio y la habían invitado a sentarse en la mesa presidencial de los Premios a la Mujer Guerrera del Año, que galardonaban a cinco mujeres por su trabajo enérgico, decidido y rompedor dentro de la industria del entretenimiento. Pandy confiaba en contarse algún día entre las premiadas. Pero lo más increíble de todo fue que Henry había conseguido que su editor aceptara darle un anticipo de un millón de dólares por el tercer libro de Mónica. Era su primer contrato millonario. Y, coincidiendo con ese acontecimiento, American Express le notificó de golpe y porrazo que reunía todos los requisitos para obtener la Tarjeta Negra.

Por fin lo ha logrado, decía la carta. *Le invitamos a unirse al club más exclusivo del mundo.*

—¡Y todo por el millón de dólares! —le dijo a Henry, casi sin resuello.

Tras recibir su llamada para hablarle del contrato, se había echado a la calle como si su apartamento estuviera en llamas, lo cual no le había impedido pensar detenidamente qué debía ponerse. Su «momento millón de dólares» le parecía tan del estilo de *Desayuno con diamantes* que exigía un cambio de imagen. Rebuscando en su armario encontró una vieja sombrerera con un canotier negro de Philip Treacy.

Había tenido que quitarse el sombrero durante su larga carrera a pie hasta el despacho de Henry, a veinte manzanas de su casa (los canotieres ya no eran prácticos, en ninguna circunstancia), pero volvió a calárselo en cuanto entró en el edificio.

Ahora, Henry lo miraba con curiosidad.

—¡Un millón de dólares! —exclamó ella otra vez—. Ya sé que un millón no es lo que era antes, pero aun así, ¡es la bomba! —dijo mientras se paseaba por delante del escritorio con paso lento y comedido para que no se le cayera el canotier.

—Recuerda que no te lo van a dar todo de golpe, sino en cuatro entregas y en un plazo mínimo de dos años —le advirtió Henry.

—Bah, ya sé lo que vas a decir: que en cuestiones de dinero, la prudencia es una virtud. A lo que yo replico con una cita de Blake: «La Prudencia es una vieja solterona, rica y fea, cortejada por la Incapacidad». Lo que quizá sea una descripción bastante más acertada de mi persona de lo que me gustaría creer —añadió Pandy—. Pero, en todo caso, es muchísimo mejor que una patada en la boca. Y no me negarás que de esas hemos recibido muchas.

—No es para tanto —contestó él en tono conciliador.

—Me imagino lo que habría dicho mi padre: «¡Un millón de dólares! ¡Mil veces mil!».

—O uno por un millón —concluyó Henry—. Aun así —prosiguió—, tus ingresos serán de doscientos cincuenta mil dólares al año. Descontados los impuestos, te quedan ciento veinte mil dólares. O sea, diez mil al mes.

—¡Una fortuna! —exclamó Pandy.

—Intenta no comprarte un avión privado, ¿de acuerdo? —replicó Henry con su sarcasmo habitual. Entonces sonó su teléfono—. ¿Sí? —contestó, y esbozó una sonrisa traviesa—. Un momento, voy a consultarlo.

—¿Qué pasa? —preguntó Pandy, expectante.

—Una señorita de la prensa. Quiere entrevistarte.

—¿Por lo del millón de dólares? —dijo Pandy ahogando un grito de sorpresa.

—Por tu inminente cuarenta cumpleaños.

—¡Pero si aún faltan cuatro meses!

—Entonces, ¿le digo que llame dentro de cuatro meses? ¿Cuando estés llorando a moco tendido mientras te tomas una copa de champán? —preguntó Henry, burlón.

—No, qué va. Acepto la entrevista —respondió ella—. Acabo de ganar un millón de pavos. Nada me da miedo, y menos aún la edad.

—Le quitó el teléfono de la mano—. ¿Oiga? Ah, sí. Hola —dijo jovialmente al tiempo que lanzaba el sombrero sobre el diván de Le Corbusier. Se atusó el pelo—. Sí, desde luego, *es* un hito. No me molesta hablar de ello para nada, pero aún faltan cuatro meses.

Le guiñó un ojo a Henry y le hizo señas de que le pasara un bolígrafo. Arrancó un trocito de papel de un manuscrito y escribió: *Hito. Si le cambias una sola letra, sale «pito» y «mito».* ¿Querrá decir algo? Le pasó el mensaje a Henry, que sonrió.

Pandy empezó a asentir con la cabeza.

—Sí, claro. Entiendo. Su jefe lo quiere ahora. Yo me he visto en esa posición muchas veces, se lo aseguro. ¿Cómo puedo ayudarla?

Sonrió a Henry.

—En efecto, así es. Nunca me he casado y no tengo hijos. Y estoy a punto de cumplir cuarenta años. ¿Que si me arrepiento de no tener hijos? Desde luego que no.

Miró a Henry y él arrugó el ceño y negó rápidamente con la cabeza. Pandy cambió de tono.

—Quiero decir que... los niños son maravillosos, claro. ¿A qué mujer no le apetece tener una adorable versión de sí misma en pequeñito con la que se tropiece continuamente? Pero la verdad es que creo que, si debo tener hijos, ya vendrán. He asumido que tal vez no esté destinada a tener hijos. Aunque, por otro lado, tampoco estoy todavía para el arrastre.

Con el teléfono bien pegado a la oreja, se puso a contonearse delante de Henry.

—Naturalmente, eso me recuerda lo afortunada que soy por tener una carrera como la que tengo. Porque para mí mi trabajo es como una relación de pareja conmigo misma.

Hizo una pausa y miró a Henry, que asentía con un cabeceo. Entonces, de pronto, se acordó del millón de dólares.

—De hecho, acabo de firmar un contrato enormemente lucrativo por mi nuevo libro de Mónica.

Se apartó el teléfono de la oreja para que él también pudiera escuchar el chillido de alegría de la joven.

—Sí, lo sé. ¿Verdad que es maravilloso? Estoy encantada de que Mónica vaya a tener nuevas aventuras de todo tipo. Disculpe, ¿cómo

dice? —Vaciló y luego se echó a reír pícaramente—. Creo que mi agente me mataría —contestó lanzando una mirada a Henry, que, en efecto,
parecía malhumorado—. De hecho, sé que me matará si alguna vez
revelo la cantidad exacta, pero lo que sí puedo decirle es que no la re-
chazaría ni en *un millón* de años —añadió bajando la voz con la esperanza de que la periodista captara la indirecta.

∽

«Pj Wallis Afirma que Prefiere El Dinero a Los Hombres» proclamaba
a toda página el blog esa misma tarde.

—¿A qué viene eso? ¿Cómo que prefieres el dinero a los hombres?
—preguntó Suzette en tono de guasa por teléfono—. Dime que no es
verdad.

Pandy había vuelto al apartamento y estaba intentando trabajar,
pero cada vez que pensaba en el millón de dólares se aturullaba y no
lograba concentrarse.

—Bah, olvídate del titular —dijo, emocionada—. Iba a llamarte.
Ha pasado una cosa. —Hizo una pausa dramática—. ¡Soy *rica*!

—¡Cariño! ¡Cuánto me alegro por ti! ¿Y cómo es eso? —preguntó
Suzette cortésmente.

—Pues verás, Henry fue a ver a mis editores para renegociar mi
contrato y van a pagarme un millón de dólares.

—¡Qué maravilla! —exclamó su amiga—. Bueno, y cuéntame, ¿qué
vas a ponerte para tu cita con Jonny Balaga? ¿Y cómo fue, además?

—¿Jonny Balaga? ¿Qué importa Jonny Balaga? —bufó Pandy, y
bajó la voz—. Además, American Express acaba de ofrecerme la Tarjeta Negra. ¿Cómo se enteran de que acabas de firmar un contrato de
un millón de dólares? No sé, puede que tengan espías por todas partes,
o a lo mejor es simple coincidencia. Ya sabes: te pasa una cosa buena y
empiezas a irradiar una energía distinta que atrae otras cosas buenas.

—Como Jonny, por ejemplo —insistió Suzette.

—Lo de Jonny no tiene importancia. No va a pasar nada —respondió con fastidio y, acordándose otra vez de su buena suerte, añadió—:
Además, van a darme dos premios. Vendrás, ¿verdad? Porfa…

—Iré a ayudarte a elegir la ropa para tu cita con Jonny. Ah, por cierto, les he contado a Angie, Portia y Meghan lo de Jonny. Me ha parecido que era lo mejor. No quiero que Meghan se enfade y se haga una idea equivocada.

—Uf —gruñó Pandy. Con la emoción pasajera de su cita con Jonny, se había olvidado por completo de Meghan—. ¿Lo ves? Por eso creo que ni siquiera debería ir a esa cita absurda. Si Meghan va a enfadarse, no merece la pena que vaya.

—No está enfadada —repuso Suzette—. Al contrario. De hecho —insistió—, estamos todas de acuerdo en que no sería tan terrible que te liaras con Jonny. Meghan me ha pedido que te diga que el hecho de que Jonny no fuera el hombre adecuado para ella no quiere decir que no lo sea para *alguien*. ¿Y por qué no vas a ser tú esa persona?

Su pregunta sorprendió a Pandy hasta el punto de que tuvo que detenerse a pensar unos segundos qué variante de «¿Y a mí qué?» entendería su amiga. Suzette aprovechó el silencio momentáneo para volver a la carga.

—Vamos para allá enseguida, así podremos debatir este asunto —dijo atropelladamente.

Y colgó antes de que Pandy pudiera poner objeciones.

∞

Cuarenta y cinco minutos después, cuando abrió la puerta, se encontró con Suzette, Portia y Meghan allí plantadas, cada una con una botella de vino en la mano.

Por la pinta que tenían, Pandy adivinó que estaban en algún bistró del Upper East Side cuando había llamado Suzette.

—Hola, queridas —dijo—. Por favor, decidme que habéis traído cigarrillos.

—Solo cinco —respondió Meghan.

—Dadme uno —dijo enseguida Pandy—. Estoy de celebración.

—¿Qué vas a ponerte? —preguntó Portia, jadeante.

—Voy a ponerme un vestido de lanilla blanca sin mangas y me voy a recoger el pelo en un moño alto. Y, de zapatos, creo que voy a optar por unos taconcitos finos de color crema.

—¿Lanilla blanca y sin mangas? ¿Para una cita? No es muy sexy —comentó Portia.

—Ah, yo no hablaba de la cita —prosiguió Pandy alegremente—. ¿Suzette no os ha contado lo de mi contrato? Es una noticia fantástica, así que mañana a primera hora voy a ir al despacho de Henry para que me haga fotos firmando los papeles. A Jonny le veré después.

Entró en la cocina para servir sendas copas de vino blanco.

¿Por qué estaban tan emocionadas por su cita con Jonny y no por su golpe de buena suerte?, se preguntó mientras sacaba las copas, todavía calientes, del lavavajillas. Sabían lo importante que era su carrera para ella, y además estaban al tanto de la dudosa reputación de Jonny. Se le vino a la cabeza una imagen del millón de dólares (dos grandes signos de dólar brillando en las pupilas de Mónica) y sonrió. El atractivo de Jonny había disminuido de repente, eclipsado por el del dinero, y parecía ligeramente deslustrado.

Mientras ponía en fila las copas se preguntó por qué se molestaba siquiera en salir con Jonny. Salió de la cocina y repartió las copas entre sus amigas.

—Escuchad —dijo—, ahora que he... —Pensó en volver a mencionar el millón de dólares, pero cambió de idea—. Ahora que he triunfado, aunque sea un poquito, de pronto me he dado cuenta de que en realidad no necesito un hombre. De hecho, podría decirse que estoy casada con mi carrera. Que siempre está cuando la necesito, no como un hombre.

—¡Dios mío! No digas eso jamás. Y menos a un hombre —la reprendió Meghan como si Pandy fuera una niña.

—Bueno, mira —añadió Portia suavemente, y miró a Suzette y Meghan, que asintieron en silencio—, hace tres años que no tienes un novio como es debido. Empiezas a parecer...

—¿Qué?

—Desesperada —contestó Meghan con un suspiro melancólico.

—Oh, no —gruñó Pandy en broma—. ¿De verdad vamos a hablar de esto? ¿Otra vez? Ya tuve que escuchar todas esas cosas hace una década. ¿Voy a tener que escucharlas cada diez años? Lo tengo asumido, ¿vale? Puede que no vuelva a tener pareja. Y puede que no *quiera* tenerla.

—Venga ya —repuso Suzette—. Claro que quieres.

—¡Por favor! —Pandy dejó su copa—. Agradezco vuestra preocupación, pero no quiero que os llevéis un chasco. Fijaos en el historial de Jonny: se ha acostado con cien mujeres, como mínimo, y no ha estado con ninguna de ellas más de dos semanas. No es de extrañar que nunca se haya casado, y eso que también tiene casi cuarenta años.

»Yo, por mi parte, he tenido varias parejas estables que me han durado dos o tres años. Con algunos de mis novios, prácticamente he convivido. ¿Y qué pasa después de dos años? Que me aburro. No *de ellos*, sino del sexo. Lo siento, pero después de acostarte cientos de veces con el mismo hombre...

—Eres consciente de que la mayoría de las mujeres no opinan así, ¿verdad? —preguntó Portia con cierto nerviosismo.

—Yo estoy de acuerdo con Pandy —declaró Meghan—. Se vuelve aburrido.

—No, si de verdad estás enamorada —dijo Suzette—. Y me temo que ese es tu problema —añadió en tono triunfal dirigiéndose a Pandy—. ¡Que nunca te has enamorado!

—Eres virgen en el amor —remachó Portia. Tienes casi cuarenta años y nunca has estado enamorada de verdad.

—¡Eso no es cierto! —estalló Pandy teatralmente—. Me he enamorado de todos los hombres con los que he salido, de todos ellos. ¿Es que no lo entendéis? Ese es el problema. Que creo que estoy enamorada de ellos y luego, de repente, el enamoramiento desaparece y ya no hay forma de recuperarlo. Eso por no hablar de que ahora mismo estoy supersatisfecha con mi vida. No necesito las complicaciones que me traería Jonny Balaga. O cualquier otro hombre, en realidad.

—¿Lo ves? *Ahí* está el problema —replicó Portia triunfalmente—. En que no eres vulnerable. Y a los hombres tienes que mostrarles tu lado vulnerable. Por eso ninguno te ha pedido que te cases con él. Cuando te muestras fuerte, creen que no los necesitas.

—Pero es que *no* los necesito —insistió Pandy pensando de nuevo en su millón de dólares.

—Toda mujer necesita amor —concluyó Suzette.

—No, lo que toda mujer necesita es un millón de dólares en su cuenta corriente. Un millón de dólares que haya ganado a base de esfuerzo y trabajo duro —declaró Pandy.

∞

—¿Es propio de la naturaleza humana o solo de la naturaleza femenina empeñarse en creer en el amor, al margen de toda evidencia de que exista? —refunfuñó mientras hablaba con Henry por teléfono cuando las chicas se marcharon por fin, a eso de las once.

Colgó, ahuecó la almohada y se recostó en ella con un profundo suspiro.

¡Cuánto le habría gustado hacer entender a sus amigas que no casarse ni tener hijos era un sacrificio muy pequeño (si es que lo era) a cambio de la profunda satisfacción y el amor propio que producía el ser una mujer hecha a sí misma!

La sociedad encumbraba al hombre hecho a sí mismo. En cambio, el concepto de mujer hecha a sí misma casi ni existía. Seguramente porque, según las convenciones sociales, lo que definía a una mujer eran sus relaciones con otras personas.

A la mañana siguiente seguía indignada.

—Henry —le dijo a su agente por teléfono—, ¿es que nadie se da cuenta de que, en el caso de un hombre, el matrimonio y los hijos no se consideran un logro? Ni siquiera algo reseñable. Para los hombres, el matrimonio y los hijos son solo una circunstancia de la vida diaria. ¡Y eso no es justo!

Henry se rio.

—Y sin embargo intuyo que ninguna de esas proclamas feministas va a impedirte salir con Jonny Balaga.

—Tienes toda la razón —reconoció ella mientras se levantaba de la cama y subía la persiana—. Soy una hipócrita de tomo y lomo. Y me desprecio por ello.

—La vida nos convierte a todos en hipócritas, querida mía —repuso él en tono cariñoso.

—¡Ay, Henry! —suspiró Pandy dejándose caer de nuevo en la cama—. En lo tocante al amor, doy asco. Soy como Romeo. Enamorada del amor.

—«¡Ay de mí! ¡Que el amor, tan gentil en apariencia, haya de ser tan tirano y rudo en la prueba» —replicó Henry citando a Shakespeare.

—Dicho de otra manera, que estoy perdida —concluyó Pandy.

∞

Cuando subió al taxi camino del nuevo restaurante de Jonny, ya había recuperado el equilibrio. El balancín había vuelto a bascular y ahora se hallaba en lo más alto. Tras firmar el contrato, cuando cerró airosamente la pluma de plata que reservaba para las ocasiones especiales, estaba convencida de que se había iniciado una nueva fase de su vida. ¿Cómo iba a ser de otro modo? Era una mujer en la flor de la vida: ni tan joven ni tan necia como para dejar a un lado su carrera con la esperanza de conseguir marido y, tras veinte años de oficio, con la experiencia suficiente como para que al fin la tomaran en serio. Pero, ante todo, disponía de tiempo. De tiempo para dejar una huella duradera en este mundo.

Aunque no tanto como para pasarse horas metida en un atasco, se dijo con fastidio al echar una mirada al reloj.

Irritada, llamó a Suzette.

—Me da igual lo que digáis. Mi grado de desesperación no llega al punto de pasarme tres cuartos de hora en un atasco por un hombre. Todavía ni he llegado y ya odio a Jonny Balaga y su dichoso restaurante.

Suzette se echó a reír.

—Deja de quejarte. He oído decir que el restaurante va a hacer furor.

El taxi dobló la esquina. Y de nuevo, gracias al restaurante de Jonny, se topó con otro atasco.

—Tengo que dejarte —dijo, mirando con enfado el enorme gentío que se había congregado frente al local.

Por lo visto, Suzette tenía razón. En lo del restaurante, al menos. Los *paparazzi* se agolpaban en apretadas filas a ambos lados de la alfombra roja. Pandy se paró a posar obedientemente: envarada, con los brazos junto a los costados, tensó los labios en una amplia sonrisa. Sondra-Beth siempre había insistido en que tenía que esforzarse por adquirir soltura cuando hacía un posado, pero ella no le había hecho caso.

Dos porteros uniformados le abrieron las puertas del restaurante y, al entrar, contuvo un grito de asombro.

Era como meterse en una bocaza.

Las paredes estaban lacadas en rojo. Había espejos y asientos dorados detrás de telones de terciopelo rojo, y sillones de roble oscuro con relucientes cojines de seda.

Era —se dijo— la quintaesencia de la estética de Jonny: un lujoso burdel francés.

Se reunió con la gente que se agolpaba junto a la barra. Un instante después localizó a cuatros conocidos y de inmediato comenzó a pasárselo en grande. Hasta media hora después no se acordó de Jonny. ¿Debía ir a buscarle? Aunque, por otro lado, era él quien debería estar buscándola a *ella*. En todo caso, no había prisa. En algún momento se encontraría con él. Mientras tanto, iría al baño.

Al doblar la esquina del pasillo en penumbra que conducía a los aseos, estuvo a punto de chocar de bruces con Jonny.

—¡Hola! —exclamó él y, en un arranque de intimidad apasionada, como si ya fueran pareja, la atrajo hacia sí y la apretó contra su pecho.

Un arrebato de alegría casi infantil se apoderó de Pandy.

—Lo siento mucho —dijo Jonny.

—¿Por qué? —preguntó ella, y notó un leve temblor a la altura de la garganta.

—Por no haber ido a saludarte enseguida. Te estaba buscando y alguien me ha dicho que acababas de venir hacia aquí.

Se quedaron callados un segundo, mirándose a los ojos con una sonrisa.

—Ven —dijo él—, quiero presentarte a mi madre —añadió cogiéndola de la mano y apretándosela suavemente.

Pandy advirtió que los invitados les abrían paso mientras cruzaban el local y que sus caras se iluminaban al verles juntos, como si se alegraran de que pudieran ser pareja.

Jonny la condujo a la mesa de honor, al otro lado de la sala. Allí, sentada detrás de dos cortinajes de terciopelo rojo, como una pitonisa gitana en su caseta, estaba su madre.

Pandy se sentó junto a ella en el asiento, uno de esos bancos corridos de los que no es fácil salir después de haberse sentado.

Jonny se inclinó sobre la mesa.

—MJ, te presento a PJ —dijo cariñosamente, con voz retumbante, y lanzó a Pandy una sonrisa agradecida—. Lleva toda la noche insistiendo en conocerte.

—¡Qué maravilla! —exclamó Pandy y, haciendo acopio de valor, volvió la cabeza para mirar de frente a la madre de Jonny.

Su primera impresión al verla había sido de una mala cirugía estética rematada por un turbante de seda azul y un cúmulo de joyas de oro macizo.

Se obligó a ver más allá y a mirarla directamente a los ojos. Era como mirar dos deliciosos bombones de chocolate, pensó con cierto sobresalto. Había en ellos bondad, pero también otra cosa: un atisbo hipnótico de ese atractivo intangible que poseía Jonny.

Así que lo ha sacado de ella, pensó. Desvió la mirada y sonrió a Jonny.

—Escucha —dijo MJ volviendo a reclamar su atención—. He leído todo lo que has escrito y he visto las dos películas. Soy tu mayor fan.

—Vamos, MJ —dijo Jonny en tono de advertencia.

Su madre miró a Pandy y añadió en tono cómplice:

—Me ha dicho que no te avergonzara. —Lanzó una mirada a su hijo y respiró hondo—. Pero yo le he dicho que no me importa quién lo sepa. No me avergüenza decirlo: me *encanta* Mónica.

∞

Dos horas más tarde, Pandy y MJ seguían hablando.

—¿Cómo es que una chica como tú no se ha casado? —preguntó MJ.

—Hay un millón de chicas como yo que no están casadas —respondió Pandy.

—Pero las chicas listas normalmente pueden casarse si quieren —replicó MJ—. Cuando veo a una mujer inteligente que no está casada, me digo «he aquí alguien que *no quiere* casarse».

Pandy se recostó en el asiento y la miró con asombro. Casi no podía creerlo. ¡Por fin alguien que entendía su opinión sobre el matrimonio!

—¿Por qué no te has casado *tú*? —le preguntó a MJ con cautela.

—Porque yo ya tengo a mi hombre: *Jonny* —respondió ella—. Cuando nació, me salvó la vida. Y no quiero ser avariciosa. Una puede considerarse muy afortunada si consigue tener a un buen hombre en su vida. Con eso debería contentarse. Pedir dos es tentar al destino.

Pandy asintió, entusiasmada. Para ella —se dijo—, Henry era ese hombre. Aunque, por otro lado, era su agente, y seguramente MJ no se refería a un hombre de ese tipo.

Al pensar en él, sin embargo, se acordó del millón de dólares.

—Bueno, yo, para empezar, estoy muy a gusto sola —afirmó e, inclinándose hacia MJ, susurró rápidamente—: Y además acabo de ganar un millón de dólares.

MJ la miró con asombro y luego, con gesto maternal, le puso las manos en las mejillas y se las apretó con cariño.

—Así se hace, mi niña —dijo en tono reconfortante—. El dinero —añadió asintiendo con la cabeza enfundada en su turbante—. Esa es la verdadera clave de la vida. ¿Sabes eso que dicen de que si no tienes salud no tienes nada? Pues yo digo que, si no tienes *dinero*, no tienes nada.

—Tienes toda la razón —respondió Pandy, y llegó a la conclusión de que MJ era una verdadera feminista.

De ahí que resultara tan chocante que las feministas consideraran a su hijo un auténtico enemigo. Aunque tal vez eso no fuera culpa de MJ.

—Dime la verdad —dijo MJ en tono cariñoso—, ¿por qué no te has casado?

Pandy se encogió de hombros.

—Porque aún no he conocido a la persona adecuada, supongo.

MJ la miró atentamente y luego, como si fuera una adivina, dijo:

—Yo soy un poco bruja. Percibo cosas. Y lo que percibo ahora mismo es que no tiene nada que ver con un hombre, sino con una mujer. Una mujer a la que estabas muy unida pero… —Olfateó el aire como si notara un olor desagradable—. Ahí hay algo triste. ¿Has perdido a una persona muy cercana?

Pandy contuvo la respiración.

—A mi madre —dijo.

—¿Está viva?

Pandy negó con la cabeza. Por lo general procuraba sacudirse la tristeza que aún le producía aquella tragedia acaecida dos décadas antes, pero mientras hablaba con MJ sintió de pronto que no tenía por qué fingir.

—Mi padre y ella murieron en un accidente de tráfico cuando yo tenía veinte años y mi hermana dieciocho. Durante un tiempo, cuando estaba en la veintena y mis amigas empezaron a casarse, pensé que quizá yo también me casaría. Pero cuando intentaba imaginarme mi boda, no lo conseguía. ¿Te lo puedes creer? ¿Una mujer que ni siquiera puede imaginarse su boda? Entonces me di cuenta de que las bodas son un acontecimiento familiar. Y una tradición. Necesitas una madre. ¿Cómo iba a elegir la vajilla o el vestido? ¿O a acordarme de todas las tradiciones? Y encima ni siquiera tenía a mi padre para que me llevara del brazo hasta el altar. Porque él también había muerto.

Se echó hacia atrás, anonadada. No podía creer que así, de repente, le hubiera revelado a MJ sentimientos que ni siquiera se confesaba a sí misma. Sentimientos que ni siquiera sabía que tenía hasta que MJ se los había sonsacado.

—Eso está muy bien —dijo MJ, complacida—. Reconoces tus miedos. Puede que, debido a la muerte de tus padres, sientas que no mereces ser feliz en el amor.

—Quizá tengas razón —respondió Pandy maravillada.

Luego sonrió. Y por alguna razón misteriosa se sintió feliz.

11

A la mañana siguiente, cuando se despertó, seguía sintiéndose inmensamente feliz.

De hecho, por primera vez en mucho tiempo, la vocecilla insidiosa que solía oír dentro de su cabeza había enmudecido.

Deberías esforzarte más. Deberían irte mejor las cosas. ¡Mírate! ¡Eres una fracasada!, le exhortaba aquella vocecilla, y a ella le daban ganas de meter la cabeza debajo de las mantas.

Aquel día, sin embargo, aquella voz odiosa parecía haberse tomado un descanso.

Al principio, solo oyó silencio. Luego le pareció que el silencio pesaba como una manta de ruido blanco que sofocaba los sonidos cotidianos.

¡Nieve!

Se levantó de un salto, corrió a la ventana y subió la persiana como un pirata que izase la bandera negra. Caían a ritmo constante copos del tamaño de margaritas. Más allá de su ventana, aún no habían limpiado la calle. Había huellas de neumáticos que cruzaban la calzada en transversal e iban a parar a un bulto informe cubierto de nieve. Al parecer, alguien había abandonado allí su coche.

¡Una nevada!, pensó extasiada.

Puso la tele y allí estaba: Manhattan envuelto en nieve, como una esfera de cristal, en plena primavera. Todo el mundo se echaba las manos a la cabeza.

Llamó a Henry.

—¿Diga? —contestó él enérgicamente.

—¿Has visto? —preguntó, y volvió a mirar la tele—. ¡Una nevada en primavera!

—Ah, sí. Una borrasca causada por el calentamiento global. Una ventisca en abril. Prácticamente en Pascua.

—Bueno, ¿qué vas a hacer hoy? —preguntó Pandy.

—Voy a quedarme en casa tranquilamente con mi batín de terciopelo, leyendo manuscritos como un señor —contestó Henry con su sarcasmo habitual—. Me vendrá bien adelantar trabajo —añadió con firmeza.

—Uf, a mí también —dijo Pandy—. Voy a pasar el día en casa trabajando en el siguiente libro de Mónica.

—Buena idea —dijo Henry—. Ah, por cierto, ¿qué tal con Jonny? ¿Jonny?

Pandy tuvo que sentarse de golpe en la cama. Al oír el nombre de Jonny, experimentó una reacción física incontrolable: notó que se le derretía la entrepierna y temió no poder andar la próxima vez que viera a Jonny.

Sería como un helado derretido entre sus manos.

—¿Hola? ¿Sigues ahí? —preguntó Henry.

Ella tosió.

—Bien —dijo—. No fue nada.

—Estupendo —contestó Henry—. Llámame luego.

—Lo mismo digo, hermano —contestó Pandy con desenfado.

Cuando colgó, corrió a la ventana y miró afuera. Hacía mal tiempo, pero no tan malo como para disuadir a una persona como ella. Se había criado en Wallis: había vivido enormes ventiscas. Sabía manejarse en medio de una borrasca.

Tal vez incluso supiera manejarse con los hombres de carácter borrascoso, pensó con aire soñador, acordándose de Jonny. Y fue entonces cuando lo decidió: en algún lugar y de alguna manera, aquel mágico día de nieve, vería a Jonny Balaga.

∞

Preparó una cafetera grande y se puso a ver la tele.

El alcalde estaba dando una rueda de prensa acerca de la crisis ocasionada por la tormenta. Exhortaba a todos sus conciudadanos a no salir de casa a menos que pertenecieran a los servicios de emergencia.

Después habló el meteorólogo. Seguiría nevando una hora más; después habría un breve intervalo de calma, cuando el ojo de la tormenta alcanzara la ciudad. Los habitantes de Nueva York no debían llamarse a engaño: cuando pasara el ojo de la tormenta, se levantaría de nuevo el viento, un frente frío azotaría la ciudad y... *Bla, bla, bla*, pensó Pandy desdeñosamente. El experto pasó a describir una tormenta de proporciones bíblicas: nieve, vientos huracanados, granizos del tamaño de pelotas de béisbol, tal vez incluso una plaga de langostas congeladas... Pero Pandy no se preocupó.

Tampoco le preocupó que el alcalde insistiera en que la gente se quedara en sus casas. Esas advertencias eran para personas que no se habían criado entre borrascas y tormentas de nieve.

Un mapa de satélite ocupó la pantalla. El ojo de la tormenta, coloreado en rosa, avanzaba en línea recta hacia el centro de Manhattan como un enorme *cupcake* glaseado.

Pandy se puso las pilas. Hizo varios cálculos y miró el reloj. El ojo de la tormenta tardaría cincuenta y dos minutos en alcanzar Manhattan. Después, todo el mundo dispondría de un cuarto de hora para llegar adonde quisiera antes de que el siguiente vendaval se abatiera sobre la ciudad.

Tendría que estar a cobijo para entonces, resguardada en algún lugar seguro donde pudiera esperar a que pasara la tormenta.

En casa de Jonny, por ejemplo, pensó maliciosamente, acordándose de que él había mencionado que seguía viviendo en el mismo edificio de la Segunda Avenida en el que había pasado su infancia.

Tendrá que idear una excusa verosímil para presentarse en su casa, pero ya se le ocurriría algo por el camino.

Se vistió rápidamente envolviéndose en varias capas: mallas interiores térmicas, jersey de la más pura lana de cachemir, pantalones de esquí con bolsillos de cremallera y, por último, el plato fuerte: una chaqueta de esquí Bogner con capucha y un dragón bordado en la espalda. Mientras admiraba la chaqueta, se acordó de que su interés por la moda era solo resultado de su pasión por la equipación deportiva, una pasión con la que había crecido: ropa de montar a caballo, de esquí, de patinaje, de pesca, de caza... Cualquier actividad que requiriera un atuendo específico.

Fuera había cinco grados bajo cero, pero calculó que llevaba suficiente ropa de esquí como para cruzar un témpano de hielo flotante.

Montó en el ascensor, pulsó el botón de la planta baja y sonrió al pensar en Jonny.

La noche anterior, después de pasar horas mirándose con ojos de deseo, por fin habían podido estar un momento a solas. Estaban a punto de darse su primer beso cuando apareció el gerente del restaurante, tan agobiado que le faltaba la respiración.

—Creo que será mejor que lleves a MJ a casa —le dijo a Jonny.

En efecto, MJ tenía mala cara. El turbante se había soltado de sus amarras y colgaba sujeto de una goma, apoyado en un lado de su cara como un globo desinflado.

¡Pobre MJ! Según decía Jonny, padecía ataques recurrentes de la enfermedad de Lyme.

Era tan distinta de las otras madres que conocía Pandy... Y con una madre como MJ...

Salía un hijo como Jonny, pensó con el gesto congelado en una sonrisa bobalicona.

Pensando todavía en Jonny, abrió la puerta del portal y salió a un portentoso paisaje invernal.

Los copos de nieve rozaron sus mejillas como levísimos besos. Riendo, echó a correr. Corrió una manzana y media, hasta Houston Street, y allí se detuvo, jadeando. La carrera la había hecho entrar en calor y ya no notaba el frío.

Pero la nieve era engañosa. Era más densa de lo que parecía. El tipo de nieve que provocaba infartos cuando la gente intentaba limpiar a paletadas la entrada de su casa.

Cambió el semáforo y Pandy cruzó con paso enérgico los seis carriles de Houston Street. Al menos aún había electricidad. Al llegar a la otra acera, cayó en la cuenta de que debería llamar a Henry, que vivía a solo unas manzanas de allí. Como mínimo, tenía que informarle de que se dirigía al centro de la ciudad en medio de aquella tormenta. Podía ser intrépida, pero no tonta.

Se quitó un guante y probó a llamarle. El teléfono funcionaba, pero no había señal. Se habría cortado la comunicación con el satélite. Volvió a guardarse el teléfono en el bolsillo y subió con decisión por MacDougal Street, hacia el apartamento de Henry, hasta que tuvo que pararse a tomar aliento. Se rio al darse cuenta de que se había parado delante de una tienda esotérica, lo que le recordó a MJ y, por tanto, también a Jonny. Echó un vistazo al interior de la tienda. Estaba vacía. Solo había unas cuantas cartas del tarot pegadas al escaparate.

En el centro estaba el Caballero de Espadas, un hombre moreno y guapo, como Jonny, pensó. Encima de él estaba el Seis de Oros. Pandy sonrió: el millón de dólares. La madre de Jonny era la Sacerdotisa. Y la Emperatriz, esa dama seductora vestida de blanco que representaba el sexo, era SondraBeth Schnowzer, se dijo con un sobresalto.

Comenzó a dar zapatazos para quitarse la nieve de las botas. ¿Qué le importaba a ella SondraBeth Schnowzer? No la necesitaba a ella, ni tampoco a Doug, su «alma gemela», según los tabloides.

No solo acababa de firmar un contrato millonario por su nuevo libro, sino que tenía prácticamente en el bote a uno de los solteros más codiciados de Nueva York.

—¡Chúpate esa, amiguita! —exclamó en tono malévolo, moviendo los dedos enguantados delante de la carta de la Emperatriz.

Empezaba a sentirse aturdida. Recordaba cómo solían advertirse mutuamente Hellenor y ella del peligro de pasar demasiado tiempo a la intemperie en medio de una ventisca: empezabas a reírte y luego te tumbabas y te quedabas dormida.

Y morías congelada.

Una ráfaga de viento dobló la esquina, arrojándole esquirlas de hielo a la cara. Se espabiló, sobresaltada. ¿Qué demonios hacía? Al mirar calle arriba, contempló una perfecta escena invernal. Solo faltaba una cosa: gente. ¿De verdad era la única persona en todo Manhattan que había cometido la locura de salir con aquella tormenta? ¿Y por qué razón? ¿Por Jonny Balaga?

No, se dijo agarrándose a la farola más cercana para resistirse el empuje del viento. No podía ser ella quien se echase a la calle en plena ventisca para ir a rondar a Jonny. ¿Y si le pasaba algo? ¿Y si se rompía una pierna? Saldría en todas las noticias. Dirían de ella que estaba loca.

Aunque, por otro lado, la alternativa (irse a casa de Henry y no ver a Jonny) era tan predecible… Cuando pasara la tormenta y la ciudad recuperara su ritmo normal, las exigencias de la vida cotidiana volverían a engullirlos. Tal vez se acordarían de llamarse de vez en cuando, pero no encontrarían tiempo para verse y así irían pasando los años. Algún día volverían a encontrarse y se reirían de que una noche estuvieron a punto de besarse.

Pero no es solo eso, pensó mientras inclinaba la cabeza para resguardarse de la nieve y se echaba la capucha sobre la cara. *El problema es que ya no te atrevas a tener una relación de pareja.*

Siguió avanzando afanosamente entre la nieve, presa de una tristeza inexplicable.

Luego dobló la esquina y se quedó boquiabierta. La vida podía defraudarte, pero la naturaleza no, la naturaleza nunca, pensó mientras contemplaba maravillada Washington Square Park.

Los edificios del lado norte del parque eran como galletas de jengibre rematadas por puntiagudos capirotes de merengue. Los árboles, agobiados por el peso de un grueso manto de nieve, formaban un pasadizo que podía haber sido la entrada al mágico pueblecito en miniatura que, en Navidad, colocaban bajo el árbol cuando ella era pequeña.

Llena de alegría, se precipitó hacia la nieve e, imaginándose que iba en patines, giró y giró hasta que, mareada, cayó al suelo. Levantó la cabeza y miró la fuente. La nieve caía tan espesa que la fuente parecía envuelta en chispeantes y blancas burbujas de champán.

Después, ya no pudo ver nada.

La nieve, con su opaca blancura, la envolvía por todas partes.

∞

Por suerte aquella opacidad duró solo medio minuto, pero auguraba una borrasca aún más intensa.

Olvídate de Jonny, se dijo mientras luchaba por levantarse. Tal vez fuera una romántica incurable, pero no era del todo imbécil. Por lo menos, no lo suficiente para pasar un minuto más a la intemperie. Al sacudirse la nieve de la ropa, advirtió que tenía las puntas de los dedos entumecidas. Seguramente tenía la nariz tan roja como Rodolfo el reno.

Tenía que llegar a casa de Henry enseguida. Sabía que su agente no tendría nada que comer en casa: nunca tenía nada. Pero podía pasar allí un rato, entrar en calor y luego convencer a Henry de que la acompañara a casa, dado que ella sí tenía la nevera llena.

Sin embargo, justo en el momento en que su fantasía romántica se disipaba, apareció Jonny en persona.

Al levantar la vista, le vio avanzar trabajosamente entre la nieve.

Pestañeó.

Al principio pensó que era una alucinación. Aún no se había cruzado con nadie por la calle. Tenía que ser alguien que *se parecía* a Jonny.

Y sin embargo *era* Jonny. Le reconocía por su forma de moverse.

Avanzaba inclinado contra el viento, con la cabeza descubierta, el muy bobo. Ni siquiera llevaba puesta una parca, solo una chaqueta de caza de loneta. Acarreaba, además, varias bolsas de compra. Tres bolsas en cada mano.

—¡Jonny! —gritó Pandy dando saltos.

Él levantó la cabeza y se paró en seco. La sonrisa que se dibujó en su cara dejó a Pandy sin respiración. Era —se dijo— la sonrisa de un hombre que quería casarse con ella.

Qué tontería, pensó. Aun así, se sintió tan dichosa que corrió hacia él como una niña, resbalando torpemente sobre la nieve. Jonny meneó la cabeza, encantado con aquel arrebato de insensatez.

Levantó las bolsas.

—Iba hacia tu casa. He pensado que tendrías hambre.

—¡Uy, sí! —Asintió con la cabeza con vehemencia y el viento se llevó sus palabras.

Jonny soltó las bolsas y se besaron. Pandy se olvidó de la nieve, del viento y el frío. Todo su ser, hecho carne, se concentró en aquel abrazo ancestral. Sus almas se reconocieron y, por un instante, sintió que lo sabía todo acerca de él.

El beso podría haber sido eterno de no ser por el viento, que bajó chillando y rugiendo por la Quinta Avenida y se abatió sobre la explanada del parque como una ola de proporciones gigantescas.

—¡Joder! —gritó Jonny cuando el viento los separó y les zarandeó, haciéndoles girar sobre sí mismos.

—¡Agáchate! —vociferó Pandy, tirando de él hacia el suelo—. ¡Dale la espalda al viento y pon las manos sobre la cabeza!

Siguió otra ráfaga brutal. Luego, el aire se aquietó de repente.

Pandy y Jonny se levantaron y miraron el cielo, anonadados. El sol refulgía detrás de un grueso nubarrón, tiñéndolo de un verde iridiscente de belleza casi sobrenatural.

—¡Hala! —exclamó Jonny.

—Es increíble, ¿verdad?

Pusieron los ojos como platos al fijarse en su mutua apariencia. Estaban embadurnados de blanco, cubiertos de nieve de pies a cabeza como dos figuras de escayola.

Pandy se echó a reír. Un segundo después Jonny hizo lo propio y, una vez empezaron, ya no pudieron parar.

Después, respiraron hondo y recuperaron el dominio de sí mismos.

Tras exhalar una tranquilizadora nubecilla de vapor, Jonny comenzó a recoger sus bolsas.

—Vamos, Wallis —la exhortó, dándole una de las bolsas.

Pandy la cogió en brazos como si fuera un bebé. Pesaba mucho. Quizá contuviera una pieza de jamón cocido. O incluso un *prosciutto* entero.

Sonrió al pensar en aquellas lonchas de carne rosa, finas como papel, con su ribete de cremoso tocino. Jonny era un cocinero famoso. Seguramente tenía *prosciuttos* por todas partes.

—¿Sabes de alguien más que necesite comida, aparte de ti? —preguntó Jonny a voz en grito.

—Henry —respondió ella—. Seguro que no tiene nada en casa.

Con mucho cuidado, agarró el *prosciutto* (porque eso era, en efecto: un *prosciutto* enterito) como un jugador de fútbol americano agarraba la pelota: colocándoselo debajo del brazo.

—Vive en la calle Gay. Podemos pasar a buscarle y luego ir a mi casa.

Apretó el paso para alcanzar a Jonny y, adelantándose, le condujo hasta un muro de ladrillo rojo, más allá del cual se accedía a una sinuosa callejuela.

La nieve ya le llegaba a la altura de la rodilla. Tanteando con los pies, subió los escalones del portal de un edificio de ladrillo visto, de tres plantas, al que daba acceso una reluciente puerta de color negro. Levantó la pesada aldaba de bronce y llamó tres veces.

Henry abrió la puerta. Con súbita irritación, Pandy advirtió que no había mentido en lo del batín.

—¿Qué se les ofrece? —preguntó con sorna, mirando a Jonny, que jadeaba detrás de ella.

—Venga ya, Henry, apártate —dijo Pandy y, dándole un empujón, entró en la minúscula cocina—. No hay Internet. Y Jonny tiene *prosciutto*.

—Y también muchas otras cosas de comer. Vamos a ir a casa de Pandy y yo voy a cocinar. Hemos venido a recogerte —explicó Jonny en un tono que dejaba claro su deseo de congraciarse con Henry.

—No queríamos que estuvieras solo —añadió Pandy con aire zalamero.

—No. No queríais *quedaros* solos —replicó Henry, y lanzó a Jonny una mirada extraña, como si apenas pudiera creer lo que veían sus ojos.

—Vamos, Henry. —Pandy descolgó del perchero el abrigo de cachemira de su agente y se lo pasó—. Y tú, Jonny, también necesitas algo para la cabeza.

—Insisto —dijo Henry, dándole un viejo gorro de lana—. Me niego a ser el único que lleve sombrero —añadió.

De vuelta en el *loft* de Pandy, disfrutaron de una opípara comida a base de higos, langostinos diminutos y un suflé de queso aromatizado con hierbas tan delicioso que Pandy hizo prometer a Jonny que volvería a preparárselo en otra ocasión.

Después de tomar más vino, se pusieron a jugar a las cartas. Al póquer, el juego preferido de Jonny. Le ganó cien dólares a Henry pero, en un alarde de generosidad, quiso devolvérselos. Henry, sin embargo, se negó a aceptarlos.

La tormenta escampó, alejándose hacia el mar, a eso de la medianoche. Henry todavía estaba empeñado en tomarse la revancha cuando Pandy consiguió por fin que se marchara.

Era consciente de que Henry no compartía su entusiasmo por Jonny. Y viceversa: en cierto momento de la velada, Jonny le había confesado en un aparte que su agente era el tipo más raro que había conocido nunca.

—Es como si fuera de otra época —le dijo—. Como si hubiera aprendido a comportarse como un ser humano viendo películas antiguas en blanco y negro.

Pandy se había reído.

—¿Sabes cuál es tu problema? —le susurró Jonny al oído en cuanto Henry se marchó.

—¿Cuál?

—Que te cae bien todo el mundo.

—Vamos, Jonny —dijo ella.

Tenía la sensación de que se refería a Henry en concreto, pero prefirió olvidarse del asunto. Además, lo que decía era cierto: la mayoría de la gente le caía bien, aunque no soliera reconocerlo. Gracias a Jonny —se dijo—, ya estaba empezando a tener una opinión más elevada de sí misma.

¡Qué equivocada había estado respecto a él!, pensó cuando la tumbó en el viejo sofá de piel y comenzó a desvestirla. No era un caradura sin escrúpulos, dispuesto a aprovecharse de las mujeres. Al contrario: las idolatraba y vivía únicamente para complacerlas.

Después, descubrió lo que había querido decir Jonny con eso de que nunca había tenido «una clienta que quedara insatisfecha».

No se trataba de su pene, al que no se le podía poner ninguna pega. Era más bien una cuestión de vagina, y es que Jonny sabía perfectamente cómo manipular el sexo de una mujer.

Cuando le metió dentro la lengua, Pandy sintió que su espíritu volaba y se fundía con el universo.

Después de aquello, estuvo dispuesta a hacer todo lo que le pidió, como una pequeña esclava.

⚬

Jonny se quedó a dormir y ya nunca se marchó.

La cuarta noche, Pandy le convenció de que saliera pronto del Chou Chou para que ella le hiciera la cena.

—¿No debería haberme traído un recipiente, por si sobra algo para el perro? —preguntó en broma al ver los ingredientes que ella había desplegado sobre la encimera.

—No, a no ser que te consideres un perro —repuso ella mientras quitaba las puntas a un montón de judías verdes redondas.

—¿Qué voy a comer? Aparte de a ti, claro —dijo él, colocándose tras ella y deslizando las manos por la parte delantera de sus vaqueros.

Pandy se recostó contra él.

—Chuletas de cordero —contestó con un gemido—. Con champiñones. Y salsa de nata.

—Eso suena muy francés —le susurró él al oído, y la hizo volverse para mirarle.

—Lo es. Es una receta que me enseñó mi compañera de piso, que era francesa.

—¿Cuándo has tenido una compañera de piso francesa? —preguntó Jonny entre beso y beso.

—Cuando estudiaba. En París —contestó Pandy como si él tuviera que saberlo ya.

—¿Estudiaste en París? —Jonny parecía impresionado.

—Solo un par de meses —dijo ella mientras le quitaba la camiseta—. Mi hermana estaba en Ámsterdam y yo me fui a Francia para estar más cerca de ella. Solo me dio tiempo a aprender una receta...

Jonny la subió a la encimera y le separó las piernas. Pandy cayó hacia atrás como una muñeca de trapo.

Quince minutos más tarde, con las piernas todavía temblorosas, Pandy siguió cocinando. Después de freír las chuletas de cordero, añadió mantequilla y champiñones frescos cortados en láminas al jugo que había quedado en la sartén. Cuando se doraron los champiñones, agregó media taza de nata espesa. Removió enérgicamente la salsa y cubrió con ella las chuletas.

Aquel plato fue, como le había garantizado su compañera parisina, lo que en Francia se conocía como *le closure*: la comida que sellaba la relación entre una mujer y su futuro marido.

Efectivamente, a la mañana siguiente Jonny la despertó con un ligero zarandeo.

—¿Qué pasa? —gimió Pandy, asustada de pronto.

Jonny la miraba ceñudo, como si hubiera cometido un crimen atroz.

—No puedo seguir así —dijo él con verdadera irritación. O quizá fuera fingida: Pandy no se acordaba bien. Lo que sí recordaba a la perfección era lo que dijo después—: Creo que estoy enamorado de ti. Somos demasiado mayores para vivir juntos, así que vamos a tener que casarnos.

—¡Mi hijo va a casarse con Mónica! —proclamó después MJ a los cuatros vientos.

∞

Los meses siguientes fueron un torbellino de felicidad.

Para empezar, su chico acertaba siempre en todo lo que hacía y decía. ¡Y sin ningún empujoncito por su parte! Era un milagro, aseguraba Pandy con entusiasmo.

Porque, en efecto, no se cansaba de recordarle a todo el mundo lo maravilloso que era Jonny.

—Estaba convencida de que, como había tenido tanta suerte con mi trabajo, no me merecía disfrutar también de un amor verdadero. No me atrevía a hacerme ilusiones, a creer que podía tener las dos cosas, que eso podía pasarme también *a mí*.

Y así seguía, erre que erre, proclamando su nueva fe en el amor. A fin de cuentas, el amor lo podía todo.

De nuevo, Mónica y ella estaban en boca de todos. Porque «Mónica» iba a casarse por fin.

Solo parecía haber una persona que no veía con buenos ojos aquella unión: Henry, que, asumiendo la actitud de Ígor, el burrito de Winnie de Puh, se empañaba en afirmar que Jonny y ella acabarían siendo como Elizabeth Taylor y Richard Burton en *¿Quién teme a Virginia Wolf?*

Pandy no le hacía caso y, acordándose del comentario de Jonny, prefería pensar que su agente estaba demasiado chapado a la antigua.

Y así, a las diez de la mañana de un despejado día de finales de septiembre, Pandy y Jonny se casaron. El alcalde fue el encargado de oficiar la ceremonia. Pandy vistió un elegante traje de encaje blanco con manga tres cuartos y unos preciosos zapatos de charol blanco de Mary Jane. Luego, celebraron un larguísimo banquete, bien regado con diversos vinos, en el Chou Chou.

Solo hubo sesenta invitados.

La boda fue tal y como había prometido MJ: poco concurrida, discreta, íntima y muy auténtica.

12

La gente siempre decía que el primer año de matrimonio era el más duro, pero en el caso de Pandy y Jonny ocurrió lo contrario.

Hubo mucho sexo, desde luego. Solo hacía falta un guiño, una mirada, una inclinación de cabeza para que se pusieran a ello, en cualquier parte: en el cuarto de baño de una fiesta, o en el callejón de detrás del restaurante. Una vez lo hicieron en el asiento de atrás del coche de un multimillonario.

A veces, era bochornoso y chabacano. Como cuando un taxista les hizo bajarse del coche. Cuando llegaron a casa, hicieron el amor con ánimo contrito, sin poder mirarse a los ojos.

Fue —les explicó Pandy a sus amigas con cierto bochorno— «una de esas cosas que pasan; intentas parar, claro, porque te da mucha vergüenza, pero no puedes».

—¿Está muy feo? —le preguntaba a Jonny.

—Nena —le contestaba él en tono tranquilizador—, lo que les pasa es que están celosas. Tú tienes algo que ellas nunca tendrán.

Y así siguieron durante semanas. Henry, por su parte, seguía mostrando su desaprobación.

—No estás escribiendo —le recordaba a Pandy con aspereza—. No has escrito ni una sola página de *Mónica* desde que te casaste.

Era cierto, y Pandy no sabía cómo justificarse. Jonny parecía creer que se había casado *de verdad* con Mónica, o al menos daba por sentado que tenían que salir hasta las tantas varias veces por semana. No parecía haberse percatado de que, en la vida real, «Mónica» tenía que trabajar. Pero era aún demasiado pronto para desengañarle.

Así que Pandy prefirió desengañar a su agente.

—Mónica, Mónica, Mónica —decía con un suspiro—. Estoy harta de Mónica. ¿Es que no puedo vivir *siendo yo* ni un momento?

—Tú dame veinte páginas de Mónica, por favor —le suplicaba Henry.

Y ella, que se sentía culpable, le prometía entregárselas al final de la semana.

Luego, sin embargo, su amor por Jonny volvía a interponerse y, olvidándose de sus promesas, volcaba todas sus energías en su marido.

Porque, al igual que en un cuento de hadas, después de largos años de incertidumbre respecto a las relaciones de pareja, el trabajo y el dinero, al fin parecía que su vida marchaba viento en popa. Lejos quedaban las noches en que se despertaba a las cuatro de la madrugada y se ponía a dar vueltas en la cama, angustiada por su futuro. Ahora, cuando se despertaba, notaba el calor delicioso del cuerpo desnudo de Jonny y al instante recordaba que todo iba a pedir de boca.

De hecho, incluso cuando no estaban juntos, Jonny era como la sombra de Peter Pan, cosida a su zapato por Wendy. No lograba sacudírselo de encima. A veces tenía la sensación de haber absorbido parte de sus moléculas. No podía coger un limón en el supermercado sin preguntarse qué le parecería a Jonny, ni cruzarse con un perrito por la calle sin lamentar que Jonny no estuviera allí para admirarlo.

Naturalmente, no todo era perfecto.

Había ciertas cosas que jamás podrían compartir: como nadar en el mar. Resultó que Jonny nunca había aprendido a nadar, cosa que a ella le parecía incomprensible y a él perfectamente normal. Había muchos chavales que no aprendían a nadar. Él, sin ir más lejos, vio por primera vez una piscina a los dieciséis años, cuando una fogosa camarera mucho mayor que él le invitó a pasar un fin de semana en su casa de Hampton Bays.

Tampoco tenían gustos parecidos.

Jonny se trajo de casa un montón de muebles de estilo moderno, además de una veintena de cajas de plástico llenas de cachivaches. Los muebles eran más bien baratillos, de los que solían comprar los hombres solteros en tiendas de bricolaje de alta gama, tal vez con la esperanza de que, cuando se casaran, pudieran desembarazarse de ellos por deferencia a los gustos de sus esposas.

Jonny, sin embargo, no quiso prescindir de ninguno y, cuando Pandy se lo pidió y él se negó, ella comprendió que había empezado a asumir el papel de «esposa gruñona». Jurándose a sí misma no convertirse en una plasta, decidió hacer la vista gorda.

Por desgracia, no podía hacer lo mismo en lo tocante a las labores domésticas. Pronto descubrió que, junto con sus otras cualidades viriles, Jonny poseía esa propensión masculina a ignorar por completo el desorden que creaba a su alrededor. Lo lógico habría sido que, habiendo tanto espacio en el *loft*, hubiera elegido un rincón en el que dejar su ropa sucia. Pues no. Él la desperdigaba por todas partes, como un perro marcando su territorio.

Pandy le regañaba, y una vez hasta recogió toda su ropa sucia y la dejó amontonada en su lado de la cama. Pero Jonny hizo como que no se daba cuenta y se tumbó encima, y ella acabó sintiéndose mezquina. Y así, en vez de quejarse, empezó a decirse que la clave del amor estaba en las palabras con las que asociabas a tu pareja. Decidió que las palabras «Jonny» y «defectos» no aparecerían jamás en la misma frase, ni aunque esa frase solo sonara dentro de su cabeza. Y cuando sus amigas casadas se quejaban de sus maridos, ella fingía una especie de asombro y, acto seguido, se declaraba inmensamente afortunada porque Jonny no era así *para nada*.

Lo cual no le impidió quejarse delante de Henry.

—¿Es que el conflicto del calcetín sucio sigue dándose en las parejas casadas? —le preguntó él por teléfono—. ¡Qué aburrimiento más atroz! ¿Qué tal vas con Mónica?

—Me siento un poquitín claustrofóbica —respondió ella mientras miraba varias cajas de plástico amontonadas.

—¿Claustrofóbica? ¿Y eso por qué? Tienes un montón de espacio en el *loft*.

—Bueno, ya sabes cómo son los hombres. Vienen con *sus cosas* —se lamentó.

—Eso quizá deberías haberlo pensado antes de casarte con él —respondió Henry agriamente.

—Ya, pero una mujer no piensa en esas cosas cuando un hombre, y más un hombre como Jonny, le dice que la ama y que quiere casarse con ella —objetó Pandy.

Henry se echó a reír.

—Dios mío, chica. ¿Qué le ha pasado a tu cerebro?

Pandy no sospechaba entonces, ni de lejos, que poco tiempo después ella misma se haría esa pregunta.

∽

Jonny se empeñó en tener en casa una buena cocina, y ella accedió. Quería hacerle feliz. A fin de cuentas, era Jonny Balaga, un chef famoso en el mundo entero. ¿Cómo iba a decirle que no?

Dio por sentado que él se refería a comprar electrodomésticos de la mejor calidad. Solo cuando vio los planos se dio cuenta de que, para Jonny, «una buena cocina» equivalía a una cocina de restaurante.

De las que costaban cuatrocientos mil dólares.

—Bueno, ¿y qué? —le dijo a Henry cuando se pasó por su despacho para firmar unos papeles—. ¿Qué importa el dinero? Lo que importa es el amor.

—Y esa cocina ¿va a pagarla *Jonny*? —preguntó Henry.

Pandy enrojeció.

—Va a pagar la mitad. Yo voy a pagar la otra mitad. Porque, vamos a ver, Henry —dijo al ver su cara de horror—, es *mi loft*.

—Precisamente. Jonny se ha ido a vivir a una casa que ya habías pagado tú. Y por tanto debería pagar las reformas.

—Todo el mundo dice que lo peor que puedes hacer cuando estás casada es llevar la cuenta de todo. No siempre puede ser todo al cincuenta por ciento —le reconvino Pandy.

—Eso es justamente lo que me preocupa. Por favor, dime que le hiciste firmar un acuerdo prenupcial.

—¡Por supuesto que sí! —exclamó ella.

Hasta ese momento, nunca había mentido a Henry. Sobre todo, en algo tan importante. Aunque, por otro lado, no era asunto suyo. Si hubiera creído, aunque fuera solo por un segundo, que Jonny podía jugársela en ese aspecto... ¡jamás se habría casado con él! Además, la carrera de Jonny iba a las mil maravillas. Unos tipos de Las Vegas se habían puesto en contacto con él y querían verle en persona. Iban a reunirse en Los Ángeles al mes siguiente.

—¿No sería más lógico que fueras tú a Las Vegas? —había preguntado Pandy.

—Estas cosas no funcionan así —había respondido él, sonriéndole como si fuera una cabeza de chorlito; adorable, eso sí.

—¿Qué tal va el libro? —preguntó de nuevo Henry dos semanas después.

—Estoy pensando que tal vez me vendría bien cambiar de aires —dijo Pandy, sintiéndose un poco culpable.

—Buena idea. ¿Por qué no vas a Wallis? Así podrás trabajar un poco sin que nadie te moleste —propuso Henry.

La casa de su infancia estaba completamente aislada.

—¡Pero entonces no podría ver a Jonny a diario! —exclamó ella—. Yo estaba pensando más bien en Los Ángeles. ¿Cómo se llaman esos árboles puntiagudos que están por todas partes?

—¿Cipreses?

—Exacto. Cipreses. Me inspiran mucho. Siempre me recuerdan a Joan Didion.

Desoyendo las protestas de Henry, se fue a Los Ángeles con Jonny. Se alojaron en el Chateau Marmont, «en la habitación de Mónica, la preferida de nuestros clientes», les informó el recepcionista meneando la llave, con su borla escarlata, mientras les acompañaba por el pasillo de moqueta marrón hacia la habitación número 29. La habitación albergaba un pequeño piano de cola blanco, y resultó que Jonny tocaba un poco.

Se lo pasaron en grande. Pandy celebró veladas íntimas con sus amigos de Hollywood, regadas con champán, en las que Jonny tocaba canciones al piano y todos cantaban.

Después, al enterarse de que estaban en la ciudad, la llamó Peter Pepper en persona.

Pandy se quedó de piedra, y se llevó una agradable sorpresa al enterarse de que PP era un gran fan de Jonny. Organizaron una cena para cuatro en la terraza del Chateau. PP iba a traer a su novia. Lo que resultó menos grato fue la identidad de la novia: Lala Grinada.

Pandy no se lo podía creer. Lala, la actriz que había intentado quitarle a Doug Stone para vengarse de ella.

Aquello iba a ser interesante.

Naturalmente, Jonny y PP —que no sabían nada de aquel asunto y, de haberlo sabido, lo habrían considerado una ridiculez— se llevaron a las mil maravillas. Tenían en común el tenis, el golf y los habanos. Y también varios amigos, tipos con nombres como Sonny el Murciélago y Tony el Martillo. Pandy y Lala, por su parte, tenían al mismo tiempo muy poco y demasiado en común.

SondraBeth tenía razón en una cosa: Lala era una esnob. Pandy y ella consiguieron ignorarse cuidadosamente durante toda la cena. Era un viejo truco de internado femenino británico que Pandy conocía bien. De hecho, podría habérselas ingeniado para no cruzar palabra con Lala si Jonny no se hubiera levantado para ir al baño, dejándola sola con los otros dos.

PP, que no parecía tener ganas de conversar con ellas, animó a Lala a hablar. Ella ladeó la cabeza sobre el esbelto tallo de su cuello y dijo:

—Siempre me ha parecido que Jonny está *estupendo*.

Comprendiendo el doble significado que podía tener aquel adjetivo, Pandy sonrió con frialdad.

—¿Ah, sí?

Después, como era de esperar, Jonny y ella acabaron teniendo su primera pelea.

Por Lala, claro. Cuando su marido regresó a la mesa, Pandy estaba ya convencida de que había empezado a coquetear con ella. Cuando volvían a su habitación en el ascensor, le informó tajantemente de que, si volvía a verle tontear con otra… En fin, más valía que tuviera cuidado.

Jonny se disculpó y esa noche hicieron el amor apasionadamente en la terraza, donde era muy posible que otros huéspedes les vieran.

¿Y si les veían? Pues sentirían «envidia», afirmó Jonny.

Más tarde, ya en la cama, echados sobre los almohadones de plumas, Jonny la besó en la coronilla.

—No hace falta que volvamos a ver a PP y a Lala si no quieres. —Bostezó y se dio la vuelta—. De todos modos, son unos idiotas. No son auténticos. No como nosotros, nena.

—No, tienes razón —convino ella, acurrucándose a su espalda y acariciándole el hombro musculoso.

Le amaba tanto en ese momento…

∞

Regresaron a Nueva York, y al trabajo. Y esta vez pareció que iban por el buen camino. A las nueve de la mañana, estaban los dos en pie y listos para empezar la jornada. Ella, con un Earl Grey con limón, sentada delante del ordenador, dispuesta a empezar otro día con Mónica. Él, con bebida proteínica y sus pantalones Nike, preparado para irse al gimnasio.

El libro empezó a tomar cuerpo por fin. Aun así, Pandy sentía una vaga frustración. Estaba convencida de que el matrimonio la había convertido en una persona más madura y más profunda, y quería que ello se reflejara en su trabajo.

—Quiero que este sea el mejor libro de Mónica hasta la fecha. Pero hay muchas otras cosas que puedo escribir —dijo una noche mientras estaban en la cocina y Jonny preparaba la cena.

—¿Ah, sí? —preguntó él mientras lavaba unos espárragos.

Pandy le explicó que siempre había querido que la tomaran en serio, que la consideraran una «escritora literaria».

—Pues hazlo, entonces —dijo él con fervor—. Sé literaria. Sé lo que quieras ser, nena.

—Pero es asumir un riesgo importante —repuso ella—. Seguramente ganaría mucho menos dinero.

Jonny quitó importancia al asunto.

—Si quieres algo, tienes que apoderarte de ello.

—¿Qué? —preguntó Pandy.

—No lo *pides*. Lo *tomas*. ¿Cómo crees que conseguí yo ser el encargado del restaurante con más fama de la ciudad cuando era un chaval? Dieciocho años, y ya tenía a todas las mujeres guapas suplicándome que las llamara.

—Jonny —dijo ella, riendo—, no estamos hablando de sexo.

—¿Quieres que la gente piense que eres una escritora literaria? Pues *sé* literaria —replicó él como si fuera así de sencillo.

—Las cosas no funcionan así —intentó explicarle ella—. No puedes exigir cosas y esperar que te las den. Tienes que ganarte tu posición.

Jonny se rio.

—¿Ganarte tu posición? Tienes que *apoderarte* de ella. Mira, nena —añadió indicándole que se sentara—, ¿crees que a mí me importa de verdad un carajo la cocina francesa? Si acabé yéndome a París fue porque tenía que largarme de la ciudad y un colega mío tenía una casa en Saint-Tropez. Y cuando vi que las tías se volvían locas con la comida francesa… —Se encogió de hombros.

Pandy asintió, creyendo entenderle. Al día siguiente volvieron los dos al trabajo como dos trenecitos dando vueltas y vueltas por la misma vía.

Después, tras cuatro meses de arduo trabajo, Jonny llegó un día a casa con una botella grande de un vino carísimo y anunció que tenían algo que festejar.

—¡Es fantástico! —exclamó Pandy cuando le contó que por fin había cerrado el trato para abrir un restaurante en Las Vegas.

Por lo visto PP le había puesto en contacto con su colega Tony Martillo, que tenía contactos en Hollywood y acceso a una clientela de famosos interesados en invertir en restaurantes. Los tipos de Las Vegas estaban encantados y, en todo caso, lo importante era que Jonny por fin iba a inaugurar un restaurante en la ciudad de los casinos.

Pandy se fingió entusiasmada, pero en el fondo estaba intranquila. Porque para entonces ya había descubierto algo acerca de Jonny: que tenía mucho menos dinero del que ella pensaba. El dinero que ganaba tenía que reinvertirlo en sus restaurantes. Y embarcarse en otra empresa carísima cuando ya estaba en números rojos no le parecía buena idea. Pero ¿qué sabía ella, a fin de cuentas?

En lugar de hablar con él a las claras, se descubrió haciendo mohines y luego le dijo que estaba enfadada con él porque le hubiera «mentido», al menos en lo de PP. ¿No le había prometido que no iba a volver a hablar con él?

Jonny señaló que nunca había dicho que no volvería a hablar con PP, sino que *ella* no tenía que hacerlo si no quería. Y ya estaba otra vez dejando que sus emociones interfirieran en los negocios. Por eso precisamente no le había contado que una o dos veces, estando PP en Nueva York, se habían reunido.

Aunque la inquietaba que su marido se reuniera en secreto con el jefe del estudio que producía las películas de Mónica, Pandy no pudo decir nada en contra. Y menos aún cuando Jonny le recordó que era ella quien le había presentado a PP.

Otra noche, un par de semanas después, mientras disfrutaban de su enorme cocina nueva, volvió a la carga.

—Es solo que… —dijo, tratando de encontrar la manera de expresar su inquietud—. Supongo que estoy un poco dolida. Creía que éramos un equipo. Que lo hacíamos todo juntos.

—¡Pues claro que sí! —Jonny sonrió de oreja a oreja. Dio la vuelta a un taburete y le indicó que se sentara. Luego la agarró de la mano—. *Quiero* que seas mi socia —afirmó como si ya hubieran hablado de aquello en alguna otra ocasión.

—¿Tu socia? —preguntó ella, desconcertada.

—¡En el restaurante! —exclamó Jonny con orgullo—. Como esposa eres una socia estupenda, así que quiero que también seas mi socia en el negocio.

—¿En serio? —Pandy se echó hacia atrás. Sabía que Jonny esperaba que diera saltos de alegría, pero fue incapaz de disimular un ligero desasosiego—. ¿Qué quieres decir? ¿Qué tendría que *hacer*?

Faltaba poco para que se cumpliera el plazo de entrega del nuevo libro de Mónica y aún tenía que acabarlo. No tenía tiempo para dedicarse a montar un restaurante en Las Vegas.

—Eso es lo mejor de todo —contestó Jonny con una sonrisa—. Que no tienes que hacer nada. Solo tienes que extender un cheque.

—Pero…

—Iremos al cincuenta por ciento, tú y yo. Juntos, seremos dueños del treinta por ciento. Tengo cuatro inversores deseando hacerse cargo del otro setenta por ciento. Tíos de Las Vegas con los que me ha puesto en contacto mi colega de Los Ángeles. Pero tú y yo seremos los principales accionistas. Nos llevaremos cada uno un quince por ciento de los beneficios. Mira —dijo, y empezó a garabatear números en un papel.

Pandy puso la mano sobre la suya para que parara.

—No es necesario. Entiendo las cifras —dijo.

∞

Pasó varios días terriblemente inquieta. Siempre había mantenido una relación angustiosa con el dinero. Le encantaban las cosas bonitas, pero se sentía culpable cada vez que derrochaba. Por eso procuraba no hacerlo. De pequeña, cuando vivía en Wallis, sus padres nunca hablaban de dinero, como no fuera en negativo. «No podemos permitírnoslo», solían decir. Y era verdad que no podían. Así que cuando, por las razones que fuesen, disponían de algún ingreso extra, tenían que guardarlo para cuando volvieran las vacas flacas.

Habría deseado poder hablar con Henry de su dilema, pero ya sabía lo que iba a decirle: «No lo hagas».

Pero, si no lo hacía, ¿cómo reaccionaría Jonny? ¿La dejaría?

Decidió posponer su decisión al menos hasta que fuera con Jonny a Las Vegas a ver el local.

Y así, a pesar del plazo de entrega del libro y sin decírselo a Henry, tres días después se marchó con Jonny a Las Vegas. El posible local estaba situado en un casino importante. Jonny y ella se alojaron en la *suite* Joker, que contenía una fuente que podía transformarse en *jacuzzi*. Se reunieron con un par de hombres de traje gris y rostro macilento. A uno de ellos, Jonny lo conocía desde hacía años.

Aquel tipo le reveló a Pandy que, antes de casarse, Jonny era un jugador empedernido.

No, por favor, pensó ella. Cuando pensaba en el juego, le daban ganas de llorar, igual que cuando veía a las mismas mujeres tristes, fumando un cigarrillo tras otro, sentadas ante las máquinas tragaperras a media noche y a las ocho de la mañana siguiente. El esplendor, el glamur y las celebridades estaban muy bien, pero la riqueza de Las Vegas descansaba sobre las espaldas de mujeres como aquellas. Y aunque Pandy procuraba recordarse a sí misma que todos los vicios, incluido el juego, podían considerarse una elección personal, aun así no le parecía justo.

Al final resultó que, lo mismo que aquellas señoras de las tragaperras, ella también debería haber «tenido más conocimiento».

Acabó firmando un cheque por doscientos mil dólares. Pero, antes de dárselo a Jonny, le explicó, malhumorada, que a ese paso su anticipo se agotaría antes de que acabara el tercer libro de Mónica. Aquello no podía repetirse, insistió. No podía darle más dinero. A fin de cuentas, solo le habían pagado un cuarto del anticipo, y no recibiría otro pago hasta que terminase el libro.

Jonny quitó hierro al asunto echándose a reír. Pero durante las siguientes tres semanas procuró no molestarla para que acabara el manuscrito.

Pandy lo acabó y recibió su cheque dos semanas después.

Y de nuevo Jonny se convirtió en el hombre cariñoso, amable y considerado con el que ella creía haberse casado. Le regaló por sorpresa unos pendientes de diamantes de un quilate para celebrarlo y acompañó el regalo con una noticia increíble: la revista *Architectural Digest* quería fotografiar su *loft*. Querían hacer un reportaje de diez páginas a todo color poniéndoles como ejemplo de la moderna pareja neoyorquina. El número saldría el día de San Valentín.

Era todo, otra vez, tan de Mónica… Especialmente porque la otra Mónica, SondraBeth Schnowzer, y el presunto amor de su vida, Doug Stone, habían conseguido prometerse en matrimonio y romper en apenas nueve meses.

Pandy apenas se había enterado.

La sesión fotográfica duró dos días. El fotógrafo les hizo posar dándose de comer el uno al otro en la cocina en actitud desenfadada, y hasta acostados en la cama, mirándose con adoración por encima de las sábanas.

—Cuando me enteré de que ibais a casaros, pensé que era un montaje —comentó el fotógrafo—. Pero después de veros juntos, tengo claro que estáis enamorados de verdad.

—Sí —contestó Jonny. Y, volviéndose hacia Pandy, le dedicó esa mirada especial.

—Tenemos suerte —añadió ella con un suspiro satisfecho.

∞

Se sintió menos afortunada, sin embargo, cuando un par de días después la llamó su editor para hablarle de las correcciones del libro y le dio a entender que, dado que ella se había casado, tal vez fuera hora de que Mónica también se casara.

Pandy perdió los nervios.

—No. ¡No voy a permitir que Mónica se case! —le dijo a su editor—. Haría que pareciera débil. Como si tuviera que hacer lo que hacen todas las demás. Como si tuviera que ceder a las convenciones sociales.

Su editor señaló, impertérrito, que *ella* se había casado.

—Sí, supongo que sí —refunfuñó Pandy—. Pero Mónica no tiene que hacer todo lo que hago yo. *No somos la misma persona.* Ella es un símbolo para todas esas mujeres que han elegido estar solas y han luchado denodadamente por vivir a su manera. O sea, que tienen derecho a que se las acepte tal y como son y a que las dejen en paz, en lugar de verse cuestionadas continuamente y a que las acosen hablándoles del matrimonio y todas esas estupideces.

Colgó, indignada, y de pronto se dio cuenta de que Jonny estaba detrás de ella.

Sonreía de oreja a oreja.

—¿Qué pasa? —preguntó ella, tan enfadada que le dieron ganas de decirle que dejara de sonreír como un idiota.

—Fue idea mía, nena. Lo de Mónica. Lo de que se casara. Le dije a PP que, como tú y yo nos habíamos casado, a lo mejor Mónica también tenía que casarse. Y él estuvo de acuerdo.

Pandy notó una especie de flojera en las piernas, le dieron arcadas y tuvo que irse corriendo al baño.

Cuando salió, arremetió contra él como una loca.

¿Por qué le hacía aquello? ¿Cómo se le ocurría inmiscuirse en su carrera? ¿Acaso creía que ella no sabía valerse sola? Acabó gritándole a pleno pulmón, con la cara roja como un tomate:

—¡Quita tus sucias manos de Mónica!

Lo último que recordaba antes de que Jonny se marchara era cómo la había mirado. Con una expresión neutra, indiferente, como si ya no le interesara lo más mínimo.

—A mí nadie me habla así y se sale con la suya —le dijo.

Pandy llamó a Henry deshecha en lágrimas.

—No entiendo por qué te sulfuras tanto —le dijo Henry sarcásticamente—. Solo tienes que aceptar que Mónica se case en el próximo libro. Y cuando llegue el próximo libro, ya veremos. Puede que para entonces ni siquiera estés casada. ¡Y así Mónica podrá divorciarse!

Sabía que su agente solo intentaba animarla haciéndola reír, pero estaba tan enfadada que no le veía la gracia por ningún sitio.

—La verdad es que no sé por qué me preocupo. Porque no va a haber más libros de Mónica. Este es el último. Cuando lo acabe, voy a escribir esa novela literaria de la que llevo siglos hablando.

Consiguió pasar una hora completamente sola. Después, llamó a Jonny doce veces al móvil. Él contestó por fin y le informó de que estaba con uno de sus «colegas». Pandy le convenció de que volviera a casa y se disculpó una y mil veces.

Jonny tardó tres días en aplacarse, pero por fin lo hizo cuando Pandy se presentó en su restaurante con una ofrenda de paz: un tapón para botella antiguo, de plata labrada. Jonny lo levantó en alto un momento y después volvió a guardarlo en la caja, no sin antes cruzar una mirada con una camarera que pasaba por allí. Pandy comprendió entonces que había vuelto a equivocarse: el tapón de plata era uno de esos objetos que a ella le encantaban. Para él, en cambio, carecía de valor. Ya mientras lo compraba se había acordado de que Jonny le había dicho que odiaba las cosas antiguas: le recordaban a los viejos decrépitos que vivían en el edificio en el que se había criado con su madre y su abuela. Sin embargo, haciendo caso omiso de aquel recuerdo, había comprado el tapón de todos modos. Aquello se le antojó de pronto una metáfora de su relación de pareja: al regalarle aquel *objeto* antiguo, intentaba que él aceptara un pedazo de su verdadero yo.

Quizá precisamente la parte de su yo que él se resistía a ver.

De golpe, aquel repugnante cúmulo de miedo volvió a apoderarse de ella. Daba vueltas sin cesar dentro de su cabeza y le impedía pegar ojo por las noches. Sus pensamientos eran un *tsunami* de ideas angustiosas: ¿y si Jonny solo se había casado con ella por su dinero? ¿Y si seguía pidiéndole dinero? ¿Y si lo perdía todo y tenían que vender el *loft*? ¿Y si él se quedaba con todo su dinero y la dejaba por otra?

Se veía en la ruina. Económica y anímicamente. Y no podría hacer nada al respecto porque no le había obligado a firmar un acuerdo prenupcial. No solo *no* había insistido en que firmara aquel documento que de pronto le parecía tan valioso, sino que le avergonzaba confesar que había cometido esa estupidez.

De modo que siguió diciéndose a sí misma que de algún modo se arreglaría todo.

⚭

Durante el año siguiente, las cosas marcharon bien. Al menos en apariencia. Siguieron haciendo las mismas cosas y viendo a las mismas personas, pero cada vez se veían menos el uno al otro. Pandy ya no esperaba levantada a que él volviera a casa, y había días en que solo se veían media hora por la mañana.

Jonny empezó a pasar más tiempo en Las Vegas.

Volvía los días festivos y, por alguna razón, estaba de un humor excelente. Parecía convencido de que el restaurante abriría muy pronto. Pandy no se atrevía a hacerle demasiadas preguntas. No quería estropear su felicidad; una felicidad tan tenue que, al igual que el estanque de cristal de su infancia, podía romperse en cualquier momento.

Pasó Año Nuevo. La llamó su contable, asombrado por cuánto dinero se había gastado ya. No es que estuviera en la ruina (a fin de cuentas, aún tenía su casa), pero desde luego no disponía de un colchón suficiente para arriesgarse a escribir una novela que no se vendiera bien.

Cuando acabó de corregir las galeradas del tercer libro de Mónica, accedió a escribir un cuarto. Aturdida, incluso aceptó que Mónica se casara.

—¿Qué pasa? ¿No estás contenta? —preguntó Jonny—. Has firmado otro contrato. Y por más dinero aún. —Al ver que ella solo se encogía de hombros melancólicamente, torció el gesto—: La otra vez dabas saltos de alegría —dijo, enfadado—. ¿Se puede saber qué te pasa?

A continuación, le propuso que le hiciera una mamada y le recordó que hacía tiempo que no mantenían relaciones sexuales.

Era cierto. Pandy había descubierto que ahora, cada vez que él la tocaba, se quedaba helada. Notaba que se le cerraba la vagina como la puerta de una cámara acorazada.

Jonny había conseguido por fin que perdiera el control sobre su vida. Y, si seguía con él, perdería también el control sobre su futuro.

∞

Cuatro meses después, el restaurante aún no se había inaugurado. Para entonces, Jonny había empezado a ausentarse dos semanas seguidas cada vez que salía de viaje. A Las Vegas, decía él. Cuando Pandy encontró un billete de avión que demostraba que en realidad había estado en Los Ángeles, se echó a reír como si aquel detalle careciera de importancia.

—¿Qué más da? —dijo—. Voy a Los Ángeles a reunirme con gente y luego cojo un avión privado para ir a Las Vegas.

—¿De quién es ese avión privado? —preguntó ella con incredulidad.

Le costaba creer que, mientras su marido iba de acá para allá en avión privado, ella estuviera encerrada en el *loft* tratando de escribir un libro en el que no tenía ninguna fe.

Para ella, el hecho de que Mónica se casara era una gran mentira, igual que lo era su propio matrimonio. Una mentira que, por otro lado, se sentía incapaz de reconocer. Cuando sus amigas le preguntaban qué tal le iban las cosas con Jonny, siempre contestaba lo mismo: «estupendamente».

Jonny le pidió otros cien mil dólares para acabar las obras.

Pandy le dijo que, hasta que acabara el cuarto libro de Mónica, no podía ni planteárselo.

Luego tuvieron una bronca espantosa a la que Jonny puso punto final gritando:

—¡La diferencia entre tú y yo, nena, es que yo soy un hombre! ¡No necesito que nadie me coja de la manita!

Se marchó dando un portazo y esa noche la pasó en casa de uno de sus «colegas», que por lo visto eran legión. Pandy, sin embargo, empezaba a sospechar que esos colegas eran en realidad otras mujeres.

Solo cuando, la semana previa a su cumpleaños, Jonny le informó sin miramientos de que iba a estar en Las Vegas, se dio finalmente por vencida y llamó a Suzette.

Su amiga le recomendó que recurrieran cuanto antes a un consejero matrimonial y le dio un número de teléfono.

⤫

Pandy se avino a intentarlo, pero tenía que reconocer que estaba aterrorizada. Odiaba el conflicto, sobre todo cuando intuía que podía sacar a la luz alguna verdad que no iba a gustarle ni pizca. Estaba segura de que, si le pedía a Jonny que fuera con ella al psiquiatra, él le pediría el divorcio.

Solo con pensarlo se ponía enferma. Era como si el espejo de debajo del árbol de Navidad se hubiera roto por fin. Ahora lo tenía metido dentro del estómago y las esquirlas se le clavaban en las tripas como minúsculos cuchillos de carnicero.

Jonny llegó a casa dos días después, de otro viaje a Las Vegas. Ella intentó aparentar que todo seguía igual: le saludó con entusiasmo, abrió una botella de vino y sirvió dos copas. Intentó no perder la calma cuando, como de costumbre, él la besó distraídamente en la frente y, mascullando algo acerca del trabajo, se sentó delante de televisor con el portátil sobre los muslos. Al poco rato recibió la llamada inevitable: esa que siempre atendía en el cuarto de baño porque, según decía, eran «asuntos de negocios».

Pandy comprendió entonces que Suzette tenía razón: no podía seguir así.

—¿Jonny?

Llamó a la puerta del baño y, al oírle reír al otro lado, se puso furiosa. Intentó abrir, pero la puerta estaba cerrada con pestillo. La aporreó hasta que él la abrió distraídamente, con el teléfono pegado a la oreja y una sonrisa pintada en la cara. Al reparar por fin en ella, su rostro adquirió esa expresión de corderito que Pandy había llegado a detestar. Cuando volvió a cerrar la puerta, le oyó susurrar:

—Tengo poco tiempo.

Se quedó allí parada un segundo, sintiéndose tan ultrajada que no tuvo fuerzas para volver a llamar.

Entró en la cocina, abrió una de las botellas de vino blanco más caras de Jonny y se sirvió una copa alta y grande. Quería beber un trago de aquel vino exquisito mientras se preparaba para capear el temporal. Porque no había duda de que iba a haber un temporal, igual de violento que la colosal tormenta de nieve, rosada y oronda como un *cupcake*, que les había unido tiempo atrás.

Solo habían pasado cuatro años desde entonces. Y al principio había sido todo tan perfecto… ¿Por qué lo había echado Jonny todo a perder?

Bebió un buen sorbo de vino y, al oír sus pasos en el pasillo, se armó de valor.

Él dobló la esquina y, al verla, le dedicó su mirada habitual: esa tensa mueca de fastidio e incomprensión que a ella la sacaba de quicio. Sintió un impulso casi irrefrenable de arrojarle el vino a la cara, pero un arraigado sentido del decoro se lo impidió.

—¡Ya estoy harta! —gritó y, dando un paso hacia él, le espetó—: Escúchame, colega. Voy a darte una última oportunidad. O aceptas que vayamos a un consejero matrimonial o si no…

Jonny era tan arrogante que no se esperaba aquel estallido. Parecía no tener ni idea de que Pandy era infeliz. Solo así se explicaba su expresión de pasmo. Permaneció atónito unos segundos, como si viera desfilar su vida ante sus ojos. El muy narcisista, pensó Pandy.

Mientras cogía su bolso y se lo colgaba del hombro, se dio cuenta de que ni siquiera le apetecía escuchar su respuesta. Abrió la puerta de un tirón y le gritó, furiosa, que se iba a casa de una «colega» mientras él se lo pensaba.

No había recorrido ni dos manzanas cuando la llamó por teléfono. Y, tratando de quitarle hierro al asunto, la convenció de que volviera a casa.

Allí, mientras se bebía el vino que ella le había servido un rato antes, aceptó dócilmente ir a ver a un terapeuta. Pandy estaba tan anonadada que, cuando él se metió en el baño para hacer otra llamada, casi ni se enteró. Entonces cayó en la cuenta de que ella también tenía que llamar a alguien. Aliviada por que Jonny estuviera encerrado en el baño, entró en su dormitorio y en voz baja le contó a Suzette con todo detalle lo que había pasado.

—¡Es *alucinante*! —chilló Suzette—. ¡Tu matrimonio *todavía tiene salvación*!

Y de nuevo, gracias a que dentro de ella sobrevivía tenazmente un pedacito de aquel grotesco cuento de hadas, como una corona de oro escondida dentro de un trozo de roscón, Pandy se convenció de que todo acabaría por solucionarse.

Después, como si un dique se rompiera de pronto, la embargó una oleada de alivio al comprender que su visita a un consejero matrimonial le brindaba la excusa perfecta para confesarles a sus amigas la verdad: que su matrimonio no era perfecto, a fin de cuentas.

De hecho, a menudo ni siquiera era soportable. La buena noticia era que, aunque Jonny y ella se habían distanciado, habían tomado conciencia de ello a tiempo y estaban dispuestos a arreglar las cosas. Una vez más, sus amigas se mostraron encantadas. Henry, no.

—No me gusta —le dijo en tono de advertencia.

—Pues eres el único —replicó ella, que en aquel momento no tenía paciencia para aguantar otra discusión.

—A mi modo de ver, solo te está siguiendo la corriente para que te tranquilices.

—Los hombres detestan ir al psiquiatra. Y si algo no se puede negar es que Jonny es un hombre. Te doy mi palabra de que quiere de todo corazón que este matrimonio salga a flote.

—No me extraña. A fin de cuentas, a él le ha venido de perlas, ¿no? —dijo en tono burlón—. Tiene todo lo que quiere. Técnicamente, está casado, pero a todos los efectos se comporta como si fuera soltero.

—Eso no es verdad —le espetó Pandy.

Y, enfadada por su reacción, se acordó de lo que decía Jonny acerca de que Henry era como un personaje de una vieja película en blanco y negro.

∞

—¿Por qué se enamoró de Jonny? —preguntó el psiquiatra.

Al oír aquella pregunta, Pandy se acordó de todas las reuniones a las que había asistido con editores y directivos de la industria del cine. Cuando el tema a debate eran los personajes masculinos, la gran pregunta era siempre la misma: «¿Por qué se enamora la chica de él si al final resulta ser un sinvergüenza?».

Y aunque invirtieran horas en debatir la cuestión, solo había una respuesta posible: porque no era así cuando la chica se enamoró de él.

¿O sí lo era y ella no se había enterado aún?

Pero estaba allí para intentar salvar su matrimonio, no para hundirlo definitivamente. Así que dijo la verdad:

—Pensé que era el amor de mi vida.

—¿Y eso por qué? —insistió el psiquiatra.

—Porque parecíamos entendernos a la perfección. Era como si solo tuviera que *pensar* en él para que apareciera. Como aquella vez que hubo una gran tormenta de nieve y Jonny se presentó con un *prosciutto*.

—Entonces, ¿la clave fue el *prosciutto*? —preguntó el psiquiatra en un intento de bromear.

—Siempre es el *prosciutto*, doctor —replicó Jonny en son de guasa.

Y, como obedeciendo a una señal, el psiquiatra se echó a reír.

Ella también se rio. Y, como Jonny ya se estaba riendo, por primera vez en mucho tiempo se rieron juntos.

Siguieron hablando un rato. Luego, el psiquiatra expuso su teoría. Ambos estaban acostumbrados a ser objeto de admiración y respeto. Estaban habituados a la fama. Ninguno de ellos se consideraba una persona corriente, pero eso no tenía nada de particular, puesto que *todo individuo* se considera extraordinario. Creían que su buena estrella era cosa del destino y estaban convencidos de que se merecían su buena fortuna.

Luego, sin embargo, había intervenido la realidad. Pasado un tiempo, la emoción de su matrimonio se había disipado. Ya no despertaba tanta expectación, y Jonny y ella habían vuelto a volcarse en sus respectivas carreras, que era, a fin de cuentas, lo que mejor se les daba.

Y ese era el problema. Porque, en muchas relaciones de pareja, la ambición personal y el amor se excluían mutuamente.

El psiquiatra les dijo que se fueran a casa y hablaran de ello.

Lamentablemente, aquella conversación nunca llegó a producirse. Jonny había hecho un hueco en su agenda para ir al psiquiatra justo antes de tomar un avión de vuelta a Las Vegas. Pandy le dijo que no tenía importancia y le dio un largo beso de despedida. Al entrar en el loft, contempló los hermosos muebles, la cocina y todas las cosas que habían logrado crear juntos y de pronto se convenció de que quería que su matrimonio saliera a flote. Haría cualquiera cosa por conseguirlo.

Más tarde, después de que mantuvieran un par de largas charlas por teléfono, tuvo la sensación de que a su relación de pareja no le pasaba nada que no pudiera arreglarse con un poco de comunicación. Quizá ni siquiera les hiciera falta el psiquiatra, después de todo.

Sin embargo, cuando Jonny regresó, fue él quien insistió en que volvieran al psiquiatra.

—¿Lo ves? —dijo, imbuido por aquel nuevo espíritu comunicativo—. Eso es lo que me pasa contigo. Que dices que vas a hacer algo para salvar nuestro matrimonio y luego no lo haces.

Pandy le miró con tibia sorpresa, decidida a hacer un esfuerzo por dominar sus emociones, como le había aconsejado el psiquiatra.

—*Todo* lo que hago lo hago por nuestro matrimonio —dijo con calma.

Y aunque su comentario le hizo acordarse de todo el dinero que le había dado, consiguió dominarse.

Jonny tampoco se inmutó.

—En todo caso, a mí me da igual —dijo encogiéndose de hombros, y le lanzó una sonrisa ensayada—. Solo voy por apoyarte. Sé que quieres sentirte mejor y que necesitas que esté ahí para prestarte mi apoyo.

Su incomprensión dejó atónita a Pandy. Durante su segunda sesión con el psiquiatra, mencionó el hecho de que Jonny pensaba que era *ella* quien necesitaba «sentirse mejor».

El psiquiatra miró a Jonny.

—¿Está de acuerdo en que ese es el meollo del problema?

—Bueno —dijo Jonny, recostándose en el sofá y acariciándose la barbilla con gesto burlón—. Lo que creo es que me engañaron. Yo creía que me casaba con Mónica. Y resulta que me casé con *ella*.

Se rieron otra vez. Y, de nuevo, Jonny se fue a Las Vegas.

Pero esta vez Pandy lloraba por dentro. Tenía ganas de decirle: *Creías que te casabas con Mónica y te casaste con alguien que ha acabado sufragando tus sueños y abandonando los suyos.*

Pero, de nuevo, se calló lo que pensaba. Incluso se recordó que, si quería que su matrimonio saliera adelante, iba a tener que dejar de pensar en sí misma continuamente.

∽

Jonny regresó a Nueva York para la tercera sesión. Esta vez, como les iba mucho mejor, el psiquiatra les puso deberes. Tenían que intentar conocerse mejor el uno al otro indagando acerca de sus respectivos pasados.

—Irá cada uno a la localidad natal del otro. Como en *El soltero*.

Ellos se miraron.

—Pero él nació aquí, en Nueva York —dijo Pandy.

—¿Y usted dónde nació, Pandy? —preguntó el psiquiatra.

Y de pronto Pandy comprendió que aquello iba en serio.

Y empezó a angustiarse.

A Jonny le horrorizaría su pueblo natal. La casa estaba llena de antigüedades. Y eso no era lo peor. Con solo echar un vistazo a la casa, Jonny daría por sentado que su familia era rica. Y le pediría más dinero para invertirlo en su restaurante.

Quizá por eso, entre otras cosas, había evitado llevarle allí. De hecho, durante el tiempo que llevaban casados apenas le había hablado de Wallis. El nombre del pueblo había salido a relucir un par de veces, pero ella siempre se encargaba de dejar bien claro que allí no había wifi ni cobertura. Ojos que no ven —se decía—, corazón que no siente.

—¿Y bien? —insistió el psiquiatra, mirándola con expectación.

—Me parece una idea estupenda, doctor —dijo Jonny y, cogiendo la mano de Pandy, le dio un buen apretón como si fueran compañeros de equipo.

Así fue como acabaron yendo a Wallis, un viaje que Henry denominaría tiempo después «la Debacle».

—Sí, el fin de semana de la Debacle —decía—, cuando intentaste matar a Jonny.

—¡Yo no intenté matar a Jonny! —estallaba ella.

Pero, ¡ay, cuánto lamentaría después no haberlo intentado!

13

La víspera de su viaje a Wallis, Jonny volvió de Las Vegas de muy mal humor.

A la mañana siguiente, seguía de un humor de perros. Se quejaba de que le dolía la espalda y durante las dos horas que duró el trayecto en coche no paró de removerse en el asiento. Cuando Pandy le preguntó si quería que condujera ella, le soltó:

—¿También de eso quieres apoderarte?

Ella mantuvo la boca cerrada y rezó por que el fin de semana no acabara siendo un desastre. Y no solo por Jonny. En realidad, le crispaba los nervios llevar a *cualquiera* a Wallis. Como decía siempre Henry:

—Wallis House hace que la gente se comporte de manera extraña.

Su agente era la única persona a la que invitaba con cierta frecuencia.

Porque Wallis House era un lugar «complejo».

Para empezar, no era una casa, sino una mansión. Una casona de estilo victoriano italianizante, antaño famosa, levantada en lo alto de un monte de ochenta hectáreas. Incluía una pista de tenis, una piscina de mármol a la que daba agua un manantial, una cochera tan grande que dentro habría cabido un campo de béisbol y, debido a que Old Jay, el fundador de la casa, tenía también una vena excéntrica, un auténtico teatro victoriano en el que representaba obras con sus amigos de Nueva York.

Según las fotografías, entre 1882, cuando terminaron las obras de construcción, y 1929, cuando se desplomó la bolsa, la casa había gozado de enorme fama. Por desgracia, a partir de entonces cayó en picado. Fue pasando de generación en generación, y cada nuevo propietario le tenía menos aprecio. Era lo que se dice un elefante blanco: resultaba demasiado costosa de mantener y de reformar y, por si eso fuera poco, estaba situada en una zona demasiado remota e inaccesible para atraer a posibles compradores. Cuando Hellenor y ella eran pequeñas, se había convertido en un cascarón decrépito, con desconchones en la pintura, puertas que a duras penas se abrían y huecos en la tarima. Las cañerías se atascaban cada dos por tres, la electricidad fallaba constantemente y las habitaciones estaban llenas de polvorientas reliquias familiares.

Cuando Pandy vivía allí, la gente decía que la casa estaba embrujada y miraba con desconfianza a sus moradores. Su hermana y ella eran objeto de burlas y pullas implacables, en parte debido a la casa y en parte a que eran dos niñas un poco raras, que no acababan de encajar en ningún sitio. Una vez, alguien sacó la ropa que Hellenor había dejado en su taquilla del gimnasio e intentó tirarla por el váter porque decía que era «horrible». A Pandy la apodaban «Engendro del diablo» y, a las dos juntas, «las Piojosas». Las llamaban así a la cara, sin esconderse, aunque también les dedicaran otros insultos a sus espaldas.

—«*Piojoso*: que tiene muchos piojos; miserable, sucio, harapiento.» —leyó una vez Hellenor en el diccionario.

Al morir sus padres, ellas heredaron la casa. Al igual que las generaciones anteriores, Hellenor no la quería y huyó a Ámsterdam.

La mansión siguió languideciendo y deteriorándose hasta que surgió Mónica. Y entonces, con el consejo de Henry, que era un gran amante de los caserones antiguos, Pandy comenzó a arreglarla. El resultado era un remedo perfecto de la casa tal y como era cien años atrás, con las mismas cañerías defectuosas, la misma instalación eléctrica de pacotilla y un sinfín de inconvenientes inconcebibles para una persona de hoy en día. Como, por ejemplo, que el agua caliente solo alcanzara para llenar una bañera. *Al día*. Y sin embargo por fuera estaba impecable. Perfecta.

Igual que Mónica, pensaba ahora Pandy. Al ver la mansión, la gente daba por sentado que era inmensamente rica, cuando en realidad había vivido sumida en una pobreza patética en aquella casa.

Y aunque *ella* seguía siendo la misma, ahora la casa producía en la gente una reacción muy distinta a la de su infancia.

Y eso era lo que temía Pandy: que Jonny reaccionara igual.

∞

—Será una broma, ¿no? —preguntó él, irritado, cuando por fin llegaron al «pueblo» de Wallis, Connecticut, formado por una gasolinera, una tienda en la que se vendía de todo y tres iglesias.

Cuando tomaron el camino de tierra lleno de baches conocido como Wallis Road, Pandy sospechó que estaba a punto de matarla.

Pero el humor de Jonny comenzó a cambiar a medida que avanzaban por la avenida de casi dos kilómetros que discurría bajo las ramas entrelazadas de antiquísimos arces. Al ver que se le dilataban los ojos cuando dejaron atrás los antiguos establos y la cochera, Pandy experimentó una emoción que le resultaba familiar. Debería haberle traído antes. O al menos haberle explicado la situación. Pero había estado tan absorta en su relación, que se había «olvidado» de su pasado.

No le había parecido relevante. O, mejor dicho, no le había parecido relevante porque temía que Jonny no lo entendiera.

La avenida se extendía serpeando más allá de la hermosa caseta de las barcas, hecha de hierro forjado y encaramada al borde del lago. Y allí, alzándose en lo alto de la verde montaña como un castillo blanco en un libro infantil, se hallaba Wallis House.

Jonny dio un frenazo tan fuerte que Pandy casi se estrelló contra el salpicadero. Se giró hacia ella y la miró con expresión acusadora, como diciendo «¿Por qué no me habías dicho que eras rica?».

Pandy había visto aquella misma reacción un millón de veces.

—No es lo que parece —le advirtió, igual que advertía a todo aquel que llegaba por primera vez a Wallis House.

Salió del coche y entró en la casa.

Y entonces, olvidándose momentáneamente de Jonny, hizo lo que hacía siempre al entrar: cruzó el suelo de mármol, de baldosas blancas y negras, pasó bajo la araña de cristal del tamaño de un planeta menor y, dejando atrás el sinuoso flanco de la escalinata central, se acercó al reloj de péndulo. Abrió la caja y le dio cuerda.

Se oyó un tenue chirrido cuando el mecanismo comenzó a girar. Se abrieron las puertas del medio y apareció un carrusel de damas y caballeros que subían y bajaban montados en sus caballitos de colorines. Pasaron unos cuantos y, al pasar la duodécima dama sobre su diminuto corcel, se abrieron de golpe las puertas de arriba y saltó fuera el pajarito de madera que, desplegando sus alas mecánicas, dejó oír su canción de siempre: cucú, cucú, cucú.

—¡Madre de Dios! —oyó que exclamaba Jonny a su espalda—. ¿De verdad te criaste aquí? ¡Pero si esto es como un puto museo!

Pandy decidió llevarle directamente a la cocina.

Jonny inhaló profundamente, como si aspirara literalmente el enorme espacio vacío, y luego soltó un alarido de angustia.

—¿Cómo demonios voy a cocinar... —Hizo una pausa teatral— *aquí?*

—¿A qué te refieres? —preguntó ella con nerviosismo.

Sabía que la encimera estaba vacía y que los electrodomésticos eran muy viejos. Cuando pasaba unos días allí con Henry, comían cualquier cosa: huevos fritos con beicon, o crema de champiñones de bote. Además, la cocina tenía la ventaja de que se podía patinar sobre ruedas por el suelo de linóleo. Hellenor y ella lo hacían de pequeñas.

—¿Dónde está la prensa de ajos? ¿Y la picadora de carne? ¿Y la plancha para gofres? —preguntó Jonny, decidido a seguir interpretando su papel. Pero, al ver la cara de Pandy, le dio una palmada en el trasero—. Vamos, nena, solo estoy bromeando.

Ella exhaló un suspiro de alivio. Estaba bromeando, claro. Por un momento, había pensado que sus temores iban a hacerse realidad y que Jonny intentaría hacer con Wallis House lo que había hecho con su *loft:* convertirlo en Jonny House. Pero eso era imposible, desde luego.

—Jonny —dijo.

Pero él ya no le prestaba atención. Estaba dando vueltas por la cocina con el teléfono en alto, buscando cobertura.

—Lo siento —dijo Pandy—, aquí no hay cobertura. Menos en la caseta de las barcas. A veces allí hay un poco.

Uf. Odiaba tener aquella conversación con los invitados. Algunos no soportaban estar sin cobertura y volvían a Nueva York antes de tiempo. Otros, en cambio, se pasaban el fin de semana entero yendo y viniendo de la caseta de las barcas. Pandy confiaba en que ese fin de semana, seguramente uno de los más importantes de su vida, no acabara siendo uno de *esos*.

—Venga, Jonny. Se supone que tienes que ver de dónde procedo —dijo con firmeza.

Estaba decidida a hacer, al menos, lo que les había sugerido el psiquiatra.

Le llevó más allá del salón de fumar, atravesando la sala de música, hasta su lugar favorito de la casa: la biblioteca.

Sonrió con orgullo al empezar a enseñársela. Le señaló las primeras ediciones y añadió que la biblioteca incluía libros firmados por Walt Whitman y F. Scott Fitzgerald, dos ilustres invitados de la casa.

Con el entusiasmo de una guía turística adolescente, le explicó que el mármol de la chimenea procedía de aquella región y que había sido enviado a Italia para que tallistas especializados se encargaran de hacer sus elaborados bajorrelieves. Y, recordando que el psiquiatra la había instado a hablarle a Jonny de las personas más importantes de su vida, intentó contarle algo acerca de la mujer que había sido su fuente de inspiración cuando era pequeña.

Pero Jonny ya no la escuchaba. Estaba junto al carrito de las bebidas del otro extremo de la habitación, examinando las botellas.

—¿Sí? —dijo levantando la vista.

—Quiero enseñarte una cosa.

—Claro. —Echando una mirada remolona al carrito, él cruzó desganadamente la alfombra Aubusson de doce metros para reunirse con ella frente a un gran cuadro al óleo—. Este es un retrato de lady Wallis Wallis que Gainsborough pintó en 1775, cuando ella tenía dieciséis años.

Pandy miró con fervor el retrato de la joven vestida con traje de montar de la época. Su casaca, de un tejido gris azulado como la pólvora, tenía corte militar. Su piel era muy blanca y en sus mejillas se veían dos perfectos círculos arrebolados. Su cabello empolvado, adornado con florecillas y mariposas de seda, se elevaba cuarenta y cinco centímetros por encima de su frente.

—Qué peinado más raro —comentó Jonny.

—Se la consideraba no solo la mujer más bella de las Colonias, sino también una de las más cultas —prosiguió Pandy en un tono que recordaba ligeramente al de una institutriz—. Fue espía de los Patriotas durante la Revolución Americana...

—Mil setecientos setenta y seis —dijo Jonny de memoria y sonrió, ufano.

Pandy se sintió como una tonta de repente.

—En fin, era mi tataratataraabuela. Y dicen que era escritora. Puede que fuera la primera mujer novelista de las Colonias. Cuando yo era niña...

Se disponía a explicarle que de pequeña solía mirar aquel retrato de lady Wallis Wallis y desear convertirse en ella por arte de magia, cuando se dio cuenta de que Jonny ya no estaba a su lado.

Estaba otra vez junto al carrito de las bebidas, descorchando una de las vetustas botellas de licor.

Pandy le miró pasmada. Nadie había abierto nunca una de aquellas botellas. Las conservaba únicamente para prestar autenticidad al ambiente de la casa. Teniendo casi cien años, su contenido no podía estar en muy buen estado. Dio un paso adelante para detenerle, pero ya era demasiado tarde.

—Mira esto —dijo Jonny.

Acercó la nariz al cuello de la botella y aspiró profundamente. Echó la cabeza hacia atrás bruscamente al inhalar el olor penetrante del alcohol. Luego volvió a olisquearlo con más cautela.

—Es ginebra —dijo adoptando súbitamente un aire de autoridad. Por fin había encontrado algo en lo que era un entendido—. Auténtica ginebra casera, seguramente. —Vertió un poco en un vaso, bebió un trago y apretó los labios para probar su sabor—. Sí —dijo con la seguridad de un experto—. Pura ginebra casera de los años veinte. Puede que hasta la hicieran en una bañera de esta casa, ¿no?

Probó otro sorbo y señaló el cuadro con la cabeza.

—¿Quién has dicho que era?

—Mi inspiración. Lady Wallis Wallis.

—Ella no. El *pintor*.

—Gainsborough —contestó Pandy.

—¿Y cuánto vale un cuadro así?

Ella le observó beberse la ginebra de uno de sus antepasados mientras miraba el retrato con ojos codiciosos y, al salir de la biblioteca, contestó ásperamente:

—No lo sé. ¿Cuánto vale *tu* inspiración?

Jonny la alcanzó en la galería que Hellenor y ella llamaban «el Salón de los Espectros» debido a los cientos de retratos y fotografías del clan de los Wallis que contenía y que se remontaban a principios del siglo XVIII.

—Pandy —dijo deteniéndose a su lado—, no lo decía en serio, ¿vale?

—Claro —repuso ella, aceptando sus disculpas tal y como le había recomendado el psiquiatra y fijándose al mismo tiempo en que Jonny llevaba en la mano el vaso de ginebra casera—. Olvídalo. No importa.

—Claro que importa. Dije que haría esto por ti y voy a hacerlo. Como dijo el psiquiatra. Así que, ¿quién es toda esta gente?

—Bueno… —comenzó ella, pero él no la estaba escuchando.

Inclinándose para mirar una fotografía, se echó a reír como un jovenzuelo y comentó con petulancia:

—Debe de ser agradable tener antepasados. En mi familia solo hay gilipollas.

—Venga, Jonny —dijo Pandy sacudiendo la cabeza ante aquella bobada—. Mira. —Señaló una fotografía antigua en blanco y negro en la que aparecían una veintena de personas posando en fila frente a la casa—. Todas esas personas. Todas esas vidas. Y esto es lo único que queda de ellas.

—¿Y qué? —contestó Jonny, burlón, antes de dar otro trago.

—Henry dice que debería convertir este sitio en un museo cuando me muera.

—¡Genial! —exclamó él sarcásticamente—. Otra de las «brillantes» ideas de Henry.

Pandy hizo lo posible por ignorarle mientras se pensaba qué podía enseñarle a continuación. ¿El cuarto de estudio con el asiento de la ventana donde le encantaba leer de niña? ¿El invernadero, con su colección de mariposas raras? *El dormitorio de Old Jay*, pensó de repente. Eso siempre impresionaba a los hombres.

De hecho, no podía haber un dormitorio más viril que el de Old Jay. La *suite* al completo (el cuarto de baño, el vestidor, la sala de fumar y el dormitorio propiamente dicho) estaba forrada de paneles de caoba oscura. La enorme cama de cuatro postes ocupaba el centro de la habitación. Al parecer, a Old Jay le gustaba sentarse en su cama por las mañanas y observar las idas y venidas desde las puertas cristaleras, que daban a tres puntos cardinales. Además de un poco cotilla, Old Jay había sido un gran viajero. Su habitación estaba llena de asombrosos suvenires de sus viajes, como una lanza zulú y una cabeza reducida que, presuntamente, había pertenecido alguna vez a un ser humano.

Pero a Jonny no le interesó nada de aquello.

Entró tranquilamente en la habitación, dio una vuelta alrededor de la cama y luego, como si hubiera decidido tomar posesión de aquella estancia, entró en el cuarto de baño. Cerró la puerta con un chasquido chulesco. Cuando llevaba varios minutos cerrada, Pandy comenzó a preocuparse. Hacía años que nadie tiraba de la cadena de aquel inodoro. Era muy probable que se atascase. Nadie, ni siquiera Henry, había *ocupado* nunca la habitación de Old Jay. Nadie dormía en su cama, ni mucho menos hacía uso de las instalaciones.

¿Jonny usando el cuarto de baño de Old Jay? Pandy no quería ni imaginárselo. Se dijo que tampoco debía contárselo a Henry, o se llevaría un disgusto.

Cuando Jonny salió del cuarto de baño secándose las manos con una toallita negra con las iniciales de Old Jay bordadas y la tiró al suelo, Pandy no pudo soportarlo más.

—Ven —dijo tendiéndole la mano—, quiero enseñarte mi habitación.

Cruzó el pasillo tirando de él y abrió la puerta. Y allí estaba: ¡su cuarto! Con sus altas puertas cristaleras y sus gruesas cortinas a rayas. ¡Y su cama! Con su ajado dosel de seda rosa. Hacía años que no entraba allí, desde antes de casarse con Jonny. Cruzó corriendo la habitación y se lanzó a la cama, aterrizó sobre el viejo colchón de plumas con un golpe sordo y rodó, hundiéndose en el hueco del centro. El mismo hueco que había acogido a varias generaciones de niñas y jovencitas. Te tumbabas allí y las plumas te abrazaban. Y dormías sin dar vueltas, y te despertabas fresca como una rosa.

De pronto, acordándose de Jonny, se incorporó. Se había olvidado de él por un segundo y, como pasaba con los bebés, seguramente no era buena idea olvidarse de él.

Efectivamente, estaba de pie delante de su escritorio, pulsando distraídamente una tecla de la enorme máquina de escribir metálica, marca Smith Corona.

Pandy carraspeó confiando en llamar su atención. En aquel escritorio no solo había nacido Mónica, sino que, desperdigadas alrededor de la máquina de escribir, había otras «obras de juventud». Había dibujos y fragmentos de relatos, diarios infantiles con cerradura y llavecita, y los cuadernos de cuero negro, sin rayas, que pedía siempre por Navidad. Pero, sobre todo, había decenas de cuadernos escolares, de esos con un recuadro en la portada para escribir el nombre de la asignatura.

Jonny cogió uno y leyó el título.

—¿Mónica? —preguntó.

Pandy se levantó de un salto y se lo quitó de las manos.

—Esto es privado.

—Si es privado, ¿por qué lo dejas por ahí, a la vista de todo el mundo?

Cogió otro cuaderno de Mónica y volvió a dejarlo sobre la mesa con gesto enfático.

—Además, ¿por qué los guardas?

Ella se encogió de hombros mientras enderezaba los cuadernos con todo cuidado. Luego se rio, intentando bromear.

—Henry dice que puedo ponerlos en mi museo...

Se interrumpió, avergonzada de nuevo. Se estaba comportando como una cría y a Jonny no le gustaba.

—Eso de hacerte la niñita no es nada sexy —le había dicho una vez desdeñosamente cuando ella, emocionada por algo, soltó un gritito sin querer.

Pero esta vez no tenía por qué preocuparse. Jonny se terminó la ginebra, dejó el vaso con cuidado y empezó a mecer las caderas de un lado a otro. Luego la rodeó con sus brazos. Le hizo darse la vuelta y encajó la pelvis en su trasero. Bajando la cabeza, empezó a besarle el cuello.

Pandy trató de refrenar el impulso de apartarle de un manotazo como si fuera un insecto.

—Jonny...

Sonriendo, se desasió de sus brazos, sabiendo, aun así, que iba a tener que acostarse con él aunque solo fuera porque se había prometido a sí misma que lo haría. A fin de cuentas, era él único modo de que Jonny y ella pudieran volver a sentirse unidos. De hecho, hasta se le había ocurrido meter en la maleta alguna que otra prenda de lencería de las que antes se ponía para él. Pero al encontrarlas al fondo del cajón le habían parecido más propias de una puta barata.

Jonny se había bajado los pantalones y se había puesto a dar saltos, intentando quitárselos. Dando un suspiro, Pandy se acercó a su cómoda, abrió el cajón de arriba y sacó un picardías de seda estilo *vintage*.

Él por fin consiguió quitarse los pantalones. Al verla con el picardías en la mano, se lo quitó y lo blandió sobre su cabeza.

—Tengo una idea mejor. Vamos a hacerlo en la cama de Old Jay —dijo con una sonrisa lasciva.

—¿Qué? —chilló Pandy, y le arrancó el picardías de la mano—. El colchón de esa cama es de pelo de caballo. Está infestado de *bichos*. —Se acercó precipitadamente a la puerta del baño y luego se volvió hacia él—. Enseguida vuelvo —dijo, y se quedó mirándole hasta que se acercó a su cama de mala gana.

Cuando por fin cerró la puerta, estaba convencida de que Jonny iba a tumbarse en la cama.

Pero, cuando la abrió, no estaba.

Salió del cuarto de baño, buscándole, pero había desaparecido. Pandy adivinó enseguida dónde estaba.

—¿Por qué no podemos hacerlo en la habitación del viejo? Quiero hacerlo en *su* cama —se quejó Jonny, de pie frente al bastidor de madera maciza.

—No —contestó ella con firmeza, adoptando de nuevo el tono de una institutriz poco complaciente—. No voy a «hacerlo» en la cama de Old Jay. No me parece *bien*.

—¡Crees que no estoy a la altura! —gritó Jonny.

—No seas ridículo —dijo Pandy, y alargó el brazo hacia él pero Jonny la apartó bruscamente.

Luego levantó las manos y, balanceándose con la cabeza metida bajo los brazos como un chiquillo malhumorado, dijo:

—Mira, nena, la he cagado del todo.

Pandy se quedó helada.

Y de repente le pareció que todo cobraba sentido: Jonny iba a pedirle el divorcio. Por eso había aceptado ir a terapia. Por eso la había acompañado a Wallis House. Para decírselo en un sitio donde no hubiera nadie. Así, si a ella le daba una crisis, no le pondría en ridículo. Porque eso era lo que hacían los hombres como Jonny y PP.

PP. Luego, se le ocurrió una idea aún más espantosa.

—Has perdido todo el dinero —dijo.

—¿El dinero? —Él hizo un ademán desdeñoso—. Lo perdí hace tiempo. Pero el restaurante…

—¿Has perdido el *restaurante*? ¿Has perdido *todo* nuestro dinero? —preguntó ella, acongojada, con un chillido tan agudo que podría haber roto un cristal.

Se miraron a los ojos un segundo. Pandy percibió un cambio en el ambiente, como si de pronto Jonny la estuviera midiendo como rival.

El odio que sintió por él en ese momento fue tan intenso que tuvo la impresión de haberse quedado petrificada.

—Vamos, nena —dijo Jonny acercándose a ella con chulería—. Por eso no me gusta que hablemos de negocios. Porque no quiero que me des la murga. Deja que yo me encargue de los asuntos de dinero —añadió meciéndose de un lado a otro—. Tú tienes esta casa tan bonita. Podríamos hacer algo fabuloso con ella. ¿Te acuerdas de *Architectural Digest*? Podría ser algo así.

—Jonny…

—Voy a convencerte. Como hago siempre —dijo él juguetonamente, y recalcó sus palabras levantando un dedo mientras daba otro paso adelante.

Pandy descubrió que era incapaz de moverse. Él dio otro paso y se lanzó sobre ella, echándola sobre la cama.

Luego levantó la cabeza, miró a su alrededor y fijó los ojos en la cara de Pandy. Los tenía un poco empañados. En aquel mismo tono jactancioso y bobalicón añadió:

—Voy a convencerte…

Y entonces se desmayó. Demasiada ginebra casera.

Pandy le puso las manos debajo del pecho y le apartó de un empujón, haciéndole rodar hasta el borde de la cama.

Se levantó y se dobló por la cintura, intentando contenerse para no vomitar.

Jonny soltó un eructo. Abrió los ojos y la miró fijamente, tumbado boca abajo. Sonrió.

—Cuánto me alegro de que lo hayamos solucionado todo —farfulló. Frunció la boca involuntariamente y se la tapó con la mano—. Ah, y por cierto… —Tragó saliva como un niño avergonzado y se incorporó—. No sé si te lo habrán dicho tus amigas, pero la gente cree que Lala y yo estamos liados. Y *no* es verdad. Me he acostado con ella, pero solo dos veces. Lo siento, nena —dijo moviendo la mano mientras caía lentamente hacia atrás—. No volverá a pasar. Ella te respeta demasiado. Y no te preocupes, es muy *discreta*.

∞

Un rato después, Pandy estaba en el Salón de los Espectros, rascándose la cabeza mientras contemplaba la fotografía de un individuo con el cabello oscuro y un bigote grande y retorcido: el capitán Rarebit Welsh. Según se contaba, el capitán había intentado extorsionar a su esposa y los hombres de la familia Wallis habían intervenido para ponerle en su sitio.

Pandy sacudió la cabeza, sonriéndose. Por desgracia, no quedaba ningún hombre en la familia que pudiera ayudarla. En aquellas paredes, en cambio, había infinidad de mujeres. Generaciones y generaciones de mujeres.

De las Wallis se decía que tenían mucho temple y eran capaces de plantarle cara a cualquiera. O séase, a cualquier *hombre*.

Pensó fugazmente en Jonny, que seguía roncando en la cama de Old Jay, durmiendo la mona. Le había confiado su cariño y su dinero y él había despilfarrado ambas cosas.

¡A la porra con la presunta *autoridad* masculina!

Moviéndose mecánicamente, como si Jonny no estuviera en la casa, se asomó a la cocina. El gran reloj de pared marcaba las dos de la tarde: tradicionalmente, la hora ideal para darse un baño en la piscina de mármol. El sol estaría en su cénit y el agua tendría una temperatura óptima.

Sacó una larga toalla a rayas del armario de la entrada y se la colgó del cuello. La tela, suavizada por años de lavados, tenía el tacto de la *pashmina*. Al salir, se cubrió la cabeza con la toalla.

Echó a andar por un sendero hecho de astillas de madera de cedro que subía en suave pendiente entre los pinos. Bajo los árboles había espesos lechos de pinochas en los que podías tumbarte a dormir, como hacían a veces los ciervos.

Al bajar a la recoleta hondonada donde se hallaba la piscina, se quitó el picardías y lo arrojó a una estatua. Se detuvo, desnuda, al borde de la piscina y contempló su lisa superficie. El riachuelo que atravesaba la piscina estaría a unos quince grados centígrados. El agua de la piscina, caldeada por el reflejo de los rayos solares sobre el mármol negro, estaría a unos veinte. Una temperatura moderada, pero impactante para los no iniciados.

Pandy se tiró de cabeza.

El golpe del agua fría fue como una sacudida eléctrica. Todos los circuitos de su cuerpo se encendieron como un árbol de Navidad. Buceó hasta que sintió que su organismo pedía oxígeno a gritos. Extrayendo una última bocanada de aire de sus pulmones, salió a la superficie con el corazón acelerado por la adrenalina, embriagada por el alivio, con la mente despejada y el ánimo restaurado.

Salió de la piscina subiendo por los escalones de mármol y, mientras contemplaba el sol en su declive hacia poniente, supo lo que tenía que hacer.

Luego pestañeó. Acababa de ver por el rabillo del ojo una mancha caricaturesca. A la mancha le salieron brazos y piernas y de pronto pareció lanzarse a una especie de danza frenética, como las que practicaban los antiguos romanos en sus bacanales.

Un momento después echó a correr hacia ella. Era Jonny, que, desnudo y gritando, se rascaba la entrepierna con tanto ahínco que Pandy temió que fuera a arrancarse la polla.

Chinches.

Mientras dormía en el colchón de Old Jay, el calor de su cuerpo había elevado la temperatura de las larvas en estado latente, que habían despertado de su largo sueño y, obedeciendo los dictados de la Madre Naturaleza, habían empezado a alimentarse.

Las chinches tienen una boca pequeñísima, con la que solo pueden atravesar la piel más delicada del cuerpo. Concretamente, la del pubis, las axilas, los tobillos, las corvas y la entrepierna.

—¡Ayúdame! —gritó Jonny.

Pandy le echó un vistazo y pensó: *Le dije que no se acostara en la cama de Old Jay*. Luego hizo lo que le habían enseñado que había que hacer en esos casos: le tiró a la piscina.

El agua fría mataría en el acto a las chinches y surtiría el efecto de una bolsa de hielo sobre las picaduras.

Jonny cayó en el lado menos hondo, donde el agua solo tenía un metro veinte de profundidad, y, gesticulando como un mono, se puso a chillar otra vez y a rascarse los brazos al tiempo que avanzaba hacia los escalones. Apartó a Pandy, se dejó caer en la hierba y se acurrucó en posición fetal.

Al sentir que la sombra de Pandy se cernía sobre él, la miró con expresión de reproche y ojos rebosantes de odio.

—¡Me has empujado! —gritó.

Ella se encogió de hombros.

—Tenía que hacerlo.

—Casi me ahogo.

—Bah —dijo Pandy—. Si casi ni te has mojado la cabeza.

Jonny se puso en pie y avanzó hacia ella, amenazador.

—¿Es que no sabes que *no sé nadar*?

—Sí, Jonny, lo sé —contestó ella asintiendo vigorosamente con la cabeza—. Me lo dijiste tú mismo, ¿recuerdas? —Y antes de que él pudiera ponerse a gritar otra vez, añadió rápidamente—: Quiero el divorcio.

Quince minutos después, Jonny se había vestido y estaba junto al coche. Abrió el maletero y metió dentro su bolsa de viaje.

—Nunca te lo perdonaré. ¡Has intentado ahogarme! —Cerró el maletero de golpe, giró sobre sus talones y la señaló con el dedo—. Vas a pagar por esto, nena. Ya lo creo que vas a pagar.

—¡Muy bien! —le espetó Pandy mientras él rodeaba el coche, hecho una furia—. Daría *cualquier cosa* con tal de librarme de ti.

—¿Y sabes qué, además? —Abrió la puerta de un tirón, montó, cerró la puerta y asomó la cabeza por la ventanilla—. Solo salí a la calle el día de la puta tormenta porque mi madre opinaba que me vendrías muy bien para mi *carrera*.

—¡Lo sabía! —exclamó ella—. ¡Eres un jodido niño de mamá! Ya me lo advirtió Henry…

—¿Henry? ¿Henry? —replicó él con desdén y, echando la cabeza hacia atrás, se rio como un loco—. ¡Como si *ese* supiera lo que es ser un *hombre*!

—Lo sabe mucho mejor que tú, cagoncete.

—¡Frígida de mierda! Hasta la vista[1], nena. Me ha encantado conocerte.

Puso en marcha el motor, pisó el acelerador y le hizo un gesto obsceno con el dedo por la ventanilla abierta.

—¡Que te jodan! —gritó Pandy—. ¡Queeeee teeeee joooooodan! —siguió gritando mientras corría por el camino, hasta que el coche dobló una curva y se perdió de vista.

Santo Dios, pensó mientras volvía descalza por el camino. Menuda forma de poner fin a un matrimonio. Con un «que te jodan».

---

1. En español en el original *(N. de la T.)*.

Qué... poco original.

Entró en la casa, cerró de un portazo y, hecha una furia, se metió en la biblioteca.

Le daba igual. Ahora solo había una cosa que le importaba.

Sabía exactamente de qué iba a tratar su próximo libro, y no era de Mónica.

∞

Y así, mientras ella bailaba al son de su fantasía, soñando con grandes triunfos, en el mundo real se desató el ciclón del divorcio, arrastrando en su vorágine a una caterva de personajes dickensianos (abogados, detectives privados, notarios y procuradores), todos ellos con la mano extendida.

Luego arrastró a la prensa: ¡OTRO MATRIMONIO DE FAMOSOS QUE SE DESMORONA!

Y, por último, engulló toneladas y toneladas de papel: un sinfín de solicitudes de extractos bancarios, contratos, correos electrónicos y mensajes de texto. Y así siguió, erre que erre, aquel torbellino de acusaciones y reproches acerca de lo que era o no era relevante y de quién había dicho qué. Pandy logró sobrellevarlo únicamente porque, cada vez que podía, se escapaba. Concretamente, al siglo XVIII y a la mente de lady Wallis Wallis en el momento de su llegada a Nueva York, en torno a 1775.

En aquel momento ignoraba si lo que estaba escribiendo era ficción literaria o novela histórica. Hasta podría haber sido una novela romántica juvenil. Lo único que sabía era que intentar narrar la historia de lady Wallis era lo que le daba coraje para seguir adelante.

Lo que nunca había imaginado era que pudiera ser un fracaso.

Ahora, al mirar por la ventanilla del cochazo con chófer que Henry había alquilado para trasladarla desde el Pool Club, vio que casi había *vuelto* a Wallis. Había estado allí una sola vez desde aquel largo y fatídico día en que le dijo a Jonny que quería el divorcio.

Las exigencias de dinero de Jonny y las negociaciones con sus abogados parecían no tener fin y sin embargo, mientras habían durado, había dado por sentado que, finalmente, todo se solucionaría gracias a lady Wallis.

Pero no había sido así.

El chófer pisó el freno.

—¿Por dónde es?

—Por allí —dijo señalando el estrecho camino de tierra lleno de baches de Wallis Road.

Justo en ese instante, en el último punto donde aún había cobertura, su teléfono empezó a emitir las alegres notas de la sintonía de *Mónica*.

Y ella contestó.

14

—¿Henry? —dijo con voz pastosa, como si tuviera la boca llena de cuajada. Tuvo que beber un sorbo de agua antes de añadir—: Por favor, dime que lo que creo que pasó hace dos horas en la piscina no ha pasado de verdad.

—Ojalá pudiera decírtelo, querida mía —contestó él con firmeza no exenta de compasión.

—Entonces, ¿ha pasado *de verdad*?

—Sí.

—¿Estás seguro? —contestó ella al tiempo que empezaba a sentirse horriblemente intoxicada. Notaba su cuerpo atrapado entre un apagón total y una horrible resaca, una especie de purgatorio alcohólico.

Era por culpa del champán que había bebido. En el Pool Club. Con sus amigas.

Sacudió la cabeza, intentando no acordarse de los detalles. Si se acordaba, podía ponerse a vomitar. De hecho, seguramente *vomitaría*.

Y sin embargo había algo dentro de ella que seguía resistiéndose a aceptar la realidad, sobre todo cuando era tan poco halagüeña. Bebió otro sorbo de agua.

—¿Estás absolutamente, completamente seguro de lo del libro? —preguntó.

—Sí. Lo han rechazado —respondió Henry.

—¿Lady Wallis? —Se recostó en el asiento, reacia todavía a aceptar la verdad—. ¿Estás seguro de que les mandaste el manuscrito correcto? —preguntó a la desesperada.

—¿Es que había algún otro? —preguntó Henry con sorna.

—Pero ¿por qué? —gimió ella suavemente, como un animal dolorido.

—No les ha gustado —contestó Henry con sencillez—. Dicen que no *pareces* tú. Que no es, y cito textualmente, «un libro de PJ Wallis».

—¿Y tú qué les dijiste?

—Que por supuesto que era un libro de PJ Wallis. ¿Cómo no va a serlo, si lo has escrito tú? Y me contestaron: «PJ Wallis no escribe novela *histórica*. Así que quien vaya buscando un libro suyo se enfadará. Se llevará una *desilusión*». Les pregunté si cabía la posibilidad de que lo publicasen con un seudónimo, y probablemen te lo harán, solo que no están dispuestos a mantener el anticipo actual. Así que, si quieres *quedarte* con el anticipo, tendrás que entregarles otro libro de PJ Wallis. Me sugirieron que Mónica se divorciara y que probara a ligar por Internet… Estoy de acuerdo contigo en que es una idea aterradora. Les dije que ya veremos.

Hizo una pausa, como si de pronto se diera cuenta de que Pandy no le había interrumpido.

—¿Pandy? —preguntó—. ¿Estás ahí?

Ella miró por la ventanilla. Estaban enfilando la avenida.

—¿Qué pasará si me niego a escribir otro libro de Mónica? —preguntó.

—No te preocupes ahora por eso —repuso Henry con firmeza—. Ahora mismo, quiero que respires hondo y te relajes. Vete a dar un paseo por el pinar. Date un baño en la piscina. O, mejor aún, a montar en canoa por el lago. Y luego date un buen baño caliente. Duerme bien esta noche y llámame por la mañana.

—Entonces, eso significa que no voy a cobrar.

—Sí que *vas* a cobrar. Cuando entregues el próximo libro de Mónica. Si trabajas de firme, estoy seguro de que podrás tenerlo listo en seis meses. A fin de cuentas, ya eres una experta en divorcios horrendos.

—Gracias, Henry —replicó ella sarcásticamente.

Su agente suspiró.

—Ya te advertí sobre la novela histórica. La mayoría de los editores no quieren ni acercarse a ese género últimamente. No está *de moda*.

Pandy dejó de oírle cuando el chófer dio un frenazo y el teléfono se le cayó al suelo. Habían llegado a la última curva del camino, y el conductor se volvió y la miró boquiabierto. Luego giró lentamente la cabeza y se quedó mirando la casa como si intentara atar cabos.

—¿*Vive* usted aquí? —preguntó.

Pandy suspiró mientras recogía sus cosas.

—No es lo que parece.

Salió del coche y echó a andar con paso enérgico hacia la casa, parándose un momento a admirar la rosaleda. Las *S. Pandemonia* y las *S. Hellenor*, las dos variedades de rosa que llevaban su nombre y el de su hermana, estaban en plena floración.

Mientras subía a toda prisa la escalinata y entraba en la casa, comprendió que aquella situación (el temible acuerdo de divorcio y la negativa de la editorial a publicar su libro) le planteaba un problema colosal. Sin detenerse a dar cuerda al reloj, entró en la cocina.

Dejó la bolsa de la compra en la encimera, abrió el frigorífico, sacó el envase de leche y lo tiró a la basura.

La leche estaba allí desde la última vez que había visitado Wallis House tras aquella esperpéntica escena con Jonny. Cerca de un año antes, sin que nadie lo supiera, una noche había llevado todos sus papeles a Wallis House: todos sus archivos y contratos, las declaraciones de impuestos, las facturas de teléfono, los borradores de sus manuscritos, los guiones de las películas de *Mónica* y una copia del testamento que acababa de firmar dejándole todos sus bienes a Hellenor (incluidos los derechos de *Mónica*), si es que quedaba algo que dejarle cuando los abogados de Jonny acabaran de expoliarla. En resumidas cuentas, todo aquello de lo que Jonny pudiera apropiarse y utilizar en su contra.

Ya había intentado acusarla de intento de asesinato por tirarle a la piscina.

Suspiró y comenzó a sacar la compra que Henry había metido en el asiento de atrás del coche en el último momento. Si entonces hubiera sabido lo que sabía ahora de Jonny, ¿habría dejado que se hundiera bajo el agua y se habría quedado mirando mientras las últimas burbujas de aire subían a la superficie? Primero, unas cuantas burbujas pequeñitas, luego una pausa y, por último, un gran borbotón cuando el agua inundara sus pulmones desalojando las últimas moléculas de oxígeno.

Solo habría tenido que esperar quince minutos para que estuviera cerebralmente muerto y luego muerto del todo. Después, para prestar verosimilitud a su versión de los hechos, habría vuelto sobre sus pasos y habría bajado apresuradamente por el camino, como si acabara de descubrir que su marido no estaba en casa. Al verle flotando en la piscina, se habría lanzado al agua, le habría sacado agarrándole por las axilas y le habría tumbado sobre la hierba. Le habría echado la cabeza hacia atrás y le habría pellizcado la nariz.

Y le habría hecho un perfecto boca a boca. Pasados diez minutos, se habría dado por vencida. Habría vuelto corriendo a la casa, habría llamado a emergencias y esperado la media hora que tardaría en llegar el servicio de bomberos voluntarios.

Pero para entonces ya sería demasiado tarde.

Jonny estaría muerto. ¡Un accidente! Se había echado una siesta en la cama de Old Jay, le habían atacado las chinches y para librarse de ellas había corrido a lanzarse a la piscina, donde lamentablemente se había ahogado.

¡Y qué alegre viuda habría sido ella! Libre de Jonny, sin el sambenito de ser otra divorciada de mediana edad en Nueva York. Por el contrario, su reputación habría crecido, se habría convertido en una figura trágica.

Habría tenido su «boda negra», como decían sus amigas inglesas: la que anhelabas diez años después de tu «boda blanca», cuando habías traído al mundo a un par de críos y habías tenido tiempo de comprobar que, en efecto, tu marido *era* un perfecto inútil. Entonces empezabas a desear la boda negra: el funeral de tu marido. Conservabas tu tren de vida, te quedabas con el dinero y con los niños, y te librabas del plomo de tu marido.

Pero, claro, en lo relativo al matrimonio las inglesas siempre habían sido mucho más pragmáticas que las americanas.

Qué putada, pensó mientras sacaba un paquete de queso chédar.

Lo más lamentable de todo era que Jonny había conseguido sacarle tanto dinero durante su matrimonio que, cuando llegó la hora de negociar el acuerdo de divorcio, ella estaba sin blanca.

Igual que Jonny, por otra parte, aunque eso no era nada sorprendente. De hecho, resultaba que, técnicamente, Jonny no tenía ningún bien a su nombre. *Debía* dinero. Lo que significaba que *ella* también lo debía. Ese era el meollo de la cuestión. Ese, y el hecho de que Jonny *sí* que tenía algo, a fin de cuentas: la mitad de todos los bienes de Pandy.

Había tenido que comprometerse a pagarle todo su anticipo: el anticipo que esperaba cobrar de sus editores cuando entregara su nuevo libro.

Y ahora, dado que la editorial había rechazado el libro, no tendría dinero para pagar a Jonny.

Entró en la biblioteca, miró el retrato de lady Wallis Wallis y se estremeció.

Pensándolo bien, sería bastante fácil saldar su deuda con Jonny. Lo único que tenía que hacer era vender el cuadro. Seguramente valía millones.

Soltó una risa amarga. ¿Verse obligada a vender un cuadro que llevaba trescientos años en su familia para pagar a Jonny Balaga? Eso jamás. ¿Qué pensaría lady Wallis?

Asqueada de sí misma, subió a su habitación. Se sentó ante el escritorio y miró el montón de cuadernos viejos de Mónica. No tenía por qué vender a lady Wallis Wallis, faltaría más. ¿Para qué, si seguía teniendo a Mónica?

A fin de cuentas, el público seguía *queriendo* a Mónica.

Lo que significaba que no tenía absolutamente ninguna excusa para *no* escribir otro libro sobre ella. Aceptaría la propuesta de la editorial y sus abogados llegarían a un acuerdo con los de Jonny para que pudiera pagarle en varios plazos. Aun así el acuerdo se retrasaría y, a modo de compensación, los abogados de Jonny intentarían aumentar el importe. Y entonces no tendría que escribir un libro de Mónica, sino dos o tres.

Si es que Mónica duraba tanto tiempo, claro. Porque en algún momento la gente se cansaría de ella. Y entonces tanto Mónica como ella acabarían allí. Donde habían empezado. Con el tiempo acudirían los gatos...

Cogió uno de los cuadernos.

Era la primera historia de Mónica, titulada *Mónica: guía de una chica para ser una chica*. Había creado a la perfecta niña imaginaria, Mónica, una auténtica experta en el arte de ser una chica, para instruir a su hermana Hellenor. A los siete años, Hellenor se estaba convirtiendo en lo que sus maestros denominaban «una niña-problema». Se resistía a los ruegos de su madre y de Pandy, que intentaban convencerla de que se vistiera como una niña, actuara como una niña y *fuera* una niña. Por eso, para ayudarla, Pandy creó a Mónica y su guía, sirviéndose del *Manual de la girl scout* como inspiración.

Pandy cogió otro cuaderno. Fechado en mil novecientos ochenta y pico, era el último episodio de Mónica. Lo abrió por la última página. Estaba en blanco, salvo por unas palabras escritas con la letra menuda de Hellenor. Pandy se alejó un poco el cuaderno para leer las minúsculas letras de molde, trazadas trabajosamente con tinta roja:

MATA A MÓNICA. POR FAVOR.

Por un momento, se echó a reír. Hellenor siempre había odiado a Mónica.

Hasta que dejó de odiarla, cuando Mónica empezó a dar dinero.

Cerró bruscamente el cuaderno y volvió a dejarlo sobre el montón.

Debería haberse plantado después del segundo libro de Mónica. Debería haber dicho «Se acabó». Pero ¿cómo iba a saber lo que le deparaba el futuro? Al reinventar a Mónica diez años atrás, la había convertido en una versión más perfecta de sí misma. A PJ Wallis podían pasarle cosas malas. A Mónica, en cambio, solo le pasaban cosas buenas. En su mundo, todo salía siempre a pedir de boca.

Luego, Pandy pareció contagiarse de la buena estrella de Mónica, porque de pronto también empezaron a pasarle cosas buenas. Y durante un tiempo pareció de verdad que *ella* era Mónica...

Hasta que dejó de serlo. Porque las cosas malas que le estaban pasando últimamente a PJ Wallis no eran el tipo de cosas que tenían que pasarle a Mónica.

Al público no le gustaría Mónica si fuera como era ella ahora: una mujer al borde de la bancarrota y el desahucio, una persona patética que había tenido la osadía de creer en sí misma y lo había perdido todo.

Y no se trataba únicamente del dinero. En realidad, el dinero era lo de menos. El problema era que, al dejarla en la ruina, Jonny le había arrebatado su libertad creativa. Le había robado la oportunidad de arriesgarse y de ponerse a prueba y, al hacerlo, había esclavizado un trozo de su alma.

Apoyando la cabeza en la máquina de escribir, se echó a llorar. ¿Qué sentido tenía todo aquello? Para el caso, lo mismo daba que destruyera a Mónica. Empezaría por quemar los cuadernos originales. Se enjugó las mejillas con el dorso de las manos, cogió el último cuaderno y examinó de nuevo la hoja en la que Hellenor había escrito *MATA A MÓNICA*.

Y entonces, como un borracho que recuperara de pronto la sobriedad al afrontar un momento de crisis, sintió que se le secaban las lágrimas. A falta del anticipo, no había duda de que Jonny se quedaría con su *loft*. Pero no se conformaría con eso. Además, intentaría apoderarse de alguna otra cosa: de Mónica o de Wallis House. Probablemente de ambas cosas. Lo más seguro era que no pudiera conseguirlas, pero aun así podía hacerle la vida imposible solo con intentarlo. Podía presentar una demanda tras otra. Porque, como le habían explicado sus abogados hasta la saciedad, ella no había firmado un acuerdo prenupcial y por tanto se hallaba en situación «vulnerable».

O sea que, para impedir que Jonny intentara quedarse con Wallis House, ella tendría que recurrir a la única persona que se interponía en el camino de su exmarido: Hellenor.

Y no sería bueno.

Si empezaban a hacer averiguaciones, ¿quién sabía lo que podían descubrir?

La cabrona de Hellenor, pensó, sobresaltada por aquella idea. Ahora tendría que decirle a Henry que se había comportado como una imbécil y lo había puesto todo en peligro.

Se apartó del escritorio con un gruñido. Tenía que llamar a Henry, era inevitable. Así que, cuanto antes lo hiciera, mejor. Pero su móvil no funcionaba allí. Tendría que llamarle desde el fijo.

Recorrió el pasillo empapelado con papel francés del siglo XVIII que sin duda Jonny haría arrancar, hasta llegar a una puertecita empotrada en el friso. La abrió de un tirón y, buscando a tientas el interruptor de la luz, bajó un empinado tramo de escaleras. Al llegar abajo, dio una patada a la puerta. Como siempre, estaba atascada.

Tras darle otra patada, se abrió. Un ligero tufo a podrido se elevó del suelo. Pandy tosió. Ratones muertos. Se inclinó sobre el sofá y abrió las dos ventanas. Se abrieron suavemente, arrastrando un puñado de hojas muertas. Pandy sacudió las hojas y miró a su alrededor.

El cuarto de estar, como de costumbre, estaba casi en penumbra. En aquella sala las ventanas, ideadas para ahorrar calefacción, eran pequeñas y altas. Se acercó a la pared y encendió la luz. La falta de claridad podía explicarse por el friso de plástico oscuro que alguien había pegado a las paredes en un intento de reformar la habitación.

Abrió otra puerta y entró en el lavadero. A diferencia del cuarto de estar, el lavadero no había sufrido ningún intento de reforma, pero los aparatos que contenía eran fáciles de reconocer. Había una lavadora y una secadora, un gran fregadero, un aseo y, lo más importante de todo, calor, procedente de una estufa barriguda que ocupaba el centro de la estancia.

Dispuestos alrededor de la estufa había una mesa de picnic y dos viejos butacones que habían empezado siendo de un naranja horrendo y, al perder color, habían adquirido un tono tostado tirando a sucio.

Apoyado contra la pared estaba el alto y estrecho espejo de cuerpo entero en el que Hellenor y ella se miraban antes de salir de casa. Si su hermana tenía un aspecto demasiado raro, Pandy la hacía cambiarse.

El lavadero y el cuarto de estar. Los lugares donde Pandy y su familia pasaban la mayor parte del tiempo, porque la tele estaba en el cuarto de estar y el teléfono en el lavadero, en un pequeño estante, junto a un viejo contestador automático que todavía funcionaba. Junto al estante había un gran tablón de corcho en el que su madre solía colgar notas. Todavía contenía diversas tarjetas de cumpleaños y fotografías antiguas.

Pandy suspiró al levantar el teléfono. Henry iba a matarla.

Miró una foto del tablón de corcho: Hellenor y ella un día de Halloween, uno de los muchos en que Hellenor se empeñó en disfrazarse de Peter Pan y a ella le tocó ser Wendy.

Arrugó el ceño. Odiaba a Wendy.

Colgó el teléfono. No podía decírselo a Henry. *Ahora mismo*, no. Tenía que pensar. Henry tenía razón: necesitaba despejarse y aclarar sus ideas.

Volvió a mirar la fotografía. Hellenor, con su pelo corto de chico, su casaca verde, su arco y sus flechas. Hellenor, que había conseguido esquivar los problemas que ahora la asediaban a ella. Hellenor, que había elegido no cargar con el lastre emocional del matrimonio, de los hijos, o incluso de una relación de pareja.

Ahora, Hellenor disfrutaba de una felicidad perfecta.

La dichosa *Hellenor* no tenía preocupaciones. *Ay, Dios, ¡cuánto me gustaría estar en su lugar ahora mismo!*, se dijo con amargura mientras volvía a su cuarto.

Unos minutos después, tras ponerse unos pantalones cortos anchos y una camiseta (la única ropa de su antiguo armario que aún le valía), se guardó el móvil en el bolsillo de atrás y bajó por el camino que llevaba a la caseta de las barcas. Los escalones de mármol veteado bordeaban el laberinto de setos de boj e iban a parar a un tramo de peldaños de madera, al final de los cuales se alzaba un ornamentado templete victoriano con una cúpula y una gran plataforma de teca.

Se detuvo en lo alto de la escalera. Hacía más calor de lo que esperaba. El aire estaba inmóvil. Esa noche habría tormenta.

Bajó los peldaños y, rodeando la caseta, salió al embarcadero, en el que siempre había amarrada una reluciente canoa roja. Subió a ella, se sentó, desenganchó la cuerda, empuñó la pala y se alejó del embarcadero.

El lago tenía forma de calabaza, con una estrecha cascada en un extremo, y estaba rodeado de marismas en las que a principios de verano se multiplicaban las tortuguitas. Fue hacia aquel submundo pantanoso adonde se dirigió Pandy.

Remó enérgicamente uno o dos minutos y luego, agotada, dejó la pala dentro de la canoa y permitió que la barca se deslizara hacia el centro del lago empujada por la corriente.

El aire estaba mortalmente quieto.

Pandy miró a su alrededor. El sol se había escondido detrás de una nube y el lago era como un espejo. Se acordó de que su madre les decía siempre que el espejito que ponían bajo el árbol de Navidad, aquella pista de patinaje en miniatura, era una réplica de aquel lago.

Se inclinó hacia delante, ocultó la cara entre las manos y rompió a llorar.

∽

No supo cuánto tiempo pasó llorando, pero al oír el primer trueno se preguntó si tendría fuerzas para volver a la caseta, cuya cúpula blanca destacaba contra los nubarrones de un negro grisáceo que se agolpaban tras ella. Advirtió que la retumbante masa de nubes tenía un ligero matiz verdoso.

Cogió la pala y empezó a remar al tiempo que un frío chaparrón azotaba la ladera del monte. Había anochecido de golpe y, cuando llegó al embarcadero, luchó a tientas con la soga, hasta que se dio por vencida y decidió dejar la canoa sin amarrar. Se levantó con cautela, estiró los brazos y trató de mantener el equilibrio en la inestable canoa. Tenía un pie dentro de la barca y otro en el muelle cuanto sintió un hormigueo eléctrico y oyó un estampido ensordecedor.

Y entonces, igual que en una película, un aserrado relámpago de luz blanca partió la caseta en dos. Pandy salió despedida. Supo que estaba en el aire porque vio los árboles del revés. Un instante después dejó de verlos y se halló tendida boca abajo en la hierba fangosa.

Debía de haber perdido el conocimiento, porque tenía la clara sensación de estar soñando. O, mejor dicho, de encontrarse inmersa en una desagradable pesadilla que tenía con frecuencia, en la que intentaba subirse a un ascensor cuyas puertas no se abrían.

Luego, milagrosamente, abrió los ojos y comprendió que estaba viva.

Estaba tumbada de bruces en medio del talud. Una chispa debía de haber incendiado los peldaños de madera, que estaban ardiendo. Poniéndose a gatas, consiguió trepar hasta lo alto del talud. Tuvo la impresión de estar escalando la falda de una montaña.

Al llegar arriba, se puso en pie y miró hacia atrás. La parte delantera de la caseta era una enorme hoguera. Pronto ardería por completo. Avanzó por el camino todo lo rápido que pudo, alternando un paso enérgico con una lenta carrera, y al tener que detenerse unos segundos se dio cuenta de que el incendio era la gota que colmaba el vaso. No quería ni imaginar cuánto costaría reconstruir la caseta. Entonces se acordó de que no podría reconstruirla, porque nunca volvería a tener tanto dinero.

Podía dar la caseta por perdida. Y muy pronto desaparecerían también otras piezas de Wallis House que no podría reemplazar.

Rabiosa, entró en el lavadero. Cogió el teléfono, pero solo al tercer intento consiguió marcar el número de emergencias.

Por fin alguien contestó.

—¿En qué podemos ayudarla?

—Hay un incendio —respondió con voz ronca, como si se le hubiera quemado la garganta.

—¿Cuál es la dirección?

—Wallis Road número uno. La... la gran mansión en lo alto de la montaña —dijo con voz ahogada. Tenía la sensación de que iba a desmayarse otra vez.

—Ah, ese sitio. Espere. —La operadora volvió a ponerse pasados unos segundos—. Van a tardar media hora en llegar. ¿Va todo bien?

—¿Media hora? —La caseta habría quedado reducida a cenizas cuando llegaran.

Pandy empezó a llorar.

—¿Señora? ¿Va todo bien? —repitió la operadora—. ¿No habrá nadie herido ni nada por el estilo?

Pandy descubrió que no podía articular palabra. Seguramente estaba entrando en shock.

—¿Señora? —insistió la operadora, alarmada—. ¿Oiga? ¿Hay algún herido? ¿Ha quedado alguien atrapado en el incendio?

Se le encogieron las entrañas mientras trataba de controlar el temblor que empezaba a apoderarse de ella. Tenía la sensación de estar a punto de estallar.

—¿Con quién hablo?

Respiró hondo y, logrando contener un alarido, se colocó delante del espejo. Abrió los ojos de par en par, sorprendida. Tenía la cara y el cuerpo manchados de carbonilla y la ropa hecha jirones. Se le había quemado el pelo hasta las raíces. *¿Quién es esa?*, se preguntó, frenética. Clavó los ojos en la fotografía de Hellenor disfrazada de Peter Pan...

—¿Señora? ¿Con quién hablo? —preguntó de nuevo la operadora.

Pandy abrió la boca y, confusa, estuvo a punto de decir «con Peter Pan», pero sabía que esa no era la respuesta correcta, porque Peter Pan era en realidad...

—Hellenor Wallis —dijo con un hilo de voz.

Soltó el teléfono mientras oía preguntar a la operadora el nombre de la persona atrapada en el incendio.

Cruzó a trompicones el lavadero, hasta un armario estrecho. Se empinó para llegar al estante de arriba y bajó una botella grande de whisky. Desenroscó el tapón, bebió un trago y, al sentir la sacudida del licor sobre su organismo, se espabiló ligeramente y volvió al teléfono.

—¿Oiga? —farfulló—. Es PJ Wallis.

Y entonces el maremoto que había ido creciendo dentro de ella se desbordó de golpe. Un chorro de bilis, ceniza negra y whisky salpicó el suelo.

Aquella purga repentina la hizo sentirse mejor. El mareo remitió. Cogió el teléfono y colgó. Quería aprovechar aquellos instantes, mientras todavía se sintiera capaz de moverse. Agarró la botella de whisky y subió tambaleándose por la escalera de atrás, de la que había partido un rato antes, decidida a cumplir una misión. Por desgracia, había olvidado por completo cuál era esa misión.

Avanzó por el pasillo haciendo eses hasta su cuarto y se quitó la ropa al entrar en el baño. Después de beber otro trago de whisky, se sentó en el filo de la bañera. Le temblaban las manos cuando abrió el grifo del agua caliente.

Se metió en la bañera y se tumbó de espaldas para sumergirse lo antes posible.

Sus músculos empezaron a relajarse lentamente a medida que el agua caliente se acumulaba.

Entonces se incorporó y bebió otro sorbo de whisky.

—Hay una persona atrapada en la caseta de las barcas —dijo en voz alta, en un tono bobalicón que habría hecho reír a Hellenor.

Hellenor... Si de verdad ella se hubiera carbonizado en la explosión, Hellenor no se reiría. Se pondría triste. Pero al menos heredaría todos sus bienes, incluidos los derechos de Mónica.

Mónica... Pandy dejó escapar un gruñido. Apoyó la cabeza en las manos. Y de pronto se sintió completamente sobria.

Ahora todo saldría a la luz: la verdad sobre su matrimonio, y el dinero que le había dado a Jonny. Todo el mundo diría que lo había hecho porque estaba desesperada, porque tenía tantas ansias de aferrarse a él que había estado dispuesta a darle todo lo que quería. Y luego murmurarían a sus espaldas que se lo tenía merecido. Porque había hecho más dinero que su marido, y eso merecía un castigo, faltaría más.

Bebió otro trago de whisky, salió de la bañera y, dando traspiés, buscó una toalla. Pasara lo que pasase, tendría que afrontarlo. Se secó y limpió el vaho del espejo con una esquinita de la toalla. Miró su reflejo y lo que vio estuvo a punto de dejarla de nuevo en estado de shock.

Estaba prácticamente calva. O lo estaría muy pronto. Lo poco que quedaba de su melena chamuscada era un amasijo de mechones desiguales, arrugados y ennegrecidos, que evidentemente habría que afeitar.

Durante un instante, solo acertó a sacudir la cabeza, asombrada de la crueldad de aquella racha de mala suerte. No solo habían rechazado su libro, no solo iba a tener que explicarle al mundo entero por qué no podía extenderle su cheque a Jonny. Además, iba a tener que hacerlo con la cabeza calva.

De pronto se sintió exhausta. Cayó de rodillas, agobiada por un cansancio casi insoportable. Y, en medio de aquel aturdimiento, recordó que aún tenía que vérselas con el retén contraincendios.

∽

Cuando llegaron, le dijeron que, según el aviso que habían recibido, Hellenor Wallis había informado de que su hermana, PJ Wallis, había quedado atrapada en el incendio. Pandy echó una mirada al adusto semblante del bombero y comprendió que no tenía fuerzas para aclarar el malentendido. Se encargaría de eso por la mañana.

Era mucho más fácil seguirle la corriente.

—¿Es usted Hellenor Wallis?

—Sí —contestó.

—¿Y su hermana estaba en la canoa…?

Pandy intentó decirle que no, pero le castañeteaban tanto los dientes que no consiguió articular palabra. Se arrebujó en la manta que tenía echada sobre los hombros mientras otros tres hombres subían por el camino meneando la cabeza.

Habían encontrado el que suponían era el móvil de Pandy: un trozo de material tan retorcido y carbonizado que era imposible identificarlo. Le explicaron que, por desgracia, la casa estaba tan apartada que técnicamente no pertenecía al término municipal y que lo único que podían hacer era redactar el atestado.

Luego uno de ellos, un hombre de aspecto afable, con bigote canoso, le informó de que tenía que presentar una declaración ante el juez local. Podía hacerlo a través de Internet.

Cuando Pandy le explicó entrecortadamente que la casa no tenía conexión a Internet, el hombre pareció compadecerse de ella y se ofreció a redactar en su nombre un informe describiendo el incendio. La policía científica se pasaría por allí dentro de un día o dos, cuando se enfriaran los restos del incendio, para inspeccionar las cenizas.

Pandy asintió en silencio, apoyándose en la pared, agotada. Para cuando llegara ese momento ya se habría aclarado el malentendido, por supuesto. Los bomberos se marcharon por fin. Sus luces rojas se alejaron por la avenida parpadeando como luciérnagas.

Después de que la última de ellas guiñara su ojo encarnado, Pandy regresó a la casa, decidida a hacer lo que el cuerpo le pedía desde hacía *siglos*: acurrucarse y dormir.

Entró tambaleándose en el lavadero, se quitó las botas y se dejó caer en el sofá del cuarto de estar. Se arropó con la manta acrílica que le había tejido su abuela y, mientras el mundo se desdibujaba lentamente a su alrededor, su mente comenzó a girar en círculos, hundiéndose en recuerdos cada vez más lejanos. Como aquella noche de hacía veinte años, cuando Hellenor y ella, sentadas en aquel mismo sofá, supieron que, además de la casa, habían heredado cincuenta mil dólares cada una.

—Gástenlos con prudencia —les aconsejó el abogado.

Su cerebro se apagó como una bombilla accionada por un cordel. Durmió como un muerto.

TERCERA PARTE

15

El sueño era siempre el mismo:

Era su cumpleaños y SondraBeth Schnowzer estaba allí, con la cara pegada a la suya, riéndose ambas a la luz anaranjada de los cientos de velas que adornaban la tarta.

Aquella imagen se disipó cuando ahogó un gemido y se incorporó bruscamente, con la manta agarrada bajo la barbilla.

¿Dónde estaba?

Suspiró al reconocer aquella penumbra. Estaba en el cuarto de estar. En Wallis House. Su libro sobre lady Wallis no veía la luz, y la caseta de las barcas había estallado en llamas. *Un principio fabuloso para otro día genial*, pensó amargamente al entrar en la cocina.

Llenó la tetera eléctrica y la encendió. Abrió el armario y, entre las diversas clases de té a las que Henry y ella eran aficionados, eligió una bolsita de Earl Grey con doble ración de bergamota.

Un té bien cargado. Poseía hasta cierto punto ese convencimiento tan británico de que una buena taza de té podía mejorar cualquier situación, fueran cuales fuesen las circunstancias. Al notar el tufillo a quemado de sus mechones, se dio cuenta de que, en su caso, la «situación» se reducía a que había sobrevivido.

Algo es algo, ¿no?, se dijo al verter el agua caliente sobre la bolsita de té. En cualquier caso, por primera vez desde hacía mucho tiempo se alegraba de sentir su cuerpo. De hecho, le parecía un regalo, en vez de un pesado armatoste con el que tenía que cargar.

Suspiró y tiró la bolsita de té a la basura. Ella estaba viva, pero la caseta de las barcas había dejado de existir. Había habido una explosión. Habían venido los bomberos. Y ahora ella tenía que entrar en una página web para informar de que estaba muerta. Aunque no lo estaba, por supuesto.

Así es la vida, se dijo mientras volvía al cuarto de estar con su té. Las desgracias venían de tres en tres.

¿Y ahora qué?, se preguntó, dejándose caer en el sofá.

Pulsó distraídamente el botón de la tele y, al encenderse el viejo aparato, se envolvió en la manta y deseó poder volver a dormirse.

Para siempre. Bostezó mientras sus ojos se deslizaban hacia la pantalla…

Y entonces se espabiló de golpe. Allí estaba la desgracia número tres: *Estaba* muerta.

Porque allí, en la pantalla del viejo televisor en blanco y negro, aparecía una fotografía suya de hacía diez años, cuando (lo comprendió de pronto con un estremecimiento) era *mucho más joven*.

—La escritora PJ Wallis ha fallecido en su residencia familiar de Wallis, Connecticut —informó el presentador, el mismo presentador que recordaba de su infancia—. Conocida para el gran público como la creadora del popular personaje de Mónica, tenía cuarenta y seis años de edad…

—¡Cuarenta y cinco! —gritó automáticamente.

Y entonces su imagen desapareció, sustituida por un paquete de compresas.

—Esto no puede estar pasando —dijo en voz alta.

Se levantó, sin saber qué hacer. Tenía que ser un error. De lo contrario, Henry la habría llamado.

¿O no? Al entrar en el lavadero para usar el teléfono, se acordó de que la tele solo sintonizaba cadenas locales. Por lo visto, aquel bombero tan amable había presentado su informe. Pero tal vez la noticia no se hubiera difundido aún. Seguramente Henry no sabía que la habían dado por muerta.

Marcó el número de su agente. Henry contestó con su sorna habitual:

—¿Digaaaaa?

—¿Diga? ¿Cómo que «diga»? ¿Es que no te has enterado de que estoy *muerta*?

—Vaya por Dios, pero ¿por qué iba a pasarte a ti una cosa tan oportuna? —preguntó él—. He visto en un tuit de *Publisher's Daily* que la escritora PJ Wallis había fallecido, según informaba su hermana Hellenor.

—¿Y? —preguntó Pandy.

—Pues eso. Que dado que los dos sabemos que Hellenor está en Ámsterdam, he deducido que la tal «Hellenor Wallis» era en realidad la propia PJ Wallis *haciéndose pasar* por muerta.

—¿Y se puede saber por qué iba a hacer eso? —preguntó en tono sarcástico.

—Para recordarme lo maravillosa que eres y lo terrible que sería que *de verdad* te hubieras muerto.

Pandy se rio. Y entonces se acordó de la caseta de las barcas.

—De hecho, Henry, *ha ocurrido* una desgracia. La caseta de las barcas. Ayer le cayó un rayo y se ha quemado hasta los cimientos. Sé cuánto te gustaba esa caseta. ¿Te acuerdas de esa escena de *Historias de Filadelfia*?

—Esa es una de tus películas favoritas, no de las mías. En todo caso, la caseta no importa. Lo importante es que tú estás viva, querida mía. —Henry se rio por lo bajo—. Aunque no creo que tus editores compartan mi alegría.

Pandy entornó los ojos.

—¿Qué quieres decir?

Él se aclaró la voz.

—A juzgar por cómo han reaccionado, es una lástima que *no* estés muerta. Tu fallecimiento ha causado bastante revuelo. Uno de ellos me llamó esta mañana, a las siete, para hablar del asunto. Naturalmente, me dio su más sentido pésame. Pero también señaló que esto haría subir tus ventas como la espuma.

—¿Y qué le dijiste *tú*?

—No me pareció necesario entrar en detalles acerca de la identidad de esa tal Hellenor. Me limité a decirle que le llamaría en cuanto supiera algo más sobre las circunstancias del accidente. No le hará ningún daño pensar que estás muerta por unas horas.

—¡Qué astuto eres! —comentó ella con admiración—. *Claro*. Mi muerte aumentaría mis ventas...

—Bueno, tesoro, no te emociones demasiado. No estás muerta... todavía.

—Pues casi me da pena no estarlo —repuso ella, acordándose de Jonny.

Se miró al espejo y suspiró. Parecía haber envejecido dos décadas de la noche a la mañana. Estaba literalmente gris. Tenía la piel manchada de hollín y el pelo… Su *pelo*…

Apartó rápidamente la mirada del espejo. Tenía cosas más importantes de las que preocuparse.

—Necesito dinero, Henry. Y pronto.

—Ya *tienes* dinero.

—No, no lo tengo. Y me hace muchísima falta.

—No entiendo.

—¡Ay, Henry!

Le hizo una mueca al espejo y notó que también tenía los dientes manchados de negro. Dejó escapar un suspiro. Iba a tener que decirle la verdad a Henry: que no había hecho firmar un acuerdo prenupcial a Jonny, y que su marido había perdido todo el dinero que le había dado en los chanchullos de sus restaurantes.

Henry se pondría furioso. Y, además, había calado a Jonny desde el principio.

—¿Pandy? —dijo él.

—Es que… —Echó otra ojeada al espejo y se fijó en que se le veía el tirante chamuscado del sujetador a través de un roto de la camiseta—. Te lo contaré todo en cuanto vengas, ¿vale? ¿Y puedes, *por favor*, traerme algo de ropa? La que tengo aquí no me sirve, y la que llevo puesta está literalmente reducida a cenizas.

Tras despedirse lúgubremente de Henry, colgó y subió las escaleras, hasta su cuarto de baño. Puso el tapón del lavabo y abrió el grifo de agua caliente. Luego agarró una toallita y jabón y se restregó la cara y la cabeza hasta que consiguió quitarse todos los pegotes y los manchones de hollín.

Cuando vio los restos carbonizados de su hermosa melena pegados en la toalla húmeda, le dieron ganas de llorar. Tiró la toalla a la basura y, al ver la botella de whisky junto a la bañera, donde la había dejado la noche anterior, la cogió y le dio un trago.

Se secó la cabeza y se miró al espejo.

Una especie de pelusilla requemada le salía de la coronilla, como la cresta de un gallo.

Bebió otro trago de whisky y tuvo que contenerse para no vomitar.

Cuando se le pasaron las náuseas, abrió el armario y sacó un bote de espuma de afeitar y una maquinilla. Apuntó con el bote a su cabeza y apretó el botón.

La espuma formó un gorro. Un gorro de payaso que enseguida le recordó a los Hermanos Marx. Si se ponía las gafas de seguridad de Hellenor, sería clavadita a Groucho. Bebió otro trago de whisky. Abrió el grifo, cogió la maquinilla y empezó a rasurar.

Mientras la maquinilla abría surcos en la espuma, comprendió que lo primero que tendría que hacer al volver a Nueva York sería comprarse una peluca.

Dejó la maquinilla, ladeó la cabeza y se mojó el cuero cabelludo. Al notar su lisura, estuvo a punto de vomitar otra vez. Se secó la coronilla.

Intentando prepararse mentalmente para lo inevitable, levantó la cabeza y se miró al espejo.

Ahogó un gemido de horror.

Se esperaba algo horrible, pero no *aquello*.

¿Quién *era*?

Nadie. Sin su pelo, estaba irreconocible. Podía ser cualquiera, en realidad. Incluso un *hombre*.

Cogió la toalla y se tapó con ella la cabeza. Aquello era el colmo de la humillación.

—¡La cuarta desgracia! —aulló lanzándose a la cama.

Se tumbó en el hueco del viejo colchón de plumas. Y, como sin duda habían hecho varias generaciones de niñas antes que ella, lloró y lloró.

∞

Pasado un buen rato, se sentó en la cama y se secó las lágrimas.

Ya se había dado el lujo de llorar. Pero, como a todos los vástagos de la familia Wallis, le habían enseñado que los sentimientos, por terribles que fuesen, tenían pocas probabilidades de cambiar la realidad. Así que no se adelantaba nada quedándose de brazos cruzados, compadeciéndose de uno mismo. «Ponte en acción», le habría dicho su padre.

Además, lo que tenía que hacer era relativamente sencillo. Estaba calva. Necesitaba pelo.

Era muy posible que, entre la balumba de trajes viejos del teatro victoriano, hubiera una peluca. O varias, seguramente. Claro que estarían como la cama de Old Jay: infestadas de chinches.

Tendría que ponerse un sombrero. La mejor selección de sombreros se encontraba en una de las antiguas habitaciones de Hellenor. Concretamente, en la que ella denominaba «el Laboratorio».

Jadeando un poco (lo que le recordó que estaba en muy mala forma), recorrió el largo pasillo de la primera planta, subió otro tramo de escaleras hasta el ala de los niños y abrió la puerta del cuarto de estudio.

Antaño, si algo ardía, explotaba o borboteaba en algún lugar de la casa, no cabía duda de que era en aquella habitación. Pandy entraba dando voces y se encontraba a Hellenor vestida con una bata blanca, con sus gafas de seguridad puestas y un tubo de ensayo humeante en la mano.

—¿Sí? —preguntaba su hermana secamente.

—A mamá le preocupa que quemes la casa.

Y Hellenor respondía:

—Puede que algún día lo haga.

En aquella época, Hellenor estaba siempre enfadada.

Y quizá por eso, por Hellenor, Pandy también estaba enfadada. Gracias a Hellenor, no veía el mundo como se suponía que tenían que verlo las niñas de su edad: todo bonito, como si fuera de azúcar y caramelo.

En efecto, mientras sus compañeras de clase estaban atareadas aprendiendo a ser niñas, Hellenor y ella aprendían a ser feministas. Estaban decididas a rebelarse contra un mundo en el que ser mujer significaba ser un ciudadano de segunda, sin derechos de propiedad sobre tu cuerpo, tus ideas, tu alma y tu propio yo.

Detestaban tanto el machismo (aunque ese término lo aprenderían después) que, al acabar *Mónica*, Pandy empezó otra serie titulada *Un mundo sin hombres*. Luego, sin embargo, descubrió a los chicos.

Hellenor, no. Ella prefirió fastidiar a todo el mundo y vestirse como un chico. De ahí su colección de sombreros de hombre para toda ocasión, y el surtido de prendas «masculinas» que rescató de un desván y colgó de un tablero de clavijas en la pared.

Pandy eligió un sombrero de fieltro gris y se lo puso. Se acercó a la mesa de laboratorio de Hellenor y cogió unas gafas de seguridad. Se las probó, se miró al espejo y arrugó el ceño al acordarse de que su ropa se había quemado. O sea, que no solo iba a tener que ponerse los viejos sombreros de Hellenor, sino también su ropa.

Sacó del armario una camisa de franela y unos pantalones de hombre de color negro que su hermana se ponía a menudo. Como Hellenor era un poco más alta, tuvo que enrollarse las perneras hasta las rodillas. Encontró unas botas de cordones viejas y se dijo que, ya que estaba, también podía ponérselas. Le vendrían bien cuando llegara Henry y salieran a inspeccionar los restos de la caseta.

Se miró otra vez al espejo. Ahora sí que se parecía a Hellenor, lo cual era el colmo de la ironía. O, mejor dicho, al aspecto que tendría su hermana ahora, a la vuelta de los años.

Era la ofensa definitiva. ¡Ojalá Henry no tardara mucho!

Entró en la biblioteca y, parándose ante el cuadro de lady Wallis Wallis, meneó la cabeza. La gente era idiota. ¿Cómo era posible que *no* les interesara un libro sobre lady Wallis? Poseía todo el arrojo —o más— de una heroína moderna, pero había vivido de verdad, e incluso había contribuido a moldear el futuro de su país.

Además, era guapísima. ¿Qué más podían pedir?

El mundo era un asco, se dijo. Ya nadie tenía imaginación.

Ansiosa por que llegara Henry, decidió subir a la cúpula por si divisaba desde allí su coche.

Subió tres tramos de escalones, cruzó un descansillo y subió un tramo más. Por encima de ella colgaba una cuerda blanca con un tirador de madera labrada. Tiró de ella y se desplegó una escalerilla de madera.

Subió y miró a su alrededor. La atalaya de Old Jay, como solían llamar a aquella estancia, estaba construida dentro de una enorme cúpula octogonal. Colocado delante de cada uno de los grandes ventanales circulares había un telescopio.

Las vistas eran espectaculares. A través de uno de los telescopios se divisaba la punta nevada de una montaña, dos fincas más allá. Y también se veía la gasolinera, lo que era muy útil, porque así siempre sabías si venía alguien por Wallis Road.

Pandy acercó el ojo a un telescopio.

Y se quedó helada.

Viniendo por entre dos cerros cubiertos de pinos, se veían varios helicópteros.

Levantó la cabeza y dio un paso atrás. Qué raro. A Wallis nunca venían helicópteros. No tenían dónde aterrizar.

¿Habría habido un atentado terrorista?

Se inclinó para mirar por otro telescopio. Varios coches y dos furgonetas blancas que parecían unidades móviles de televisión entraban en ese momento en el aparcamiento de la gasolinera.

Entonces vio el Porsche azul marino de SondraBeth subiendo por la avenida.

∞

Mónica...

Había estado tan inmersa en la vorágine de sus problemas personales que se había olvidado de Mónica. Y de SondraBeth Schnowzer. Pero, por lo visto, ni Mónica ni SondraBeth se habían olvidado de *ella*. Y, al igual que el monstruo de Frankenstein, traían consigo el desastre.

Al parecer, la noticia de su muerte ya se había difundido. Una foto de SondraBeth —o sea, de Mónica— vestida de luto dando el pésame a la familia de la fallecida sería todo un golpe de efecto y, sin necesidad de añadir una sola palabra, transmitiría el mensaje oportuno: es decir, que Mónica estaba desolada por la muerte de su creadora, PJ Wallis. Lo que habría sido enormemente halagüeño de no ser porque PJ Wallis estaba *viva*.

Pandy bajó corriendo las escaleras y, al llegar a la primera planta, se asomó por la ventana delantera. Un cámara y una mujer con un micrófono en la mano estaban en medio de la rosaleda.

Aquello era el acabose. Henry se pondría furioso. Indignada, Pandy cruzó la puerta cristalera que daba a la terraza en forma de proa de barco. Se acercó al borde y gritó, enfadada:

—¡Disculpen!

La mujer levantó la mirada.

—¿Sí?

—Están ustedes en mi rosaleda.

—¿Y? —dijo el hombre, con la cámara apoyada en el hombro.

—Que están pisoteando unos doscientos años de historia, como mínimo. Así que hagan el favor de apartarse.

La mujer le lanzó una mirada desdeñosa y puso cara de fastidio.

—¿Me han oído? —insistió Pandy en tono tajante—. Les he pedido que salgan de mi rosaleda.

El hombre se giró y, ya fuera por costumbre o por agresividad innata, la apuntó varias veces con la cámara, rápidamente, como si Pandy fuera el enemigo en un videojuego.

—Estamos intentando grabar unas imágenes de Mónica —dijo enfáticamente al bajar la cámara.

La mujer la miró con curiosidad.

—¿Es usted la hermana de PJ Wallis? ¿Hellenor Wallis?

¿Hellenor? Pandy se quedó mirándola, boquiabierta. Luego, pasado un segundo, notó un soplo de brisa en la nuca. Había olvidado que estaba calva. Con razón no la habían reconocido.

—No —contestó ásperamente—. Por supuesto que *no* soy Hellenor...

Se interrumpió y, frunciendo el ceño, miró hacia la loma que había más allá de la rosaleda. Un batallón de cámaras, fotógrafos y reporteros subía por la cuesta, como soldados dispuestos a plantar su bandera en territorio enemigo.

Entonces, doblando una curva, apareció el Porsche. La turba se organizó de repente y, apuntando con sus objetivos al coche de Sondra-Beth, comenzó a filmar y a disparar hasta que el Porsche se perdió de vista al bordear otra loma. Entonces bajaron las cámaras y se relajaron.

Pandy, en cambio, se puso tensa.

¿Iba a tener que recibirles con aquella pinta?

Corrió al cuarto de baño y se miró otra vez al espejo. ¿Sería aquella la última afrenta que le tenía reservada el destino?

De pronto montó en cólera. Se caló el sombrero de fieltro hasta las orejas y salió al pasillo. Por culpa de SondraBeth Schnowzer y de Mónica, el mundo entero, incluido Jonny, iba a verla de aquella guisa. Las fotos saldrían en todas partes... y Jonny se partiría de risa.

Y entonces se sabría la verdad sobre su matrimonio, y ella se convertiría en el hazmerreír de todo el mundo...

Santo Dios. ¿Dónde estaba Henry cuando le necesitaba?

—¿Hellenor Wallis? —oyó gritar a alguien.

Dio un respingo. Corrió a la ventana del fondo del pasillo y la abrió de un tirón. Al asomarse, vio el Porsche azul de SondraBeth aparcado frente a la cocina, en la zona reservada a la familia y a las furgonetas de reparto.

SondraBeth, a diferencia de la prensa, sabía dónde aparcar. Años atrás, cuando eran amigas, Pandy y ella solían ir a Wallis House a pasárselo bien.

Bajó hecha una furia las escaleras de atrás, cruzó el cuarto de estar y abrió la puerta del lavadero.

Efectivamente, SondraBeth ya estaba en el lavadero, hablando por teléfono. Vestía una camiseta negra muy ajustada y unos vaqueros estrechísimos del mismo color. Colgada del hombro llevaba una prenda vaporosa y amorfa que se arremolinaba tras ella como una sombra. Unas gafas grandes e iridiscentes como los ojos de un insecto envolvían su cara.

—Ojalá pudiera despedir a alguien por esto. En serio —estaba diciendo.

Pandy carraspeó. SondraBeth volvió la cabeza y se levantó las gafas de sol. Miró fugazmente a Pandy, levantó un dedo y siguió hablando por teléfono.

—¿Puedes esperar un segundo? Acaba de entrar Hellenor, la hermana de Pandy. Gracias. —Se volvió hacia Pandy y tapó el teléfono con la mano—. Lo siento mucho, Hellenor. Seguramente debería haber llamado para decirte que iba a venir, pero no esperaba que me siguiera la prensa en bloque. Por lo visto mi teléfono tiene instalado un dispositivo de seguimiento. Solo estoy intentando aclarar un par de cosas. Son cinco segundos.

Hizo un gesto con la cabeza a su asistente, que aguardaba respetuosamente al otro lado de la habitación, y retomó su conversación telefónica.

—Necesito hablar con PP, ¿vale? —dijo tajantemente, y colgó.

Luego miró a Pandy de arriba abajo y sonrió. Se acercó, la agarró por los hombros y, doblando un poco las rodillas para mirarla a la cara, dijo:

—Hellenor, es un honor conocerte, y lamento muchísimo lo de tu hermana.

Pandy se quedó atónita. ¿Estaba de broma? ¿SondraBeth no la reconocía?

Acercó la cara a ella. La miró entornando los ojos.

—¿Ratón? —preguntó con cautela.

—¡Ratón! —exclamó SondraBeth—. ¡Así me llamaba Pandy! Y yo a ella la llamaba Pichón. Claro que eso ya lo sabrás. Seguro que te lo ha contado *todo*.

SondraBeth la miró fijamente, entrecerrando los párpados. Pandy se preguntó si estaba intentando transmitirle algún mensaje. Darle a entender que la había reconocido, pero que no podía admitirlo.

SondraBeth sonrió, apesadumbrada.

—Entonces, supongo que estarás enterada de lo de Jonny.

—¡Jonny! —exclamó Pandy con una risa áspera. Tensó los labios y, en un tono que daba a entender que estaba al tanto de todo, contestó—. Podría decirse que sí.

SondraBeth se quedó callada un momento y volvió a mirarla atentamente. Como si le complaciera lo que veía, asintió con gesto enérgico.

—Entonces sabrás lo mala persona que es.

—Más o menos. —Pandy la siguió a la cocina.

—Intenté avisar a Pandy de que no era de fiar, antes de que se casara con él. —SondraBeth abrió la puerta de la nevera, sacó una botella de agua y abrió el tapón—. Pero ya sabes lo cabezota que podía ser en cuestión de hombres. Y yo permití que una pelea absurda por un tío estropeara nuestra amistad. Eso no me lo perdonaré nunca.

—SondraBeth… —dijo tímidamente su asistente desde la puerta.

—¿Sí, Judy?

—PP te llamará dentro de tres minutos.

—Gracias. —SondraBeth se dirigió de nuevo al lavadero—. El caso es que ahora van a salir a la luz toda clase de trapos sucios sobre Jonny —dijo—. Sé que podrás sobrellevarlo, pero prefiero que estés avisada. Pandy siempre decía que eres una de esas mujeres que jamás se dejan engatusar por un hombre. Y eres exactamente como te describía Pandy. —Volvió a mirarla de hito en hito, y Pandy recordó que llevaba puesta la ropa de Hellenor—. Una mujer íntegra. —Cogió el teléfono—. ¿PP? —dijo con voz ronca.

¿De verdad creía que era Hellenor? Pandy frunció el ceño y, pasando junto a SondraBeth, se acercó a los butacones. Se dejó caer en uno de ellos y miró por la ventana el campamento improvisado que se estaba montando fuera. Luego miró a SondraBeth, que seguía hablando por teléfono con PP.

Seguramente PP sabía un montón de cosas sobre Jonny, se dijo. Y al acordarse de lo que acababa de decir SondraBeth sobre su exmarido... Levantó la vista y vio que Judy, la asistente, se inclinaba hacia ella tendiéndole la mano.

—Hola, soy Judy —dijo. Era una chica guapa, de mejillas redondeadas, ojos marrones y larga melena sin teñir—. Siento mucho lo de su hermana.

Divertida, Pandy estrechó la mano de la joven.

—Si necesita cualquier cosa... —Judy se interrumpió y tocó el auricular que llevaba en la oreja al tiempo que daba media vuelta y se alejaba.

Pandy se recostó en el sillón y sacudió la cabeza. Tenía la impresión de haber penetrado en una especie de universo paralelo en el que *no era* Pandy. Cerró los ojos un momento y se rio de aquella idea.

Luego se enderezó en el asiento.

Porque en realidad era una idea aterradora. De pronto se acordó de la explosión y sintió el sabor metálico del polvo en la boca y el hedor a tierra y pelo abrasados. Respiró hondo. Lo cierto era que podía haber muerto. Pero de algún modo había logrado sobrevivir. Y ahora era como si el universo quisiera gastarle una broma pesada: ¿Qué pasaría si intentaras decirle a todo el mundo que eres tú y nadie te reconociera? ¿Quién serías, entonces?

Se dijo que debía de estar aún conmocionada por la explosión. Allí estaba SondraBeth, hablando por teléfono. Y, al otro lado de la habitación, dos hombres de traje oscuro que acababan de entrar, con auriculares en las orejas, le estaban preguntando a Judy dónde estaba el cuarto de baño.

Todo iba bien. Se trataba de un simple malentendido, de una confusión que ella iba a aclarar inmediatamente. Se levantó del sillón y se acercó a Judy.

—La verdad es que soy Pandy —dijo.

Judy le sonrió con indulgencia. Pandy se volvió hacia los dos guardaespaldas, que también la miraban divertidos.

—Soy PJ Wallis.

Los guardaespaldas se encogieron de hombros y miraron a Judy, que hizo lo mismo. Pandy levantó los ojos al cielo y salió al exterior.

Aquello era interesante. A nadie le importaba que fuera o no Pandy. Quien de verdad les interesaba era Mónica.

Arrugando el ceño, contempló la escena que se desarrollaba en el aparcamiento. Había dos furgonetas todoterreno aparcadas junto al coche de SondraBeth y varios asistentes vestidos de negro entraban y salían de ellas, muy atareados. También había un par de personas hablando por *walkie-talkies*. De no ser porque supuestamente PJ Wallis acababa de morir, podría haber sido un día cualquiera de rodaje de una peli de Mónica.

En cuyo caso, bien podía fumarse un cigarrillo. O dos. Aspiró el aire fresco de la mañana y detectó el olor acre del humo de tabaco.

Uno de los conductores estaba fumando junto a una furgoneta. Pandy se acercó a él, puso su mejor sonrisa y dijo:

—Disculpe, soy PJ Wallis. ¿Podría darme un cigarrillo?

El hombre le sonrió como si fuera una abuelita encantadora pero algo chiflada, y Pandy volvió a acordarse de que estaba calva. Por lo visto, nadie iba a creer que era Pandy hasta que llegara Henry. El chófer le ofreció el paquete de tabaco y le hizo pantalla con las manos para que encendiera el mechero.

—¿Es usted la hermana? —preguntó.

Ella dio un paso atrás, dio una calada, expulsó el humo y sonrió.

—¿La novia de la hermana, entonces? —insistió el hombre.

Pandy se encogió de hombros. ¿Qué más daba? En cuanto llegara Henry, todo se aclararía.

Dio otra calada al cigarrillo y echó a andar tranquilamente por la avenida. Quizá pudiera encontrarse con Henry antes de que llegara, desprevenido, y se encontrara con aquel desbarajuste. Pasó junto a

unos fotógrafos que merodeaban por el césped y calculó que entre
Henry y ella podrían reunirlos para aclarar el malentendido. Pero ese
tipo de periodistas era como el ganado: había que saber manejarlos.

Dio otra chupada al cigarrillo mientras seguía bajando por la avenida. La periodista y el cámara estaban ahora junto al camino.

La mujer se volvió y la vio.

—Ah, hola, Hellenor —dijo como si fueran grandes amigas—.
Tengo entendido que eres muy fan de Mónica —añadió amablemente.

¿Estaba de broma?

—La mayor fan de todas —contestó, irritada—. Podría decirse
que me sé de memoria cada frase y cada párrafo.

—¿Ah, sí? —preguntó la reportera.

—Pues sí —dijo Pandy. Tiró el cigarrillo y aplastó la colilla con la
bota de cordones—. Porque lo cierto es que *yo* soy PJ Wallis.

—¿Hellenor?

Al volverse, vio a Judy acercarse por la avenida. La joven le tocó el
brazo.

—Oye, ¿te importaría hacer una cosita? ¿Podrías acercarte al sitio
donde PJ saltó por los aires?

Pandy miró camino abajo entornando los ojos. El escuadrón de
paparazzi al completo se había trasladado al lugar donde antes se alzaba la caseta de las barcas. Aquello era el colmo. Una cosa era que su
editor creyera durante un par de horas que estaba muerta, y otra muy
distinta anunciarlo a los cuatro vientos.

—Mira, Judy... —comenzó a decir con firmeza.

—Lo sé, lo sé —se apresuró a decir Judy—. Ya sé que no te hace
gracia que hayan venido tantos periodistas. A SondraBeth tampoco.
Quería que fuera algo íntimo. Confiaba en poder charlar contigo con
tranquilidad. Recordar a Pandy. Hablar de los viejos tiempos y del futuro de Mónica. Tal vez incluso planear un homenaje. Pero los del estudio
se han enterado, y luego la prensa, y la muerte de PJ se nos ha escapado
de las manos...

Pandy carraspeó y lo intentó otra vez:

—Judy —dijo—, PJ Wallis no está muerta. Ha habido un terrible
malentendido y *yo* soy PJ Wallis.

—Ah, ya entiendo —repuso la joven con una risa sagaz. Y con la voz ronca de una universitaria un poco fiestera, añadió—: ¿Es como lo que has hecho antes con los periodistas? ¡Es acojonante cómo les has tomado el pelo! —Levantó la mano para entrechocar su palma con la de Pandy—. Estás como una puta cabra, Hellenor. Me alegro mucho de que seas tan enrollada. Eso nos facilita mucho el trabajo.

Se tocó el auricular y asintió una sola vez con la cabeza. Luego agarró a Pandy del brazo y la condujo con firmeza colina abajo.

¿Dónde diablos se ha metido Henry?, pensó Pandy enfadada mientras Judy se abría paso entre los *paparazzi* que rodeaban a SondraBeth como sacerdotes paganos reunidos en torno a un cordero sacrificial.

SondraBeth estaba de pie en un trozo de hierba, cerca de lo poco que quedaba de la caseta: unos cuantos pedazos de madera carbonizada dispersos alrededor de un gran rectángulo de lodo. La tela que antes llevaba colgada del hombro ahora le cubría el cuerpo como un sudario. Le tendió la mano a Pandy.

Pandy miró los objetivos de las cámaras, que la observaban como ojos negros sin cara, y decidió que era preferible seguir adelante con aquella farsa. Apartó la mirada de las cámaras y la fijó en SondraBeth, que la miraba con aquellos ojos suyos de un verde brillante, casi dorado. Y de pronto se dio cuenta de que iba a pasar lo mismo que aquella vez en la isla, cuando la sorprendió en la marisma de las garzas: SondraBeth haría lo que tenía que hacer y se comportaría como si no hubiera nadie mirándola.

Bajó la cabeza. Tirando de Pandy, se adentró uno o dos pasos en el barro y dijo en voz baja:

—Tu hermana significaba muchísimo para mí, Hellenor. Antes éramos muy amigas. Tan amigas como pueden serlo dos chicas. —Hizo una pausa y la miró directamente a los ojos—. Espero que nosotras también podamos serlo.

Pandy le sostuvo la mirada. ¿Era posible que SondraBeth de verdad no la reconociera? Resolvió intentar darle alguna pista.

—Creo que eso puede arreglarse —dijo asintiendo enfáticamente con la cabeza.

SondraBeth le apretó la mano un momento y luego avanzó sola y en silencio por el lodo hasta el centro del rectángulo que antes ocupaba la caseta. Levantó los brazos y, de pronto, los flashes se detuvieron y el gentío contuvo el aliento como si se preguntara qué iba a hacer a continuación.

En medio del silencio, se oyó el graznido solitario de un cuervo.

SondraBeth se tumbó de espaldas. Estiró los brazos y, moviéndolos arriba y abajo, dibujó en el barro unas alas de ángel. Luego se puso de rodillas y, con la cabeza inclinada, se levantó lentamente. Dio media vuelta y echó a andar hacia la avenida. Mientras se alejaba, se quitó la tela embarrada que envolvía su cuerpo y la dobló cuidadosamente.

Al llegar al césped, se detuvo un momento para que sus ayudantes la alcanzaran.

—¿Tú sabías que iba a hacer eso? —oyó Pandy que preguntaba alguien en voz baja mientras se acercaban a ella.

—No —respondió otra persona con un murmullo.

SondraBeth volvió la cabeza y miró fijamente a Pandy. Y entonces, como si tomara una decisión repentina, se acercó a ella.

—Ven conmigo —dijo con voz trémula.

Desapareció entre el remolino de sus ayudantes y de pronto Judy se acercó a Pandy y le tocó el brazo cariñosamente.

—Acabamos de tener noticias de PP. Quiere que vuelvas a Nueva York con SondraBeth. Quiere conocerte. —La condujo por el camino, asintiendo con una sonrisa cómplice—. Puedes quedarte en casa de SondraBeth, en el cuarto de invitados del sótano. Es fantástico. Y tiene entrada independiente.

Un momento después, casi sin que se diera cuenta de lo que ocurría, los guardaespaldas la rodearon y la introdujeron en el asiento de atrás de una furgoneta. *¡Tengo que llamar a Henry!*, pensó Pandy, frenética, cuando las puertas se cerraron y el coche arrancó de golpe.

Mientras Wallis House desaparecía al otro lado de la montaña, se le ocurrió una idea sorprendente: el personaje que ella misma había creado acababa de secuestrarla.

16

La despertó un bache, un gran bache típico de Nueva York. Dio un respingo y chocó con el respaldo del asiento. De nuevo tuvo la sensación de que le ardía la cabeza.

No era así, pero el chichón que se había hecho dos noches antes, al caerse del sofá durante la fiesta en su apartamento, había vuelto a inflamársele.

Eso había sido el miércoles. Aunque pareciera mentira, cuarenta y ocho horas antes todavía era una persona inocente y feliz. *Todavía era PJ Wallis.*

—Hellenor, ¿estás despierta? —preguntó Judy.

Iba sentada delante. Se volvió y miró a Pandy por encima del asiento.

El chichón de la cabeza volvía a molestarle. Pandy hizo una mueca. Notaba un dolor agudo, intenso, un dolor capaz de espabilar a cualquiera. No había nada como el dolor en casos de emergencia.

—Sí —contestó apretando los dientes.

—¿Quieres un poco de agua? —preguntó Judy.

Pandy asintió y Judy indicó a alguien que iba sentado en la segunda fila de asientos que le pasara una botella. Naturalmente, todos intentaban ser amables con ella. Querían que la afligida Hellenor —tan rara, ella— se sintiera mejor.

Ojalá alguien hubiera tratado así a Hellenor en su momento.

Pandy cogió la botella de agua y bebió con ansia.

—Oye, tengo buenas noticias —dijo Judy—. El primer libro de tu hermana está en el número uno de ventas de Amazon.

—¿Ah, sí? —Pandy se frotó la parte de atrás de la cabeza y estuvo a punto de soltar un grito al notar la pelusilla de su cuero cabelludo. Tenía un tacto aterciopelado. La melena tardaría años en crecerle.

—Seguro que tu hermana se habría puesto muy contenta, ¿no?

Pandy respiró hondo.

—¿Te importaría prestarme tu teléfono un momento?

—Claro que no —respondió Judy—. Por favor, llama a quien quieras. Pero, si pita, devuélvemelo enseguida, ¿vale? Podría ser SondraBeth.

Pandy asintió en silencio. Marcó el número de Henry en la pantalla táctil, pero saltó el buzón de voz. Claro. Henry no iba a contestar al teléfono en un momento así, y menos aún si le llamaban desde un número desconocido. Dejó escapar un gruñido. Ya debía de haber llegado a Wallis House. Al mirar por la ventanilla, vio los edificios de ladrillo marrón que bordeaban las marismas del Bronx.

El teléfono de Judy comenzó a cantar un aria.

—Es SondraBeth —dijo la joven, y le tendió la mano para que le devolviera el teléfono.

Pandy se lo dio. No podía creer que SondraBeth hubiera permitido que se llevaran a su ex mejor amiga en una furgoneta mientras ella volvía a Manhattan en su flamante Porsche. Si hubieran seguido siendo amigas, Pandy iría sentada a su lado en el asiento delantero.

Pero al parecer SondraBeth seguía sin saber que Pandy era Pandy, o bien tenía algún motivo oculto para mantener aquella farsa.

Menudo viajecito, pensó irónicamente al tocar a Judy en el hombro para que le pasara el teléfono. Judy la miró desconcertada y luego le dijo a SondraBeth:

—Creo que Hellenor quiere hablar contigo. ¿Te importa?

¿Que si le importa?, pensó Pandy. Más valía que *no* le importara, se dijo cuando Judy le pasó el teléfono.

—¿Ratón? —dijo—. Mira, me apetece un montón ver tu casa. De hecho, me muero por verla desde que salió en *Architectural Digest*. Pero alguien tiene que ponerse en contacto con Henry. Seguramente estará ya en Wallis House y…

—Shhhh —oyó susurrar a SondraBeth.

—¿Cómo dices?

—Respira conmigo, Hellenor.

—Ya estoy respirando.

—No. Me refiero a que respires de verdad conmigo. Inspira por la nariz y expira por la boca.

—SondraBeth —dijo Pandy, alarmada—, ¿no será un ejercicio de yoga? Ya sabes lo mucho que odio el yoga. ¡Ni siquiera puedo tocarme la punta de los pies!

—Hablas igual que tu hermana. Ahora tengo que dejarte.

—Pero…

SondraBeth colgó y Pandy se quedó mirando la pantalla en blanco. Le devolvió el teléfono a Judy, se acomodó en su asiento y cruzó los brazos, muda de asombro. ¿Cuánto tiempo iba a continuar aquello?

Miró por la ventanilla y torció el gesto. El coche estaba ya en Henry Hudson Bridge. Allá abajo, el agua se retorcía y rutilaba como un dragón de carnaval. Luego desapareció tras un montículo de hierba y doblaron una esquina.

Y allí estaba de nuevo el anuncio de Mónica.

Judy se inclinó hacia ella y le enseñó varias sartas de cuentas de colores, doradas, verdes y violetas.

—La feria de San Gerónimo —dijo al pasarle los collares por la cabeza—. Bienvenida a Manhattan.

—Gracias. —Pandy volvió la cabeza para mirar a Mónica hasta que se perdió de vista.

Entonces se puso a juguetear con las cuentas de los collares.

A Mónica todavía le faltaba una pierna.

∞

Veinte minutos después, llegaron a la casa de SondraBeth: un cubo blanco diseñado en los años sesenta por un arquitecto del que ya nadie se acordaba. Situada en la calle Treinta y Seis Este, tenía acceso a través de un aparcamiento subterráneo ubicado a una manzana de distancia, lo que permitía a sus ocupantes eludir a los *paparazzi*. Fue por allí por donde entró la furgoneta, que ocupó una plaza de aparcamiento reservada justo debajo de la casa.

Judy condujo a Pandy hasta una discreta puerta metálica que se abría mediante un código y que daba a un corto pasillo de cemento. Al fondo del pasillo había otra puerta y, cruzando un rellano, un tramo de escaleras que subía a la planta baja de la casa.

—El sótano —le informó Judy al tiempo que acercaba una tarjeta metálica a la cerradura.

La puerta se abrió con un zumbido, dejando ver lo que parecía ser un pisito de soltero. La moqueta era de un gris industrial, igual que la tela del enorme y mullido sofá y de los dos voluminosos sillones. Adosada a la pared había una tele de pantalla grande y, cuidadosamente colocados en las estanterías de debajo, varios mandos a distancia y consolas de videojuegos. Junto a un reloj digital había dos gruesos ceniceros de cristal, uno encima del otro.

—Creo que aquí vas a estar muy cómoda —comentó Judy. Su auricular emitió un pitido—. SondraBeth llegará dentro de quince minutos. Mientras tanto, Peter Pepper quiere hablar contigo. Es el jefe del estudio.

—Sé quién es —replicó Pandy—. Pero a mí, mientras tanto, me gustaría usar el baño.

Irritada otra vez por aquel asunto, avanzó con paso enérgico por el pasillo siguiendo las indicaciones de Judy. Atravesó un dormitorio provisto de la imprescindible cama *king size* y una tele aún más grande, y entró en un cuarto de baño del tamaño de un pequeño *spa*. *El bueno de Pepé*, se dijo mientras contemplaba el *jacuzzi* situado a ras de suelo, la sauna y los urinarios separados, uno para «ellos» y otro para «ellas».

Mira qué bien, pensó, y decidió entrar en el urinario de «ellos». Suponía que era lógico que PP estuviera por allí. Naturalmente, el jefe del estudio tendría que estar presente para solventar los problemas que surgieran respecto a *Mónica*. Aunque por otro lado…

Pandy se acercó al lavabo y se lavó las manos. Se mojó la cara y sacudió la cabeza.

Tal vez PP estuviera allí debido a la cláusula de su contrato según la cual, en el supuesto de que PJ Wallis falleciera, los derechos de *Mó-*

nica revertirían en su hermana Hellenor. Había sido idea de Henry incluir aquella cláusula, porque le preocupaba que, si por casualidad Pandy moría joven, como les había ocurrido a sus padres, fuera imposible impedir que alguien hiciera lo que quisiera con Mónica, como por ejemplo utilizarla para vender jabón.

Henry y ella habían llamado a aquella cláusula «el Boleto de la Suerte». Pero en cualquier caso poco importaba. Porque ella *no* estaba muerta. Y desde luego no era Hellenor.

—¿Hellenor? —preguntó Judy llamando a la puerta del cuarto de baño—. ¿Estás lista?

—Supongo que sí —respondió Pandy con la vista fija en su reflejo, que todavía le parecía tan extraño.

Ahora lo único que tenía que hacer era convencer a los demás de que estaba viva.

∞

PP la estaba esperando arriba, sentado en un taburete, delante de la larga isla que ocupaba el centro de una cocina diáfana.

—Hellenor —dijo al ponerse en pie.

Cogió la mano derecha de Pandy entre las suyas y se la apretó. Bien fuerte.

—Ay —dijo Pandy.

—¿Te apetece algo de beber? —preguntó él.

—Claro. Tomaré una copa de champán —contestó ella sarcásticamente al tiempo que ocupaba el taburete de al lado.

—Buena idea. ¡Chookie! —llamó PP. Un individuo vestido con un uniforme blanco de cocinero entró por una puerta batiente—. ¿Podrías traernos a la señorita Wallis y a mí una copa de ese champán rosa tan rico que SondraBeth siempre tiene por aquí? Y algo de comer, quizá.

Chookie asintió en silencio y desapareció al fondo de la cocina, no sin antes lanzar a Pandy, de reojo, una mirada de espanto, lo que le recordó que seguía llevando puesta la ropa de Hellenor.

Daba igual, pensó ella. Estaba segura de que PP se daría cuenta enseguida de que era Pandy.

Miró malhumorada a Chookie mientras el cocinero se alejaba y luego se volvió hacia PP. Él también la observaba con curiosidad, con esa sonrisa forzada que se le pone a la gente cuando no sabe qué pensar.

—Háblame de *ti*, Hellenor —dijo—. Me han dicho que vives en Ámsterdam.

Pandy sonrió sardónicamente. Por lo visto, le habían informado sobre su hermana.

—Ya sabes que sí. Así que ¿por qué lo preguntas?

—¿Cómo dices? —preguntó PP.

—Supongo que ahora vas a preguntarme si uso zuecos de madera.

—La verdad es que iba a preguntarte si hablas holandés. Pero luego me he acordado de que la mayoría de los holandeses hablan inglés.

Pandy puso cara de fastidio. No sabía exactamente qué se proponía PP, pero parecía convencido de que era Hellenor. Tenía que sacarle de su error inmediatamente.

—Oye, mira…

Él levantó la mano.

—Podemos hablar de Pandy, claro. Si quieres.

—Pues es que…

—Tu hermana era muy divertida. Y… guapa, además. —PP carraspeó—. Ese era el problema: que en Hollywood no se puede ser guapa y divertida al mismo tiempo. Porque, si quieres ser divertida, tienes que asumir el riesgo de parecer idiota. O incluso *fea*. Claro que entonces dejas de ser guapa. ¿Captas por dónde voy?

—Sí, por supuestísimo.

Pandy cruzó los brazos cuando Chookie volvió con el champán y puso sendas copas delante de ellos. Luego, volvió a desaparecer.

Pandy exhaló un suspiro de alivio al coger su copa y llevársela a los labios. El champán rosa era su bebida favorita, lo que dejaba claro que ella *no* era Hellenor. Todo se arreglaría, seguro.

PP levantó su copa.

—Por Mónica —dijo.

Pandy estuvo a punto de atragantarse, pero él no lo notó. Siguió sonriendo como si nada hubiera pasado.

—Dime —añadió despreocupadamente—, ¿qué sabes de Mónica?

—¿Estás de broma?

—¿Eras fan? —insistió él con cautela.

—Supongo que podría decirse así —replicó ella con aspereza.

—Estupendo. ¿Cuál es tu película de Mónica favorita?

—¿Película? ¿Qué tal si hablamos de mi *libro* preferido? —preguntó Pandy.

Bebió un largo trago de champán. Como le sucedía siempre que hablaba con PP, iba sintiéndose más ofendida a medida que avanzaba la conversación.

—De tu libro, entonces. Mejor aún. Eso demuestra que eres una *verdadera* fan. —PP sonrió y dejó su copa—. Imagino que los habrás leído todos.

Durante un segundo, Pandy solo acertó a mirarle pasmada.

—Me los conozco del derecho y del revés.

PP asintió con un gesto. Ella también dejó su copa.

—Mira, PP —dijo—, no sé si te das cuenta...

—Shhhh. —Le dio unas palmaditas en la mano y lanzó una mirada a la puerta batiente.

Como obedeciendo a una señal, Chookie entró, depositó ante ellos una bandeja de plata llena de minúsculos canapés y volvió a retirarse. Pandy retiró la bandeja y miró a PP con expresión implorante.

—Soy PJ Wallis. Yo *creé* a Mónica.

Él se quedó mirándola un momento. Luego meneó la cabeza.

—Soy... —empezó a decir ella, intentándolo otra vez, pero PP le puso la mano en el brazo para hacerla callar—. Ha habido un enorme malentendido —añadió ella, desesperada—. Y ahora nadie me cree.

De pronto se le ocurrió una idea horrorosa: si no podía ser PJ Wallis, era *como si* estuviera muerta. Se dejó caer sobre la encimera. ¿Cuándo acabaría aquella pesadilla?

PP le dio unas palmaditas en la espalda.

—Ea, ea —dijo como si le hablara a una niña—. No pasa nada. Estás tan trastornada por la muerte de tu hermana, que por un momento has pensado que *eras* ella. —La miró con curiosidad y luego sonrió sagazmente—. Ah, ya lo pillo —dijo—. Era *una broma*. Tú también tienes sentido del humor. Igual que tu hermana.

A Pandy le dieron ganas de llorar. Se recordó que debía mantener la calma. SondraBeth llegaría enseguida, y ella sí se daría cuenta de que era Pandy.

—Te acompaño en el sentimiento, de verdad. Siempre me cayó muy bien tu hermana —añadió PP.

Ella levantó la cabeza y se incorporó.

—Vaya, eso tiene gracia —dijo—. SondraBeth siempre decía que no podías *ni verla*.

PP pareció enfadarse de pronto como si le hubieran pillado en un renuncio. De modo que era cierto que se había quejado de ella delante de SondraBeth.

—No sé de dónde se ha sacado esa idea —dijo él—. En todo caso, la conocía bien. A tu hermana, quiero decir. Ella y su marido... su ex-marido, quiero decir, eran amigos míos.

A Pandy se le congeló el semblante. Tal vez hacerse pasar por Hellenor no fuera mala idea, después de todo. Al menos, durante un rato. Un rato que podía aprovechar para sonsacarle información a PP.

—¿Sigues siendo amigo de Jonny? —preguntó despreocupadamente.

PP se inclinó hacia ella con gesto cómplice.

—Francamente, me gustaría estrangularle. Me debe dinero.

—Conque a ti también, ¿eh? —dijo ella asintiendo con la cabeza.

Por lo visto, Jonny había ido dando sablazos a diestro y siniestro, muchos más de los que ella pensaba.

—¿Por qué las mujeres como Pandy se casan con hombres así? Ella era tan... guerrera, tan segura de sí misma, tan inteligente. Y luego conoció a Jonny y... —PP se encogió de hombros—. ¿Es que no saben que a tipos así conviene evitarlos?

—Ni que lo digas —contestó Pandy antes de beber otro sorbo de champán, mientras se decía que PP estaba cortado por el mismo patrón que Jonny.

—Tu hermana era muy atractiva —afirmó él carraspeando.

—Sí, lo era.

Pandy cobró de pronto conciencia de su aspecto: llevaba puestas las botas y la camisa de franela de Hellenor, y con la cabeza pelada, debía de estar hecha un auténtico adefesio. Se sonrojó, enojada, al comprender que PP intentaba engatusar a «Hellenor» con halagos. Se preguntaba hasta dónde estaría dispuesto a llegar para salvar su preciada franquicia.

—Vale, PP —dijo—. Pongamos que *soy* Hellenor Wallis. ¿Y ahora qué? —añadió echando mano de la botella de champán.

—Pues que vas a ser una mujer muy rica.

Ella sonrió mientras volvía a llenarse la copa, y se preguntó si PP sabía cuánto dinero le había sacado Jonny.

—Pero ¿y Jonny? —preguntó—. ¿Qué pasa con todo ese dinero que Pandy le debe supuestamente por su acuerdo de divorcio?

—Ah, vaya, *eso* —contestó él—. Jonny supone un pequeño problemilla, y créeme que te entiendo. Pero al final acabará por dejarte en paz. Y mientras tanto pensamos hacer un montón de películas de Mónica.

—¡Más Mónica! —exclamó Pandy con falsa alegría.

PP le palmeó el hombro.

—Como te decía, dentro de algún tiempo serás una mujer muy rica. Menos mal que está Mónica, ¿eh? —añadió en el momento en que Judy entraba por la puerta.

Pandy suspiró.

Judy se volvió hacia ella.

—Hellenor, ¿puedes acompañarme a la suite? SondraBeth bajará a verte dentro de diez minutos.

∞

De vuelta en el sótano, Pandy se tiró en la cama y encendió la tele pensando que, mientras esperaba a SondraBeth, podía aprovechar para ver qué decían las noticias acerca de su presunta muerte.

Se encontró con el bucle informativo de costumbre: primero, una conexión en directo con la feria de San Gerónimo y, después, las últimas noticias acerca de su fallecimiento: PJ Wallis, creadora de Mónica, ha fallecido en un trágico accidente en el hogar de su infancia en Wallis, Connecticut.

Y de pronto allí estaba *ella*, en pantalla, del brazo de Jonny en una fiesta de gala, la misma fiesta en la que SondraBeth le advirtió que Jonny no era de fiar. Y era tan ilusa que incluso *sonreía*.

Luego apareció un primer plano de una fan depositando una copa de champán de plástico rosa en un gran montón que, además de un sinfín de copas como aquella, también contenía animalitos de peluche. La cámara retrocedió para mostrar su edificio.

—Centenares de fans se han congregado frente a su casa.

—¡No! —le gritó Pandy a la tele.

Aquello no podía estar pasando. Su siguiente momento de gloria no tenía que ser su presunta muerte, sino su nuevo libro, *Lady Wallis*. Y allí estaba otra vez la causa de todos sus males: Jonny.

Se abría paso entre el gentío, intentando entrar en el edificio. Pandy gruñó. Naturalmente, Jonny ya sabría que le había dejado los derechos de Mónica a su hermana. Sus abogados habían revisado con lupa cada uno de los contratos.

Sabría, por tanto, que si Hellenor decidía ejercer sus derechos, podía no haber más Mónica… y a él se le acabaría el chollo.

O sea, que Hellenor podía dejarle en la ruina.

17

—Como les habíamos prometido —dijo la voz de la tele—, regresamos en directo a la feria de San Gerónimo.

Ahora mismo, Jonny debe de estar furioso, pensó alegremente. Y por un segundo se sintió feliz. Luego volvió a mirar la pantalla. Tres chicas jóvenes saltaban y chillaban levantando copas de champán rosa.

—¿Hellenor? —dijo Judy a través del intercomunicador—. SondraBeth estará ahí dentro de un minuto.

—Gracias —contestó Pandy.

Recordando que la furia de Jonny por su presunta muerte sería efímera, entró en el cuarto de estar. La *suite* olía a humedad, como si alguien acabara de encender el aire acondicionado. Aun así, hacía un calor agobiante y Pandy abrió la ventana, que daba a una estrecha escalera. Al oír voces, asomó la cabeza.

SondraBeth estaba de espaldas a ella, discutiendo acaloradamente con un hombre de rostro correoso, en camiseta. Ella dijo algo y el hombre se rio, y las tetillas se le movieron bajo la tela.

Pandy arrugó el entrecejo al reconocer la voz de aquel individuo. Era Freddie el Rata, uno de los de su antigua pandilla del Joules. Por lo visto, SondraBeth había seguido en contacto con él.

Pandy retiró la cabeza. Oyó que tocaban a la puerta y fue a abrir.

SondraBeth ya estaba en el umbral. Se había cambiado de ropa: ahora llevaba un conjunto de ropa deportiva de licra blanca con ribetes plateados. Sostenía en cada mano una bolsa con el logotipo de Mónica.

—Hellenor —dijo al entrar.

Uf, no, pensó Pandy con un suspiro. *Otra vez no*. Se acercó a la puerta haciendo resonar las viejas botas de Hellenor y la cerró con firmeza.

—Ratón… —empezó.

—¡Me alegra *tanto* que estés aquí! —dijo SondraBeth cariñosamente.

—Lo mismo digo —repuso Pandy mientras SondraBeth daba media vuelta y se dirigía al dormitorio—. Te estaba esperando —añadió, malhumorada—. Tenemos que aclarar ciertas cosas. Como por ejemplo que yo…

—No tengo mucho tiempo. —SondraBeth dejó las bolsas encima de la cama y le dedicó su sonrisa más deslumbrante: la sonrisa de Mónica—. Ha habido un cambio de planes. Los Premios a las Mujeres Guerreras del Año son hoy y, debido a la muerte repentina de tu hermana, quieren que yo te entregue el suyo.

—¿A mí? —preguntó Pandy conteniendo un gemido de horror. Miró fijamente a SondraBeth. ¿De verdad no sabía que ella era Pandy?—. Eso no puede ser.

—¿Por qué? Ocurre constantemente —repuso SondraBeth. Rebuscó dentro de una de las bolsas y le tendió un paquete envuelto en papel de seda—. En cuanto la gente se muere, empiezan a darle premios por haber vivido.

—Pero el problema no es ese. El problema es que *estoy viva*.

SondraBeth le acercó más el paquete.

—Claro que estás viva, Hellenor. Pero es a Pandy a quien le dan el premio. Tú vas a recibirlo en su nombre.

Pandy dejó escapar un gruñido.

—Pero lo primero es lo primero —continuó SondraBeth alegremente al tiempo que le ponía el paquete en las manos, y poniendo la voz más zalamera de Mónica añadió—: Para demostrarte cuánto te aprecio, quiero regalarte algunos de mis productos favoritos de la línea de Mónica.

Pandy tiró el paquete a la cama.

—A ver, escúchame… —le espetó, incapaz de contener su irritación.

—Trae, deja que te ayude. —SondraBeth cogió el paquete y se inspeccionó las afiladísimas uñas. Sirviéndose del dedo corazón, rasgó limpiamente el papel de seda y, haciendo una floritura con la mano, levantó una prenda de vestir.

Era una preciosa bata blanca con capucha hecha del tejido más suave, ligero y primoroso que Pandy había visto nunca. Pandy cogió la manga y palpó la tela.

—Es preciosa —dijo con un suspiro.

—¿Verdad que sí? —repuso SondraBeth con aire apesadumbrado, quitándose por fin la máscara de Mónica—. A tu hermana le habría encantado. Me acuerdo de esas veces, cuando nos quedábamos perezoseando en casa con nuestras batas...

—Y todavía con resaca —añadió Pandy.

SondraBeth la miró extrañada.

—¿Quieres probártela? Hazlo por mí. —Sonrió, implorante.

—Está bien —contestó Pandy.

No estaba segura de qué se proponía SondraBeth, pero la bata era tan tentadora que no pudo resistirse.

Se puso la capucha en la cabeza, entró en el cuarto de baño y se miró en el espejo. SondraBeth la siguió. La capucha no disimulaba su calvicie, y ahora parecía una especie de tritón. O, mejor dicho, una refugiada de balneario con ojos enormes y asustados.

De pronto, le asqueó toda aquella farsa.

—Escúchame, Ratón —dijo quitándose la bata y tirándola al suelo—. Si tienes algo que decirme sobre Jonny...

—¡Jonny! —SondraBeth hizo una mueca—. Escúchame tú a mí. La verdad es que estos últimos años... En fin, tu hermana y yo no hemos sido precisamente grandes amigas. Algún día te explicaré el motivo. Pero, mientras llega ese momento, la verdad que es que nunca tuve ocasión de decirle la verdad sobre Jonny.

Se inclinó un poco para alcanzar el armario de las medicinas y añadió:

—Es un asunto muy feo, pero Pandy siempre decía que tú no eras de esas personas que se dejan dominar por sus sentimientos. No como ella. Siempre le dije que con los hombres era demasiado impulsiva, pero no me hacía caso.

—¿Ah, sí? No me digas —contestó Pandy con sorna.

SondraBeth se rio mientras sacaba del armario un mechero y un paquete de tabaco, que le ofreció. Pandy cogió uno.

—Además, como ya sabes que Jonny es un mal tipo... —Sondra-Beth se metió un cigarrillo en la boca y encendió el de Pandy. Se tragó el humo y exhaló rápidamente, como si hiciera un tiempo que no fumaba—. Da la casualidad de que sé que Jonny le debe un montón de dinero a la mafia.

—¿Qué? —Pandy empezó a toser.

SondraBeth le dio unas palmadas en la espalda.

—Sí, ya lo sé. Parece increíble, pero ten en cuenta que Jonny se dedicaba a la hostelería. Le pidió prestado dinero a la mafia. Pero eso no es lo peor.

—¿Es que todavía hay más?

SondraBeth asintió en silencio y, con la actitud culpable de quien sabe que no debería fumar, dio otra calada furtiva al cigarrillo.

—Ese tipo que acaba de estar aquí, Freddie el Rata... Tu hermana y yo solíamos salir de fiesta con él. Hace mucho tiempo.

—Sí, ya sé quién es Freddie —suspiró Pandy.

—Bueno, pues está enterado de todo lo de Jonny. Y me acaba de decir que, si no hay más películas de Mónica, si Mónica *muere*, por decirlo así... —dijo antes de dar otra calada—, la mafia irá a por él por todo el dinero que les debe, porque saben que se quedará sin su gallina de los huevos de oro.

—¿Y qué van a hacer? ¿Matarle? —preguntó Pandy sarcásticamente.

—No seas tonta —replicó SondraBeth—. No van a *matar* a un famoso. No funcionan así.

—¿Cómo lo sabes? —preguntó Pandy.

—Porque hacen *negocios* con gente famosa. Es como si eres traficante de drogas, ¿vale? No te conviene matar a tus clientes.

—Ostras —dijo Pandy, acordándose de los tipos de Las Vegas de los que le había hablado Jonny y de sus conversaciones telefónicas a escondidas en el cuarto de baño.

—Pero no es solo eso —prosiguió SondraBeth—. Es que también ha estado engañando a los de los sindicatos. Que forman parte de la mafia, claro.

—¿Te refieres a esa gente que lleva suministros a sus restaurantes? —preguntó Pandy, asombrada.

SondraBeth achicó los ojos.

—Oye, no me digas que tú también estás en el negocio de la hostelería.

—No. Lo sé porque *estuve casada* con Jonny.

A SondraBeth estuvo a punto de caérsele el cigarrillo.

—¿*Qué?* —dijo—. ¿Tú también?

—¡Soy Pandy! —gritó—. Por Dios santo, Ratón. Nos hemos visto desnudas. ¿Te acuerdas de aquella vez en la isla? Me invitaste a ir a verte y luego me convenciste para que invitara a Doug. Y luego me lo *robaste* —chilló.

SondraBeth dio un brinco hacia atrás, atónita.

—¡Eso no es verdad!

—¿Cómo dices?

—No fue así como pasó. Técnicamente, Doug no era su *novio* —se apresuró a añadir.

—¿Y eso qué más da? Después de acostarte con él, le mandaste conmigo para hacerme un *regalo* —dijo con voz estridente—. Y luego te comportaste como si no fuera para tanto y como si *yo* estuviera loca. ¡Como si la loca que se folla al novio de su mejor amiga a sus espaldas fuera yo! ¿Y quieres saber otra cosa?

—¿Es que hay más? —preguntó SondraBeth.

—Aquel día, la última vez que te miré, vi maldad. *Pura maldad.* Vi que te salía una serpiente de la cabeza y que se abalanzaba a por mí. ¿Y bien? —preguntó al ver su expresión anonadada.

Los ojos de SondraBeth se agrandaron como si la reconociera por fin. Respiró hondo.

—Vaya, pero si eres tú —dijo.

Sacó otro cigarrillo del paquete y, cuando levantó la mano para encenderlo, Pandy vio que estaba temblando.

Y de pronto ella también se sintió mareada, como si estuviera a punto de desmayarse de miedo, de rabia y de emoción. Con la historia que compartían SondraBeth y ella podía escribirse una novela, y sin embargo en ese momento eran como sujetalibros situados en lados opuestos de la estantería más larga del mundo.

Miró a SondraBeth, que la observaba como si no entendiera en qué se había convertido. Ni qué había *hecho*.

—¿Por qué? —preguntó por fin, dolida—. ¿Por qué no me lo has dicho? ¿Por qué has dejado que me comportara como una idiota, que te tratara como si fueras Hellenor?

—*Yo* nunca he dicho que sea Hellenor —contestó Pandy enérgicamente—. Han sido los demás los que…

—Venga, por favor. —SondraBeth cruzó los brazos, enojada.

—Si no recuerdo mal, fuiste tú quien se presentó en mi casa, *colegui* —prosiguió Pandy—. Acuérdate de que yo estaba tranquilamente en Wallis, esperando que llegara Henry para poder cambiarme de ropa, buscar una peluca y volver a ser Pandy, cuando aparecisteis *tú* y tu circo de *paparazzi*.

—Así que es culpa *mía*, ¿eh? ¿Estropeé tus planes?

—¿Qué planes? —gritó Pandy.

—Fingir que eras Hellenor. ¿Cuánto tiempo planeabas mantener esta farsa?

—¡Yo no planeaba nada!

—¡Sabías lo de la mafia y querías matar a Mónica!

—Por supuesto que no —replicó Pandy—. ¿Por qué iba a querer matar a Mónica?

—Dímelo tú.

Como Pandy seguía negando con la cabeza, SondraBeth empezó a hablarle como si fuera idiota. Afirmando lo obvio, dijo:

—Querías matar a Mónica para vengarte de Jonny.

—Sinceramente —dijo Pandy—, nunca se me ha pasado por la cabeza.

—Bueno, supongo que ya es imposible —dijo SondraBeth con el ceño fruncido—. Ahora que sé que eres Pandy.

Pandy encendió otro cigarrillo.

—Pareces un poco decepcionada.

—Estoy sorprendida, nada más. —SondraBeth encendió su cigarrillo y la miró inquisitivamente—. Entiendo por qué lo hiciste. Si yo me hubiera casado con un tipo como Jonny…

—Esa suerte que tienes, que no lo has hecho —replicó Pandy.

Ahora lo entendía todo. No se trataba de Jonny. Se trataba de Mónica. SondraBeth había creído que ella era Hellenor y, sabiendo que Hellenor tenía los derechos de Mónica, evidentemente la había llevado allí para convencerla de que aceptara que se hicieran más películas de Mónica. Igual que PP.

—En todo caso, da igual, porque estoy viva. —Dio una melancólica calada a su cigarrillo—. ¿Por qué iba a importarte lo que pasara entre Jonny y yo? —preguntó de repente—. A fin de cuentas, lo mío con Doug no te importó.

SondraBeth dio un paso atrás y aspiró bruscamente por la nariz. Como si estuviera acordándose de aquel horrible momento en la isla, cuando se pelearon por Doug, dijo:

—Ah, ya lo entiendo. Sigues enfadada.

—¿Enfadada por qué?

—¿Por Doug Stone? —dijo SondraBeth con sorna.

Pandy se rio irónicamente.

—Por supuesto que sigo enfadada. *Yo* no olvido nunca esas cosas.

—Por supuesto que no —repuso SondraBeth.

Pandy zanjó la cuestión con una risa desganada.

—¿Por qué lo hiciste? —preguntó.

—¿De verdad quieres saberlo?

Pandy cruzó los brazos.

—Pues sí, la verdad.

—Ay, Pichón —dijo SondraBeth—. Tú siempre exageras las cosas. No había ninguna conspiración, absolutamente ninguna. Es solo que estaba celosa. No me digas que tú no has tenido celos de mí. —Meneó la cabeza.

—¿Cuándo? —contestó Pandy en tono desafiante.

—¿Cuando la fiesta del alcalde? ¿Cuando me invitaron a mí y a ti no?

—Supongo que te lo dijo Doug —dijo Pandy—. Bueno, ¿y qué? Puede que estuviera celosa. Pero eso no significa que tuvieras derecho a robarme a *mi chico*.

—Claro que no —contestó SondraBeth con sarcasmo—. Porque, como de costumbre, PJ Wallis es mucho mejor persona que yo. Porque *tú* te criaste entre algodones.

—No empieces con eso otra vez —le advirtió Pandy.

—Mira, cometí un error —dijo SondraBeth—. De verdad que no creía que fueras a enfadarte tanto. Dijiste que habías terminado con él. Pensé que opinabas lo mismo que yo. Que era una especie de juguete de PandaBeth.

—¿Qué? —preguntó Pandy con voz aguda.

—Venga, cálmate, Pichón. Es una broma. ¿Todavía no has aprendido que tienes que dejar de ser tan idealista? Seguro que ya sabes que estas cosas pasan en la vida. Lo que ocurre es que no soportas que te pasen *a ti*. Además, yo nunca he estado enamorada de Doug.

—Creía que erais «almas gemelas» —replicó Pandy con desdén.

—Bueno, la verdad es que me di cuenta enseguida de que no lo éramos. —SondraBeth volvió a entrar en el dormitorio y Pandy la siguió—. Sobre todo cuando descubrí que mi presunta alma gemela se tiraba a todo bicho viviente y que todo el mundo le cubría las espaldas. Pero entonces ya era demasiado tarde. La prensa había publicado que estábamos juntos. Y entonces fuiste tú y te casaste con Jonny.

Pandy frunció el entrecejo.

—¿Qué tiene eso que ver?

—Nada —repuso SondraBeth recostándose en la cama—. Solo que, cuando tú y Jonny os casasteis, el estudio decidió que era una idea estupenda que Mónica también se casara.

—¿Me estás diciendo que lo de comprometerte con Doug fue idea del estudio?

—¿Creías que era idea mía? —preguntó SondraBeth.

—¿Y por qué no te negaste?

—Porque me gustaba acostarme con él, y era buena publicidad para Mónica. De hecho, estuve a punto de casarme... *por* Mónica. Pero al final no fui capaz. No le quería y no soportaba cargar con tantas mentiras. Además, ¿por qué tenía que casarse Mónica? —continuó, exasperada—. ¿Qué había de la PJ Wallis de siempre? ¿De la PJ que decía que Mónica nunca se casaría, porque ella no pensaba casarse nunca?

Pandy dio un respingo.

—Me enamoré, supongo. Y ahora, por culpa de Jonny y sus deudas, tengo que escribir *otro* libro de Mónica. Y como me he divorciado, Mónica también tiene que divorciarse. Después probará a ligar por Internet.

—¿Va a seguir intentando encontrar novio? ¡Por el amor de Dios, tiene cuarenta y cinco años! —exclamó SondraBeth—. ¿Cuánto tiempo de su vida tiene que dedicar a salir con hombres? La actriz que la *interpreta* desde luego no tiene tiempo para salir con nadie. No tiene tiempo ni para limpiarse los dientes con un palillo.

—Sí, la he cagado del todo, ¿vale? —replicó Pandy.

—¿Y eso por qué?

—No puedo contártelo —contestó Pandy entre dientes.

—¿Qué has hecho? —insistió SondraBeth.

—Una cosa increíblemente estúpida. —Pandy la miró malhumorada—. No hice firmar a Jonny un acuerdo prenupcial y luego le di cientos de miles de dólares para su restaurante de Las Vegas. Y ahora *estoy* en la ruina y seguramente tendré que vender mi *loft* y escribir un millón de libros más sobre Mónica.

—¿Por qué le diste todo tu dinero? —preguntó SondraBeth cuando Pandy empezó a llorar.

—Sabía que no tenía que hacerlo, pero me sentía culpable —sollozó—. Porque mi carrera iba genial y la de Jonny… En fin, también debería haber ido genial, y él se comportaba como si todo fuera de perlas, pero no era cierto. Estaba perdiendo dinero. Y luego, cuando no pudo devolverlo, yo me vi obligada a escribir otro libro de Mónica. Y Mónica tuvo que casarse, y ahora tendrá que divorciarse… —Empezó a hipar mientras miraba la tele, en la que volvían a emitir la noticia sobre la muerte de PJ Wallis—. O algo peor. Puede que ahora que *yo* estoy muerta, Mónica también tenga que morir.

—Así que todo esto es culpa de Jonny.

—Y yo sigo sin poder hacer nada al respecto. Porque no estoy muerta —repuso Pandy sacudiendo el puño con la vista fija en la tele.

SondraBeth miró la pantalla y volvió a mirarla a ella. Luego se le puso una mirada extraña en los ojos.

—Pichón —dijo con ese tonillo que había sido el principio de numerosas peripecias—, no tienes ni idea de las ganas que tienen esos tipos de la mafia de darle un escarmiento a Jonny.

—¿SondraBeth? —dijo la voz de Judy por el intercomunicador—. Necesito que te prepares.

—Gracias, Judy —respondió ella alegremente al pulsar el botón. Luego cogió su teléfono y sonrió—. Voy a llamar a Freddie. Creo que sé cómo puedes seguir siendo Pandy y al mismo tiempo darle su merecido a Jonny. —Mientras marcaba el número, le lanzó su vieja sonrisa de PandaBeth—. Lo único que tienes que hacer es seguir siendo Hellenor unas cuantas horas más.

∽

Cinco minutos después, seguía discutiendo.

—¡No! —Pandy se levantó y apagó su cigarrillo—. No funcionaría, es imposible —añadió enérgicamente—. Además de que es un dis-pa-ra-te, yo no puedo hacerme pasar por Hellenor.

—Pero si ya lo has hecho —señaló SondraBeth—. Hasta yo pensaba que eras ella, hasta que me contaste lo de esa serpiente que viste salir de mi cabeza. —Hizo una pausa y la miró con afecto—. Colegui, estás calva. ¿Te das cuenta de lo mucho que cambia eso a la gente? Varía por completo las proporciones de la cara. Ni los fotógrafos te reconocieron.

—Menudo chasco —reconoció Pandy, y cruzó los brazos—. Además, aunque *fuera* Hellenor...

—Freddie me ha dicho que esa gente del sindicato le tiene preparada una sorpresita a Jonny en lo de la pierna.

Pandy soltó un gemido y se dejó caer en el sillón. *La pierna.* Además del Premio a la Mujer Guerrera del Año, del que se había olvidado por completo durante el infierno que había vivido esos últimos meses, ese día era la inauguración del zapato de Mónica, una nueva estrategia publicitaria que estaba probando el estudio. Según decía SondraBeth, por eso llegaba tarde la pierna de Mónica: porque iba a tener su día especial.

—SondraBeth —dijo otra vez Judy por el intercomunicador—, necesitamos que te prepares.

—No tenemos mucho tiempo —murmuró SondraBeth—. Lo único que tienes que hacer es ir a los Premios a la Mujer Guerrera del

Año haciéndote pasar por Hellenor, recoger el premio, anunciar que vas a matar a Mónica y luego, mientras la mafia se encarga de Jonny, iremos las dos al evento de la pierna, donde volverás a ser Pandy.

Ella soltó un gruñido.

—Has elegido un día estupendo para morir, PJ Wallis —dijo SondraBeth, como si fuera Pandy quien había tramado aquel plan.

—¿Puedo por lo menos llamar a Henry? —preguntó.

—Claro. —SondraBeth le lanzó el teléfono y, con su mejor voz de la Malvada Bruja del Oeste, añadió—: Recuerda que solo tienes cinco minutos para decidirte.

Y se marchó.

∞

Jodida Ratón, pensó Pandy al volver a entrar en el dormitorio hecha una furia. Quizá por eso no se habían visto durante tantos años: porque, cuando se veían, ocurrían cosas absurdas. Cosas malas. Cosas bochornosas. Cosas que casi hacían que una se alegrase de no tener madre a quien contárselo.

Se echó en la cama y miró los paquetes. Por lo menos no habían consumido cocaína. Así que, pensándolo bien, aún no había pasado nada *del todo* grave.

Entonces se puso a rebuscar entre los paquetes para asegurarse de que SondraBeth no había escondido ningún «regalito» en la bolsa. A fin de cuentas, acababa de ver a Freddie el Rata, y *aquello* era lo suyo…

Se alegró de ver que las bolsas solo contenían ropa deportiva suave y lujosísima.

—¿Hellenor? —Judy parecía cada vez más estresada—. Necesitamos que estés arriba dentro de *tres* minutos.

Vale, pensó Pandy. Se quitó la ropa de Hellenor y se puso un conjunto azul marino con el nombre de MÓNICA escrito en color plata en la espalda.

Entonces oyó la voz de Jonny. Procedía de la tele. Allí estaba *otra vez*, delante de su edificio. Solo que ahora estaba hablando con un periodista.

—¿Quién es Hellenor Wallis? —preguntó—. Es lo que quiero saber. —Se volvió para mirar directamente a la cámara y, componiendo su característica sonrisilla de guaperas, añadió—: Sé que estás ahí, Hellenor. Y te estoy buscando.

¿Jonny estaba buscando a Hellenor? Pues estaba a punto de descubrir que a él también había gente buscándole.

Apagó la tele. Estaba a punto de guardarse el teléfono en el bolsillo cuando se acordó de Henry.

Tenía que llamarle. Por lo menos para decirle dónde estaba. Marcó su número, preparándose para mentir como una bellaca.

∞

El teléfono sonó y sonó, y Pandy se descubrió rezando por que Henry no contestara. Pero contestó, justo antes de que saltara el buzón de voz.

—¿SondraBeth? —preguntó con cautela.

—¡Henry! ¡Soy yo! —chilló ella con un entusiasmo que enseguida le pareció excesivo.

—Será una broma —dijo Henry con sorna—. Creía que estabas muerta.

—Eso cree todo el mundo —dijo con una risita alegre—. Ha sido todo un enorme malentendido.

—Sí. Ya lo veo, por cómo ha quedado Wallis House. No me extraña que hayas huido. Y me estás llamando desde el móvil de Sondra-Beth, así que supongo que estará por ahí.

—Uy, sí —contestó Pandy en tono tranquilizador—. Está arriba. Yo estoy abajo, en la *suite* de invitados de su casa.

—¿Significa eso que volvéis a ser amigas?

—¿Por qué lo dices? —preguntó ella despreocupadamente.

—Por vuestras andanzas de esta mañana. Revolcándoos las dos en el barro como gorrinos.

Pandy se hizo la sorprendida.

—¿Lo has visto?

—¿Cómo *no* iba a verlo? Está por todo Instalife. SondraBeth Schnowzer revolcándose en el barro y tú detrás, vestida como el albañil de los Village People.

—Tuve que ponerme ropa de Hellenor. Porque la mía ya no me cabe —dijo Pandy, empezando a irritarse—. Eso por no hablar de que estoy *calva*. —Respiró hondo y añadió, compungida—: En todo caso, he intentado decirles que era Pandy, pero nadie me cree. Es como en uno de esos horribles juegos de «¿qué pasaría si…?». ¿Qué pasaría si todo el mundo pensara que estás muerta y no fuera verdad?

—El día va de mal en peor, ¿no crees? —comentó Henry—. *Acabo de irme de Wallis*. He tardado una hora en echar a los *paparazzi* de la finca. ¿Te imaginas lo que pasaría si *de verdad* te murieras?

—Empiezo a hacerme una idea.

—¿Hellenor? —dijo la voz de Judy por el intercomunicador.

—Lo siento, Henry, tengo que dejarte.

—Quédate ahí —dijo él— y no hagas *nada* hasta que llegue yo.

—De acuerdo —contestó Pandy antes de que colgara.

Se sentía mal por mentirle, pero con un poco de suerte todo saldría bien y Henry no tendría que enterarse de lo idiota que había sido con Jonny.

Sabía lo decepcionado que se sentiría con ella si se enteraba.

—¿Judy? —dijo—. Soy Hellenor. Estoy lista.

18

Estaba lista y requetelista hora y media después, cuando la furgoneta circulaba velozmente por West Side Highway, camino de los Premios a la Mujer Guerrera del Año. Tras ponerse en las capaces manos del equipo de maquillaje y vestuario de Mónica, ahora vestía chaqueta de cuero negro, pantalones negros y zapatos de charol del mismo color.

Judy iba sentada a su lado en la tercera fila de asientos. En la segunda iban SondraBeth y PP, y en la primera el equipo logístico: un guardaespaldas y el chófer, que también podía hacer de escolta llegado el caso.

—O sea, que va armado —le había informado PP.

Pandy había asentido con expresión solemne. Normalmente, ese tipo de información la habría puesto nerviosa. Se habría preguntado a sí misma qué clase de persona era, que permitía que la llevaran por Manhattan dos hombres armados. Le parecía poco ético. Pero no estaba en situación de cuestionarse nada. De hecho, tendría que alegrarse de llevar escolta, después de la amenaza que había hecho Jonny en la tele.

Una amenaza que no le había pasado desapercibida al equipo.

—Hellenor —dijo Judy mirando preocupada su teléfono—, ¿qué es esto que dicen en Instalife de que el exmarido de Pandy te está buscando?

—Jonny es un auténtico cerdo —contestó SondraBeth tranquilamente, antes de que Pandy pudiera intervenir.

Desde que había subido a cambiarse y maquillarse, SondraBeth apenas la había perdido de vista. Parecía estar atenta a cualquier conversación en la que Pandy pudiera revelar la verdad sin darse cuenta.

—Es que parece que está loco de verdad —comentó Judy—. Como si tuviera algún problema psiquiátrico, una enfermedad mental.

—Es que así es. ¿No opinas tú lo mismo, PP? A fin de cuentas, erais amigos —dijo SondraBeth maliciosamente.

—No exactamente —contestó él—. Teníamos una relación cordial. Pero solo hacía negocios con él, nada más. Intentaba ganar algún dinero.

—¿Y qué tal te salió el negocio? —preguntó Pandy con sorna.

SondraBeth se rio por lo bajo.

—Sí, ¿qué tal te salió?

—La verdad es que, si fueras más hombre, querrías darle una paliza a ese mamón —comentó Pandy en voz lo bastante alta para que la oyera SondraBeth, y PP no (posiblemente).

SondraBeth soltó una ruidosa carcajada.

Vestida con toda la parafernalia de Mónica, apenas podía volver la cabeza. Llevaba tantas extensiones, postizos, fajas y sujetadores de silicona que parecía una marquesa de la corte de Luis XIV.

—Hellenor no lo decía en serio —añadió—. No es nada partidaria de la violencia. Igual que todos nosotros. —Le lanzó a Pandy una mirada de advertencia—. Además, estoy segura de que el karma le dará su merecido a Jonny. De eso nadie puede escapar.

—De hacienda —repuso Pandy—. De eso es de lo que nadie puede escapar.

—Lo que me recuerda —dijo PP mientras miraba su teléfono— que, gracias a la escenita que os montasteis esta mañana, lo de revolcaros por el barro, vas a tener que dejar muy claro que Mónica está viva, y muy viva.

—Por supuesto que está viva —replicó SondraBeth—. ¿Por qué iba a pensar nadie que está muerta?

—En Instaverse aseguran que cuando te tumbaste en el barro dijiste: «He enterrado a Mónica».

—¿Qué? ¿Como John Lennon en el *White Album*? —bufó Pandy desdeñosamente.

—«He enterrado a Paul.» Muy bien, Hellenor —dijo PP, complacido—. Quizá puedas dirigir un estudio algún día. —Miró a SondraBeth—. Cuando le entregues el premio a Hellenor, asegúrate de afirmar expresamente que Mónica está viva.

—¡Está *viva*! ¡Vive! —exclamó SondraBeth, divertida, mirando a Pandy.

El semáforo se puso en verde y el coche arrancó con una sacudida.

—¡Ay! —se quejó Pandy, tocándose el chichón de la cabeza pelada.

∽

Veinte minutos después, el todoterreno cruzó por fin las puertas de Chelsea Piers. Después de que les pararan varios guardias de seguridad, les dijeron que esperaran. Aunque faltaba una hora para que empezara el evento, había ya centenares de fotógrafos en las gradas que flaqueaban la alfombra, posados como los cuervos negros de Hitchcock en los cables del teléfono, frente a la escuela infantil. Pandy advirtió que tras las vallas metálicas se había congregado una muchedumbre de fans con copas de champán de plástico sujetas a la cabeza.

Aquello iba a ser interesante.

Ansiosos por ver a Mónica, un grupito de fans había conseguido saltarse las barreras de seguridad y se acercaba al coche.

Presintiendo el peligro, el guardaespaldas salió del coche y se situó con los brazos cruzados delante de la puerta de SondraBeth.

—¿Qué hacemos ahora? —preguntó Pandy.

—Esperar —contestó SondraBeth.

—¿A qué?

—A que alguien venga a buscarnos.

Pandy miró por la ventanilla e hizo una mueca. El grupo había rodeado el coche. Una cara se pegó a su cristal un segundo; luego el guardaespaldas la apartó bruscamente. Pandy casi habría pensado que eran imaginaciones suyas, de no ser por la mancha de grasa que dejó en el cristal.

Tuvo la sensación de que el horizonte empezaba a ladearse al tiempo que la ansiedad iba apoderándose de ella. Las grandes multitudes la asustaban. Siempre creía que iban a pisotearla.

—¿Hellenor? ¿Estás bien?

Le pareció que la voz de SondraBeth le llegaba desde muy lejos.

—Bebe un poco de agua —dijo PP pasándole una botella.

—Es por todos esos fans —terció SondraBeth, girándose un poco para dirigirse a PP—. A mí también me pasaba antes, ¿te acuerdas? Me sentía como una farsante. Estaba en el coche, con el corazón acelerado y sudando a chorros, y pensaba: «¿Y si salgo y se dan cuenta de que soy una impostora? ¿De que no soy Mónica de verdad? ¿Y si toda esa gente se cree que va a ver a Mónica y descubre que solo va a ver a SondraBeth Schnowzer? ¿Y si...?».

—¿Y si te descuartizan miembro a miembro? —concluyó Pandy, solo a medias en broma.

No era una pregunta jocosa. Otro grupo de fans se había colado entre las vallas y se acercaba al coche.

¡Plinc! Una copa de champán de plástico impactó en la luna trasera. Pandy soltó un chillido.

—Revísate el maquillaje, es lo que siempre hago yo —le aconsejó SondraBeth mientras se miraba en el espejito del coche.

Entonces llegó la policía y, tras alejar a la multitud, dio indicaciones al chófer para llegar a la caseta donde se hallaba la entrada al *backstage*, protegida por una valla de alambre. Pandy exhaló un suspiro de alivio cuando el todoterreno se detuvo junto al muelle de carga que conducía al *backstage*. El agua que había bebido le había llegado a la vejiga y necesitaba hacer pis. Se incorporó, ansiosa por salir del coche.

La puerta se abrió. SondraBeth se irguió ligeramente y, girándose para mirar por la puerta abierta, evaluó la situación.

—Voy a necesitar una rampa —dijo.

—¡Necesita una rampa! ¡Que alguien le traiga una rampa! —se oyó gritar a varios hombres en el exterior.

Pandy exhaló un profundo suspiro y volvió a sentarse, apretando los muslos. Qué fastidio. SondraBeth estaba en medio de la puerta. Y ella no podría moverse de allí hasta que alguien le trajera la maldita rampa.

Por eso odiaba el mundillo del espectáculo.

—A lo mejor podrías cambiarte de zapatos —dijo mientras se preguntaba cuánto tiempo más podría aguantar el pis—. Si llevaras otros, podrías salir de aquí cagando leches, y *nosotros* también.

—No —contestó SondraBeth con un siseo furioso—. Tiene que ser así. Es por *el traje*. En cuanto me lo pongo, tengo que dejármelo puesto tal y como está hasta que me lo quito del todo. ¿Entiendes?

En ese momento llegó la rampa.

—¡Ya está! —gritó alguien, y muy despacio, ayudada por dos fornidos individuos de cabeza afeitada, SondraBeth descendió del coche.

Y entonces desplegó el vestido, abriendo los paneles de color negro metalizado de su larguísima falda. Pandy la observó fascinada cuando levantó lentamente los brazos y la tela se abrió, dejando ver lo que parecían ser dos alas negras iridiscentes.

—Santo cielo —dijo PP al salir detrás de Pandy—. Parece una mosca gigante.

Judy habló por el micrófono incorporado a sus auriculares y un segundo después les rodeó un grupo de ayudantes, productores y personal de servicio. SondraBeth fue conducida a su vestuario.

Hellenor Wallis, al salón verde.

Sin hacer caso del bufé de frutas, golosinas y canapés, Pandy corrió al aseo. Justo cuando se estaba subiendo los pantalones, oyó que llamaban a la puerta.

—¿Hellenor? Soy Judy. Quieren que hables con la prensa. ¿Estás lista?

Ella sonrió.

—Estoy lista —dijo.

∞

—Cuando su hermana se sentó a escribir Mónica, ¿cree usted que en algún momento se le pasó por la cabeza que ocurriría esto? —preguntó uno de los periodistas reunidos en torno a Pandy, en el salón verde.

—No, no creo. No creo que nadie hubiera podido imaginarlo —contestó Pandy, confiando en parecer suficientemente apenada.

—Pero a ella le habría encantado, ¿no cree? —insistió el periodista.

—Sí, desde luego.

Pandy echó una mirada a la gran pantalla de televisión, en la que se veían la valla publicitaria de Mónica, cubierta por una tela, y una serie de cuerdas y poleas. «Hoy se Inaugura El Zapato de Mónica», rezaba el titular.

—¿Qué le tenía PJ Wallis reservado a Mónica en el futuro? Además de sus nuevos zapatos —preguntó el periodista.

Pandy apartó los ojos de la valla publicitaria.

—La verdad es que Pandy acababa de terminar un libro que *no* trataba sobre Mónica.

—Entiendo. ¿Y qué puede decirnos de ese rumor según el cual el exmarido de Pandy, Jonny, afirma que usted no es realmente Hellenor?

Pandy ladeó la cabeza. Sabía que Jonny la estaba buscado, pero aquello era una novedad.

—Tengo entendido que no es precisamente un lince.

—Si tuviera usted un mensaje de PJ Wallis para todas esas fans de Mónica que se han congregado aquí hoy, ¿cuál cree que sería?

Pandy miró fijamente a la cámara y contestó tajantemente:

—Muy sencillo: no os caséis nunca.

—Gracias, Hellenor.

—¿Hellenor? —dijo otro periodista—. ¿Podemos grabarte con el zapato de Mónica?

—¿El zapato de Mónica está aquí? —preguntó Pandy.

—De ahora en adelante, esos zapatos irán donde vaya SondraBeth. Tiene que ponérselos para la inauguración —explicó Judy, y añadió hablándole a su micro—: ¿Puede traerme alguien los zapatos de Mónica, por favor?

Un momento después apareció la ayudante de estilismo con un par de botines de ante rojo con flecos y tacón de aguja, rellenos con papel de seda. Pandy sujetó los botines a ambos lados de su cara y sonrió a las cámaras.

—¿Qué opina del gran homenaje que está preparando SondraBeth con motivo del funeral de su hermana? —preguntó otra periodista.

A Pandy se le congeló la sonrisa.

Los fotógrafos hicieron unas cuantas instantáneas más y se marcharon.

—¿Un homenaje? —le preguntó Pandy a Judy y, girando sobre sus talones, echó a andar por el pasillo hacia el vestuario de SondraBeth.

—¿Hellenor? —dijo Judy corriendo tras ella—. Ya puedes dejar los botines. Tengo que devolverlos a vestuario.

Haciendo caso omiso, Pandy tocó a la puerta con el afiladísimo tacón de uno de los botines.

—¿SondraBeth? Tengo que hablar contigo.

—Pasa —contestó SondraBeth con un ronroneo.

—Hellenor —insistió Judy tras ella—, ¿va todo bien?

—Necesito hablar a solas con SondraBeth. Sobre mi hermana y su *fallecimiento*.

Giró el pomo, entró y cerró la puerta con firmeza a su espalda.

SondraBeth estaba de pie en medio de la habitación. La falda desplegable estaba sujeta a un rígido corpiño negro recubierto de pequeñas emes de cristal.

—Ah, qué bien. —SondraBeth estiró los brazos para coger los botines—. Me has traído mis zapatos.

—Los zapatos de Mónica —puntualizó Pandy.

SondraBeth cogió los zapatos y se acercó con mucho cuidado al tocador para dejarlos sobre la encimera. Se giró, muy tiesa, y se bamboleó mirando a Pandy mientras bajaba lentamente los brazos.

—Bueno, tú dirás —dijo examinándose las uñas.

Al verle las uñas, Pandy contuvo un gemido de sorpresa. De cada uno de los dedos de SondraBeth brotaba una reproducción en miniatura de un edificio famoso. Pandy distinguió el Edificio Chrysler, la Torre Eiffel y la Space Needle. Haciendo un esfuerzo, apartó la mirada y se dejó caer en la silla plegable.

—¿Qué es eso que he oído de que estás organizando un homenaje para Pandy?

—Ah, eso. —SondraBeth sonrió y señaló a Pandy con el Empire State Building—. Es una cosa que se me ha ocurrido.

Pandy la miró con enfado.

—¿Cuándo?

—Pues en ese mismo momento. Un periodista me ha preguntado si sabía algo del funeral y…

—Pues ya puedes ir quitándote esa idea de la cabeza, porque a última hora de hoy volveré a estar viva. O sea, que no va a haber ningún funeral.

—Claro que no. Pero si se lo hubiera dicho al periodista habría parecido bastante sospechoso, ¿no crees? Muere PJ Wallis ¿y no le hacen un funeral?

—Supongo que tienes razón —dijo Pandy, y entornó los ojos—. Solo quiero asegurarme de que nos entendemos. En cuanto acabe la entrega de premios, volveré a ser Pandy.

—¿SondraBeth? —dijo Judy llamando a la puerta. La abrió un poco y asomó la nariz por la rendija—. Te necesitan en el ensayo.

SondraBeth salió lentamente al pasillo.

—¿Cómo va a cruzar el escenario con ese armatoste? —le preguntó Pandy a Judy en voz baja.

—No tiene que cruzarlo. Es un escenario giratorio.

Pandy se quedó de piedra.

—¿Como un tocadiscos?

—O como una de esas bandejas de los restaurantes chinos. No te preocupes, no pasa nada. Tú solo tienes que salir un minuto o dos al escenario —añadió Judy por encima del hombro, y se alejó rápidamente hacia el lugar donde SondraBeth estaba siendo izada a un cochecito para su traslado al escenario. Saltó al asiento del copiloto y añadió—: No te vayas muy lejos, Hellenor. Puede que también te necesitemos a ti.

—De acuerdo —contestó Pandy.

Respiró hondo, tratando de calmarse, mientras Judy y SondraBeth doblaban la esquina. Dio un paso adelante para seguirlas, pero notaba las piernas como si fueran de goma. ¿Hasta qué punto iba a ser grande aquella producción? Tenía que ser bastante grande si había un escenario giratorio. Angustiada ante la idea de tener que aparecer delante de toda esa gente, decidió fumarse un cigarrillo para relajarse un poco.

Salió a trompicones por la puerta más cercana y estuvo a punto de chocar con una chica que llevaba una bandeja de champán.

—Lo siento —dijo.

—No, no debería haberme puesto delante de la puerta. Pase. ¿Le apetece una copa de champán?

—Pues sí, claro. —Pandy cogió una copa y, al apartarse, casi chocó con un maniquí vestido de Wonder Woman.

Se rio al enderezar el muñeco y sonrió con ternura al maniquí de Juana de Arco, que estaba colocado junto al de Marilyn Monroe. Se encontraba en el Paseo de la Fama de las Mujeres Guerreras, una exposición algo cursilona que se había convertido en una tradición de la entrega de premios. Se suponía que los invitados debían visitarla a la hora del cóctel.

El recinto empezaba a llenarse poco a poco. Sacudiendo la cabeza, Pandy se detuvo a contemplar el ajado traje de la pobre Madre Teresa. SondraBeth y ella habían asistido juntas a aquellos premios hacía años, cuando todavía eran amigas. Se prepararon una rayita de coca en el cuarto de baño, «para darse valor», dijo SondraBeth, y luego se pasearon por la exposición.

Alguien le tocó el hombro. Detrás de ella había tres chicas jóvenes.

—Perdone que la molestemos…

—Pero ¿es usted Hellenor Wallis?

—Sí que lo es. ¡Le hemos visto en Instalife esta mañana!

—¿Podemos hacernos una foto con usted?

—Pues… sí, claro. —Pandy sonrió, y luego se acordó de que no debía sonreír.

—Su hermana era muy importante para mí —murmuró la primera chica mientras acercaba su cabeza a la de Pandy y sostenía el teléfono para hacerse un *selfie*—. Era mi ídolo. Quería ser como ella.

—¡Yo también quiero una foto!

—¿Solo una más? ¡Me muero si no consigo una foto!

Una muchedumbre de mujeres se estaba congregando a su alrededor. Dos asistentes se abrieron paso entre ellas, tratando de ahuyentarlas.

—Señoras, por favor.

—¡Pero he venido desde Filadelfia!

—No me molestan —dijo Pandy sonriendo amablemente.

Por un instante, volvió a sentirse en su elemento. Hizo una seña a la mujer para que se aproximara, le pasó el brazo por los hombros, acercó la cabeza y «¡Sonríe!».

Siguió otra, y luego muchas más.

—Me *encanta* Mónica. La quiero *muchísimo* —decían con los ojos un poco vidriosos.

—Espero que te quieras a ti misma tanto como a ella —contestaba Pandy.

Le daban ganas de zarandearlas y de decirles que no se aferraran a una fantasía.

Imaginaba que así debía de sentirse SondraBeth todos los días: literalmente embriagada por tantas atenciones, por los halagos irresistibles y la emoción desatada. Y sin embargo, en medio de aquella burbuja, despuntaba un sentimiento de lo más extraño: la mala conciencia del hipócrita.

—Hellenor. —Judy apareció de pronto a su lado y la tiró del brazo—. Tenemos que irnos. A ti también te necesitan en el ensayo.

∞

—Por aquí —dijo la ayudante de producción mientras conducía a Pandy por una estrecha alfombra estriada sujeta con cinta verde fluorescente.

La llevó hasta una escalera y la hizo pasar rápidamente a una pequeña plataforma delante de la cual había un enorme círculo cubierto con plástico.

El temible escenario giratorio.

—Usted se pone aquí —dijo la ayudante al tiempo que la hacía pasar al círculo.

—¡Hola! —gritó SondraBeth.

Estaba de pie en el centro del círculo, saludándola rígidamente con la mano.

—Hola —respondió Pandy.

SondraBeth parecía la figurita de la novia de una tarta nupcial, salvo porque iba vestida de negro.

—Se acerca a SondraBeth —continuó enérgicamente la ayudante como si no estuviera de humor para tonterías. Instó a Pandy a avanzar y añadió—: Y entonces se para y recoge el premio.

Pandy se detuvo delante de SondraBeth, que hizo como que le entregaba la estatuilla.

—Y después —prosiguió ásperamente la ayudante—, se vuelve y se acerca al atril. —Avanzó unos pasos para mostrarle hacia dónde tenía que dirigirse—. Y se para. Y dice...

—Soy Hellenor Wallis —dijo SondraBeth detrás de ella.

—Soy Hellenor Wallis —repitió Pandy.

—Y todas las pantallas se encenderán formando un círculo alrededor de la sala...

—¿Hay pantallas? —preguntó Pandy, nerviosa.

—Para que podamos recibir preguntas —contestó el realizador a través de un altavoz que parecía estar justo encima de su cabeza.

—¿Va a haber preguntas? —preguntó Pandy a aquel hombre invisible.

—Durante su aparición, no. Lo único que tiene que hacer es recibir el premio y dar las gracias en nombre de su hermana.

—¿Nada más? ¿No puedo dedicarle unas palabras? —preguntó Pandy.

—Tenemos poco tiempo —respondió la ayudante agarrándola otra vez del brazo para conducirla al otro lado de la plataforma—. El escenario estará girando. Usted se queda aquí para que podamos sacarla en las pantallas y luego, cuando llegue a la plataforma por la que ha entrado, se baja y vuelve al *backstage* cruzando el Salón de la Fama, que ya estará cerrado al público. ¿Entendido? —preguntó enérgicamente.

—¡Hellenor! —dijo Judy haciéndole señas desde la plataforma—. Aquí hay alguien que quiere verte.

—¡Jonny! —gimió Pandy al recordar que su exmarido había amenazado con ir en su busca.

Y a esas alturas ya tenía que saber que estaba con SondraBeth en la entrega de premios: había un montón de fotos en Instalife.

Judy sonrió.

—Es el agente de Pandy.

Y allí estaba Henry, al pie de la escalera.

☙

—Vaya, vaya, vaya. ¿Qué tenemos aquí? —dijo Henry dando una vuelta a su alrededor.

Pandy hizo una mueca y se llevó automáticamente la mano a la cabeza calva.

—Disculpe, señorita… —dijo él volviéndose hacia Judy.

—Judy —contestó ella—. Soy la mano derecha de SondraBeth.

—¿Hay algún sitio en el que… —Henry miró a Pandy con enfado—… en el que *Hellenor* y yo podamos hablar en privado?

—Pueden usar el camerino de SondraBeth. Ella va a tener que quedarse junto al escenario hasta que empiece la gala. Cuesta demasiado moverla —contestó Judy por encima del hombro mientras les conducía al Salón de la Fama, que ahora estaba abarrotado.

Los agudos chillidos de mujeres que habían tomado ya más champán de la cuenta resonaban en la sala como el canto de una multitud de pájaros exóticos.

—¡Henry! —gritó alguien.

Pandy se volvió y vio que Suzette se acercaba a ellos a toda prisa, con Meghan, Nancy y Angie a la zaga. Dedujo por cómo se bamboleaban las cuatro sobre sus tacones que ya habían ingerido un par de copas de champán.

Suzette le echó los brazos al cuello a Henry, con lágrimas en los ojos. A los pocos segundos estaban rodeados y sus llorosas amigas tiraban de Pandy en todas direcciones.

—¡La hermana de PJ Wallis!

—¡Pobre Pandy! ¡Era tan vital!

—Es imposible hacerse a la idea de que se haya ido para siempre.

—¿Cómo ha podido pasar algo así?

—Y tan joven, además.

—Era literalmente la mejor. La *mejor* mujer de todo Nueva York...

—Gracias, gracias.

Los murmullos fueron creciendo en intensidad por toda la sala. *PJ Wallis. Icono. Terrible pérdida. Hellenor Wallis. La hermana. Allí. Se parecen mucho.*

—Disculpad —dijo Henry, tirando del brazo de Pandy para hacerla volver a la realidad. Y, siguiendo a Judy, la condujo a través de una salida que daba al pasillo del *backstage*.

—Aquí lo tienen —dijo Judy al abrir la puerta del camerino de SondraBeth.

—Gracias —repuso Henry. Hizo entrar a Pandy, cerró la puerta y echó el pestillo. Luego cruzó los brazos—. Explícate.

—No sé por dónde empezar.

—Pues inténtalo.

—Me convenció SondraBeth. Solo van a ser un par de horas. Me dijo que, si mataba a Mónica, la mafia iría a por Jonny...

Henry desvió la mirada, levantó la mano y meneó brevemente la cabeza.

—¿Vas a ejecutar la cláusula del contrato por Jonny?

—Solo van a ser un par de horas —insistió ella en tono suplicante—. Entre la entrega de premios y el evento de la pierna. Mira —dijo señalando los botines rojos—. Ahí están. Los zapatos de Mónica.

—¿Vas a matar a Mónica en los Premios a la Mujer Guerrera del Año y luego a resucitarla en la Inauguración del Zapato? —La voz de Henry empezaba a sonar atronadora.

—Sí —contestó Pandy con un hilo de voz.

—¿Qué es? ¿Campanilla?

Ella se encogió de hombros.

—No puedes ir por ahí matando personajes y luego devolviéndolos a la vida —le espetó Henry ásperamente.

—¿Por qué no?

—Porque es una cutrez. Es una mamarrachada...

—Es un *drama*. Mónica muere, a Jonny le da un escarmiento la mafia y, cuando todo se arregle, PJ Wallis y Mónica se levantarán de sus cenizas como dos aves fénix ¡y todo el mundo volverá a adorarlas!

—¿Vas a sacrificar a Mónica y a poner en peligro todo lo que has conseguido por un *hombre*?

—Lo estoy haciendo por *mí*.

—No, nada de eso. Lo estás haciendo para *vengarte* de un *hombre*. O sea, que otra vez has permitido que un hombre dicte tu forma de proceder.

Pandy ya estaba harta.

—Mira quién fue a hablar.

Henry se quedó callado. Luego respiró hondo, exhaló y la miró amenazadoramente.

—Así que vas a usar *eso* como excusa.

—¿Y por qué no? —preguntó ella desabridamente.

—Siendo así, querida mía, eres digna de lástima. No eres la Pandemonia James Wallis que yo conozco.

—Puede que esa Pandemonia James Wallis ya no exista. Puede que esté demasiado derrotada para seguir adelante. Igual que su hermana Hellenor.

Henry se alzó en toda su estatura. A Pandy se le encogió el corazón. Hacía años que no discutía así con Henry. Puede que nunca hubiera discutido así con él.

Henry levantó la mano.

—Ya veo que estás decidida. En ese caso, supongo que debo darte la enhorabuena. Tu editor ha aceptado publicar *Lady Wallis*, pero solo porque estás muerta.

—¡Fuiste tú quien me sugirió que me hiciera pasar por muerta un par de horas!

—Yo te dije que te estuvieras quieta, que no hicieras nada. Ahora, por culpa de este espectáculo, tus editores alegarán que has intentado estafarles. Así que, si no aclaras este asunto inmediatamente, en lo que a mí respecta *estás* muerta.

Pandy cruzó los brazos.

—Muy bien —dijo con frialdad—. De todas formas, no iban a publicar el libro. Razón de más para vengarme de Jonny.

—¿Y qué pinto yo en esta farsa?

—Solo tienes que seguirme la corriente un par de horas. Acuérdate de que… me debes una.

—Muy bien —contestó él. Le dio la espalda, abrió la puerta y le lanzó una mirada de advertencia por encima del hombro—. Luego no digas que no te lo advertí. Y cuando las cosas no te salgan como has planeado, ¡no vengas corriendo a mí!

Salió dando un portazo.

—¡Henry! —gritó ella. Abrió la puerta y miró a un lado y otro del pasillo, pero ya se había marchado.

Judy, en cambio, estaba allí mismo.

—Hellenor —dijo—, tienes que estar en el escenario dentro de diez minutos.

Pandy volvió a entrar en el camerino. Se inclinó sobre la encimera del tocador y se miró fijamente al espejo. ¿Quién era? Henry tenía razón, pensó, apesadumbrada. Al matar a Mónica, estaba permitiendo de nuevo que toda su vida girase en torno a Jonny.

Miró los zapatos de Mónica.

No, Henry estaba en un error, se dijo. Agarró los zapatos, se descalzó y se los puso.

Se puso en pie. El tacón curvo era algo traicionero, pero los botines eran ligeros y se ajustaban al pie como un guante. Se giró para mirarse al espejo. Gracias a los tacones de quince centímetros, de pronto parecía altísima.

Salió del camerino, cruzó el pasillo y se dirigió tranquilamente al Salón de la Fama. Abrió la puerta y al instante se vio rodeada de nuevo por sus amigas.

—¡Ahí está Hellenor! —gritó Nancy, señalándola con el dedo y salpicándose la mano de champán.

—¡Hellenor! Hellenor Wallis. —El enorme diamante amarillo de Suzette le brilló de pronto en la cara.

—Éramos las mejores amigas de Pandy.

—Y también tenemos que ser tus mejores amigas, Hellenor.

—Necesitamos hablar contigo.

—Tienes que escucharnos.

—Se trata de Jonny.

—Nos ha llamado a todas esta mañana preguntando si te habíamos visto.

—No paraba de decir que iba a encontrarte y que cuando te encontrara...

—Iba a asegurarse de que te metieran en la cárcel.

—Dice que has cometido un *fraude*.

—Y mientras tanto sigue buscándote.

—Escucha, si nos necesitas, después de esto vamos a estar en el Pool Club.

—¡Hellenor! —chilló Judy desde la puerta, que acababa de abrirse.

—Le diré al portero que te estamos esperando —susurró Suzette.

—Tengo que irme —dijo Pandy ansiosamente.

¡Sus amigas! ¡Cuánto las echaba de menos! Sí, más tarde se reuniría con ellas en el Pool Club. Después de lo de la pierna. Cuando volviera a la vida.

19

Al entrar en esta zona, acepta usted ser grabado y fotografiado. Accede a que su imagen pueda ser distribuida por todo el universo y para toda la eternidad, incluidos pasado, presente, futuro, sin límite alguno. Reconoce, asimismo, que carece de intimidad, al menos conforme a la definición de ese término vigente hoy en día.

Una bruma oscura y aterciopelada, con un leve perfume a lirios del valle y trébol blanco, impregnaba el aire. Un salón de fiestas reconvertido en un mundo de fantasía donde reinaban las mujeres. Donde ellas eran quienes tomaban las decisiones, siempre acertadas. Donde se honraban unas a otras como debería hacerlo el mundo —o sea, los hombres— y no lo hacía. Por su fortaleza, por su coraje, por su esfuerzo y sus contribuciones. Y no, maldita sea, por aquello que según el mundo —o sea, los hombres— constituía su único valor: su belleza y su capacidad para tener hijos.

—Y ahora, ha llegado el momento de entregar los Premios a la Mujer Guerrera del Año —anunció el presentador.

El resto fue un torbellino vertiginoso. Pandy no sabía cuánto tiempo había pasado, pero de pronto dos hombres la empujaron escaleras arriba y la ayudaron a subir a la plataforma. Después, sin saber muy bien cómo, se halló de nuevo en el escenario. Solo que ahora giraba de verdad. Como la bandeja de una mesa de restaurante chino. Y, al parecer, para cruzarlo y sobrevivir se necesitaban todo tipo de habilidades.

Equilibrio, por ejemplo.

Parada con los brazos estirados y las piernas ligeramente separadas, intentó hacer lo que le había aconsejado el jefe de escenario: concentrarse únicamente en lo que tenía delante. Es decir, en SondraBeth. O, mejor dicho, en Mónica, que daba vueltas y más vueltas en el centro de la plataforma, como la siniestra figurita de la novia de un negro pastel de bodas.

Un foco iluminaba el camino hacia Mónica, que la llamaba con un gesto: *Ven conmigo*, parecía decir. Era como en su sueño. Mónica y ella iban a estar juntas otra vez...

Dio un par de pasos vacilantes y oyó algunas risas dispersas entre el público. Aquel sonido la sacó de su ensoñación. Se hallaba en la plataforma giratoria y estaba a punto de recibir un premio que le habían concedido a su hermana, PJ Wallis, fallecida recientemente.

Debía moverse hacia la luz. Concentrarse en lo que tenía delante...

Oyó reír de nuevo a la multitud. Levantó la cabeza y miró a su alrededor, fijándose en el público, iluminado por las luces de neón de un millar de teléfonos silenciados. Y entonces se acordó: ella era muy cómica en el escenario.

Ella, PJ Wallis, era *divertida*. Incluso PP lo había dicho. Y no solo eso: también había dicho que Hellenor Wallis era divertida. Ese rasgo, su comicidad, era lo único que ella y Hellenor tenían en común. Acordarse de que era divertida la hizo sentirse más segura de sí misma. Podía hacer aquello. Dio un par de pasos más y el público rio de nuevo, animándola a seguir. Renunció a su porte airoso en favor de su lado cómico, y SondraBeth le siguió la corriente y le dedicó su sonrisa más beatífica de Mónica.

—Hola, Hellenor —dijo con su hermoso timbre de voz.

El público rompió a aplaudir, encantado.

—Hola —dijo Pandy dirigiéndose al gentío al tiempo que levantaba la mano rígidamente para saludar. La plataforma dio una sacudida—. ¡Ostras! Esto parece uno de esos concursos japoneses. *El Castillo de Takeshi* —dijo.

Se oyó alguna que otra risa. No todo el mundo entendió la referencia. Debería haber citado uno de esos programas que veía todo el mundo.

—Tienes toda la razón, Hellenor —contestó SondraBeth y, tras tomarse un instante para impregnarse de la energía positiva que irradiaba la sala, exclamó—: ¡Señoras y señores, con ustedes *Hellenor Wallis*!

Un bramido general. Lo primero que percibió Pandy fue lo distinto que era encontrarse allá arriba. Sintió una avalancha de amor. De felicidad. Y de pronto se halló con la estatuilla en las manos.

Su frescor la sorprendió. Era lisa y fría como un cubito de hielo. Y pesada. Una escultura de cristal que representaba a una mujer con armadura, levantando un arco y una flecha como si encabezara la ofensiva hacia el futuro.

Luego se encontró delante del atril.

Dos palabras se le vinieron a la mente: *non serviam*. Trató de mirar al público, pero el destello de las cámaras y las pantallas había convertido el patio de butacas en una sima oscura. Solo veía los micrófonos.

—No serviré. Y menos aún a un hombre. Gracias.

—¡Que hable! —se oyó gritar entre el público.

Se volvió para mirar a SondraBeth, que la animaba con una sonrisa radiante. De pronto, sintió que hacía pie.

—Esto es muy inesperado —dijo volviéndose hacia el micro.

Se acercó un momento la estatuilla a la cara y la depositó con todo cuidado sobre el atril de plexiglás. Al respirar hondo y mirar al público expectante, comprendió qué había querido decir SondraBeth en el coche al comentar que a veces, cuando interpretaba a Mónica, se sentía como una gran impostora.

Pero todas las mujeres nos sentimos como impostoras, se recordó mirando la estatuilla. Seguramente hasta la primera Mujer Guerrera se había sentido así. Hasta que alguien le demostró que no lo era.

De pronto comprendió lo que iba a decir: sí.

Sí a los galardones y a los elogios:

—Gracias por este premio.

Sí a los vítores:

—Mi hermana se lo merecía de verdad.

Y sí a la posibilidad de aprovechar el momento:

—Ojalá… —Levantó la vista. Sus ojos empezaban a acostumbrarse a la luz. Ahora distinguía formas y caras—. Ojalá mi hermana, PJ

Wallis, estuviera aquí para recogerlo. Este premio habría sido muy importante para ella.

¿De veras? Sí. Sí, *era* muy importante para ella. Estaba hablando de sí misma. No tenía que imaginar qué sentiría. Lo *sabía*.

—La mayoría de los aquí presentes conocíais a mi hermana como la creadora de Mónica. O incluso como la auténtica Mónica. Y aunque lo era, también era muchas otras cosas. Una artista. Una escritora. Una persona que vivió para su trabajo hasta el final. Una mujer que se volcó por completo en su obra. Y, al igual que muchas de vosotras, que lo dais todo, sabía cuánto hay que luchar. Y cuántos sinsabores se encuentra una por el camino.

Tomó aire y oyó murmullos de aprobación entre el público.

—Pero PJ Wallis nunca se daba por vencida —continuó—. Por eso este premio habría significado tanto para ella.

En las pantallas que rodeaban la sala apareció un primer plano de la estatuilla —la Guerrera enarbolando su arco—, seguido por una serie de imágenes de PJ Wallis a lo largo de los años. Y, después, por la imagen icónica de Mónica.

—¡Mónica! —gritó alguien.

Pandy suspiró.

—La buena de Mónica —dijo al mirar a aquella mujer que, con el cabello ondeando al viento, caminaba sobre el erizado horizonte de Nueva York—. Mónica lo era todo para Pandy. —Hizo una pausa para dejar que los aplausos se apagaran y añadió—: A veces se preguntaba quién sería ella sin Mónica. Pero luego se daba cuenta de que, cuando te formulas esa pregunta, lo que de verdad te estás preguntando es «¿Quién sería yo sin una *etiqueta*?». Y todas tenemos etiquetas: madre, esposa, chica soltera, profesional liberal, ama de casa... Pero ¿qué hacemos cuando descubrimos que nuestra etiqueta ya no nos representa? ¿En quién nos convertimos cuando expira nuestra etiqueta?

Una exclamación de asombro recorrió el patio de butacas como un soplo de brisa fresca.

—Bien, señoras, es hora de renunciar a esas etiquetas, de prescindir de ellas. De soltar amarras y madurar.

—¡Soltar amarras y madurar! —se oyó gritar a varias personas entre el público al tiempo que las palabras «soltar amarras y madurar» aparecían en las pantallas de la sala.

—Soltar amarras y madurar —repitió Pandy con la mano apoyada sobre la estatuilla—. Y aunque Mónica no era real, PJ Wallis sí lo era. Era una mujer real, con aspiraciones concretas. Una mujer que aspiraba a aquello a lo que supuestamente no deben aspirar las mujeres: a ser la mejor. Y a que la reconocieran por su talento, no según los criterios de la arrogancia masculina, sino conforme a su excelencia. A liberarse del corsé de lo que la sociedad y la cultura afirman que puede o no puede hacer una mujer. ¿Puede una mujer ser ambiciosa sin disculparse por ello? ¿Puede consagrar su vida a su trabajo sin tener que pedir perdón a cada paso?

—¿Puede una mujer dar las gracias?

La voz de SondraBeth sonó junto a su oído.

Pandy volvió la cabeza. Vio un deslumbrante foco de luz blanca y comprendió que Mónica, aquella pieza negra de ajedrez, se había desplazado por el tablero y ahora se hallaba a su lado, aplaudiendo.

El público también aplaudía cortésmente, visiblemente aliviado.

Pandy dio un paso atrás, comprendiendo que sus quince segundos habían terminado. Se volvió para buscar los escalones.

—Espera —dijo SondraBeth acercándose para cogerla del brazo. Y luego, ladeando la cabeza como si tuviera un auricular escondido, dijo dirigiéndose al público—: Mira, de Bombay, tiene algo que decir.

La cara de Mira apareció en todas las pantallas.

—Hola, señoras.

—Hola, Mira —repitió el público.

—Soy la directora de la organización feminista internacional Women for Women. Y me gustaría decir que, pasado un tiempo, Mónica dejó de pertenecer a PJ Wallis. Tampoco es propiedad de SondraBeth Schnowzer. Ni de su público, que está formado principalmente por mujeres.

—¿Qué quieres decir, Mira? —preguntó SondraBeth.

—Quiero decir que Mónica ahora es propiedad de una corporación. Que quien la controla es una empresa de entretenimiento que decide cómo sacar beneficios de ese ente imaginario que creó PJ Wallis. Ojalá PJ Wallis haya ganado mucho dinero gracias a su personaje. Aunque sospecho que no fue así.

Se oyeron murmullos de asentimiento en la sala.

Mira prosiguió:

—Hemos hecho numerosos estudios que demuestran que, cuando una mujer hace una aportación a la industria del entretenimiento, no recibe una recompensa justa. Porque las mujeres pueden ser auténticas genias en lo suyo, pero son los hombres que ocupan los puestos directivos quienes deciden, entre otras cosas, cuánto dinero van a pagarles a esas mujeres. Son los hombres quienes se están forrando a costa del trabajo de las mujeres. Son ellos quienes han ganado millones, miles de millones quizá, con Mónica.

Un primer plano de SondraBeth, con el semblante tan inmóvil y orgulloso como el de la guerrera de la estatuilla.

—¡Guau! —exclamó—. Ese es un punto de vista muy interesante. Y aquí tenemos a Juanita, de Sudamérica.

—Yo quisiera que reflexionáramos sobre lo que hacen los hombres con ese dinero. Aquí, lo emplean para hacer la guerra.

—Gracias, señoras —dijo SondraBeth enfáticamente—. Hay que ser una mujer muy valiente para poner de manifiesto cómo funciona de verdad el sistema. Con el dinero y los hombres pasa como con el queso y los ratones: si te falta un trozo, normalmente es que se lo ha comido algún hombre.

Las pantallas habían empezado a parpadear como luces de Navidad: mujeres de todo el mundo ansiosas por intervenir.

—Y deberíamos recordarle al público que, ahora que PJ Wallis ha muerto, sigue siendo un hombre quien va a beneficiarse de su obra —comentó SondraBeth en tono combativo, y se volvió hacia Pandy.

Todas las miradas estaban fijas en ella. Las sintió como un impacto físico y, un momento después, experimentó una especie de desfallecimiento. Fue como si su alma escapara por las plantas de sus pies y de pronto se convirtiera en un cascarón duro y fino.

—Y por eso Hellenor tiene algo muy importante que anunciar —oyó decir a SondraBeth.

Trató de abrir la boca y descubrió que no podía. Se dio cuenta de que estaba sufriendo un ataque particularmente agudo de miedo escénico. De pronto, lo único que quería era salir de allí cuanto antes. De algún modo logró inclinarse hacia el micrófono y decir con voz ahogada:

—Debido a la muerte de PJ Wallis y a diversas circunstancias poco afortunadas, no habrá más Mónica.

—En otras palabras —dijo SondraBeth inclinándose hacia el micrófono de al lado—, que Mónica ha muerto.

—Tenemos que… —Pandy sintió una fuerte opresión en el pecho. No podía respirar—. Matar a Mónica, por favor… —Le estaba dando un ataque al corazón. No, le estaba dando un ataque de pánico.

El bramido frenético de la multitud se fue apagando al tiempo que un globo se hinchaba dentro de la cabeza de Pandy. Vio labios que se movían a cámara lenta, una copa de champán de plástico rosa suspendida en el aire sobre el escenario. Levantó los brazos triunfalmente, sosteniendo en alto la estatuilla de la Guerrera. Y giró y giró. Mónica, acabada. Jonny, arruinado. Y, por un instante fugaz, creyó de verdad que había ganado.

Y de pronto, *pop*. El globo de su cabeza estalló y el ruido y la realidad volvieron a hacer acto de aparición, sumergiéndola en una enorme oleada de indignación.

—¡Dejad vivir a Mónica!

La copa de champán rosa aterrizó en el escenario. Le siguió otra. Y otra. Una golpeó a SondraBeth en la parte de atrás de la cabeza. Ella no se movió. Su sonrisa de Mónica, siempre perfecta, parecía ahora un poco ladeada, como si la hubiera arreglado un maquillador de cadáveres que no hubiera sabido darle el toque exacto.

Pandy dio un paso atrás, aturdida por el rugido de la muchedumbre, que se precipitaba hacia ella como un *tsunami*.

—¡Larga vida a Mónica!

—¡Que *viva* Mónica!

Pandy volvió a mirar a SondraBeth. Su sonrisa de Mónica volvía a estar en su sitio, pero sus ojos parecían haber adquirido vida propia y volaban de una pantalla a otra.

Y, de golpe, Pandy lo entendió.

El gentío iba a matarlas. A descuartizarlas miembro a miembro. Lo que significaba que… ¿iba a morir dos veces? ¿En un solo día? ¿Era eso posible?

Otra copa de champán pasó silbando junto a su cabeza y cayó en el escenario, a su espalda. SondraBeth la miró a los ojos.

—¡Corre, Doug, corre! —siseó.

Y eso hicieron, correr.

O lo intentaron, por lo menos. Avanzaron arrastrando los pies hasta el borde de la plataforma, donde, por suerte, las estaba esperando Judy acompañada por varios hombres. La gente se movía con rapidez, como cuando intuye que se acerca una tormenta y aún no sabe lo fuerte que va a ser.

—Escúchame —le susurró SondraBeth al oído mientras las sacaban del auditorio—. Párate en el Salón de la Fama, coge dos trajes y reúnete conmigo en mi camerino.

—Pero… —Pandy se interrumpió al sentir un pisotón en el tobillo. La estaban aplastando.

—En mi camerino en cinco minutos —ordenó SondraBeth al cruzar la puerta.

Pandy corrió hacia la Madre Teresa, agarró su toca y se la puso en la cabeza. Tiró del hábito del viejo maniquí, que se desprendió formando un remolino de hilos sueltos. Vio otro maniquí vestido con un burka. Tiró del velo y la túnica se desprendió de un solo tirón. Agarró la tela, corrió por el pasillo y entró en el camerino.

SondraBeth estaba de pie, con una pierna desnuda apoyada en la encimera. Pandy recorrió su pierna con la mirada y de pronto comprendió por qué apenas podía caminar: tenía las botas pegadas a los tobillos con cinta americana.

—¡Cierra la puerta! —gritó SondraBeth, y Pandy contuvo un gemido de horror.

SondraBeth seguía teniendo el cuerpo envuelto en una faja, pero el traje de Mónica colgaba, hecho jirones, de sus hombros.

—¿Cómo te has…? —preguntó Pandy en voz baja.

—¿Cómo me he quitado el traje? —SondraBeth levantó los dedos y le mostró los edificios de sus uñas—. Con estas —dijo, y continuó

con lo que estaba haciendo antes de que entrara Pandy: retirar hábilmente la cinta americana para liberarse los pies—. Tenemos que salir
de aquí —dijo con calma.

—¿Qué quieres que haga?

—Quítate esa chaqueta de cuero y ponte el hábito de la Madre
Teresa. —SondraBeth se echó ligeramente hacia atrás al sacar el pie de
la bota—. Y pásame ese burka —añadió.

Pandy sostenía el burka en una mano y el hábito en la otra.

—¿Qué hago primero? —preguntó aterrorizada.

—Es como lo de la mascarilla de aire de los aviones: primero te
pones la tuya y *luego* ayudas a los demás.

—Vale.

Pandy se quitó la chaqueta de cuero. Notaba cómo le latía el pulso
en la garganta. Se cubrió los hombros con la harapienta túnica azul y le
pasó el burka a SondraBeth.

—Muy bien —dijo SondraBeth poniéndose el burka por la cabeza
y sacando al mismo tiempo el otro pie de la bota.

—¿Vamos al coche? —preguntó Pandy en voz baja.

Los zapatos de Mónica la estaban matando.

—Vamos a hacer una salida de emergencia. —SondraBeth miró a su
alrededor como para asegurarse de que no se dejaba nada importante.

—¿Qué pasa con la Guerrera? —preguntó Pandy.

—Se queda aquí. La recogerá algún asistente. —SondraBeth se
calzó un par de deportivas.

—Toc, toc —dijo Judy con cierta urgencia.

—Ya voy —respondió SondraBeth.

Descorrió el pestillo y Judy abrió la puerta y la mantuvo entornada
para que pudieran salir.

—El bufé —dijo la joven hablándole a su micrófono.

Caminaba enérgicamente delante de ellas, sin dejar de hablar por el
micro mientras les hacía señas de que la siguieran. Había también otras
personas en el pasillo. Tenían cara de preocupación, como si hubiera
pasado algo malo y estuvieran pensando en cómo escurrir el bulto.

—Mantén la cabeza agachada y no te separes de mí —le ordenó
SondraBeth en voz baja.

Judy abrió otra puerta y un olor dulzón, a carne, masa y queso, se abatió sobre ellas. De pronto se hallaron en medio de una actividad frenética. Los *paparazzi* se atiborraban de comida a toda prisa mientras toqueteaban sus pantallas y recogían su equipo, preparándose para el próximo asalto. Un hombre le dio a Pandy un empujón tan fuerte que estuvo de caerse.

—Quítese del medio, abuela.

A su lado, SondraBeth siguió avanzando con determinación.

—No te pares —le dijo, y se metió entre el gentío que avanzaba en masa hacia la entrada principal.

Pandy oyó los gritos de los policías que trataban de controlar a la alterada muchedumbre.

—Señoras y señores —vociferó uno de ellos mientras intentaba que la gente retrocediera—. ¡Mónica ha abandonado el edificio!

—Mónica ha sufrido un colapso —oyó que decía alguien—. Va a venir una ambulancia.

—Tengo entendido que ha desaparecido —dijo otra persona.

Luego empezaron a empujarlas. Las empujaron, las estrujaron y las pisaron al hacerlas salir por la puerta giratoria, expulsándolas hacia otra muchedumbre de fans que gritaban, frenéticos, levantaban sus teléfonos y estiraban el cuello intentando ver mejor, aunque Pandy no habría sabido decir qué era lo que trataban de ver. El gentío, en todo caso, quería algo y ella era un simple obstáculo que les tapaba la vista.

Iban a aplastarla.

Sintió que le estallaba la caja torácica y que se le doblaban las rodillas. Un instante después, hundió la cara en un enorme almohadón de carne. Le tapaba hasta por encima de las orejas, asfixiándola…

—¡Apártese de mí! ¡Apártese! —Un chillido aterrorizado, seguido por el empujón de unas manos carnosas, del tamaño de dos pizzas pequeñas.

Pandy cayó hacia atrás y le tendió las manos a SondraBeth, que la agarró con fuerza, clavándole en la piel, como un ave de presa, sus uñas afiladas como cuchillas.

Pandy gritó. Y entonces algo se apoderó de ella. No quería morir. Por lo menos, así. Asiéndose al brazo de SondraBeth, bajó la cabeza y avanzó retorciéndose y dando vueltas como un sacacorchos hasta que, con un fuerte empujón, consiguió salir del embudo.

Al otro lado también reinaba el caos: se oía el sonido estridente y machacón de las sirenas de los vehículos de emergencias.

—¡Apártense de la entrada! —ordenaba una voz estruendosa a través de un megáfono.

Policías y bomberos corrían hacia el gentío. El acceso estaba bloqueado por furgonetas y coches. Del todoterreno que las había llevado hasta allí no había ni rastro. Un poco más adelante, dos hombres intentaban cerrar la puerta de la valla metálica.

—¡Corre! —gritó Pandy.

Encaramada a los tacones cruelmente curvos de los botines rojos, tuvo la sensación de ir corriendo sobre un par de cerillas.

20

—¡Agua! ¡Necesito agua! —exclamó un par de minutos después, mientras trataba de seguir a SondraBeth.

Estaban en uno de esos parques nuevos que parecían haber brotado de la noche a la mañana en el río Hudson.

—¿Qué coño es esto? —preguntó Pandy al aflojar el ritmo, trotando trabajosamente.

Miró a su alrededor. El césped estaba limpio y nuevecito, igual que las mesas y las sillas, moldeadas en plástico duro. Dejándose caer a cuatro patas, intentó arrastrarse por la hierba hasta una silla, pero se rindió a medio camino y se dejó caer de bruces sobre el suelo.

—Necesito agua —gruñó con voz ronca.

SondraBeth se cernía sobre ella como una sacerdotisa, con la parte de arriba del burka echada hacia atrás.

—¡Lo hemos conseguido! —gritó.

—¿Qué? —Pandy se incorporó.

—¡Hemos matado a Mónica!

—¿Estás segura? —preguntó.

El chichón de la parte de atrás de su cabeza volvía a palpitar como si tuviera vida propia.

—Dame mi teléfono —ordenó SondraBeth.

Pandy se puso en pie con esfuerzo y metió la mano en el bolsillo delantero de su pantalón.

—¿Agua? —dijo, ofreciéndole el teléfono a cambio de información.

—Hay una fuente… por ahí. —SondraBeth agarró el móvil y señaló hacia el Hudson.

—¿Qué narices acaba de pasar? —preguntó Pandy mientras se encaminaba a la fuente—. El público estaba encantado con nosotras. Y entonces tú dijiste que Mónica estaba muerta… y se volvieron locos de repente. ¡Podrían habernos *matado*!

Pulsó el botón de la fuente y le pareció un pequeño milagro que saliera agua del grifo. Bebió con ansia.

Justo enfrente tenía el Hudson: una rutilante llanura marrón verdosa. Al otro lado se alzaban las relucientes torres de pisos de Hoboken. Hacía un día lo bastante caluroso como para que un gran velero descendiera por el río, cruzando la estela dejada por el ruidoso ferry de la Línea Circular, cuyos pasajeros parecían figurillas de juguete colocadas en fila en la cubierta de arriba. Un helicóptero surcó el cielo mientras otro se elevaba en el aire por detrás del puente George Washington. Inclinado hacia delante con mecánica determinación, el segundo helicóptero avanzó velozmente siguiendo el curso del Hudson.

Pandy se volvió hacia SondraBeth.

—Menos mal que *no* hemos matado de verdad a Mónica. Creo que ninguna de las dos sobreviviría a la noticia. —Se secó la cara con la toca de la Madre Teresa—. ¿Tú te esperabas algo así?

—¿Qué? —preguntó SondraBeth sin levantar la mirada del móvil.

—Ese caos —dijo Pandy mientras el helicóptero descendía hacia Chelsea Piers y luego daba media vuelta y enfilaba hacia ellas—. Espero que estés llamando a Judy —dijo con nerviosismo, volviendo a toda prisa junto a SondraBeth.

—Judy sabe dónde estamos —contestó ella distraídamente—. El teléfono tiene un localizador.

—Entonces ¿qué estás haciendo? —preguntó Pandy.

—Echando un vistazo a Instalife. —SondraBeth sonrió maliciosamente al empezar a leer en voz alta los titulares—: «La verdadera Mónica, desaparecida. Se sospecha que ha habido juego sucio». «¿Es Mónica feminista?»… Y atención —dijo levantando una mano—. Aquí está: «Mónica, declarada muerta».

Le enseñó el teléfono a Pandy. En la pantalla se veía la típica imagen de Mónica caminando sobre la silueta de Manhattan, solo que alguien había dibujado a su alrededor un ataúd. Y por primera vez en su vida Mónica no parecía feliz.

—¡Ding, dong, la bruja ha muerto! —canturreó Mónica con la melodía de *El mago de Oz*—. La malvada bruja Mónica.

Pandy arrugó el entrecejo y le devolvió el teléfono.

—¿Y *tanto* te alegra eso? —preguntó al sentarse para aflojarse los cordones de los zapatos.

—¿Qué quieres decir? —preguntó SondraBeth.

—No sé. Mónica ha muerto. Tengo la sensación de que deberíamos estar más *tristes*.

—¡Ay, Pichón! —exclamó SondraBeth sentándose a su lado—. Mónica *no* está muerta. O no lo estará dentro de un par de horas, cuando vuelva a la vida en el evento de la pierna. Mientras tanto, deberíamos celebrarlo.

El botín de Mónica salió bruscamente despedido de su pie y Pandy sonrió, triunfante.

—¡Porque ahora la mafia irá a por Jonny!

—¡Le van a dar su merecido! —SondraBeth dejó el teléfono y chocó la mano con Pandy.

—¡Fantástico! —dijo Pandy cogiendo el teléfono para echar un vistazo a los titulares.

Pero SondraBeth se lo arrancó de las manos y echó a correr a toda pastilla hacia el extremo del muelle, con el móvil zarandeándose en su mano izquierda como una pelota de béisbol en el guante de un cácher. Se paró de golpe, echó el brazo hacia atrás y arrojó el teléfono al río. El aparato voló por el aire por espacio de una decena de metros y, al llegar al punto más alto de su trayectoria, se precipitó bruscamente hacia su tumba acuática.

—Pero ¿qué cojones haces? —chilló Pandy.

—El *localizador*. ¿Cómo crees que me siguieron los *paparazzi* hasta Wallis? —respondió SondraBeth a voces mientras el helicóptero pasaba rugiendo sobre ellas—. Aquí se nos ve demasiado. ¡Vamos!

Se echó la capucha del burka sobre la cabeza y se arrodilló para ayudarla a ponerse el botín.

Pandy tenía los pies hechos polvo.

—¿Vamos a tener que correr otra vez? Debería haberme puesto mis zapatos —gritó lanzando una mirada al helicóptero.

Por lo visto sus ocupantes no las habían reconocido, porque el aparato comenzó a alejarse.

—No. Ahora iremos andando —respondió SondraBeth—. Tú agacha la cabeza y no mires a nadie a los ojos.

Un convoy de coches de policía cruzó West Side Highway camino de Chelsea Piers, agitando sus colores (azul, blanco, azul, blanco, azul) como una bandera. Pandy se quedó paralizada. Se vio a sí misma disfrazada de Madre Teresa en el momento de ser detenida. Aquello no habría forma humana de explicarlo.

—¿Van a detenernos? —gimió echándose hacia atrás.

—Pero ¿qué dices? —contestó SondraBeth mientras los coches patrulla pasaban delante de ellas a toda velocidad—. Yo soy un bien muy preciado. Pero no me apetece tener a los *paparazzi* pegados a los talones. Y de momento nadie está buscando a la Madre Teresa y a su amiga la del burka. Todavía, por lo menos.

Tras echar un vistazo hacia atrás, la hizo cruzar a toda prisa West Side Highway.

Pero, lamentablemente, Pandy no llegó muy lejos. Consiguió avanzar media manzana, hasta el muelle de carga de un almacén, pero luego tuvo que parar a tomar aliento.

—No lo entiendo —comentó mientras se aflojaba otra vez los cordones de los zapatos—. No tenemos dinero ni teléfono móvil. Y yo no puedo seguir andando con los puñeteros zapatos de Mónica. ¿No podemos pedirle prestado el móvil a alguien y llamar a Judy?

—Descuida, que lo haremos. Pero, oye —dijo SondraBeth—, ¿te das cuenta de lo que hemos conseguido? ¿Te acuerdas de *Jonny*? Deberíamos estar celebrándolo a lo grande.

—¿Ahora? —preguntó Pandy mirando a su alrededor.

Aquella parte de Manhattan estaba tan desierta que no había ni una charcutería.

SondraBeth se rio.

—Aquí no. —Caminó hasta la esquina de la Décima Avenida y puso los brazos en jarra—. En algún sitio donde no nos conozca nadie. ¿Y si vamos a uno de esos bares irlandeses?

—¿Te refieres a uno de esos sitios donde limpian la barra con un trapo apestoso? ¿Y donde los panchitos tienen trazas de pis de hombre?

—Exactamente, colegui —repuso SondraBeth pasándole el brazo por los hombros, y le miró los pies—. Pero primero tenemos que deshacernos de esos zapatos.

Mientras Pandy hacía muecas de dolor, recorrieron tres largas manzanas de ruinosos edificios de color marrón que se resistían obstinadamente al embate del progreso. Llegaron por fin a la Séptima Avenida y desde allí se dirigieron al sur siguiendo los escaparates que ofrecían todo tipo de cosas, desde remedios homeopáticos a especialidades *tandoori*. SondraBeth se paró de repente delante de una tienda en cuyo escaparate había dos maniquíes polvorientos: uno vestido con un traje de noche de los años cincuenta y el otro con una lacia bata de seda.

∽

Pandy contuvo la respiración cuando penetraron en la atmósfera ligeramente mohosa de la tienda. Miró con cautela alrededor y luego dejó escapar el aire que había estado conteniendo. El local apenas había cambiado desde que, años atrás, SondraBeth y ella solían comprar allí ropa *vintage* para transformarla en trajes de fiesta. Miró el estante que había sobre la vitrina que sostenía la caja registradora. Hasta aquel viejo mono de peluche seguía allí, vestido con sus ajados pantaloncitos de fieltro rojo.

—Oye —dijo agarrando a SondraBeth del brazo—, mira, el mono de felpilla.

—¡PandaBeth! —exclamó SondraBeth en voz baja al tiempo que miraba a su alrededor buscando al dueño.

Vestido con una deshilachada camisa japonesa y exhalando un fuerte olor a tabaco, era el tipo de neoyorquino venido a menos que, inmerso en un bucle temporal, se aferra tercamente al pasado.

SondraBeth pasó a su lado, indicó a Pandy que la siguiera y comenzó a coger prendas y a colgárselas de los brazos. Una falda de lentejuelas, una camisa vaquera. Dos boas de plumas.

—¿Qué fue de PandaBeth, por cierto? —preguntó.

—Pues no sabría decirte —contestó Pandy mirando con el ceño fruncido el creciente montón de ropa, al que SondraBeth acababa de añadir
una peluca de color azul—. Fuiste tú quien se escapó con Doug Stone.
Quien, dicho sea de paso, tuvo la temeridad de decirme que *me odiabas*.

—¡Ja! —bufó SondraBeth—. A mí me dijo que ibas poniéndome
verde por toda la ciudad. Ese sí que era una chica, y no yo. Se pasaba
la vida delante del espejo. Y todas las noches repasaba su agenda ¡y
elegía la ropa que iba a ponerse al día siguiente!

—Cretino —masculló Pandy al descorrer la cortina del probador,
en el que había dos sillas plegables oxidadas y un viejo espejo apoya-
dos contra la pared.

—Cuando rompimos —prosiguió SondraBeth levantando los brazos para quitarse el burka—, nos criticaron tanto que me planteé si
debía seguir haciendo el papel de Mónica.

—Sí, ya me lo imagino —repuso Pandy, distraída, mientras trataba
de embutirse en un harapiento vestido de lentejuelas y calzarse unos
viejísimos zapatos de baile plateados.

—Claro que yo sabía que eso era imposible —añadió Sondra-
Beth—. *Pensé* en llamarte entonces, pero parecías tan feliz con Jonny…
—Metió los pies en un par de botas camperas—. Además, sabía que no
querías que volviéramos a ser amigas. Porque, ¿qué chica quiere seguir
siendo amiga de una que le ha dicho que su marido es un mierda?

Pandy miró ceñudamente la peluca azul que SondraBeth le había
puesto en la cabeza.

—Pero ¿por qué no me llamaste *después*? ¿Cuando rompí con Jonny?

SondraBeth se caló un sombrero de vaquero.

—¿Por qué no me llamaste *tú* a *mí*? —preguntó. Miró a Pandy a
los ojos en el espejo.

Pandy se sintió de pronto culpable.

—Creía que no querías saber nada de mí. —Volvió a mirar la peluca azul con el ceño fruncido—. Por lo mal que reaccioné cuando lo de
Doug. Además, según la prensa Doug y tú erais la pareja perfecta. Y
después, cuando cortasteis, estabas tan ocupada con Mónica… Y Doug
dijo que me odiabas.

—Yo nunca he dicho eso.

—Entonces ¿qué le dijiste? —preguntó Pandy pensando en lo que le había dicho Doug acerca de que, sin Mónica, SondraBeth no sería nadie—. A fin de cuentas, si solo era por Doug, ¿por qué no volviste a ponerte en contacto conmigo?

—Porque suponía que Doug te habría contado lo que le dije de ti.

—¿Y qué le dijiste?

—Nada —contestó SondraBeth en tono cortante—. Pero acuérdate de que era yo quien trabajaba como una mula por Mónica. Y que, entretanto, tú ni siquiera te pasabas por el rodaje. Tenías a Mónica, pero también tenías una vida. Aunque Jonny fuera un caradura, por lo menos tuviste la oportunidad de comportarte como si estuvieras enamorada de él.

—¿De «comportarme»? —preguntó Pandy.

SondraBeth la miró con enfado.

—¿Es que no lo entiendes? *Gracias a Mónica*, tú eras la última amiga que me quedaba. La última amiga que pude hacer. Y después… —Se encogió de hombros—. Nunca tenía tiempo para nada. Siempre había algo en mi agenda. Siempre lo *hay*.

Le lanzó un par de boas de plumas, descorrió la cortina y salió.

Pandy echó un último vistazo al espejo antes de salir tras ella a toda prisa.

El dueño de la tienda estaba detrás del mostrador de cristal, con la vista fija en un pequeño televisor situado por encima de su cabeza.

—¿Cómo van a pagar? —preguntó cuando apartó momentáneamente los ojos de la pantalla.

—Con esto —contestó Pandy, poniendo los botines de Mónica sobre el mostrador.

El dueño miró los zapatos y volvió a mirar el televisor, donde estaban dando las noticias. Cogió uno de los botines y preguntó como si tal cosa:

—¿Mónica *ha muerto*?

Pandy apenas se atrevió a mirar a SondraBeth, que le lanzó una mirada de advertencia mientras extendía la mano para coger el montón de billetes de veinte dólares que estaba contando el propietario de la tienda.

Pandy intentó contenerse, pero una erupción irrefrenable, una auténtica explosión, sacudió sus entrañas. Empujó la puerta de cristal y salió a la acera retorciéndose de risa.

❧

Cinco minutos después se sentaron frente a la barra del McWiggins's. El interior del pub estaba en penumbra y, como la mayoría de aquellos sitios, tenía cierto aire melancólico.

Pandy miró en derredor y se preguntó si aquel sería el mejor sitio para matar el tiempo un par de horas. Habría preferido el Pool Club, claro. Pero, por otro lado, estaba cansada y sedienta.

—Póngame una cerveza —le dijo al barman.

—¿De qué clase? —preguntó él mirándola con aire desafiante.

Pandy no supo si se debía a que era una mujer madura y calva, o a que era una mujer madura y calva que llevaba una peluca azul y un andrajoso vestido de lentejuelas.

—Dos Heineken de grifo —respondió SondraBeth—. Y dos chupitos de Patrón Silver.

—Marchando —dijo el barman a regañadientes.

—¿Qué harías tú si se acabara Mónica? —preguntó SondraBeth inclinándose sobre la barra para apoyar la cabeza en la mano—. Después de oír tu discurso en la entrega de premios, da la impresión de que estás deseando pasar página.

El barman puso dos chupitos y dos cervezas delante de ellas. SondraBeth se llevó su chupito a los labios y, tras hacerle a Pandy la señal de okey, se lo echó al coleto.

Pandy suspiró al acercarse el vaso a los labios.

—Le tengo a Mónica tanto cariño como tú, pero mientras Jonny intentaba sacarme hasta el último penique que he ganado con ella, inventé otro personaje.

Frunció el entrecejo, pensó en lady Wallis y se bebió el chupito de un trago. Luego empezó a toser y tuvo que taparse la boca con la servilleta.

—Pero, gracias a Mónica, no le interesa a nadie. Y lo más raro de todo es que se parece mucho a Mónica. Lo digo porque es bastante glamurosa. Fue amiga de María Antonieta. ¿Te imaginas lo que debe de ser enterarte de que a tu mejor amiga le han cortado la cabeza?

Hizo una mueca y pidió otro chupito.

—A mí me parece que suena genial —comentó SondraBeth mientras el barman rellenaba sus vasos.

Pandy se rio.

—En todo caso, Henry dice que solo están dispuestos a publicarlo si me muero. Y dado que no me he muerto... —Se encogió de hombros—. Que te rechacen un libro es horrible. Es como tener un bebé y que, al enseñárselo a la gente, te digan que vuelvas a metértelo en el útero. —Resopló, consciente de que el chupito empezaba a hacerle efecto—. ¿Qué harías *tú* si se acabara Mónica?

—Me iría a vivir a mi rancho de Montana.

—¿Qué...? —dijo Pandy cuando se disponía a beber un trago de cerveza.

—Sí, así es. —SondraBeth asintió con la cabeza—. Ni siquiera querría seguir siendo actriz.

Pandy arrugó la nariz.

—¿No?

—No, qué va. —SondraBeth pidió otra ronda y dejó escapar una risa sardónica—. Gracias a Mónica, *sigo* sin saber qué quiero ser de mayor.

—¿En serio? —preguntó Pandy cuando les sirvieron los chupitos.

—Claro —contestó SondraBeth antes de beberse el suyo—. Si no hubiera sido por ti y por Mónica, ¿quién sabe cómo habría acabado siendo mi vida? Pero surgió lo de Mónica. Y era una oportunidad fabulosa. Y después ya no quedó espacio para *nada* más...

—Pero ¿Montana? —dijo Pandy, farfullando un poco—. Creía que odiabas aquello.

—Sí. Pero volví hace un par de años, cuando murió mi padre. Y mi madre y yo hicimos las paces. Resulta que a mi madre le encanta Mónica. Y cuando por fin tuve éxito... —Levantó su vasito vacío—, tuvo que reconocer que se había equivocado conmigo cuando era pequeña. Que *no* iba a acabar en la cárcel, a fin de cuentas.

Pandy se rio.

—No ibas a acabar en la cárcel de todos modos.

SondraBeth levantó las cejas.

—Estuve a punto, un par de veces. Me escapé de casa, ¿recuerdas? Fui *stripper*. Así que mi madre podría haber tenido razón.

—Sí, recuerdo que me hablaste de eso —dijo Pandy con voz queda—. Aquella noche en Martha's Vineyard.

SondraBeth se rio y bebió un trago de cerveza.

—Me daba muchísimo miedo decírtelo porque pensaba que, si lo sabías, pensarías que no podía hacer de Mónica.

—Tú sabes que eso no es verdad —contestó Pandy—. Venga ya, colegui. ¿Recuerdas que te dije que yo tampoco había tenido una infancia idílica? ¿Que mi hermana intentó suicidarse cuando tenía dieciséis años? Y luego murieron mis padres. Y después... —Tomó aire bruscamente, deteniéndose justo a tiempo.

Al igual que aquella vez en Martha's Vineyard, había estado a punto de confesarle su mayor secreto. Un secreto que no le correspondía desvelar a ella.

—Nunca me has contado *esa* historia sobre Hellenor —comentó SondraBeth.

—No fue nada —se apresuró a contestar, quitando importancia al asunto con un gesto—. Fue hace mucho tiempo. Ahora está bien.

SondraBeth sacudió la cabeza pensativamente.

—Siempre pensé que seríamos tú y yo quienes lleváramos el timón en esto de Mónica. ¿Cómo es que perdimos el control?

—Hombres —respondió Pandy.

—Hombres —repitió SondraBeth entornando los párpados.

Y entonces miraron al unísono la tele del bar.

Esta vez no apartaron la mirada. Era la misma noticia que se repetía constantemente, ahora protagonizada por Hellenor.

—La última vez que ha sido vista iba en compañía de SondraBeth Schnowzer. —Un plano de SondraBeth con su vestido negro de novia, mirando fijamente a la cámara, y después un primer plano de Pandy con cara de susto—. Se ha desatado el caos...

Un plano general en el que se veía a centenares de mujeres hablando a gritos por teléfono mientras, con el bolso colgado al hombro, corrían despavoridas hacia la salida, se torcían los tobillos y arrancaban manteles a su paso.

Luego, otro primer plano de Pandy en la entrega de premios:

—Las autoridades están recabando información acerca de la persona que asegura ser Hellenor Wallis...

Luego apareció Jonny otra vez, en otro vídeo:

—Voy a por ti, Hellenor. Te estoy buscando...

Y, por fin, imágenes en directo de la valla publicitaria.

—Debido a la misteriosa desaparición de SondraBeth Schnowzer, el estudio está sopesando la posibilidad de cancelar la Inauguración del Zapato.

—Lo cual sería una lástima —comentó el presentador—. Y ahora volvemos en directo a la feria de San Gerónimo.

SondraBeth no miró a Pandy al depositar tranquilamente tres billetes de veinte dólares sobre la barra.

—Quédese con el cambio —le dijo al barman, que asintió con un gesto.

Y de nuevo echaron a correr. La letra de la canción *Life during wartime* de Talking Heads sonaba insistentemente en la cabeza de Pandy mientras esquivaba puestos de perritos calientes, animalillos peludos atados a correas, zombis humanos adosados a sus dispositivos celulares, personas mayores en bicicleta, silenciosos taxis eléctricos, cajas de cartón aplastadas, camiones, coches de policía y alguna que otra ambulancia.

Corrieron hasta Union Square y, sorteando los tenderetes del mercado de agricultores, llegaron hasta el centro de la plaza. Allí Pandy se detuvo por fin, jadeando laboriosamente, e intentó recuperar el aliento. Allá arriba, las pantallas instaladas en las fachadas de los edificios emitían una ristra de información inútil. La deuda nacional. Lo que estaba de moda. La persona más famosa en Instalife. La fotografía más vista. Y —salvo en el caso de la deuda nacional, que era insuperable, inamovible y crecía constantemente—, Mónica ocupaba siempre el primer lugar de la lista.

Mónica estaba por todas partes. Pandy jamás podría escapar de ella ni superarla, ni mucho menos matarla.

Mónica estaba *perfectamente*.

No corría ningún peligro.

Hellenor, en cambio, tal vez sí lo corriera, estando Jonny todavía suelto y soltando amenazas ante la prensa.

21

SondraBeth alcanzó a Pandy en la Calle Octava.

—¿Se puede saber qué te pasa? —gritó.

Pandy se volvió, echando chispas por los ojos.

—Jonny todavía está por ahí, suelto —dijo antes de echar a andar otra vez.

Cruzó en diagonal Washington Square Park, pasando junto a los señores mayores que jugaban interminables partidas de ajedrez. El que Jonny indagara en el pasado de Hellenor era el único elemento de la ecuación que no había tenido en cuenta al tramar aquel plan para vengarse de él. En su afán de venganza, había puesto a su hermana en peligro sin darse cuenta. Que Jonny formulara preguntas acerca de Hellenor, y que las autoridades se interesaran por su pasado, era una mala noticia.

SondraBeth la agarró del brazo.

—¿De qué va todo esto?

—No puedo contártelo —contestó Pandy tercamente.

SondraBeth la miró con atención.

—Es por Hellenor, ¿verdad? ¿Cuál es el gran secreto? ¿Es una asesina en serie o qué?

—Por favor —dijo Pandy—. Hellenor solo quiere vivir a su manera, y yo siempre he intentado respetar sus deseos. Es mi *hermana*.

Llegó al Hudson y, tras mirar a izquierda y derecha, comenzó a cruzar la calle a pesar de que el semáforo estaba en rojo.

SondraBeth caminaba con paso enérgico a su lado.

—Muy bien. Lo entiendo —dijo—. No habrá más preguntas.

—Estupendo. Tú solo ayúdame a encontrar a Jonny antes de que diga algo más sobre Hellenor.

—¿Y qué hay de la pierna?

—Esto es más importante que esos tipos de la mafia —masculló Pandy.

Calculaba que Jonny debía de estar aún delante de su edificio, buscándola. Al menos estaba allí diez minutos antes, cuando le había visto en las pantallas.

A escasos metros de su casa, sin embargo, tuvo que detenerse. Su edificio estaba rodeado por un cerco de deshechos de flores, muñecas de Mónica y copas de champán de plástico. Un nutrido grupo de mujeres sostenía pancartas escritas a mano con la leyenda «Dejad Vivir a Mónica».

—¿Eres fan de Mónica? —le preguntó una de ellas.

—Pues sí, lo soy.

—¿Quieres firmar la petición?

—¿Qué petición? —preguntó Pandy mientras buscaba a Jonny con la mirada.

—Para que dejen *vivir* a Mónica.

Un cochazo negro paró junto a la acera. La ventanilla trasera bajó y Freddie el Rata asomó la cabeza.

—¡Freddie! —exclamó SondraBeth, y corrió hacia el coche.

Freddie y ella hablaron un momento. Luego, la ventanilla volvió a subir.

—¿Y bien? —preguntó Pandy cuando el coche se alejó.

—Freddie dice que está seguro de que Jonny va a volver. ¿Dónde va a ir, si no? Está buscando a Hellenor. Y, naturalmente, cree que vendrás aquí en algún momento.

Pandy frunció el entrecejo al acordarse de lo que había dicho su exmarido en la tele.

—¡Está en Gay Street! —dijo de pronto.

Gay Street. Donde vivía Henry. Donde ya había estado una vez, el día de la fatídica tormenta de nieve. Cuando se enamoraron.

Jonny sabía que Pandy iría allí a esconderse. Era el lugar perfecto para una confrontación.

∞

Efectivamente, allí estaba, en los escalones de entrada de la casa de Henry.

—Mírale —dijo SondraBeth asomándose a la esquina de la calle y pegándose a la pared para que no la viera—. Está ahí plantado. Desde aquí es un blanco perfecto.

Pandy también se asomó a la esquina. Jonny estaba tan guapo como siempre. Era una pena que fuera tan patético.

—Va a ser como quitarle un caramelo a un niño —comentó SondraBeth y, enderezándose su sombrero de vaquero, se transformó en Mónica.

Mónica, con su bamboleo de caderas. Con su seguridad en sí misma. Con su creencia innata en que todo le saldría bien, siempre. Se acercó a él y, con su mejor voz de Mónica, dijo:

—Hola, Jonny. Soy yo, Mónica…

—¡No! ¡Espera! —dijo Pandy, y echó a andar por la acera, muy decidida, con su vestido de lentejuelas. Se arrancó la peluca y, encarándose con Jonny, dijo—: Mírame bien, cagoncete. Soy yo, Pandy. Así que en cuanto a Hellenor…

Jonny levantó las cejas y luego sonrió como si hubiera sabido desde el principio que aquello iba a pasar.

—Sabía que vendrías aquí —dijo, y empezó a dar vueltas a su alrededor como un boxeador—. Lo sabía porque te conozco, joder, porque conozco a mi mujer, ¿vale? —añadió—. Y sé lo loca que estás. Sabía que eras capaz de sacarte algo así de la manga para no pagarme. Eres una puta estafadora. Y voy a asegurarme de que todo el mundo se entere. De eso, y de que solo me casé contigo porque creía que eras Mónica. —Se interrumpió, le lanzó una última sonrisa feroz y comenzó a alejarse.

—¿Qué? —preguntó Pandy, patidifusa.

Jonny se paró, dio media vuelta y volvió atrás, dispuesto a seguir ridiculizándola.

—¿Y qué vas a hacer al respecto? —dijo—. Nada. Porque tú *nunca haces nada*. Solo eres lo que yo decía: una mujer débil y criticona. Te crees que estás por encima de los demás, que eres muy poderosa, que nunca te equivocas. Pues acabas de cometer un error de los gordos, nena. ¿Quién es Hellenor Wallis?

Pandy palideció.

—¿Y bien? —preguntó Jonny y, agarrándola por los hombros, la zarandeó con fuerza—. ¿Existe siquiera o también te la has inventado?

—Yo...

Los pensamientos giraban en torbellino dentro de su cabeza mientras Jonny continuaba implacablemente:

—Ah, perdona. ¿También ella está muerta? ¡Qué oportuno! —La zarandeó de nuevo, tan fuerte que le castañetearon los dientes.

Pandy empezó a verlo todo rodeado de un cerco negro.

—No es eso —dijo con voz ahogada.

—Entonces, ¿dónde está?

—No lo sé.

—¿Cómo que no lo sabes? —Jonny soltó una áspera risotada—. ¿Qué pensabas hacer cuando encontraran a la verdadera Hellenor?

¡Zas! La punta de una bota campera dio a Jonny en plena frente. Soltó a Pandy y se dio la vuelta. Y allí estaba la buena de SondraBeth con el brazo echado hacia atrás, lista para darle otro golpe si hacía falta.

—¡Vamos! —dijo al tiempo que paraba un taxi.

Tirando de Jonny por la pechera mientras Pandy le empujaba por detrás, le metieron en el asiento trasero y se sentaron, dejándole a él en medio.

Igual que el fiambre en uno de sus famosos canapés de jamón, pensó Pandy, satisfecha.

—¿Se puede saber qué cojones estáis haciendo? —bufó Jonny.

Mientras avanzaban hacia el Soho, Pandy se fijó en los collares multicolores de la gente que volvía de la feria de San Gerónimo.

—¿Sabes qué? —vociferó Jonny como un megáfono en un desfile—. ¡Que como esposa eras una mierda! ¿Te lo he dicho alguna vez? Vale, en la cama estabas bien. Al principio. Pero nada más.

—No puedo soportarlo —dijo SondraBeth—. Oiga, ¿puede subir la radio? —le dijo al conductor.

—No parabas de darme la brasa —prosiguió Jonny—. Y, encima, cuando vi dónde te habías criado… ¡Puta puritana de mierda! ¡Fingir que estabas en la ruina teniendo esa finca en Connecticut!

Siguió insultándola hasta que, tres manzanas después, llegaron a la parte trasera del edificio de Spring Street donde se alzaba la valla publicitaria. Al salir del taxi, Pandy vio que Freddie el Rata se abría paso entre el gentío. SondraBeth y ella salieron y Freddie se acercó rápidamente. Los dos hombres que iban con él sacaron a Jonny del taxi sin contemplaciones.

—Lo tenemos todo bajo control —le dijo Freddie a SondraBeth mientras los hombres se llevaban a Jonny a rastras. Los talones de sus zapatos italianos dejaron un rastro sobre la acera. Freddie se volvió hacia Pandy—. Encantado de conocerte, *Hellenor* —dijo guiñándole un ojo, y apretó el paso para alcanzar a sus chicos—. ¡Eh, Jonny! —gritó—. ¿Te apetece dar un paseíto?

De pronto apareció Judy.

—SondraBeth, Hellenor —dijo—, tenéis que prepararos.

∞

Salieron a la azotea del edificio, donde el anuncio de Mónica se elevaba en línea recta bajo el cielo turbio del anochecer.

Judy le pasó a Pandy un vasito de café.

—Has desatado a un monstruo —comentó, y señaló hacia la fachada frontal del edificio.

Abajo, en la calle, se había congregado una muchedumbre.

—¡Mira toda esa gente! —dijo SondraBeth.

Al volverse a mirar, Pandy vio que PP corría hacia ellas cruzando la azotea.

—¿Dónde demonios te habías metido? —le gritó a SondraBeth. Y, al ver a Pandy a su lado, se volvió hacia ella—. ¡Y tú, Hellenor Wallis! —dijo hinchando el pecho como un muñeco de acción—. Estaba *equivocado* contigo. Eres tan arpía como tu hermana. —Las miró a ambas al tiempo que respiraba hondo—. Y esta vez —añadió en tono amenazador—, más vale que os aseguréis de decirle a todo el mundo que Mónica está *viva*…

—¿Y si no qué? —preguntó SondraBeth con descaro.

—Tengo una lista de infracciones que me ha proporcionado el departamento de policía —bramó PP, sacudiendo su teléfono—. Cruzar la calle con el semáforo en rojo, vender objetos robados… Pienso deducir todos estos gastos de tu sueldo en la próxima película de Mónica.

SondraBeth le dedicó una sonrisa malévola.

—A ver si te enteras, PP. Eso ya no depende de ti. Depende de *Hellenor*, ¿recuerdas?

—¿Estáis listas? —dijo Judy dando unos toquecitos en el micro.

∞

Subieron a la plataforma elevadora que debía llevarlas al escenario. Judy señaló un panel y les recordó que tenían que pulsar el botón verde para subir y el rojo para bajar.

Alguien pulsó el botón verde y, con una pequeña sacudida, la plataforma empezó a ascender hacia el cielo, en el que los satélites titilaban como estrellas. SondraBeth se acercó al borde de la plataforma y, agarrada a la barandilla, contempló el paisaje con expresión de arrobo. Por un instante, Pandy vio a la chica de la que se había enamorado al ver un anuncio, hacía ya muchos años.

Y de pronto lo comprendió todo.

La plataforma rebotó suavemente al detenerse junto a la parte de atrás del pequeño escenario.

—Esto lo planeaste tú —dijo Pandy cuando salieron a toda prisa del ascensor y se encontraron en la estrecha pasarela de la parte de atrás del escenario.

SondraBeth se puso pálida.

—¿El qué?

—Todo esto de matar a Mónica. Por eso estaba Freddie el Rata en tu casa. En aquel momento seguías creyendo que yo era Hellenor. Ibas a convencerme de que matara a Mónica.

—¿De qué estás hablando? —preguntó SondraBeth, espantada.

—Hiciste todas esas payasadas, revolcarte en el barro, murmurar que Mónica estaba muerta, cuando todavía creías que yo era Hellenor.

—Pandy meneó la cabeza—. ¿Por qué no *dijiste* simplemente que no querías seguir haciendo de Mónica?

—Porque no quería decepcionarte.

—Tú sabes que eso no es verdad —siseó Pandy.

—¿Y qué? —replicó SondraBeth—. No tuve el valor de reconocerlo. No *quiero* seguir siendo Mónica.

—¿Estáis listas? —preguntó Judy.

Una sección de la valla publicitaria descendió de repente, abriendo la boca de Mónica para dejar ver el escenario. Pandy sintió una racha de viento y, un momento después, una oleada de vítores procedente del público que se agolpaba abajo.

—En todo caso, no importa —murmuró SondraBeth—. Cuando me di cuenta de que eras Pandy, comprendí que no había nada que hacer. Aun así, nos hemos vengado de Jonny. Y eso es lo que cuenta.

—Pero ¿por qué no le dices a PP que no quieres seguir haciendo de Mónica? —insistió Pandy cuando alguien le puso un micrófono en la mano.

—Ya sabes por qué. —SondraBeth se rio amargamente—. Por mi contrato. El estudio puede despedirme, pero yo no puedo largarme. Mi contrato con Mónica es el peor matrimonio de la historia. Mónica puede deshacerse de mí cuando quiera, pero yo no puedo dejarla. *Nunca.*

—¡Bienvenidos a la primera Inauguración Anual del Zapato de Mónica! —tronó la voz del presentador, retumbando sobre el gentío.

Y entonces Pandy salió al escenario. Echó un último vistazo a SondraBeth al tiempo que los gritos, silbidos y vítores del público la envolvían en una oleada. El gentío rugía como un animal exigiendo atención.

Y Pandy se alegró de poder prestársela. Animada por el arrebato de emoción de la muchedumbre, levantó un brazo como la Mujer Guerrera y, acercándose el micro a los labios, gritó:

—¡Matad a Mónica! ¡Por favor!

Y, tal y como estaba previsto, la pierna de Mónica comenzó a ascender. Primero el botín duro y reluciente; luego, el tacón cruelmente curvo y, por último, metros y metros de flecos rojos que ondeaban al viento como banderines triunfantes. Y, a medida que subía la pierna, también subía Jonny. Porque de repente allí estaba, colgando de un arnés sujeto a varios trozos de flecos rojos.

El público comenzó a reír. Y a reír. De pronto, Pandy también rompió a reír. La pierna ascendió otro metro y medio y Jonny se agitó como un pelele, moviendo brazos y piernas.

SondraBeth se situó junto a Pandy y el público enloqueció. Comenzó a lanzar gritos de júbilo al tiempo que ella aplaudía con el micro entre las manos. Pasado un rato, el ruido se apagó y SondraBeth avanzó hasta el borde del escenario. Separando las piernas con sus botas de vaquero, dijo:

—Señoras y señores, permítanme presentarles a Jonny Balaga, ¡escoria del año!

Se oyeron abucheos ensordecedores. La gente empezó a lanzar copas de champán de plástico contra Jonny.

—Y para que esta ocasión sea aún más especial, esta *no* es Hellenor Wallis —añadió SondraBeth volviéndose hacia Pandy. Levantó los brazos con aire triunfal y gritó—: ¡Es PJ Wallis, la creadora de Mónica, disfrazada!

Otra oleada de rugidos de expectación, como si el gentío se dispusiera a ver un combate de boxeo. SondraBeth hizo una pausa para dejar que el estruendo se apagase. Pasó el brazo por los hombros de Pandy, que siguió su mirada por encima de la muchedumbre y de los tejados de la ciudad, hasta una enorme pantalla en la que se proyectaba la imagen de ambas.

Vio en pantalla que SondraBeth se acercaba el micrófono a la boca.

—Mi gran amiga PJ Wallis y yo tramamos esta pequeña farsa para vengarnos de Jonny, el exmarido de Pandy.

—¡Haaaaaaala! —Un plano general de la multitud enfervorecida. Luego, otro primer plano de Mónica.

—Porque Jonny ha sido un niño *muy*, pero que muy malo. ¿Verdad que sí, Jonny?

El foco apuntó a Jonny. Y de pronto apareció en la pantalla, colgando como una marioneta. ¿Qué podía hacer sino saludar con la mano?

—Creo que a Pandy le gustaría decirle algunas cosas —añadió SondraBeth, cuya voz retumbó en las paredes de los edificios.

Antes de que Pandy pudiera negarse, le pasó el micrófono y retrocedió hacia el fondo del escenario.

Pandy se halló de nuevo sola, contemplando las luces cálidas y cristalinas de la ciudad.

Como si quisiera animarla a seguir adelante, la pierna dio una sacudida y Jonny rebotó y osciló, agarrado a las correas del arnés. El gentío volvió a reír y, al mirar a Jonny, Pandy pensó: *Ahí tienes tu final feliz.*

—¡Hola! —gritó Jonny saludando con la mano.

—¡Fueraaaaa! —replicó el público.

Pandy le miró, colgando de sus correas como un *deus ex machina* fallido, y comprendió que, de nuevo, Henry tenía razón: todo aquello *era* por Jonny.

Entonces ocurrió algo de lo más extraño. Miró otra vez a Jonny y no sintió absolutamente nada. Fue como si no le conociera. Como si no hubiera estado casada con él. Como si no tuviera nada que ver con ella.

Y entonces, como si una tromba de agua rellenara un espacio vacío, sintió lástima por él.

Miró a SondraBeth, que sonreía a la multitud vestida con su traje de vaquera y sus lentejuelas, y también se apiadó de ella. Y mientras contemplaba los tejados se vio a sí misma en la pantalla y experimentó, sobre todo, lástima por sí misma.

Avanzó hasta el borde de la plataforma y se inclinó hacia Jonny. Se le encogió el estómago de terror al ver la altura a la que se encontraba.

—Es cierto —dijo— que me he disfrazado de Hellenor y he intentado matar a Mónica. Y que lo he hecho por venganza. Para vengarme de ese hombre.

Se oyó una salva de aplausos. Pandy asintió, agradecida.

—Fui débil y me enamoré. Sé que no debería haberlo hecho, pero lo hice. Porque, aunque sabía que era un error, en parte sentía que me merecía ese final feliz. —Señaló a Jonny—. Y durante una breve temporada pensé que lo había encontrado. Hasta que me di cuenta de que ese hombre nunca podría ofrecérmelo.

—Buuuuuuu —rugió el gentío lanzando copas de plástico a Jonny.

La pierna subió dando una sacudida y Jonny se agarró a las correas.

—Y cuando no obtuve de él mi final feliz, pensé que la solución era vengarme.

Se oyó una súbita inhalación, como un crujido de hojas secas, mientras el gentío sopesaba aquella información.

Pandy caminó hacia el otro lado de la plataforma, contenta de alejarse de Jonny.

—Y aunque puede que la venganza parezca la solución, en algún momento durante estas últimas cuarenta y ocho horas, en las que me he visto involucrada en una explosión, he cambiado de identidad por error y me han dado un premio por estar muerta, en algún momento durante ese viaje, me he dado cuenta de que la respuesta no es vengarme de un hombre porque no haya podido darme mi final feliz. Porque un final feliz con un hombre jamás podrá ser *mi* final feliz. Ni va a ser el de Mónica. Pero no pasa nada, porque no todos los finales felices tienen que ser iguales. Ni tienen que incluir a un hombre.

Con el corazón palpitándole con fuerza en el pecho, miró a SondraBeth al otro lado del escenario. Ella le sostuvo la mirada, dedicándole la vieja sonrisa de PandaBeth.

—Porque hay algunas cosas que importan más que un hombre —añadió Pandy cobrando impulso mientras cruzaba el escenario, que de pronto parecía inmenso, para llegar junto a SondraBeth—. Y esas cosas son la amistad… y la fidelidad a una misma.

Al contemplar las relucientes pantallas y las luces brillantes de la ciudad, se vio a sí misma como una joven entusiasta que lo absorbía todo como una esponja, con el corazón y el espíritu rebosantes de anhelo, deseosa de encontrar su lugar en el mundo y convencida de que podía superar cualquier obstáculo. Había sido una lucha muy larga, pero al final había conseguido pintar la ciudad de todos los colores del arcoíris.

Comprendió entonces lo que tenía que hacer.

Miró la imagen gigantesca de Mónica y sonrió con desgana.

—Y a pesar de lo mucho que la queremos —añadió—, las dos llevamos demasiado tiempo siendo Mónica. Puede que sea porque éramos demasiado ambiciosas. O porque estábamos asustadas. O porque nos enamoramos de quien no debíamos enamorarnos.

Sacudió la cabeza mirando a Jonny, que seguía colgado de sus correas mientras un bombero encaramado a una escalera intentaba agarrarle del tobillo.

—Pero ninguna de esas razones importa —prosiguió al tiempo que pasaba el brazo por los hombros de SondraBeth—. Porque la verdad es que esta mujer, SondraBeth Schnowzer, a quien la mayoría de vosotros conocéis únicamente como Mónica, no quiere seguir haciendo de Mónica. Y yo tampoco quiero que siga.

El gentío enmudeció al fin.

En medio del silencio, se oyó una voz solitaria. Puede que fuera la voz de una Hellenor desconocida, o incluso de una SondraBeth, o puede que de una Pandy: la voz de una mujer que sabía que no encajaba en aquel mundo y que estaba harta de intentarlo:

—Matad a Mónica, *por favor*.

Y entonces, como una brisa fresca que presagia la llegada del buen tiempo, se oyó un tintineo de risas entre el público. Fue creciendo y creciendo hasta cobrar la fuerza de un torrente primaveral que se precipitaba desde las montañas al mar. Las risas se confundieron con las alegres notas de la sintonía de Mónica, y SondraBeth y Pandy empezaron a cantar a coro. Y por un instante todo se hizo borroso…

Hasta que la realidad volvió a irrumpir, adoptando la forma de un intenso dolor de pies. De pronto, Pandy notaba los pies como si se hubiera pasado el día entero pateándose las calles, como cuando era jovencita. En aquel entonces, sus pies eran infatigables. Con un suspiro de alivio, se dio cuenta de que, a diferencia de aquella joven que había sido una vez, no le importaba marcharse de la fiesta antes de que empezaran a salirle ampollas.

Se volvió hacia Judy.

—¿Estás lista? —preguntó Judy echando un rápido vistazo a SondraBeth, que seguía en el escenario y seguramente seguiría allí un rato más—. ¿Te importa bajar sola? —dijo al tiempo que le hacía una seña al jefe de escenario para que la ayudara a subir al ascensor.

—No —contestó Pandy—. No me importa.

Subió a la plataforma y, pulsando el botón rojo, bajó a tierra.

PP la estaba esperando.

—¡Maldita sea, PJ Wallis! Debería haberme dado cuenta de que esa presunta Hellenor eras tú. Permíteme que te diga una cosa. Si crees que SondraBeth y tú vais a saliros con la vuestra, estáis equivocadas. No tienes absolutamente ninguna autoridad para matar a un personaje que ya no te pertenece legalmente. El estudio tiene ya lista a una manada de abogados para vérselas con vosotras dos...

Pandy levantó la mano.

—¿Sabes qué, PP? —preguntó, y se detuvo un momento a pensar lo que de verdad quería decir.

Y al igual que el Senador al estrujar aquellos testículos imaginarios, comprendió que el mensaje que quería transmitir era sencillo pero eficaz:

—¡Que te jodan! —gritó, exultante.

Y sintiéndose muy satisfecha de sí misma pese a saber que su carrera cinematográfica había terminado casi con toda probabilidad, salió del edificio por la misma puerta por la que había entrado. Y al salir a la acera se topó con Henry.

—Vaya, vaya, vaya, ¿qué tenemos aquí? —dijo él mirándola de arriba abajo con expresión calculadora.

Pandy le miró con enfado.

—Creía que para ti estaba *muerta*.

—Dije que, si *seguías adelante* con esta farsa, estarías muerta para mí.

—¿Sabes una cosa? —dijo Pandy—. Estoy demasiado cansada para esto. Deberías darme las gracias. Puede que no sea lady Wallis, pero por lo menos he conseguido guardar *tu* secreto.

—Y yo el tuyo. —Henry se metió la mano en el bolsillo de la pechera y sacó una carta doblada—. Mientras tú andabas haciendo el indio por Manhattan como una Mónica un tanto trasnochada, yo he estado ganando dinero. Con tu nuevo personaje.

—¿Lady Wallis? —preguntó Pandy ahogando un grito de sorpresa.

—Esto, querida mía, es una carta de tu editor comprometiéndose a publicar *Lady Wallis* estés viva o no lo estés.

—¡Henry! —Pandy abrió los brazos de par en par y se abrazó a sus estrechos hombros—. ¡Sabía que podías vender *Lady Wallis* si lo intentabas!

Henry suspiró.

—Supongo que he invertido en ella tanto esfuerzo como tú.

—Sí, así es. Y eres un ángel —afirmó Pandy, y echó a andar por West Broadway.

—¿Adónde crees que vas? —preguntó él, siguiéndola.

—Al Pool Club, a ver a Suzette y a las demás —dijo Pandy con expresión inocente, mirando hacia atrás—. Ahora que vuelvo a ser Pandy, tengo un montón de cosas que explicarles.

—Me gustaría recordarte que, ahora que has vendido tu nueva novela, van a querer otra. Inmediatamente. O sea, que tienes trabajo que hacer.

Pandy se paró y puso los brazos en jarra.

—Escúchame, Henry, ya te lo he dicho: estoy *harta*. Han rechazado mi libro, he estado a punto de volar por los aires y de abrasarme y, sobre todo, he tenido que hacerme pasar *por ti*. Y aunque te quiero muchísimo y estoy dispuesta a seguir guardándote el secreto, quiero tomarme una noche libre.

Henry se detuvo. Luego sacudió la cabeza y se rio.

—¿Ese viejo secreto? En cuanto me descuide, irás diciendo por ahí que *yo* soy la razón de todo esto.

—Eres *una* de las razones —dijo Pandy, haciendo una pausa para dar más efecto a sus palabras—, *Hellenor*.

Henry suspiró.

—De Hellenor hace muchísimo tiempo.

Pandy puso cara de fastidio.

—No tanto. Vale, puede que tengas razón. Hace ya veinticinco años que Hellenor se fue a Ámsterdam…

—De donde salí yo —añadió Henry con orgullo—. Tienes que reconocer que ha sido una bobada —dijo tomándola del brazo—. Hacerte pasar por mí y luego intentar matar a Mónica. Es la cosa más tonta que has hecho nunca.

Ella se rio y, volviendo la cabeza, miró el anuncio de Mónica. Habían bajado a Jonny y Mónica por fin tenía su pierna.

—En todo caso, ya no busco un final feliz. De hecho, creo que prefiero evitar los finales de todo tipo durante un tiempo. —Al llegar a la esquina, olfateó el aire. Sintió el dulce aroma a algodón de azúcar de su infancia y exclamó—: ¡Es la feria de San Gerónimo!

—No me digas que acabas de darte cuenta. ¡Ah, no! —dijo Henry, retrocediendo en la esquina como una mula.

—¿Por qué no? —insistió ella—. Quiero ir. Y acuérdate de que todavía me debes una.

Henry suspiró.

—Supongo que podría acompañarte. Siempre y cuando no me vea arrastrado a ese horrible antro del Pool Club. —Se estremeció—. Pensándolo bien, creo que llenarme el buche de algodón de azúcar es preferible a tener que escuchar los *graznidos* de esas urracas a las que consideras tus amigas.

—Por lo menos no las has llamado «viejas brujas». Vamos, Henry.

Pandy se rio y, poseída por ese espíritu que le permite a una hacer todo aquello que sea necesario para llevar una vida plena, cogió del brazo a la que antaño había sido su hermana y juntos se internaron entre las centelleantes luces de neón.

Agradecimientos

Hay mucha gente que me ayudó a lo largo del frenético viaje creativo que fue escribir *Matar a Mónica*. Gracias a todos los que os quedasteis quietecitos, esperando pacientemente mientras mi imaginación se desbocaba.

Gracias a la brillante Heather Schroder de Compass Talent, mi aguerrida agente y compinche en crímenes literarios, que se fía de su instinto y de sus tripas y nunca pierde la fe. Este libro no habría sido posible sin ti.

Gracias a Deb Futter por su guía firme y segura y por saber qué, dónde, cuándo y, sobre todo, *cómo* llegar.

Gracias a Leslie Wells, cuya profunda sabiduría y elegancia nos ayudó a pilotar este barco río arriba y a conducirlo a puerto seguro.

Gracias a Jeanine Pepler de AKA LIFE, cuya chispa de optimismo y confianza inquebrantable en que cualquier cosa es posible es una fuente de inspiración eterna.

Y para su equipo en AKA: Laura Nicolassy, Brooke Shuhy, Marina Maib, Allison Meyer y Chloe Mills.

Gracias a Matthew Ballast, nuestro «Henry», y a toda la gente maravillosa de Hachette: Brian McLendon, Elizabth Kulhanek, Anne Twomey y Andrew Duncan.

Gracias a Richard Beswick, en Londres, y a Ron Bernstein, en Los Ángeles.

Un gracias inmenso a Dawn Rosiello, que pone orden en el caos.

Y sobre todo a Jennifer Foulon, mi meritoria, que aguantó todas mis chaladuras y se compró su primer par de zapatos de Jimmy Choo.